ダブリンの人びと

ジェイムズ・ジョイス
米本義孝 訳

筑摩書房

目次

本書における凡例

◎原文がイタリックで書かれている場合は、括弧〈 〉でくくって表示した。

◎原文が一般英語以外の外国語（ほとんどはアイルランド語＝ゲール語）で書かれている場合、一部の例外を除いて、その原文をカタカナで表記し、ルビにその日本語訳を付けた。例　エール・アブー《アイルランドに勝利を》

◎原語のもつニュアンスを日本語訳のなかで伝えたいとき、ルビにその原語をカタカナで付けた。例　優雅《グレイス》

◎リアリスト・ジョイスは、ダブリンの人びとの諸相を、彼の言葉を借りれば「きれいに磨いた鏡」のようにあるがままの姿で、けちけちと言葉をけちった卑小な文体で描出した。彼はよけいな説明をしない作家である。そのため、ダブリン市民なら難なく気づく事物でも、われわれ外国人にはわからない場合が多々ある。それだけでない。ジョイスは複雑で難解な作家であり、その片鱗はこの初期短篇集にもみられる。自国人でも作品の表層の下に見え隠れする言外の意味を読み落としやすい。そこで本書は読者の参考までに訳注を用意したが、読者はそれにわずらわされないで、必要に応じて参照されたい。

また、短篇ごとに付けた解説も、一つの見方にすぎないと思っていただければ幸い

である。

◎本文を理解するのに直接必要としない固有名詞（主に会話文に頻出）の説明はできるだけ割愛した。ただし地名については、訳注に表記していなくても、各短篇の冒頭の地図にできるだけ載せるようにした。場面が固定された「イーヴリン」、「下宿屋」、「委員会室の蔦の日」、「母親」の冒頭に地図は付けないので、その四篇に出てくる地名は、主に「姉妹」の冒頭の地図に加えてある。

◎『ダブリンの人びと』の主人公たちは市内を実によく歩きまわる。ジョイスの意図が都市ダブリンそのものを描くことでもあり、そのためには主人公たちに市内の方々を歩かせる必要があった。『ダブリンの人びと』のリアリズムは徹底しており、読者が地図を手元に置けば、登場人物が街中を歩きまわる道順をたどることができるようになっている。そこで、本書の注では、主人公たちとともに作品上で街中を歩けるように、その道順を詳しく説明し、各短篇の冒頭に地図を付けた。市内を主人公たちが移動する場合には、訳注のなかでその説明を始める文頭に、☆を付けた。

◎訳注は、一五篇を網羅した、以下のテキスト四冊（南雲堂から出版）に付けた註解のうち、専門性の強い説明は省き、作品に必要と思われる必要最小限の註解を選び抜いて付けた。

工藤・福永編　*Dubliners*（1975）

工藤・米本編　*An Encounter and Other Stories*（1980）

工藤・米本編　*Grace and Other Stories*（1983）

米本編　*Araby and Other Stories*（2000）

なお、『ダブリンの人びと』の参考文献のうち、本書の注を書くのに大いに役立った三冊の注釈書を挙げておきたい。

Don Gifford：*Joyce Annotated*：*Notes for* Dubliners *and* A Portrait of the Artist as a Young Man: University of California Press, 1982.　頻繁に引用するためにＧと略す。

Terence Brown：*Dubliners*：Penguin Books, 1992.　頻繁に引用するためにＢと略す。

John W. Jackson & Bernard McGinley：*James Joyce's* Dubliners: *An Annotated Edition*：Sinclair-Srevenson, 1993.　頻繁に引用するためにＪＭと略す。

ダブリンの人びと

アイルランド全土の地図

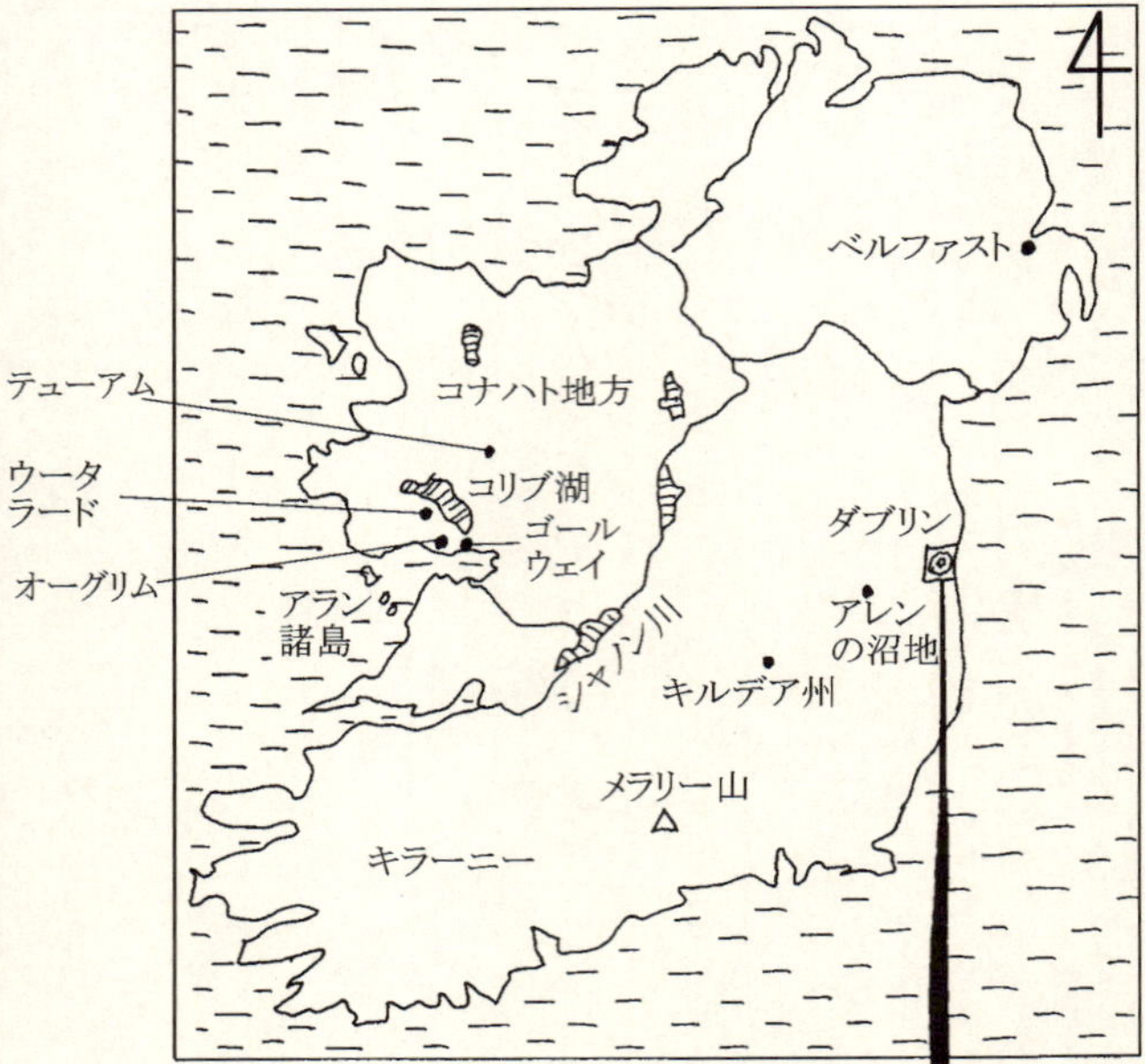

ダブリン郊外の地図

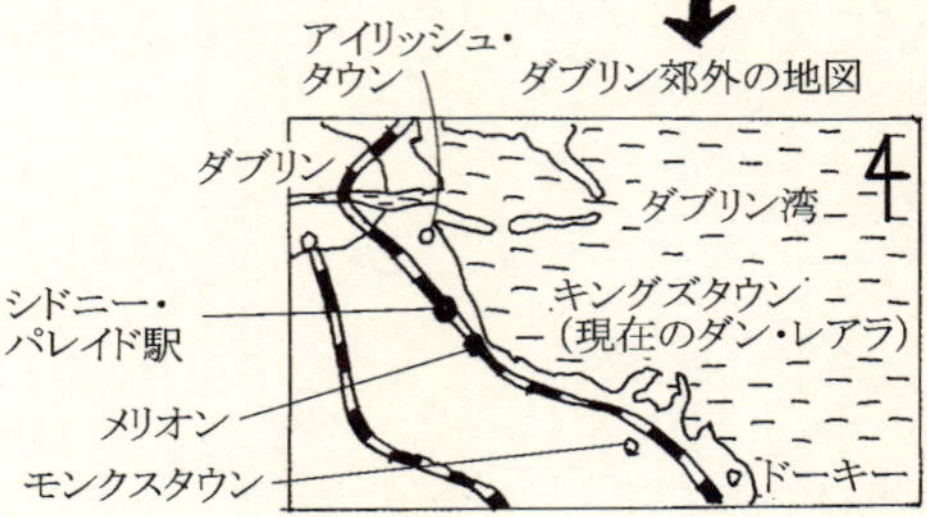

姉妹

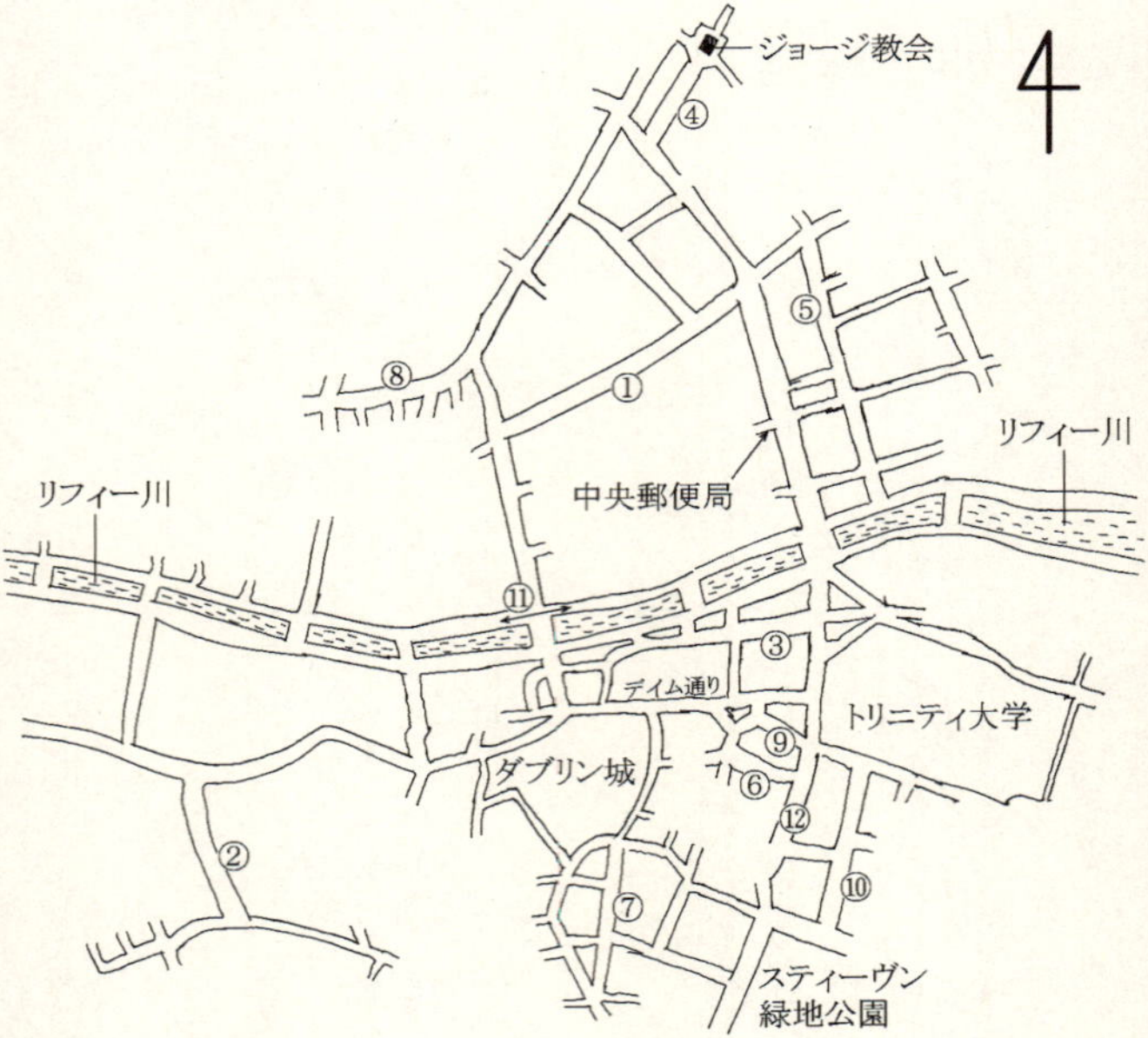

「姉妹」①グレート・ブリテン通り　②ミーズ通り

「イーヴリン」　北埠頭地図は「ある出会い」の冒頭

「下宿屋」　③フリート通り　④ハードウィック通り　⑤モールバラ通り

「委員会の蔦の日」　⑥ウィックロー通り　⑦エインジャ通り　⑧メアリ横町　⑨サフォーク通り　⑩ドーソン通り

「母親」　⑪オーモンド川岸　⑤モールバラ通り　⑫グラフトン通り

こんどこそあの人はもうだめだ、三度目の卒中だから。くる夜もくる夜も、ぼくはその家の前を通って（ちょうど休暇中だったので）、明かりのついた四角い窓をうかがった。くる夜もくる夜も、その窓には明かりがついていた、いつも同じように、ほのかに均等に。もしあの人が死んだのなら、暗くした布のブラインドにろうそくの明かりが映っているだろう、とぼくは思った。二本のろうそくが遺体の枕もとに立てられるはずだと知っていたから。あの人はよくぼくに言っていた、〈わしはもう長くないよ〉と。いいかげんなことばっかり言って、とぼくは思っていた。今では、あの言葉のとおりだとわかっている。毎夜、その窓を見上げるたびに、ぼくがそっとつぶやくのは〈[1]パラリシス《中風》〉という言葉だった。それはいつもぼくの耳によそよそしく響いていた、まるで[2]ユークリッド幾何学の〈ノーモン〉という言葉や、[3]教義問答集にでてくる〈[4]シモニー《聖職売買》〉という言葉のように。しかし今では、それはまるでなにか邪悪で罪深いものの名前のように、ぼくには響いてくる。それはぼくを恐怖でいっぱいにするが、それでもそのそばにもっと寄っていって、命を奪うようなそいつの仕業《しわざ》をみてみたくてたまらない。

ぼくが夕食で階下《した》に降りてくると、コッタージいが暖炉のそばに座って、たばこを吸っていた。おばがぼくのオートミールを玉杓子でよそっている間に、彼は今までしていた話の続きをするような口ぶりで言った、

——いいや、あの人がまったくそうだとは言いたかないが……けど、どうも変なとこ

てもらうと……。

ろがあって……薄気味悪いところがあったんじゃよ、あの人には。わしの意見を言わし

彼はパイプを吹かし始めた。きっと心のなかで彼の意見をまとめているはずだ。小うるさい馬鹿じじいめ！　ぼくたちがはじめてじいさんを知ったころは、彼の話もそれはそれで結構面白かった――不純アルコールだの蒸留器のらせん管だのについて。でも、ぼくはすぐにうんざりしてしまった、じいさんにも、じいさんのうだうだ続く蒸溜酒製造所についての長話にも。

――わしなりの意見があるんじゃよ、それについては、と彼が言った。思うに、あれは特殊な……例のうちの一つで……。それにしても、話しにくいなあ……。

彼はふたたびパイプを吹かし始め、自説を述べなかった。おじはぼくがじっと見つめたままなのに気づき、ぼくに言った、

――ええと、あのな、おまえのお友だちが亡くなったんだよ、残念だろうな。

――誰が？　とぼくは言った。

――フリン神父さ。

――あの人死んだの？

――このコッターさんがたった今教えてくれたのさ。あの家の前を通りかかったんだって。

ぼくはみんなから見られているのがわかったので、ひたすら食べ続けた、なんだ、そんな知らせなんか興味ないよというように。おじがコッタ―じいに説明した、

――この坊主とあの人は大の仲良しだったんですわ。あのじい様、この子にいろんなことを教えてくれましてね。なんでも、あの人はこの子にすごく望みをかけていたようで。

――神様、あの人の御魂《みたま》にお慈悲を、とおばが信心深く言った。

コッタ―じいはしばらくぼくを見ていた。ぼくは、小さなぎらつく黒い目がぼくを吟味しているのに気づいたが、じいさんを満足させたくはなかったので、皿から目を上げなかった。じいさんはまたパイプを吹かし始め、ついには無作法にも炉格子に唾を吐いた。

――わしとしては、自分の子供たちにしてほしくないですなあ、と彼が言った、ああいう男とあまり口をきいたりなんてことは。

――それどういうこと、コッタ―さん？　とおばがたずねた。

――どういうことかって、とコッタ―じいは言った、子供たちには悪いってことじゃよ。わしの考えではな、若い者は同じ年ごろ同士で走り回ったり遊んどりゃいいんであって、よくないんだよ。……えーと、そうだろう、ジャック？

――それはわたしの主義でもあるのでしてねえ、とおじが言った。子供は子供の領分

を守り通せ、とね。そのことはわたしがいつだって、そこのバラ十字会員[6]に言い聞かしているんですよ。体を鍛えろ、ってね。ほんと、わたしが餓鬼《がき》だったころは、毎朝欠かさず冷水浴をしたもんですわ、冬だって、夏だって。それが今も変わらぬわたしの習慣でして。教育ってのは、そりゃたいへん結構なもんですが……。コッターさんにあの羊のすね肉をちょっとばかし食べてもらったら、とおじがおばに向かって言いそえた。

——いやいや、結構じゃよ、とコッターじいが言った。

おばは皿を蝿帳《はいちょう》[7]から出してきて、テーブルの上に置いた。

——けど、なんで子供たちに良くないってお思いなの、コッターさん？　とおばがたずねた。

——子供たちに悪いというのは、とコッターじいは言った、子供たちの心なんて、もろに感化されやすいからじゃよ。子供らがああいうふうにものを見ると、いいかね、その影響は……。

ぼくは口にオートミールをいっぱい詰め込んだ、怒りの言葉が口をついて出そうだったので。小うるさい赤っ鼻[8]の馬鹿じじいが！

夜が更けるまで、ぼくは眠れなかった。コッターじいがぼくを子供扱いしたことに腹が立ったけれども、頭をひねって、じいさんの尻切れトンボの言葉から意味をしぼり出そうとした。部屋の暗がりの中で、ぼくはまたも中風患者の重苦しい灰色の顔が見える気がした。毛布を頭まですっぽり被《かぶ》り、クリスマス[9]のことを考えようとした。でも、その灰色の顔はまだぼくについて来た。それはぶつぶつ言っていた。そしてそれがなにかを告白したがっているのだとわかった。ぼくは、自分の魂がどこか気持ちのよい不道徳な地域へ退いて行くような感じがした。そこでも、その顔がまたもぼくを待ち構えていた。それはつぶやくような声で告白するようになり、ぼくが不思議だったのは、なぜその顔はいつもにっこり笑っているのだろう、そしてなぜその唇は唾液であんなにも湿っているのだろう、ということだった。だけど次の瞬間、その顔が中風で死んだことを思いだすと、ぼくもまたかすかに笑っているような気がした、まるで自分がその聖職売買者[10]に罪の消滅を言い渡そうとでもするように。

翌朝、朝食を済ますと、ぼくはグレート・ブリテン通り[11]のその小さな家を見に出かけた。それは、〈布地店〉というばくぜんとした名称で登録してある、飾り気のない店だ。この店の布地類はおもに子供用の毛糸編み靴と傘であり、普段の日だったら陳列窓に〈傘張り替え〉という札がぶら下がっている。今は札が目につかないが、それはよろい戸が閉まっているからだ。クレープ地の花束がドアのノッカーにリボンでくくりつけてあった。二人の貧相な女の人と一人の電報配達の少年がクレープにピンで留めたカードを読んでいる。ぼくも近づいていって読んだ。

一八九五年七月一日
ジェームズ・フリン師[12]（ミーズ通り、
聖キャサリン教会前司祭）、享年六五歳。
安らかに眠れ。

そのカードを読むと、あの人は死んだのだと納得したとたん、困ったことにぼくの足がすくんでしまった。あの人が死んでなかったら、店の奥の小さな薄暗い部屋に上がっていったであろう。すると、あの人は暖炉のそばの肘《ひじ》掛け椅子に座り、息ができないほど頭まで外套《がいとう》にくるまっている。ことによると、おばが彼のために[13]ハイ・トーストを一包み分持たせてくれていて、この贈り物があの人をうつらうつらのうたた寝から目覚めさせたであろう。その包みを彼の黒い嗅《か》ぎたばこ入れにあけるのはいつもぼくだった、あの人にまかせておくと、手が震えて嗅ぎたばこを半分も床《ゆか》にこぼしてしまうからだ。大きな震える手を鼻まで持っていくときでさえも、小さな雲のようなたばこの粉が指の間からこぼれ、外套の前身《まえみ》頃《ごろ》じゅうに散ってしまう。古びた司祭服が緑色にあせて見えるのは、このように嗅ぎたばこが絶え間なく降りそそぐためだったかもしれない。というのも、落ちた粉を彼が赤いハンカチ——それは一週間分の嗅ぎたばこのしみでいつだって黒ずんでいる——で振り払おうとするのだがまるで効き目がなかったから。

ぼくは中に入ってあの人を見たかったが、ドアをノックする勇気がなかった。通りの陽《ひ》の当たる側をゆっくりと歩き去りながら、通りすがりに、店のウインドーに貼ってある芝居の広告を一枚残らず読んでいった。奇妙だったのは、ぼくも、また今日という日も、どちらも喪中気分にないらしいことで、それどころか、ぼくがいまいましくさえ思うのは、まるで自分が彼の死によってなにかから解き放たれたかのような、ある解放感を自分のなかに発見していることだ。これには驚いた。だって、おじが前の晩に言ったように、あの人がぼくにたくさんのことを教えてくれたからだ。ローマのアイルランド神学校の出で、ぼくにラテン語の正しい発音を教えてくれた。ローマの地下墓地の話やナポレオン・ボナパルトの話をしてくれたし、ミサのさまざまな儀式の意味や司祭が着るさまざまな法衣の意味を説明してくれた。ぼくに難しい質問をして悦に入ることだってあり、たとえば、しかじかの場合に人はどうすべきかとか、これこれの罪は大罪か小罪か単なる落ち度かとか問うのだった。あの人の質問のおかげで、ぼくはそれまでずっと単純極まりない行為とみていた教会の例のしきたりが、ほんとうはすごく複雑で神秘的であることがわかった。すると、聖体拝領であれ、告解室の秘密であれ、司祭のお勤めというのが、ぼくにはとても重大に思えてきたので、だれにせよ、そんなお勤めをよくも引き受ける勇気があったものだとあきれた。だから、あの人がぼくに、こういう込み入った難問題をことごとく解明するために、初期キリスト教の教父たちは、厚さが

《郵便局用人名帳》[22]ほどもあって、新聞の訴訟記事のようにぎっしりと活字の詰まった本を何冊も書いているのだ、と教えてくれたときは、べつに驚きはしなかった。これを思うと、ぼくは答えに窮《きゅう》したり、ひどく馬鹿げた、しどろもどろの答えしかできないことがよくあった。すると、あの人はきまってにっこり笑って、二、三度うなずいたものだ。時には、ぼくに前もって暗記させたミサ[23]の応唱を言わせることがあり、ぼくが早口で唱えると、あの人は物思わしげにほほえんでうなずき、時おりたくさんつまんだ嗅ぎたばこを鼻の孔《あな》に左右交互に押しこんでいた。あの人はほほえむと、大きな変色した歯をむき出し、舌を下唇の上にのせたものだった——この癖は、知り合って間もなく、まだ彼をよく知らないうちは、ぼくを不安な気持ちにさせた。

　日なたを歩いていきながら、ぼくはコッターじいの言葉を思いだし、夢の中であのあと何が起こったのかを思いだそうとした。思いだしてみると、長いビロードのカーテンと吊《つ》り下がった古風なランプがあった。はるか遠い、風習が一風変わったどこかの国にいたような気がした——ペルシャ[24]にいたのだ、とぼくは思った……。しかし、夢の終わりは思いだせなかった。

　夕方、おばはぼくを連れて、喪中の家を訪ねた。もう日は沈んでいたが、西向きの家々の窓ガラスは大きな層雲の金茶色を反射している。ナニーばあさんは玄関でぼくたちを迎えた。大声で話しかけたりしたらみっともなかっただろうからか、おばは握手を交わしただけだった。老婆は、ごらんになりますと問いかけるように、上を指さし、おばがうなずくと、先に立って狭い階段をえっちらおっちらと上がっていったが、そのうなだれた頭は手すりの高さの上にはほとんど出なかった。最初の踊り場で彼女は立ち止まって、ぼくたちを差し招き、死者の部屋の開かれたドアの方へどうぞというようにうながした。おばが中に入ったあと、老婆はぼくが入るのをためらっているのを見て、またもぼくをくり返し手で差し招き始めた。

　ぼくは忍び足で入っていった。部屋にはブラインドの端にある紐《ひも》のところから差し込む薄暗い金色の光がみなぎり、その光の中ではろうそくがまるで青白い弱い炎に見える。あの人は棺《ひつぎ》に入っていた。ナニーばあさんが先導し、ぼくたち三人はベッドの足元にひざまずいた。ぼくは祈るふりをしたけれど、考えをまとめられなかった。老婆のつぶやきがぼくの気を散らしたからだ。彼女のスカートの後ろに付いているホックがぶかっこうに止められているのや、ズック靴のかかとが両方とも片側だけ磨り減っているのが目についた。ぼくの頭にとっぴもない考えが浮かび、老司祭はそこの棺の中で横たわりながらにっこり笑っているのではないかと思えた。

　だが違っていた。ぼくたちが立ち上がって、ベッドの枕もとに行ってみると、あの人はほほえんでいなかった。そこに横たわるあの人は、(25)厳かでおおらかであり、祭壇に向かうときのように聖職服をまとい、大きな両手に聖杯を力なく持ち続けている。顔はとても獰猛《どうもう》で、灰色で大きく、鼻の孔が暗い洞穴のようであり、まばらな白い和毛《にこげ》が顔のまわりに生えていた。部屋には重苦しい匂《にお》いが立ち込めている――花だ。

　ぼくたちは十字[26]を切って、その場を離れた。階下の小さな部屋に入ってみるとイライザばあさんが故人の肘掛け椅子に正装して腰かけていた。ぼくが、手探りで隅っこのいつもの椅子の方へ進んでいく間に、ナニーばあさんは、食器棚へ行って、シェリー酒入りデカンターと幾つかのワイングラスを持ち出した。これらをテーブルの上に置き、ぼくたちに少し飲んだらと勧めた。それから、姉の言いつけで、シェリー[27]酒をグラスに注ぎ、ぼくたちに手渡してくれた。ぼくにはクリームクラッカーも少しどうかとしきりに勧めてくれたが、断ったのは、食べたらとても大きな音を立てると思ったからだ。ぼくが辞退したことにいくぶんがっかりした様子で、彼女はそっと長椅子へ行って、姉の後ろに腰をおろした。だれも口をきかない。ぼくたちはみんな火のない暖炉を見つめた。

　ややあって、イライザばあさんがため息をつき、それを受けておばが言った、

――ああ、これで、あの方はもっといい国に行ってしまわれたんですものね。

イライザばあさんはふたたびため息をつき、同意のしるしに頭を下げた。おばはワイングラスの脚を指でいじってから、ちょっとすすった。

――あの方は……安らかに？　とおばがたずねた。

――それはもう、安らかだったよ、奥さん、とイライザばあさんは言った。いつ息を

引き取ったんだかわからなかったぐらいだよ。大往生だった、ありがたいことにねえ。

——で、万事……？

——(28)オルーク神父さんが火曜日に来てくださってねえ、(29)終油を塗ってくだすったり、覚悟を決めさせたり、なにもかもしてくださったんだよ。

——それじゃ、あの方はおわかりだったのね？

——すっかり観念してたよ。

——すっかり観念したお顔ですものね、とおばは言った。

——湯灌《ゆかん》に雇った女もそう言ったよ。ほんとうに眠っているみたいなお顔だ、すごく安らかで観念しきったお顔だ、ってね。あんなにねぇ美しい亡骸《なきがら》になるなんて、だれも思わなかったよ。

——いや、ほんとに、とおばは言った。

彼女はグラスからもうちょっとすすって、言った、

——ところで、フリンさん。いずれにしても、あなた方にはたいへんな慰めになるはずですわよ、あの方にできるだけのことをしてあげたってお考えになれば。(30)お二人ともよくお尽くしになったんですもの、まったくの話が。

イライザばあさんは服の膝《ひざ》のしわを伸ばした。

——ああ、かわいそうなジェームズ！　と彼女が言った。わたしらは、たしかに、貧

乏は貧乏なりにね、できるだけのことをしたんだよ——なに一つ不自由はさせたくなかったからね、あの人が生きている間はねえ。

ナニー[31]ばあさんは頭をソファーの枕にもたせていて、今にも眠りに落ちようとしているようだった。

——ナニーもかわいそうに、とイライザばあさんは彼女を見ながら言った、この人疲れきっているんだよ。わたしらでなにもかもみんなやってのけたんだよ、この人とわたしとで、湯灌女を雇って、それから遺体の納棺準備をして、それから納棺をして、それから礼拝堂でミサをする手配をしたのよ。オルーク神父さんがいらっしゃらなかったら、わたしら、一体どうなってたことやら。あの方が、あすこの花みんなと礼拝堂からあのろうそく立て二本を持ってきてくださったんだよ、《フリーマンズ・ジェネラル》[32]に死亡通知を書いてくださったり、それに墓地[33]用やら、かわいそうなジェームズの保険金用やらの書類の世話をみんな引き受けてくださったんだよ。

——ご親切にしてくださったじゃないですか？　とおばは言った。

イライザばあさんは目を閉じて、首をゆっくりと横に振った。

——ああ、古くからの友ほどいい友はいないよ、と彼女は言った、なんだかんだ言っても、信用のおける友なんていやしないんだからね。

——ほんと、そうですよ、とおばは言った。それにこれも確かですわよ、あの方はあの世に行かれても、あなた方のことも、あなた方が親切にお尽くしなさったことも、お忘れにならないってことを。

——ああ、かわいそうなジェームズ！　とイライザばあさんが言った。あの人わたしらに大した面倒をかけたわけじゃないんだよ。家の中にいても物音一つ立てなかった、それは今と同じよ。それでも、たしかにあの人は行ってしまったよ、きれいさっぱり、あの……。

——あの方がいなくてお寂しくなるのは、なにもかも終わったときですよ、とおばが言った。

——それはそうよね、とイライザばあさんは言った。あの人に牛肉のスープを持っていくことはもうないし、奥さん、あんたも嗅ぎたばこを届けさせてくれることもないんだよね。ああ、かわいそうなジェームズ！

　彼女は言葉を切り、まるで過去と語り合っているようだった。それからずばっと言った、

——あのね、わたし気がついていたの、あの人ここんとこ、なにか様子が変になってきているって。スープを持っていってあげるたびに、あの人ったら聖務日課書[34]を床に落としたまま、椅子の背にもたれて口を開けているのよ。

　彼女は指を一本鼻にあてがって、顔をしかめた。それから言葉を続けた、

——けど、そんなんでも、あの人は言い続けていたよ、夏が終わる前に、いつか馬車で出かけて行って、もう一度[35]アイリッシュ・タウンのわたしらみんなが生まれたあの古い家を見に行くんだって、わたしもナニーも連れてね。オルーク神父さんがあの人に言っていた、音のしないあの最新流行の馬車を一台借りさえできたら——それって[36]中風入り《ルーマチック》車輪の馬車なのよ——一日貸切で安く借りられたなら、あの人が言うには、道向こうのジョニー・ラッシュの貸馬車屋でだが、そしたらわたしら三人一緒に日曜の夕方にでも出かけようってね。あの人そう心に決めていたのに……。かわいそうなジェームズ！

——主よ、あの方の御魂にお慈悲を！　とおばが言った。

イライザばあさんはハンカチを取り出して、それで目をぬぐった。それからそれをポケットに戻すと、しばらくの間、無言のままで火のない火床《ひどこ》を見つめた。

——あの人、几帳面すぎたんだよ、いつも、と彼女が言った。司祭のお勤めはあの人には荷が重過ぎたんだよ。それで人生が、言ってみれば、狂ったんだよ。

——そうですね、とおばは言った。あの方は失意の人だったんですよ。見ればわかりますわよ。

沈黙が小さな部屋を占領すると、ぼくはそれに乗じて、テーブルに近づいていって自分のシェリー酒を口に含み、それからそっと隅のぼくの椅子に戻った。イライザばあさんは深い物思いに耽《ふけ》っているらしかった。彼女が沈黙を破るまでぼくたちは敬意を払っ

て待った。そして長い間《ま》をおいたのちに、彼女はゆっくりと言った、

——あの人が割ったあの聖杯だった……。あれが事の始まりだったんだよ。もちろん、なんでもなかったそうよ、つまり、中にはなにも入っていなかったんだって。しかしそれでもねえ……。[37]侍《じ》者《しゃ》の少年の落ち度だったそうだけどね。だけど、かわいそうにジェームズはそれをとても気に病んでしまったんだよ。神様、あの人にお恵みがありますように！

——まあ、そうでしたの？　とおばは言った。ちょっとは聞いてたんですけど……。

イライザばあさんはうなずいた。

——それがあの人の心にひどく応《こた》えたんだよ、と彼女が言った。あれからふさぎ込みだしてねえ、だれとも話をしなくなって、一人でぶらついたりしたのよねえ。そうしたある晩ね、お勤めに呼ばれて出向かなくてはならなかったのに、あの人どこにいるのかわからなくなっちゃたんだよ。みんなでそこいらじゅうを捜したんだけど、それでもどこにも見あたらなくってね。そのとき、書記さんが礼拝堂を捜してみようとおっしゃったんだよ。そこで、鍵を持ち出して、礼拝堂を開けて、書記さんとオルーク神父さんとそこに居合わせたもう一人の司祭さんが明かりを持って入り、あの人を捜そうとしたら……。そしたら、なんとまあ、そこにいたんだって、ひとりぼっちで告解室の暗がりに座り込んでて、目を見開いて、忍び笑いをするみたいにして。

彼女は、聞き耳を立てるためのように、不意に言葉を切った。ぼくも聞き耳を立てた。けれど家の中には物音一つしなかった。ぼくにはわかっていた、あの老司祭は、ぼくたちがさっき見たとおり、ひっそりと棺の中で、おごそかで獰猛な死に顔をして、胸には空っぽの聖杯を載せて、横たわってるってことを。

イライザばあさんは言葉を続けた、

——大きな目を開いて、忍び笑いをするみたいにして……。そこで、もちろん、みなさんはね、それをごらんになって、お思いになったんだよ、あの人がね、少し頭がおかしくなっているって……。

ある出会い

4

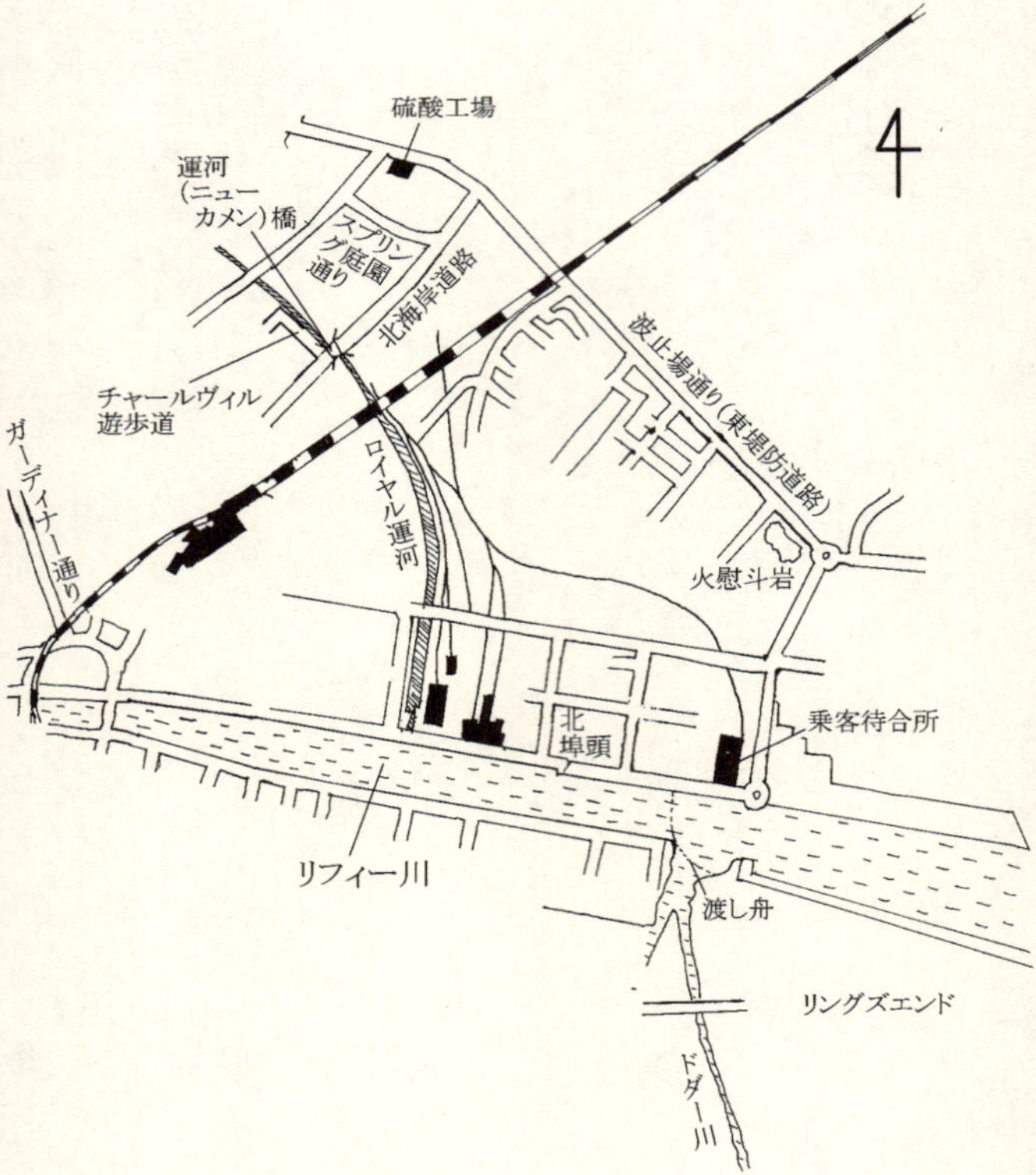

硫酸工場
運河（ニューカメン）橋
スプリング庭園通り
北海岸道路
波止場通り（東堤防道路）
チャールヴィル遊歩道
ガーディナー通り
ロイヤル運河
火熨斗岩
北埠頭
乗客待合所
リフィー川
渡し舟
リングズエンド
ドダー川

アメリカ西部劇の世界をぼくらに紹介したのは、ジョー・ディロンだった。彼はわずかながら蔵書を持っており、《ユニオン・ジャック》(1)や《勇気》や《半ペニーの驚異》の古い号の雑誌類である。毎夕放課後、ぼくらは彼の家の裏庭に集まり、インディアン戦争ごっこの手はずを決めた。彼と彼のでぶで怠け者の弟レオは馬小屋の二階の干し草置き場を守る側を取り、ぼくらは強襲してそれを攻め落とす側にまわった。そうでなければ、芝生の上で正々堂々と対戦した。しかし、ぼくらがどんなに善戦しても、包囲攻撃でも対戦でも一度も勝ったためしがなく、勝負はすべてジョー・ディロンの戦勝踊りで幕を閉じた。彼(2)の両親は、毎朝八時に、ガーディナー通りの教会のミサに出かけ、ディロン夫人の平穏な匂いが家の玄関の間《ま》にこもっていた。しかし、彼のほうは、年下で臆病なぼくらに、果敢に戦いを挑んだ。彼はどことなくインディアンのように見えた、古いポットカバーを頭にかぶり、拳《こぶし》でブリキ缶をたたきながら庭をはねまわって、わめき声をあげるからだ。

——ヤア(3)！　ヤカ、ヤカ、ヤカ！

その彼が司祭職につくようにお召しをうけたと知らされたときには、だれ一人信じようとはしなかった。それにもかかわらず、それは本当だった。

反抗の精神がぼくらの間に染み渡り、そうしたなかでは、教養とか体質なんかの違いは棚上げされた。ぼくらは団結した、ある者は大胆に、ある者は冗談のつもりで、ある者はほとんど怯《おび》えながら。この最後の連中、つまり、がり勉とかひ弱とか思われたくなくて、嫌々ながらインディアンになった連中のなかに、ぼくはいた。西部劇文学のなかの冒険物はぼくの性にあわないが、少なくとも逃避(4)のドアを開けてくれたことはたしかだ。ぼくは、髪をふり乱した、荒っぽい、美しい娘たちが時どき出没する、アメリカの探偵小説のほうが好きだ。こういう物語には悪いところはなかったし、文学的な狙いがあることはあったのだけれど、学校(5)ではこっそり回覧された。ある日、バトラー神父がローマ史の四頁分を暗唱させ、そのおさらいを聞いているときに、どじなレオ・ディロンは《半ペニーの驚異》を一冊持っているのを見つかった。

――この頁か、それともこの頁か？　この頁か？　さあ、ディロン、立て！　〈その日がまだ……〉さあ、続けて！　どんな日だ？　〈その日(6)がまだ明けぬうちに……〉勉強してきたのか？　ん、そのポケットに入っているのはなんだ？

レオ・ディロンがその雑誌を手渡しているとき、みんなは心臓がドキドキし、知らん顔をした。バトラー神父は眉をひそめながら頁をめくった。

――何だ、このくだらんものは？　と彼は言った。《アパッチ(7)の酋長！》お前はこんなものを読んでるのか、ローマ史を勉強せずに？　この学校ではこういうくだらんものを二度と見せんでくれんか。それを書いた男は、思うんだけれど、酒代のためにこういうものを書くへぼ文士だろうよ。呆《あき》れたもんだ、お前たちのような教育のある少年が、こういうものを読んでいるなんて。お前たちが、まあ……(8)国民小学校の生徒なら、話はわかるけどな。さあ、ディロン、はっきり言っておく、しっかり勉強しないと……。

　まじめな授業時間中のこの叱責《しっせき》によって、ぼくには西部劇の栄光はひどく色あせてしまい、それにレオ・ディロンのどぎまぎした膨れっ面《つら》がぼくの良心を少しばかり目覚めさせた。しかし学校の拘束力が遠のくと、ぼくはまたもや激しい興奮を、あの混乱期の物語だけがぼくにあたえてくれると思える逃避を、渇望しだした。そのうちに夕方の戦争ごっこもぼくにとって、午前中の学校の日課と同じくらい、うんざりしたものになった、ぼくの身に本物の冒険が起こってほしかったからだ。だが本物の冒険は、よく考えてみると、家にひっこんでる人たちには起こりっこない、外に求めなくっちゃあ。

　夏休みが近づくころ、ぼくは、たとえ一日でもいい、退屈な学校生活から抜けだそうと決心した。レオ・ディロンとマーニーという少年とぼくとで、学校を一日さぼる計画を立てた。ぼくらはそれぞれ六(9)ペンスずつ貯めた。朝一〇時に運河橋で落ち合うことにした。マーニーの姉さんが彼のために欠席届を書いてくれることになり、レオ・ディロンのほうは兄さんに病気だと言ってもらうように頼むつもりだった。ぼくらは波止場通りを歩いて行って、船がたくさん泊まっている所まで行き、そこから渡し船で川向こうへ渡り、歩いて(10)鳩の家《ピジョン・ハウス》を見に行く、という段取りを決めた。レオ・ディロンが心配したのは、バトラー神父か学校のだれかと出会うかもしれない、ということだ。しかし、マーニーは、すごくもっともな質問を返して、バトラー神父は鳩の家になんの用があるんだよう、と言った。ぼくらはほっとした。そこで、ぼくは計画の第一段階の終わりとして、二人から六ペンスずつ集め、同時に二人にぼく自身の六ペンスを見せた。その前夜、最後の打ち合わせをしているときには、みんななんとなく興奮していた。ぼくらが笑いながら握手をすると、マーニーは言った、

——じゃあ明日な、相棒。

その夜は寝つきが悪かった。朝、ぼくが最初に橋に着いた。一番近くに住んでいるからだ。庭の隅っこにだれも来ない灰溜《だ》めがあり、その傍《そば》の深い草むらに教科書を隠してから、運河の土手づたいに急いだのだ。六月の第一週の、陽光いっぱいの穏やかな朝だった。ぼくは橋の手すりの笠石にきちんと腰掛けて、前夜のうちにパイプ粘土(11)でせっせと白く塗ってきれいにしておいたきゃしゃなズック靴に見ほれたり、素直な馬たちが勤め人たちを乗せた鉄道馬車を引っぱって丘を登ってくるのを眺めたりしていた。遊歩道(12)に立ち並ぶ高い木々の枝はすべて、小さな薄緑色の葉で華《はな》やかに輝いていて、太陽の光がその葉を通り抜けて斜めに水面に射していた。橋の御影《みかげ》石がぽかぽかし始め、ぼくはその石を両手で軽くたたき始めた、頭に浮かぶメロディ(13)に合わせて。とても幸せだった。

五分から一〇分ほどそこに座っていると、マーニーの灰色の服が近づいてくるのが見えた。にこにこしながら丘を上がってきて、橋の上のぼくの横によじ登った。ぼくらが

待っている間に、彼は内ポケットからはみ出しているパチンコを取り出して、それに改良を加えたところを説明した。なぜそんな物持ってきたんだ、とぼくがたずねると、彼はこれ持ってきたのは鳥を少しおちょくるためさ、と言った。マーニーは俗語をどしどし使い、バトラー神父のことを[14]ブンゼンバーナーと呼んだ。ぼくらはもう一五分かそこら、待ち続けていたが、しかしレオ・ディロンの来る気配はなかった。ついに、マーニーは飛び降りて言った、

――もう行こう。あのでぶ公、思ったとおり、びびりやがったぜ。

――で、あいつの六ペンスは……？　とぼくが言った。

――それは罰金だ、とマーニーが言った。その分だけおれたちは得をするわけだ――一シリング[15]のところが一シリングと六ペンスになるもんな。

ぼくらは北海岸道路を歩いて硫酸工場まで行き、そこで右に曲がって波止場通りを歩いた。マーニーは人気《ひとけ》がなくなるとすぐに、インディアンの真似をするようになった。彼が石を挟んでいないパチンコを振り回しながら、[16]ぼろ服を着た女の子の群れを追いかけ、二人のぼろ服を着た少年が騎士道精神からぼくらに石を投げ始めると、彼はやつらに突撃しようと言いだした。ぼくは男の子たちが小さすぎると反対した。そこで、二人が歩き続けると、そのぼろ服の一隊は〈[17]オムツ新教徒《プロテスタント》やーい！　オムツ新教徒やーい！〉と後ろからはやし立てた。ぼくらを新教徒だと思ったのだ、マーニーが浅黒い

顔つきで、帽子にクリケット[18]・クラブの銀のバッチを付けていたから。ぼくらが火熨斗《ひのし》岩に来ると、包囲攻撃の計画を立ててみたのだが、うまくいかなかった。それには少なくとも三人が必要だからだ。そこで、ぼくらは、レオ・ディロンに恨みをはらそうとして、なんてえ臆病なやつなんだと言ったり、三時[19]にライアン先生から幾つ鞭《むち》で打《ぶ》たれるだろうかとあてっこした。

ぼくらはそれから川[20]の近くへ来た。両側を高い石壁に囲まれたざわざわした通りをぶらぶら歩いたり、クレーンやエンジンの動かし方を見つめたり、二人がじっと突っ立っているのでギイギイいう荷馬車を引く人たちからたびたび怒鳴りつけられたりしていると、時間があっという間に過ぎてしまった。波止場に着いたのは正午だった。労働者たちはみんな昼食をとっているようだったので、ぼくらは大きなぶどうパンを二つ買い、川のそばの鉄管の上に腰を下ろして食べた。ダブリンの交易の光景を目《ま》の当たりにして満足した——渦巻いた羊毛のような煙によって、はるか遠くからでも目印となる艀《はしけ》、リングズエンド沖にいる茶色い漁船隊、川向こうの波止場で荷降ろしをしている大きな白い帆船。マーニーは、あの大きな船のどれかに乗って海に遁《とん》ずらしたら、たまんねえだろうな、と言った。ぼくでも、高いマストを眺めていると、学校でわずかだけ教えてもらった地理が目の前でしだいに実体のあるものになっていくのが見えた、というか見えるように思った。学校や家はぼくらから遠ざかっていくように思われ、ぼくらにあたえるそれらの影響力も弱まっていくように思われた。

ぼくらは渡し船でリフィー川を渡った。輸送料金を払って乗船すると、二人の労働者とかばんを持った小柄なユダヤ人とが一緒だった。ぼくらは厳粛なまでにまじめくさっていたのだが、短い航海中に一度だけ二人の目が合うと、笑ってしまった。陸に上がると、さっき向こう岸の波止場で目にした優雅な三本マストの帆船から荷を降ろす作業を見つめた。ある見物人があれはノルウェー船だと言った。ぼくは船尾の方へ行って、そこに記された船名を解読しようとしたが、それがうまくできなかったので、元の場所に戻り、外国の船員たちを調べてみた、緑色の目をした男がいないかどうかをこの目で確かめたかったのだ。ぼくには緑色の目にまつわる、ある途方もない考えがあったからだ……。船員たちの目は青色があり、灰色があり、黒色もあった。目玉が緑色と呼べそうな船員は、ただ一人だけいて、背が高い男であり、厚板が降りてくるたびに、波止場の群衆を笑わせるような、陽気な声をはりあげた、

――オーライ！　オーライ！

この光景に見飽きると、ぼくらはリングズエンド(21)の方へゆっくりと歩いていった。その日は蒸し暑くて、どの乾物店のウインドーにもカビ臭いビスケットが日光にさらされたままだった。ぼくらは、ビスケットとチョコレートを幾らか買ってむしゃむしゃ食べながら、漁師の家族たちが住むごみごみした通りをぶらついた。牛乳店が見つからなか

ったので、辻商《つじあきな》いの店に入っていき、木いちご入りレモン水を一本ずつ買った。これで元気を回復すると、マーニーは細道で猫を追いかけたが、しかし猫は広い原っぱに逃げてしまった。二人ともかなり疲れてしまい、原っぱに到着すると、すぐにゆるやかな土手の方へ急いだ。そのてっぺんから(22)ドダー川が見えた。

もうかなり遅すぎたし、ぼくらも疲れ果てていたので、鳩の家へ行く計画を実行するのはできそうになかった。冒険がばれないためには、四時前には家に帰っていなければならない。マーニーは未練がましくパチンコを眺めており、そこで汽車で帰ろうと持ちかけてみたら、彼はとたんに元気をとりもどした。太陽が雲の陰に入ってしまい、ぼくらに残されたのは、へとへとに疲れた思いと食べ物のくずだった。

原っぱにはぼくら以外はだれもいなかった。しばらく黙ったまま土手に寝そべっていると、一人の男が原っぱのはるか向こうから近づいてくるのが見えた。ぼくは、女の子たちが運勢占いに使う緑草の茎を一本嚙《か》みながら、ものうげに彼を見守った。彼は土手に沿ってゆっくりとやってくる。片手を腰にあて、もう一方の手に持った杖で軽く芝生をたたきながら歩いてくる。彼は緑がかった黒色のみすぼらしい服を着て、ぼくらがジエリー帽と呼んでいたフェルトの山高帽子をかぶっている。かなり年取っているらしい、口ひげが白っぽい灰色だから。足元を通り過ぎるときに、ぼくらをすばやくちらっと見上げ、そのまま歩き続ける。ぼくらが目で追っていると、彼は五〇歩ほど行ってから向きを変えて、来た道を後戻りするようになった。彼はたえず杖で地面をたたきながらぼくらの方にのろのろと歩いてくるのだが、あまりにものろのろと歩いてくるので、草むらになにか探し物でもしているのかと思った。

男は、ぼくらがいるのと同じ高さの所まで登ってきて立ち止まり、こんにちは、と言った。ぼくらが彼に答えると、斜面のぼくらの横に注意を払ってゆっくりと腰をおろした。彼は天気について語り始め、とても暑い夏になるだろうと言い、子供のころ——ずっと昔のことだが——に比べると、気候はがらっと変わってしまった、とつけ加えた。人生で一番幸せな時期は疑いもなく学童時代だ、もういっぺん若くなれるならなにを差しだしてもいい、と言った。彼がこういった感情を述べている間、ぼくらは少しばかりうんざりしたが、黙ったままでいた。その次に、彼は学校や本について語り始めた。彼がぼくらにたずねてきたのは、[23]トマス・ムアの詩とか、ウォルター・スコット卿やリットン卿の作品を読んだことがあるか、だった。ぼくは彼が挙げた本はどれも読んだことがあるというふりをすると、ついに彼は言った、

——なるほど、きみはわしのように本の虫らしいな。さて、と彼は、ぼくたちを丸い目で見つめているマーニーを指さして、言い加えた、彼は違う、遊びに熱中するほうだな。

男は、ウォルター・スコット卿の全作品とリットン卿の全作品が家にあり、読み飽き

ることは絶対にないと言った。むろん、と彼は言った、リットン卿の作品のなかには子供たちが読むことができないものだってある。マーニーはどうして子供たちが読むことができないんだようとたずねた——この質問がぼくをやきもきさせ、ぼくの心を痛めた、男がぼくもマーニーと同じように頭が鈍いと思って[24]しまうのではないかと恐れたからだ。しかしながら、男はほほえんだだけだった。彼の口の黄色い歯の間には大きな隙間があるのが見えた。それから彼がたずねたのは、ぼくらのどっちのほうに恋人が多いのかだった。マーニーは、すけ《タティ》は三人いるよとあっさり言ってのけた。男はぼくに何人いるんだいとたずねた。一人もいないとぼくは答えた。彼は信用しようとせず、きっと一人はいるに違いないと言った。ぼくは黙っていた。

——じゃあ、とマーニーは生意気にも男に言った、おっさん自身は何人いるのさ？

前と同じように男はほほえんで、ぼくらと同じ年ごろにはすごくたくさんの恋人がいたんだと言った。どんな男の子だって、と彼は言った、かわいい恋人が一人はいるもんだよ。

この点に関しての彼の態度は、年のわりには不思議なほど偏見にとらわれていないな、とぼくには思えた。男の子や恋人について彼が言うことはもっともだと内心思った。しかし、彼の口からでる言葉は好きになれなかった。一、二度身震いするのはなぜだろうか、まるでなにかを怖がるかあるいは急に寒けを感じるかのようだ。彼が話し続けるうちに、その話し方には品があるのに気がついた。彼は女の子についてぼくらに話すようになり、女の子ってなんと素敵で柔らかい髪の毛をしていることか、その手はなんと柔らかいことか、だがいったんわかってみると、女の子なんてどの子だって見かけほどよいわけじゃないんだ、と言った。かわいい若い女の子や、その素敵な白い手や、その美しい柔らかい髪の毛を眺めるのが一番だね、と彼は言った。彼には、暗記してきたことをくり返しているという感じや、あるいは自分の話のなかのある言葉に引き寄せられて、彼の心が同じ軌道をゆっくりとぐるぐる旋回しているという感じがあった。時には彼その話し方はだれもが知っている事実を指《さ》しているだけというようであり、時には声を潜めてわけありげに話すと、それは他人に盗み聞かれたくない秘密事を語っているかのようだ。同じ言葉づかいを何度も何度もくり返し、そして部分的に言い換え、その言葉を単調な声で包みこんだ。ぼくは彼の話に耳を傾けながら、土手のすその方を見つめていた。

長いこと経ってから、彼の独白は途切れた。彼はゆっくりと立ち上がって、一分かそこら、ほんのちょっとだけ、ぼくらのもとを離れなければならないと言った。ぼくは視線の向きをそのまま変えなかったが、ぼくの目には、彼がぼくらからゆっくりと歩き去って原っぱのこちら側の面の端《はし》へ行くのが見えた。彼が行ってしまっても、ぼくらは黙ったままだった。二、三分ほど沈黙があってから、マーニーが叫んだ、

――おい！　見ろよ！　やつのやっていることを！

ぼくが答えもせず目も上げずにいると、またもマーニーは叫んだ、

――おい……やつは変てこなエロ爺《じじい》だぜ！

――おれたちに名前を聞いてきたら、とぼくは言った、[25]おまえはマーフィーでおれはスミスだからな。

二人は互いにそれ以上はなにも言わなかった。ぼくは立ち去ろうかどうかをじっとしたまま思案していると、その男が戻ってきてふたたびぼくらのそばに腰をおろした。彼が腰をおろしたとたんに、マーニーは、さっき彼から逃げた猫を見つけ、飛び起きて追っ掛け、原っぱを突っ切って行った。男とぼくはその追いかけっこを見つめた。猫はまたしても逃《のが》れ、マーニーは彼女《ねこ》がよじ登った壁に向かって石を投げ始めた。これをあきらめると、彼は原っぱの向こう側の面の端あたりをぶらぶらし始めた、あてもなく。

ちょっと間をおいてから、男がぼくに話しかけた。ぼくの友だちはとても乱暴な子だと言い、学校ではたびたび鞭で打《ぶ》たれるのでは、とたずねてきた。ぼくはムッときたので、ぼくたちは国民学校の生徒じゃないから、そういうような〈鞭で打たれる〉なんてことはない、と答えようとした。だが、黙ったままでいた。彼は少年たちを折檻《せっかん》することを話題にしだした。彼の心は、またしても自分の話に引き寄せられるかのように、その新しい中心のまわりをゆっくりとぐるぐる旋回するようだった。彼が言うには、男の

子たちがあんなふうだったら、鞭で打たれるべきだ、それもたっぷりと打たれるべきだ。男の子が乱暴で言うことを聞かないときは、その子に一番効き目があるのはたっぷり容赦なく鞭打つことなんだよ。手をぴしゃっとたたいたり、横っ面《つら》をはったりしたって効き目なんかはない。ぼくは、そういう子に必要なのは、したたか強く鞭打ちを食《く》らわしてやることなんだ。ぼくは、この意見にびっくりして、思わず男の顔をちらっと見上げた。すると、暗緑色の二つの目と視線が合った。その目はピクピク動く額の下からぼくをじっと見つめていたのだった。ぼくは自分の目をふたたびそらした。

その男は独白を続けた。さっきの寛大な態度はどっかへ吹っ飛んだみたいだ。彼が言うには、男の子が女の子たちに話しかけたり、その子に女の子の恋人がいるのを見つけようもんなら、鞭で打ちまくってやるんだ。そうやって女の子たちに話しかけてはいけないとわからせてやるんだ。男の子が女の子の恋人がいるくせに嘘《うそ》をついたら、そのときはどの男の子もこの世で受けたことのないような(26)鞭打ちを食らわせてやるんだ。この世でこれほど好きなものはなにもない、と言った。男は、自分だったらそういう少年に鞭でどんなふうに打つかをぼくに向かって述べた、まるで複雑に込み入った謎を解き明かしでもしているかのように。それが好きなんだ、と彼は言った、この世でなによりも。そして彼の声は、彼がその謎のなかを一本調子にぼくを案内して連れていくうちに、愛情がこもっているると言ってよいほどの声になり、自分のことを理解してほしいと訴えているようだった。

　ぼくが待っていると、ついに彼の独白はふたたび途切れた。そのときにぼくはぷいと立ち上がった。動揺をさらけださないように、靴を履き直すふりをしながら少しぐずぐずして、それから、もう行かなければと言い、彼にさよならを告げた。落ちつき払って土手を登っていったが、ぼくの心臓はドキドキ鳴っていた、彼がぼくの足首をつかむんじゃないかという恐怖に襲われたからだ。土手の一番上にたどり着くと、くるりと振り返って、彼を見ずに、原っぱの向こうへ大声を張り上げた、

　――マーフィー！

　ぼくの声にはわざと強がっているような口調があり、自分のつまらぬ策略が恥ずかしかった。もう一度その名前で呼ばねばならず、やっとマーニーがぼくを見て、おおい、と答えてくれた。彼が原っぱを突っ走ってぼくの方へ駆けて来るときに、ぼくの心臓はどんなに[27]高鳴ったことか！　彼はまるでぼくを助け出しに来るかのように走ってきた。そこでぼくは深く悔いた。というのは心のなかで今までずっと彼を少し軽蔑していたから。

アラビー

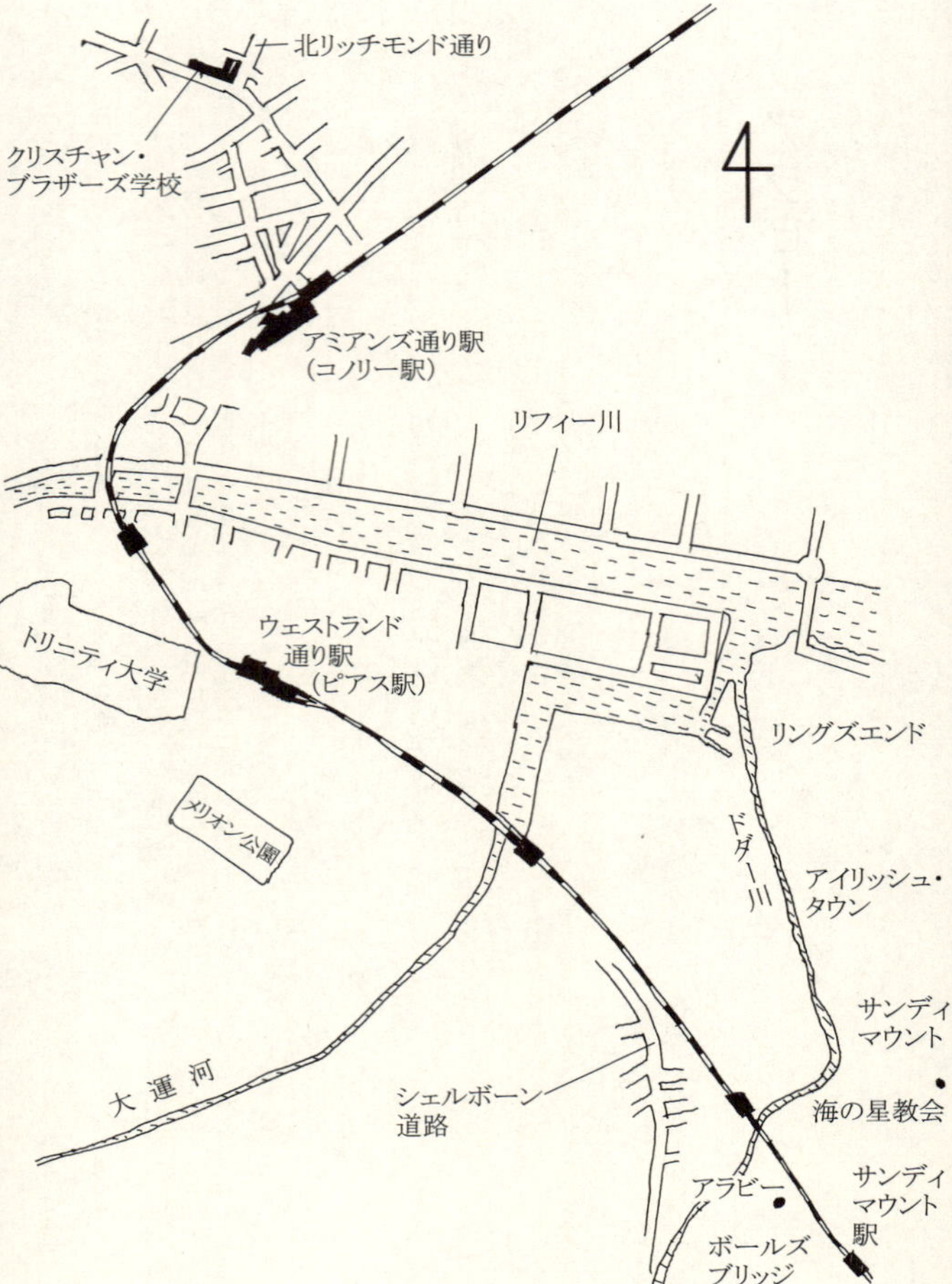

4
北リッチモンド通り
クリスチャン・
ブラザーズ学校
アミアンズ通り駅
（コノリー駅）
リフィー川
トリニティ大学
ウェストランド
通り駅
（ピアス駅）
リングズエンド
メリオン公園
ドダー川
アイリッシュ・
タウン
サンディ
マウント
海の星教会
大運河
シェルボーン
道路
アラビー
サンディ
マウント
駅
ボールズ
ブリッジ

(1)北リッチモンド通りは、袋小路になっていて、(2)クリスチャン・ブラザーズ学校が生徒たちを解放する時間帯を除けば、ひっそりとした通りだ。人の住んでいない二階建ての家が、その袋小路の行き止まりにあり、近所のどの家からも離れて、四角い敷地に立っていた。通りの他の家々は、家の中の上品な暮らしむきを意識して、互いに茶色い落ちつき払った顔で見つめあっている。

以前ぼくたちの家を借りていたのは司祭さんであり、その人は奥の客間で亡くなったのだった。かび臭くなった空気が、長いこと閉じ込められたままだったので、どの部屋にもよどんでおり、台所の裏の空き部屋には無用になった古い書類が散らかっている。その中から紙表紙本を二、三冊見つけだしたら、本の頁がめくれあがり湿っていた。(3)ウォールター・スコットの《僧院長》や、《敬虔《けいけん》な聖体拝領者》や、《ヴィドック回想録》だ。この最後の本は紙が黄色いのでぼくの一番のお気に入りだった。家の裏手の荒れはてた庭には、中央に一本のりんごの木と二、三本の伸びほうだいの灌木《かんぼく》とがあり、その一本の灌木の根元には、亡くなった借家人の錆《さ》びついた自転車の空気入れがあった。彼はとても思いやりのある司祭さんであり、遺言によって、ありったけの金を施設に、そして家具を妹に、それぞれ譲(4)ったのだった。

冬の短い日々が訪れると、ぼくらが昼食をちゃんと済まさないうちに、もう薄暗くなる。ぼくらが通りに集まるころには、家並みはすっかり黒ずんでいた。頭上にひろがるすみれ色をした空は刻々とその色合いが変わっていき、空に向かって街路のガス灯が弱々しい明かりを掲《かか》げている。冷たい空気が肌をさすと、ぼくらは体がほてるまで遊んだ。叫び声はしんと静まった通りにこだました。ぼくらは駆けっこ遊びをしていると、まずは家々の裏手の暗い泥んこの小道に入りこみ、(5)そこでは小さい家々の乱暴者どもが二列に待ち構える間を走り抜け、次にそこの家々の裏口にたどり着くと、暗くてしずくが滴るどこの庭からも灰溜《だ》めの悪臭がたちのぼっており、その次に暗くて臭い馬小屋――そこでは御者が馬の毛を撫《な》でつけ櫛《くし》けずるか、または締め金付きの馬具を揺すって音楽を奏《かな》でている――へ出るのだった。ぼくらが元の通りに戻ると、家々の台所の窓明かりが(6)半地下勝手口《エーリア》にあふれていた。もしぼくのおじさんが角を曲がってくるのが見えると、ぼくらは物陰に隠れておじさんが家にきちんと入るのを見とどけた。また、もし(7)マンガンの姉さんが戸口の上り段に出てきて弟を(8)夕飯に呼ぶと、ぼくらは物陰から彼女が通りをあちらこちらと目をこらすのを見守った。彼女がそこにとどまるのか中に引っ込むのかをしばらく見ていて、もしそのままとどまれば、ぼくらはあきらめて、物陰を出てマンガンの家《うち》の上り段の方へ歩いていった。彼女はぼくらを待っていた。その姿は半開きのドアからの明かりにくっきりと浮かびあがっていた。弟はいつも決まって姉さんをじらしてから言いつけに従い、ぼくは柵《さく》のそばに突っ立って姉さんの方に目を向けていた。彼女の服が体の動きにつれて揺れ、ふんわりと編んだお下げ髪が左右にさっと揺れた。

　毎朝、ぼくは表通りに面した居間の床《ゆか》に寝そべって、彼女のドアを見守った。ブラインドを窓枠から一インチ以内のところまで引き下げておくので、こちらの姿は見られる心配はない。彼女が戸口の上り段に出てくるとぼくの心は躍った。玄関の間《ま》へ走り、本をつかみ、彼女の後をつけた。彼女の茶色の姿をたえず目から離さないようにして、二人の行く道が分かれる地点に近づくと、ぼくは足を早めて彼女を追いこした。くる朝もくる朝もこういうふうだった。二言、三言ちょっとした言葉をかわす以外は、彼女と話をしたことは一度もなかったけれど、彼女の名前はぼくの愚かしい血に集合を掛ける呼び出し状のようだった。

　彼女の面影がぼくにつきまとうのは、ロマンス(9)にまったく適さない場所においてもだった。土曜日の夕方におばさんが市場へ買い物に行くときには、ついて行って包みの幾つかを持ち運ばなければならない。酔っぱらった男たちや値切っている女たちにもみくちゃにされるなかを、ぼくらがガス灯の揺らめく道を通り抜けていくと、どの道でも、人夫たちの怒鳴り声や、豚の塩漬け頬肉《ほほ》(11)が入った樽《たる》を立ち番する店員たちのかん高い連(10)《れん》禱《とう》のような呼び声や、辻音楽師たち(12)――オドノヴァン・ロッサについての〈みなさん、寄っておいで〉とか、わが祖国の抗争についての民謡とかをうたっている――の鼻にかかった詠唱《えいしょう》調の歌声などがすさまじかった。ぼくにとって、これらの騒音は一点に集まって、ただ一つの生の感覚となった。ぼくは敵の群がる中を自分の聖杯(13)を傷つけずに運んでいく気分であった。彼女の名前が時としてぼくの口をついて出た、自分でもよくわからない奇妙な祈りや賛美となって。ぼくの目は涙がいっぱいになることがしばしばあり（それはなぜだかわからない）、時にはぼくの心の奥からあふれ出る洪水が胸にどっと流れ込むように思われた。将来のことなどほとんど考えてもいない。いつか彼女に話しかけることがあるのかそうでないのか、たとえ話しかけるにしても、この心乱れる熱愛の気持ちをどうやって彼女に伝えたらいいのかわからない。しかし、ぼくの体はハープ(14)のようであり、彼女の言葉と仕種《しぐさ》は弦をすばやく奏でる指のようだった。

ある晩のこと、ぼくは司祭さんが亡くなった奥の客間に入っていった。雨の降る暗い晩で、家の中は物音一つしなかった。破れた窓ガラスの一枚をとおして、雨が地面に突き当たる音が聞こえてきた。絶え間なく降る細い雨針《あまばり》がびっしょり濡れた花壇で戯れていた。どこか遠くの街灯かあるいは明かりのついた窓の光がぼくの下の方でかすかに反射していた。ありがたいのはほとんどなにも見えないことだ。ぼくの感覚がすべて自らを覆い隠そうとしたがっているかのように思われた。それらの感覚から自分がはずれてしまいそうな気がしたので、ぼくは両方の掌を震えるまでぴったりと強く合わせて、ささやいていた、〈おお、あなた！　おお、愛する人よ！〉と、何度も、何度も。

ついに、彼女がぼくに話しかけてきた。彼女が最初の言葉をかけてくれたとき、どぎ(15)

まぎしてしまい、どう答えていいかわからなかった。彼女がぼくにたずねたのは、〈アラビー〉(16)に行くのかだった。うんと答えたのか、いやと答えたのか、ぼくは覚えていない。彼女は、すばらしいバザー(17)だろうね、と言った。行ってみたいわ。

——じゃあ、どうして行けないの？　とぼくはたずねた。

彼女は話しながら、手首にはめた銀の腕輪《ブレスレット》をくるくるまわした。行くことができないと彼女は言った。その週は修道院女学校《カンヴェント》(18)で静修があるから。彼女の弟と他の二人の少年は帽子取りをして遊んでおり、ぼくは一人鉄柵のところにいた。彼女は柵の尖頭の一本を握って、頭をぼくのほうにかしげていた。ぼくらがいるドアの向かい側の街灯の光は、彼女の白いうなじの曲線をとらえ、そこに垂れかかっている髪の毛を照らしだし、そして光は下にそそぎこみ、柵に置かれたその手を照らしだした。光は、服の片側にも降りそそぎ、くつろいだ格好で立っている彼女の、ちらっと見える下着《ペチコート》の白い縁《へり》をとらえた。

——あんた(19)はいいわね、と彼女が言った。

——もし行ったら、とぼくは言った、なにか買ってきてあげるよ。

その夕方からというもの、なんという数えきれない愚かな思いつきが、目覚めているときも眠っているときも、ぼくの心の内を荒らしまくったことだろう！　あいだに挟《はさ》まれた長ったらしい日々を抹殺《まっさつ》してしまいたい。学校の勉強なんてむかつくだけだ。夜は寝室で昼は教室で、彼女の面影がぼくとぼくが懸命になって読もうとする頁との間に浮かんでくる。ぼくの魂が静寂にひたって楽しんでいると、〈アラビー〉という言葉の綴《つづ》りがぼくの心に呼び起こされ、それはぼくに東方の魔法をかけた。[20]バザーへ土曜の夜に行く許しをぼくは求めた。おばさんはびっくりして、それがなにかフリーメイソンみたいなもんでなきゃいいがと言った。授業中ぼくは質問にほとんど答えなかった。ぼくが見ている前で、先生の顔が穏やかな表情から厳しい表情に変わっていった。さぼり始めでなきゃいいがと先生は言った。ぼくはあれこれと考えが散らばって集中できない。まじめに生きるということに、ぼくは我慢がならない。というのも、今やそれがぼくの前に立ちはだかって願望のじゃまをするのだから、ぼくにしてみれば、それは児戯《じぎ》に等しく、それも醜い単調な児戯に等しく思えてならない。

土曜日の朝、バザーへ夕方行きたいんだけど、とおじさんに念をおした。おじさんは玄関の外套掛けのところで騒ぎたてながら帽子刷毛《はけ》を捜していて、ぼくに答えてもぶっきらぼうだった、

——ああ、ぼうず、わかってるって。

おじさんが玄関にいるので、ぼくは表の居間へ入って窓ぎわに寝そべることができなかった。不機嫌な気分のまま家を出て、学校の方へのろのろ歩いていった。空気は無情にも冷え込み、すでにぼくの心に不安がよぎった。

ぼくが食事をとりに帰宅してみると、おじさんはまだ帰ってなかった。まだ早い。ぼくは座りこんでしばらく柱時計をにらみつけていたが、そのカチカチいう音にいらいらしだしたので、部屋を出た。階段を昇っていき上階《うえ》にたどり着いた。どの部屋も、天井が高くて肌寒くがらんとして陰気なために、ぼくに解放感をあたえてくれ、ぼくは歌いながら部屋から部屋へと歩きまわった。表通りに面した窓からは仲間たちが下の通りで遊んでいるのが見えた。彼らの叫び声はか細くあまり聞きとれなかった。冷たいガラスに額《ひたい》を押しつけ、彼女が住んでいる暗い家を見やった。そこに一時間も突っ立っていただろうか、見えるものといえば、想像の力でつくりあげた茶色の服姿であり、それも曲線を描いたうなじに、柵に置かれたその手に、服の下からのぞいている下着の縁に、街灯の光が控えめに触れている姿だった。

ふたたび階下へ降りていくと、マーサーおばさんが暖炉のそばに腰かけていた。このおしゃべり婆《ばばあ》は質屋の後家さんであり、なにか宗教上(21)の目的で古切手を集めている。ぼくは食卓のうわさ話にじっとがまんしなければならなかった。食事が一時間以上も延びたのに、まだおじさんは帰ってこない。マーサーおばさんは帰ろうとして立ちあがった。わるいねえ、これ以上は待てないんだけど、八時をまわっているし、遅く出歩きたくないの、夜の空気が体に悪いから。彼女が帰ってしまうと、ぼくは拳を握りしめて、部屋の中をあちこち歩き始めた。おばさんが言った、

——あいにくだけど、お前のバザー行き、どうも延ばしたほうがいいかもしれないねえ、今晩は。

九時に、おじさんが表戸の掛け金の鍵を外している音が聞こえた。ぶつぶつと独り言をいう声が聞こえ、外套の重みを受けて玄関の外套掛けの揺れ動く音が聞こえた。[22]こういった音の気配がなにを意味するのかがぼくにはわかった。晩めしをおじさんが食べている最中に、バザーへ行くお金ちょうだいとぼくはせがんだ。おじさんは忘れてしまっていた。

——みんな床に入ってて、一眠りしたあとだぜ、今時分は、と言った。

ぼくはにこりともしなかった。おばさんが力をこめて言ってくれた、

——この子にお金やって、行かせてやれないの？ こんなに遅くまで待たせたんだし。

おじさんは、ほんとにすまん、忘れてたんだと言った。〈勉強ばかりして遊ばないと子供はだめになる〉っていう古い諺《ことわざ》は正しいんだよなと言った。どこへ行くんだとまたもたずねるので、ぼくがもう一回行き先を告げると、おじさんは〈[23]アラブ人の愛馬との別れ〉を知ってるかとたずねてきた。ぼくが台所を出るときに、おばさんに向かってその詩の冒頭の数行を朗唱して聞かせようとしていた。

ぼくは[24]一フロリン銀貨をしっかと手に握りしめ、[25]バッキンガム通りを駅に向かって大《おお》股《また》で下っていった。どの通りも買い物客でごった返しガス灯がぎらぎら輝いていて、そ

の光景はぼくに旅の目的を思い起こさせてくれた。人気《ひとつけ》のない汽車の三等車に座った。じれったいほど発車が遅れたあと、汽車は駅からのろのろと動きだした。荒れ果てた家々の間を抜けきらきら光る川を渡って、這《は》うように進んだ。ウェストランド通り駅[26]では大勢の人が客車の各ドアに押しよせたが、赤帽たちがバザー行き臨時列車ですよと言いながら押し返した。がら空きの客車にぼくは一人取り残された。数分後に列車は仮設の木造プラットホームに止まった。道路に出てみると、明かりに照らされた時計の文字盤で一〇時一〇分前なのがわかった。ぼくの前に大きな建物が立っていて、あの魔法の名前が目だつようにしてあった。

六[27]ペンスの子供用入場口は一つも見つからず、バザーが閉まってしまうのを恐れて、疲れはてた顔つきの男に一シリングを手渡し、回転木戸をすばやく通り抜けた。気がつくとぼくは大きなホールの中にきており、その中ほどの高さのところには回廊が張りめぐらされていた。売店はほとんどすべて閉まっており、ホールの大部分は明かりが消えていた。礼拝が終わったあとの教会にいきわたっている、あの静けさのようなものをぼくは感じとった。バザーの中央に、おそるおそる、歩いていった。ほんの数人の人がまだ開いている売店のまわりに集まっていた。ある幕の上に〈音楽喫茶《カフェ・シャンタン》〉という文字が着色ランプで書いてあり、その幕の前で二人の男が盆に載せた金を数えていた。ぼくは硬貨の落ちる音に耳をすませた。

自分がなぜここにやって来たのかをようやく思いだすと、ぼくは売店の一つへ近づいていき、磁器の花瓶や花模様のついたお茶のセットなどを念入りに調べた。その売店の入口で、一人の若い女の人が二人の若い男の人と笑ってしゃべっていた。三人のイギリス風の訛《なま》(28)りに気がつき、ぼくはなんとなくその会話に聞き耳を立てた。

——あら、あたしそんなこと言ってません！

——いやあ、たしかに言ったって！

——いいえ、言ってませんて！

——この人そう言わなかったかなあ？

——言ったよ、ぼくも彼女の言ったの聞いたよ。

——いやだ、そんなの……嘘おっしゃい！

その若い女の人は、ぼくがいるのに気づくとそばにやってきて、なんか買いたいもんでもあるのとたずねた。その声の調子は買う気を起こさせるものではなかった。彼女は義務感からぼくに話しかけたらしい。ぼくは、売店の暗い入口の両側に東洋の番兵のように仁王立ちしている、大きな壺《つぼ》を遠慮深げに眺めて、つぶやいた、

——いや、結構です。

若い女の人は花瓶の一つの位置を変え、二人の若い男の方へ戻っていった。三人は同じ話題についてしゃべりだした。一度か二度、その若い女の人は肩ごしにぼくをちらっ

と見た。

ぼくは、ここにいても用がないとわかっていたけれども、彼女の売店の前でぐずぐずしていた、彼女の店の商品への関心をますます本物らしくみせようとしながら。それから、ゆっくりと向きを変えて離れ、バザーの真ん中を歩いていった。[29]一ペニー銅貨二枚をポケットの中で落とすと六ペンス銀貨にあたった。回廊の端《はし》から、明かりを消すぞと叫ぶ声が聞こえた。ホールの上の方はもう真っ暗闇だった。

その暗闇を見上げながら、ぼく[30]は自分が虚栄心に駆り立てられ、それの笑いものになった人間であることに気がついて、ぼくの目は苦悩《アングイッシュ》と怒り《アンガー》に燃えた。

イーヴリン

彼女は窓ぎわに腰かけて、夕闇が並木道に侵入してくるのを見つめていた。頭を窓のカーテンにもたせかけていると、ほこりまみれのクレトン更紗《さらさ》の匂いが鼻孔をついた。疲れていた。

ほとんど人は通らない。いちばん奥に住む男《ひと》が家に帰るために通り過ぎていく。そのコンクリートの歩道に足音がカツカツ響き、そのあと、赤い新しい家々の前の石炭殻《がら》を敷いた小道にザクザクいうのが耳にはいってくる。かつてあそこはずっと原っぱになってて、毎日夕方には、よその家の子たちとよく遊んだものだ。そのうちベルファスト(1)から来た男《ひと》がその原っぱを買って家を何軒か建てた――彼女たちの(2)小《ちっ》ちゃい茶色い家じゃなくて、ぴかぴか屋根の明るいれんがの家を。並木道沿いの子たちはあの原っぱで一緒によく遊んだものだ――ディヴァイン家《ち》の子たち、ウォーターん家《ち》の子たち、ダン家《ち》の子たち、足の悪いキーオゥ坊や、そして彼女や兄ちゃんや姉ちゃんたち。だけど、アーネストはぜんぜん遊ばなかった。もう大きすぎたから。彼女の父さんはしょっちゅうリンボクの杖でみんなを原っぱから家へ追いかえしたものだ。けど、いつだってキーオゥ坊やが〈見張り〉に立って、彼女の父さんが来るのを見ると大きな声で知らせてくれたものだ。それでもみんなわりかし幸せだったみたい、あのころは。父さんだってそんなに酒ぐせが悪くなかった、あのころは。それに、母さんも生きてた。あれはずうっと昔のこと。彼女も兄ちゃんたちも姉ちゃんたちもみんな大きくなった。母さんは死んじゃった。ティズィー・ダンも死んじゃったし、ウォーター一家なんかはイングランドへ戻ってった。なにもかも変わる。今度は彼女もほかのみんなみたいに出ていこうとしてる、捨てるつもりだ、自分[3]のうちを。

うちだって！　彼女は部屋を見まわし、なれ親しんだ物すべてを眺め直した。ずっと何年もの間、週に一回ほこりを払ってきた物ばかりだ、こんだけのほこりがいったいどっからやってくるのかと不思議でたまらなかったけど。たぶんもう二度と見ることなんかないだろう、まさかこの親しんだ物たちとひき離されちゃうなんて夢にも思わなかったんだけど。それはそうと、こわれてる足ぶみオルガンの上の壁に、福者マーガレット・メアリ・アラコック[4]様が約束をお受けになる場面の色刷り版画と並んで、黄ばんだ写真がああして掛かってるけど、あの写真の司祭さんの名前を彼女は何年もの間ずっと知らないままできた。その人は父さんの小学校の友だちだった。お客さんに写真を見せるたびに、父さんはいつだってその横を通りながら、なにげなくよくこう言ってたものだ、

——こいつ、今メルボルン[5]にいるんだ。

彼女は出ていくこと、うちを捨てることを承知してしまっていた。それは利口なことだったかなあ？　彼女は問題の両面を比べて考えてみようとした。うちにいれば、そりゃ寝る所と食べる物はあるし、それにまわりには昔からの知り合いだっている。もちろ

ん、いっぱい働かなきゃいけないんだけど、家でも、仕事でも。お店の人たちなんて言うかなあ、彼女が彼氏と駆《か》け落ちしたなんて知ったら？　馬鹿だよあの娘《こ》、って言うだろうな、たぶん。彼女の持ち場は求人広告でうめられちゃうだろう。ギャヴァンさんなんて喜ぶだろう。あの女《ひと》いつも彼女をいびってたから、とくにほかの人たちが聞いてるときはいつだって。

――ヒルさん、わかんないの、こちらのご婦人方がお待ちになっているのが？

――さっさとしてよ、ヒルさんってば、ねぇ。

あんな店やめたって、涙流して泣くなんてことはしないだろう。

けど、彼女の新しいうちでは、遠くて見たことのない国では、こうはならないだろう。それに結婚していることだし――彼女、イーヴリンは。そのときは、みんな彼女を一人前に扱ってくれるだろう。彼女は母さんみたいな扱いはうけないだろう。今でも、一九歳になっても、父さんが暴力をふるうんじゃないかって、危険を感じることだってある。激しい動悸がするのはそのせいだってこともわかってる。みんな大きくなりだすと、父さんはハリーやアーネストをよくぶっていたんだけど、彼女をぶったことは一度だってなかった。だって、彼女は女の子なんだから。けど、ここんとこ、父さんは彼女をおどすようになってて、死んだおっかあの代わりに、彼女に目にものみせてやるのだぞ、と言うようになった。それに今じゃ、だれも彼女をかばってくれない。アーネストは死んじゃったし、ハリーは、教会(8)の室内装飾のお仕事をしてて、いつも田舎のどこかに行ってばっかり。それに、土曜の夜のたびにお金のことで起こるお決まりの口げんかには、口に出すのもいやなほどうんざりしかけてる。(9)彼女は給料《てあて》をいつもまるまる――七シリング――家に入れてる。ハリーはいつもできるだけのお金を送ってくれるんだけど、やっかいなのは父さんからお金を幾らかでも出してもらうことだ。父さんの口癖は、彼女が金をいつも湯水のように使いやがるとか、頭ってもんをこれっぽっちもはたらかしてねぇとか、汗水たらして稼いだ金を彼女にやってどぶに捨てるようなことはしたかねぇとか、それにもっとひどいことも。だって、土曜の夜っていうと決まったように酔っぱらってるんだから。しまいにはお金を出してはくれるんだけど、日曜の食事の材料を買い出しに行く気があるのかどうか、って父さんはたずねてきたりする。それから彼女はできるだけ大急ぎで飛び出し、市場へ買い物に行かなくちゃならず、手に黒い革の財布をぎゅっと握りしめ、人込みの中を無理やり肘《ひじ》で押しわけて進み、食料品をいっぱいかかえて、遅くなってからうちに帰ってくるしかない。彼女の仕事できついのは、家のなかを切り盛りするのと、世話するようにまかされた二人のおちびを学校にちゃんと行かせたり、ごはんをちゃんと食べさせたりするのに気を使うことだ。それはきつい仕事――きつい暮らし――だけど、これを捨てて出て行こうとすると、あんまりいやな暮らしでもなかった気がしてくる。

彼女は[10]フランクとともに違った生活を切り開こうとしている。フランクはすごくやさしくって、男らしくって、心がきれいだ。彼と一緒に夜の船で逃げだし、彼の奥さんになって、[11]ブエノスアイレスで一緒に暮らすことになってる。そこには彼のうちがあって彼女を待ってるのだ。はっきりと覚えてるのは、はじめて彼に会ったときのこと。彼は、しょっちゅう彼女がかよう大通り沿いの、ある家を宿にしていた。二、三週間前だったと思う。彼は門のところに立って、前庇《まえびさし》つきの帽子をあみだにかぶり、かみの毛をくしゃくしゃにして日焼けした顔にたらしてた。それから二人は急接近した。彼は店の前まで毎晩迎えに来てくれて、家までよく送ってくれたものだ。彼が[12]《ボヘミアの娘》を見に連れてってくれて、劇場の座りなれない特別席に一緒に座ったときには、胸がぞくぞくした。彼は音楽がすごく好きで、自分でもちょっと歌う。二人が好《い》い線いってるってことはみんな知ってたから、彼が[13]船乗りに恋する乙女の歌をうたうと、いつだって彼女はうれしくってどぎまぎした。彼は彼女を[14]お人形ちゃんってよく呼んだ、ふざけてだけど。はじめのうち、彼女は自分に彼氏ができたってことにわくわくしてたんだけど、そのうち、彼を好きになりだした。彼はいろんな遠い国の話を知ってた。振り出しは[15]月給一ポンドの甲板員で、カナダ行きの[16]アラン汽船会社の船に乗りこんだんだって。乗ったいろんな船の名前や、いろんな定期便の名前を聞かせてくれた。マゼラン海峡を通ったことがあったし、恐ろしい[17]パタゴニア人たちの話もしてくれた。ブエノスアイレスで運が開けてきて、今回はちょっと休暇を過ごすために祖国(18)へ渡って来た、って彼は言ってる。とうとう、彼女の父さんが二人のことをかぎだしてきて、彼と口をきくことを禁じちゃった。

——おれ知ってるんだ、ああいうマドロス野郎どものことを、と父さんは言った。

ある日、父さんがフランクと口げんかしたので、それから彼女はこっそりと恋人と会わなきゃいけなくなった。

夕闇が並木道に深まった。彼女の膝の上に置いた二通の手紙の白い色がぼやけてきた。一通はハリー宛《あて》で、もう一通は父さん宛だった。アーネストが一番好きだったんだけど、ハリーだって好きだ。父さんがこのごろふけこんできた、ってことに彼女は気がついてる。父さんは彼女がいないと寂しがるだろう。たまに、とてもやさしくしてくれることだってある。ついこの前、彼女が一日寝こんでたとき、怪談を読んで聞かせてくれたり、暖炉でトーストを作ってくれたりした。いつだったか、母さんが生きていたとき、みんなでホウス(19)の丘へピクニックに出かけたことがあった。父さんが母さんのボンネットをかぶってみせて、子供たちを笑わせてくれたのを覚えている。

時間(20)がなくなりかけていたのに、彼女は窓のそばに腰かけたまま、頭を窓のカーテンにもたせかけて、ほこりまみれのクレトン更紗の匂いを吸いこんでいた。並木道のはるか向こうの方から、手回し(21)オルガンの音が聞こえてきた。知ってる曲だ。ほんとに不思議、よりによってこんな晩にあの曲が流れてきて、母さんとの約束を、なるべく長く家のなかを切り盛りするって約束したのを思いださせるなんて。病気だった母さんの最後の晩のことを覚えてる。彼女は、ふたたび、玄関の廊下をはさんだ向かい側のしめきった暗い部屋にいて、外からのもの悲しいイタリアの曲を聞いているような、あのときの気分になってきた。流しのオルガン弾きはあっちへいくようにと言われて、六[22]ペンスもらってたんだ。父さんが肩を怒らせ病室に戻ってくるなり、こう言ってたのを覚えてる、

――イ[23]タ公のくそったれめ！　こんなとこまで渡って来やがって！

彼女が物思いにふけっていると、母の人生のあわれな幻が彼女の骨の髄《ずい》にまで魔法をかけてきた――ありふれた犠牲をつみかさねたあげく、最後には気がおかしくなって終わったあの人生。彼女は身ぶるいした、愚かにも執拗《しつよう》にたえまなく、くり返し言う母の声をふたたび耳にして。

――デ[24]レヴォーン・セローン！　デレヴォーン・セローン！

彼女は突然恐怖の衝動に襲われて立ちあがった。逃[25]げなくっちゃ！　彼女は逃げなきゃいけない！　フランクが彼女を救ってくれるだろう。生命《いのち》をあたえてくれるだろう、たぶん愛も。ともかく彼女は生きていたいだけ。どうして彼女は不幸のままでいなくちゃいけないのだろう？　幸せになる権利だってあるはず。フランクが彼女を両方の腕でだきとめ、両方の腕でだきしめてくれるだろう。彼は彼女を救ってくれるだろう。

彼女は、[26]ダブリン港北岸壁の乗船場で、揺れ動く人込みの中に立っていた。彼が彼女の手を握って彼女に話しかけていることは、それも航海について、くり返しくり返し、なにか言っていることはわかっていた。駅は茶色い軍用行李《こうり》を持った兵隊であふれかえっている。駅舎の広い戸口から、ちらりと船の黒い塊が見えた。それは岸壁のそばに停泊し、舷窓《げんそう》には明かりがついている。なにも彼女は答えなかった。ほおは青ざめ冷えているのが感じられた。苦悩による錯乱状態のなかで、彼女は神に、自分をお導き下さい、自分のなすべきことをお示し下さい、と祈った。すると、船が長く悲しげな汽笛を霞《かすみ》に向けて吹き鳴らした。もしこのまま行けば、あしたはフランクと海の上にいて、ブエノスアイレスへ向かって航海しているだろう。[27]二人の乗船の予約はすでに済ませてあった。彼がこんなにいろんなことをしてくれたのに、今さら身を引くなんてできるだろうか？彼女の苦悩が体に吐き気を呼び起こし、彼女は黙ったまま熱烈な祈りをささげて唇を動かし続けた。

◆　◆　◆

鐘の音が彼女の胸に鳴り響いた。彼女は感じた、彼が手をぐっとつかむのを。

——こいよ！

世界じゅうの海という海が彼女の胸のまわりでのたうち回った。彼はその中に彼女を引きずりこもうとしている。おぼれさせるつもりだ。彼女は鉄の欄干を両手で握りしめた。

——こいったら！

いや！　いや！　いや！　できっこない。彼女の両手が狂ったようにその鉄にしがみついた。海のまっただ中で彼女は悲痛な叫び声をあげた！

——イーヴリン！　イーヴィ！

彼は柵の向こうへと突っ走り、ついてこいと彼女に叫んだ。さっさと進めとうしろからどなられたが、彼はなおも彼女に向かって叫んだ。彼女は力なく白い顔を彼に向けた、まるで体の自由がきかない動物のように。彼女の目には、愛のしるしも、別れのしるしも、彼を彼と認めるしるしさえもなかった。

レースのあとで

ダブリン近郊

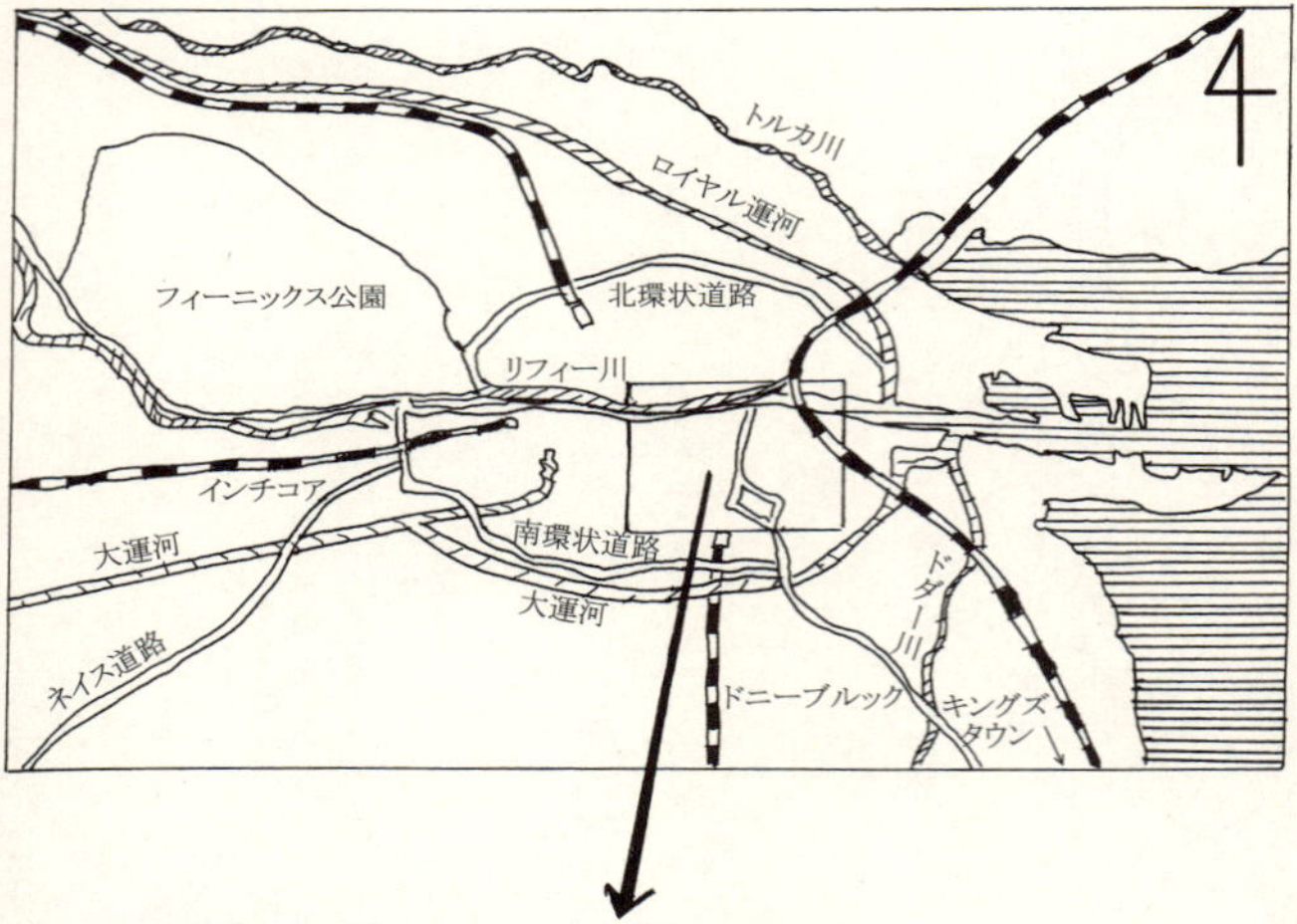

トルカ川
ロイヤル運河
フィーニックス公園
北環状道路
リフィー川
インチコア
大運河
南環状道路
大運河
ネイス道路
ドダー川
ドニーブルック
キングズタウン

ダブリン市中心部

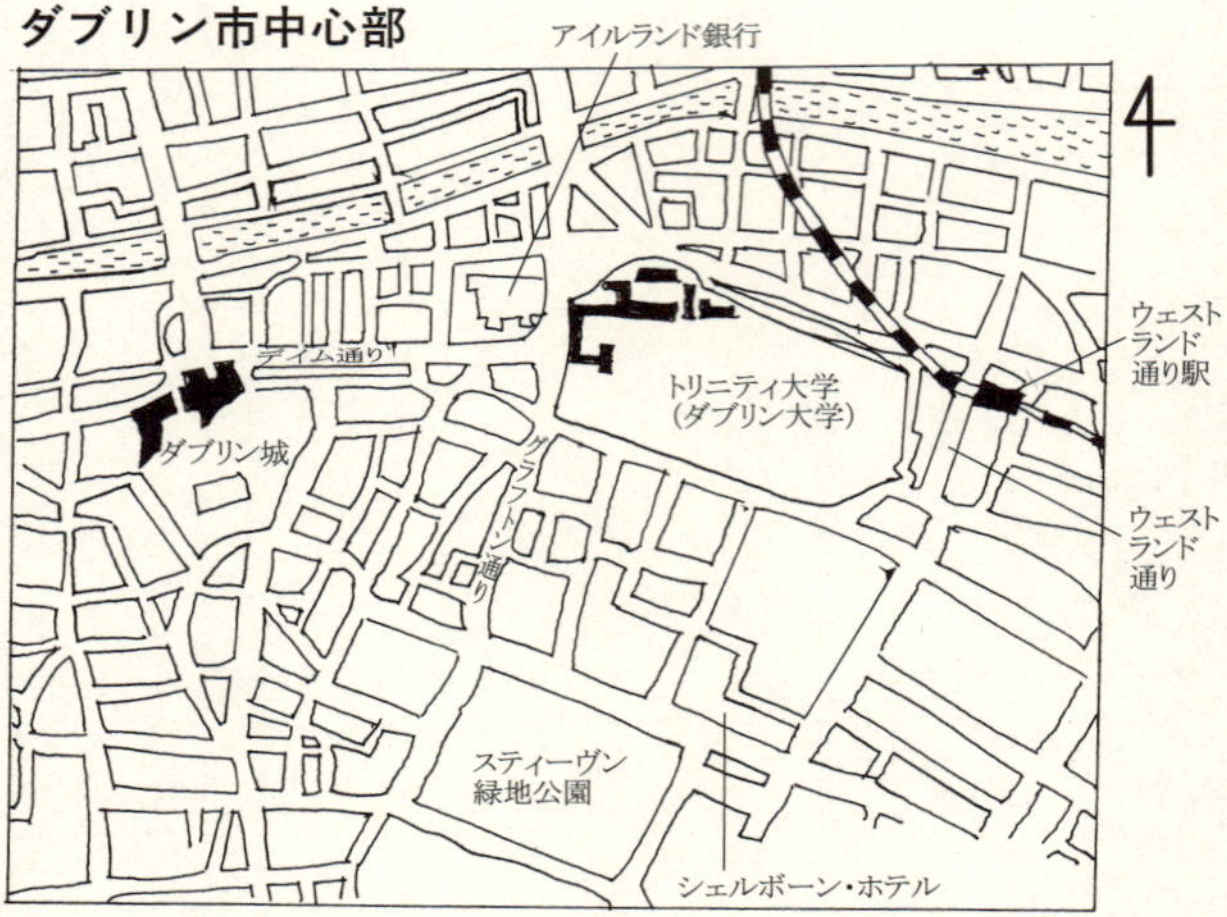

アイルランド銀行
デイム通り
ダブリン城
トリニティ大学
(ダブリン大学)
ウェストランド通り駅
グラフトン通り
ウェストランド通り
スティーヴン緑地公園
シェルボーン・ホテル

レースに参加した車がダブリン方面に向かって、今はみな均等のスピードで、次々と疾走《しっそう》してきた、ネイス道路という溝《グルーヴ》の中を散弾が飛んでいくみたいに。(1)インチコアの丘のてっぺんでは、見物人が幾つかの群《む》れをなして集まっており、それらの車が家路を急ぐのを眺めていた。貧困と無為のこの通路《チャネル》に、ヨーロッパ大陸はその富と勤勉を走らせる。時おり、群れをなした人びとが、虐《しいた》げられて感謝している者たちの歓声をあげた。しかしながら、彼らの共感は青い車――彼らの味方であるフランス人たちの車――に向けられていた。

それに、フランス人たちは事実上の勝者だった。彼らのチームは実質的な成績をおさめていた。彼らは二位と三位に入賞しており、優勝したドイツ車を操縦していたのはベルギー人だと報じられていた。したがって、青い車は丘のてっぺんに達すると、どれも他の二倍の歓呼の声で迎えられた。そして歓呼の声がわきあがるたびに、車に乗っている人たちはにっこり笑ったり会釈したりした。こういうしゃれた造りの車の一台に、四人の若者の一行が乗っていた。彼らの意気は目下のところ、巧みな言いまわしのフランス語で言い表す以上の高まりをみせているようだ。実際、これら四人の若者はほとんどが浮かれていると言ってよかった。彼らとは、車の持ち主のシャルル・セグアン、カナダ生まれの若い電気技師アンドレ・リヴィエール、図体の大きなヴィロナという名のハンガリー人、それにぱりっとした身なりのドイルという名の若い男だ。セグアンが上機嫌であったのは、思いがけず前金で予約注文を幾つか取りつけていた（彼はパリで自動車製造会社を始めようとしていた）からであり、リヴィエールが上機嫌であったのは、その会社の支配人に任命されることになっていたからであった。この二人の若者は（いとこ同士なのだが）フランス車が成功したことでも上機嫌であった。ヴィロナが上機嫌であったのは、たいへん結構な昼食にありつけたからであり、おまけに、彼は根っからの楽天家でもある。しかしながら、この一行の四人目の男は興奮しすぎてしまっていて、本当に幸福だとはいえなかった。

　彼は年のころ二六歳ぐらいで、柔らかな薄茶色の口ひげをはやし、人のよさそうな灰色の目をしている。彼の父は、急進的な国民党員(2)として世にうってでたが、はやばやと方向転換してしまっていた。キングズタウンで肉屋の主人として財を成し、さらにダブリンとその郊外に幾つもの店を出して財産を何倍にも増やした。また、運がいいことに、警察関係(3)の契約を幾つか結び、ついには大金持ちになり、ダブリンの各新聞で豪商と呼ばれるまでになった。彼は、息子をイングランドへ送りこんで、カトリック系(4)の大きな大学で教育を受けさせ、その後ダブリン大学(5)へ送りこんで、法律を勉強させた。ジミーはそれほど熱心には勉強をせずに、しばらく放蕩《ほうとう》にふけっていた。彼は金を持っていて人気があった。好奇心から音楽仲間との付き合いや車仲間との付き合いに自分の時間を割《さ》いた。それからケンブリッジ(6)へ一学期間送りこまれたのは、少しばかり世間を知るためだった。彼の父は、口では窘《たしな》めながらも、その乱費ぐせを内心では自慢に思っていたので、彼のつけを支払ってやり家に連れ戻した。彼がセグアンに会ったのはケンブリッジにいたときであった。二人はまだ知り合いという程度にすぎなかったが、この男と付き合うのをジミーがたいへん喜んだのは、ずいぶんと世慣れていてしかもフランスきっての大きなホテルを幾つか所有しているとうわさされているからだ。このような人物は(ジミーの父も賛成したように)、知っておくにこしたことはない。たとえ今見るような魅力のある相手でないとしてもだ。ヴィロナも愉快で、すばらしいピアニストだが、あいにく文無しだった。

車は浮かれ騒ぐ若者たちを乗せて楽しげに走り続けた。二人のいとこは前の席に座り、ジミーとその友人のハンガリー人は後ろに座った。あきらかに、ヴィロナは上機嫌だった。何マイルもの道のりのあいだ、太い低音で鼻歌をうたいどおしだった。フランス人たちが笑い声や軽妙な言葉を肩ごしに投げてよこすので、ジミーは、たびたび前かがみになって、その早口の言葉を聞きとるように気をつけなければならなかった。これは彼にとって必ずしも愉快というわけではない。その意味をいつでも手際よく察して、強い風にさからって適当な返事をどなり返さなければならないからだ。おまけに、ヴィロナの鼻歌はみんなの邪魔になる。この車の騒音もだ。

スピードをだして空間を突っ走るのは人を有頂天にする。巷《ちまた》のうわさになるのもそうだ。金を持つのもそうだ。この三つが揃っているのだから、ジミーを興奮させるのはもっともだ。この日、彼はこのヨーロッパ大陸の連中と一緒にいるのを多くの友人に見られていた。ガソリン補給所でセグアンは彼をフランスの選手の一人に紹介してくれた。ジミーがまごつきながらお世辞をつぶやくと、それに応《こた》えて、ドライバーの日焼けした顔から輝く白い歯並びが現れたのだった。こういう名誉にありついたあと愉快なのは、観衆が肘《ひじ》でそっと突きあったり意味ありげに目くばせをし合っているなかで、その俗る世界へ戻っていくことだ。それから金についてだが——実のところ彼は大金を自由に動かすことができる。セグアンなら、おそらく、そんなのは大金とは思わないだろうが、しかし、ジミーは、一時的なあやまちを犯すことがあったって、心の底では、堅実な本能を父から受け継いでおり、それだけの金を貯《た》めるのにどんなに苦労したかをよく知っている。この知識があるからこそ、かつてつけを溜《た》めたときでも、無謀そうにみえてもほどほどの範囲内に、とどめておいたのだった。それに、より高度な知性をつけるというちょっとした気まぐれだけが問題であった場合でも、金に潜む労苦をあれほど意識していたのだから、自分の財産の大部分を賭《か》けようとしている現在、彼のその意識はどれだけ強烈なことか！　これは彼には重大事なのだ。

むろん、この投資は安全であり、それにセグアンは、アイルランドの端金《はしたがね》を事業の資本に加えてやるのは友情のよしみからだ、という印象をうまい具合にあたえていた。ジミーは商売における父親の抜け目なさに敬意を払っていたし、こんどの場合でも最初に投資を口にしたのは父のほうだったのだ。自動車商売なら金がもうかるぞ、それもたんまりな。そのうえ、セグアンにはまぎれもなく金持ちの風格がある。ジミーは自分が座っているこの堂々たる車が何日分の労働にあたるのかを換算し始めた。なんとなめらかに走ることか。なんと格好よく田舎道を突っ走ってきたことか！　この自動車旅行は生命の真の脈動に魔法の指をあてがってくれ、そして、人間の神経構造は、すばやいこの青い動物のはずむような走行に、雄々しくも応えようとした。

彼らはデイム通り[7]を走っていった。この通りはいつになく交通量が多く、車の運転者たちの警笛やいらだった市電の運転手たちの警告ドラが騒々しかった。アイルランド銀行のそばにセグアンが車を寄せ、ジミーとその友人が降りた。歩道にちょっとした人だかりができて、うなりをあげているエンジンに敬意を表した。一行は、その夜セグアン[8]のホテルで晩餐《ばんさん》を一緒にとる予定であり、それまでに、ジミーと彼の家に泊っている友人は家へ帰って着替えることになっている。車はゆっくりとグラフトン[9]通りに向かって去り、二人の若者は見つめている人の群れを押しわけて進んだ。二人は北の方へ歩いていったが、奇妙なことに足で歩くことに失望感を味わった。街は、夏の夕靄《もや》でかすむなかを、彼らの頭上に青白い光の球を幾つも吊《つ》るしていた。

ジミーの家ではこの晩餐は重要な行事と言われていた。両親がうろたえると、ある種の誇らしさが入り交じり、彼らを軽く翻弄《ほんろう》してみたいという気にもなる。外国の大都市の名前には少なくともこういう効き目があるのだ。ジミーも正装するとすごく見栄えがした。彼が玄関の広間に立って正装用ネクタイの蝶結びに最後の仕上げをしていると、彼の父は、せがれに金ではめったに買えない素養をいろいろとつけてやったことに、商売のうえからも満足を覚えていたのかもしれない。だからこそ、彼の父はいつになくヴィロナに愛想がよく、その態度には外国の教養への心からの尊敬の念が表れていた。だが家の主《あるじ》のこの心づかいもハンガリー人⑩にはたぶん通じなかったであろう、すでに頭のなかで猛烈にちらつきだしているのが晩餐だったからだ。

その晩餐はすばらしく、申し分ない。セグアンは、ジミーが判断するに、たいへんあか抜けた趣味を身につけている。一同にラウスという名の若いイギリス人が加わった。彼がケンブリッジでセグアンと一緒にいるのを、ジミーは見かけたことがあった。若者たちは蠟燭形《ろうそくがた》の電灯に照らされた心地よい部屋で夕食をとった。みんな大いにしゃべり、遠慮なんかしていない。想像力に火がつくと、ジミーの心に浮かぶのは、フランス人たちの潑剌《はつらつ》とした若さがイギリス人の物腰のしっかりとした枠組みに優雅にからみついている、ということだった。われながらこのイメージは優美だ、と彼は思った。おまけにぴったりだ。彼らの主人役《ホスト》が会話を手際よく取り仕切っていく様子に彼はほれぼれとした。この五人の若者たちは多彩な趣味を身につけており、口も軽やかになっていた。ヴィロナが、いささか面食らっているイギリス人に向かって、心底から尊敬の念をこめて、イギリスのマドリガル曲(11)の美しさを説くようになり、古い楽器が姿を消してしまったことを嘆いた。リヴィエールはジミーに、多少とも作為をこめた様子で、フランスの機械技師たちの勝利を説明しにかかった。ハンガリー人のよく響く声が、ロマン派の画家たちの描くリュートが本物と似ても似つかないと嘲《あざけ》って、みんなを圧倒しだすと、セグアンは一同を政治問題のほうへ誘導した。これならみんなが参加できる話題である。ジミーは、政治に寛大な影響の下《もと》にいると、埋もれていた父の熱情が体内にふつふつとよみがえってくる気がした。彼は休眠状態のラウスをとうとう目覚めさせてしまった。部屋は倍の熱気がたちこめ、セグアンの務《つと》めも刻々と難しくなった。私怨《しえん》をいだく危険さえはらんできた。抜け目のない主人役は、きっかけをとらえて全人類(13)のためにグラスをあげ、乾杯(14)が済むと、意味ありげに窓を開け放った。

その夜、ダブリン市は首都の仮面をかぶっていた。五人の若者は香りのよいたばこの薄煙を漂わせながら、スティーヴン緑地公園をぶらついた。みんな大声で陽気に語り合い、マントは肩からぶら下っていた。人びとが彼らに道をあけてくれた。グラフトン通りの角で、一人の太っちょの小男が、もう一人の太っちょの車に二人の器量のよい婦人を乗せようとしていた。車が走り去ると、その太っちょの小男は一行を見つけた。

――アンドレ。

——ファーリーじゃないか！

堰《せき》を切ったようなおしゃべりが続いた。ファーリーはアメリカ人だ。なにを話しているのかだれにもよくわからなかった。ヴィロナとリヴィエールが一番やかましかったが、しかし興奮していたのはみんなだ。彼らは大笑いしながら互いに押し合って、馬車に乗りこむ。今や穏やかな色彩に溶けあっている群集のそばを、楽しい鈴《ベル》の音楽に合わせて、馬車で立ち去った。[15]ウェストランド通り駅[16]で汽車に乗ったら、二、三秒しか経ってないとジミーには思われたのだが、もうキングズタウン駅で降りて歩いて出るところだった。改札係がジミーに挨拶した。老人だった。

——いい晩ですなあ！

のどかな夏の夜だった。足元に港[17]が暗い鏡のように広がっている。彼らは腕を組んで港の方に向かい、《ルーセル士官候補生》[18]を合唱して、

〈オー[19]ー！　オーー！　オーイ、ほんとだぜ！〉

というリフレーンをくり返すごとに、みんなは足を踏み鳴らした。

彼らは水際の斜面に引き上げてあった漕《こ》ぎ舟に乗りこみ、アメリカ人のヨットに向けて進んだ。夜食と音楽とトランプが待っている。ヴィロナは確信をもって言った、

——見事なもんだな！

船室にはヨット用のピアノがあった。ヴィロナがファーリーとリヴィエールのために

ワルツを弾いた。ファーリーが紳士役を務め、リヴィエールが婦人を演じた。そのあとの即興のスクエアダンス[20]では、男たちは奇抜な旋回をあみ出した。なんて陽気なんだ！　ジミーは本気で仲間に加わった。これが世間を知ることなんだ、まがりなりにも。それからファーリーが息を切らして〈やめ！〉と叫ぶ。一人の召使いが軽い夜食を運んできた。若者たちは食卓についても形だけだった。けれども、酒は飲んだ、それも無礼講で。彼らは乾杯した、アイルランド、イギリス、フランス、ハンガリー、アメリカ合衆国のために。ジミーは演説をぶった、それも長い演説を。言葉が途切れるたびに、ヴィロナが〈謹聴《きんちょう》！　謹聴！〉と言った。腰をおろすと盛大な拍手がおこった。りっぱな演説だったにちがいない。ファーリーは彼の背中をドンとたたいて、大声で笑った。なんて愉快な連中なんだ！　なんていい仲間なんだろう！

　カードだ！　カードだ！　テーブルの上が片づけられた。ヴィロナはそっとピアノへ戻り、連中のためにヴォランタリー[21]を弾いた。他の連中は次から次へと勝負を重ね、大胆にも危険な賭《か》けに身を投じた。彼らはハートのクイーンとダイヤのクイーンの健康を祝して乾杯した。ジミーは聴衆がいないのを感じるともなく感じた。機知がひらめいているのに。勝負が非常に荒っぽくなり、借用金額を書き込む紙がまわり始めた。ジミーは勝っているのが誰なのか正確にはわからなかったけれど、自分が敗けていることはわかっていた。しかし、これは自分自身が悪いのだ、しょっちゅうカードを間違えるし、他の連中に借用証書の計算をしてもらわなければならないのだから。彼らは威勢のいい連中だが、もうやめてくれればいいのに。だいぶ遅くなってきた。だれかがこのヨット〈ニューポートの美女号〉(22)のために乾杯し、それからまた、だれかが最後の仕上げとして大勝負を一番やろうともちかけた。

ピアノは止んでいた。ヴィロナは甲板に上がっていったにちがいない。恐ろしい勝負だった。彼らはこの勝負の終わる直前にいったん中止し、幸運を祈って乾杯した。ジミーにわかるのは、勝負はラウスとセグアンの争いだということだった。なんという興奮だ！　ジミーも興奮した。彼は負けるだろう、もちろん。いったいどのくらい借りの金額を紙に書きつけてしまっただろう？　男たちは立ちあがって、身振りをまじえてしゃべりながら、最後の勝負(23)に挑んだ。ラウスが勝った。船室は若者たちの歓声で揺れ、カードが束ねられた。それから彼らは自分の勝った分を集めだした。ファーリーとジミーが一番ひどく敗けた。

彼は朝になれば後悔するのはわかっていたが、目下のところは休息が嬉しかったし、自分の愚かな行為を覆い隠してくれる朦朧《もうろう》とした意識の混濁状態が嬉しかった。彼は両肘をテーブルにつき、両手で頭を抱え、こめかみの拍動《はくどう》を数えた。船室のドアが開いた。彼が目にしたのは、ハンガリー人が一条の灰色の光線のなかに立っている姿だった。

――夜明けだ、諸君！

二人の伊達男

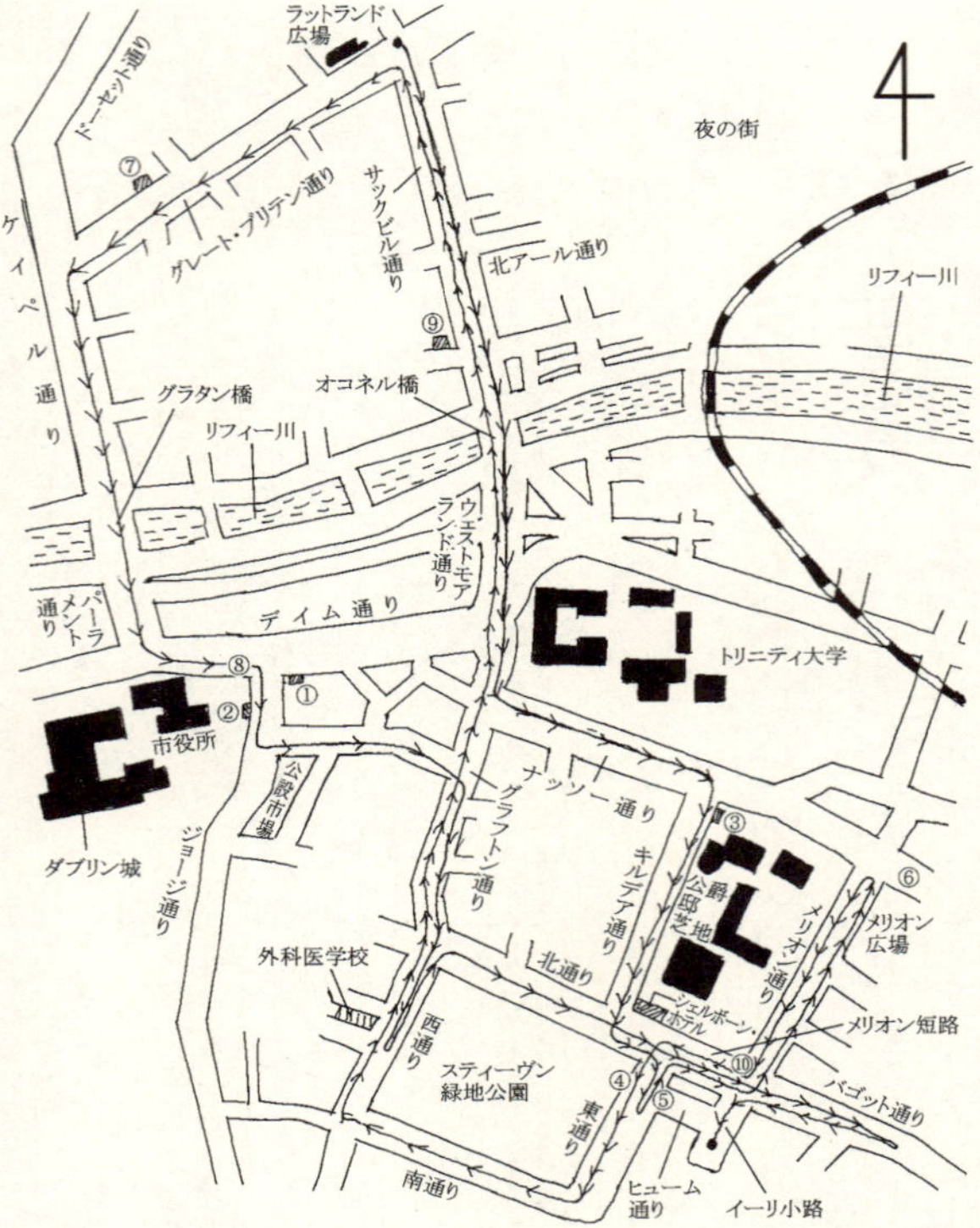

①ウォーターハウス時計台　⑤コーリーの相手の女が待つ場所
②ピム百貨店　⑥コーリーたちが乗る電車の停留場
③キルデア通りクラブ　⑦軽食堂
④コーリーが跨ぐ鎖　⑧レネハンが二人の友達と出会った場所
⑨イーガン酒場
⑩レネハンがコーリーを待つ場所

→はレネハンが前半はコーリーと一緒に、後半は一人で歩いた道順八月の灰色の暖かい夕暮れが市街に垂れ込めていて、夏の名残の、穏やかな暖かい大気が通りという通りを巡っていた。どの通りも、日曜日の休息のために鎧戸《よろいど》を下ろし、華やかな色彩の群衆がうようよしていた。明かりのついた真珠さながらに、街灯が、高い柱のてっぺんから下の生きた織物のような群衆を照らしだしている。この織物は、形と色合いをたえまなく変えながら、暖かい灰色の夕暮れの大気に、変わることのないたえまない呟《つぶや》きを上げている。

若者二人がラットランド広場の丘を下ってきた。その一人はちょうど長話を終えるところだった。もう一人は、歩道の縁を歩き、相棒が荒っぽいので時どき車道に踏みこまなければならなかったが、面白そうな顔で聞いている。ずんぐりとした赤ら顔だ。ヨット帽は額からはるか後ろに押しやられており、聞いている話に応じてたえず続く表情の波が、鼻や目や口などの隅から、彼の顔いっぱいに広がっていた。小刻みに噴き出すぜいぜい声の笑いが、その笑いころげる体から、次々と込みあげてくる。彼の目は、ずる賢い喜びで輝き、たえず仲間の顔のほうをちらっと見た。一度か二度、彼は闘牛士ふうに肩に引っ掛けた軽いレインコートを掛け直した。彼の半ズボンや白いゴム靴や軽快に引っ掛けたレインコートは若さを表していた。だが、体つきは腰のところが肥満に陥り、髪の毛は薄くて灰色で、顔も、その表情の波が通り過ぎてしまうと、肌荒れが目につく。

彼は話がすっかり終わったことを確かめると、たっぷり三〇秒も声をたてずに笑った。

それから言った、

――なんと！……そいつ（1）は驚きもん《ビスケット》だよな！

彼の声は活力が吹き飛ばされたみたいだった。彼は自分の言葉に力を添えるために、ユーモアをまじえて言い足した、

――そりゃあ、たった一つだけで、ほかにない、言わしてもらえりゃ、〈だんトツの《ルシェルシェ》〉驚きもんだなあ！

彼はこう言ったあと、真顔になって黙ってしまった。彼の舌は疲れていた、というのは午後の間じゅう、ドーセット通りの酒場で、しゃべり詰めだったからだ。たいていの人はレネハンを蛭《ひる》（2）だとみなしていたが、こんな風評があっても、彼には如才なさと弁舌の力があるために、仲間たちは共同戦線を張って彼を締め出そうとしてもいつだって失敗してしまう。彼のやり方は大胆で、酒場で一団となっている連中に近づいて、その仲間の端《はし》っこにすばやく割り込み、いつの間にか振る舞い酒にありついている。彼はギャンブル好きの浮浪人で、物語や滑稽五行詩や謎々《なぞなぞ》のばくだいな蓄《たくわ》えで身を固めていた。どんな無礼な仕打ちにも無神経だった。暮らしを立てるという厳しい仕事をどうやってやり遂げているのかはだれも知らなかったが、しかしレネハンと言えばなんとなく競馬（3）の賭け率表を連想させた。

――で、おまえその女をどこで引っかけたんだ、コーリー？と彼はたずねた。

コーリーはすばやく上唇を舌なめずりした。

——ある晩さ、と彼は言った、デイム[4]通りをぶらついてて目をつけたんだ、ウォーターハウスの時計台下ですげえいい女をさ。そりゃあ今晩は、って言うよなあ。そこで、おれたち運河[5]沿いをぐるりと歩いたんだ。その女、教えてくれたところでは、バゴット[6]通りの家で下働きの女中してるんだって。腕をまわして少しぎゅっと抱いてやったんだ、その晩に。で、次の日曜、デートよ。おれたちドニーブルック[7]に出かけてって、しけこんだんだそこの原っぱに。その女、まえは牛乳屋[8]と付き合ってたって言ってやがった……。よかったぜ。葉巻は毎晩持ってくるし、電車賃は往復払ってくれるし。で、ある晩なんか、持ってきたのはすげえ上等の葉巻二本だよ——おお、正真正銘の極上物《もん》なんだぜ、そのう、親父がいつも吹かしてやがったやつさ……。おれ心配だったんだ、赤ん坊ができるってことがだよ。けど、あいつ、そこはちゃんと心得てやがんの。

——たぶんその女思ってるぜ、おまえが結婚してくれると、とレネハンが言った。

——おれ仕事にあぶれてるって話してあるんだ、とコーリーが言った。前はピム[9]の店で働いてたんだとは言ってあるんだ。彼女《そいつ》おれの名前知らねえんだよ。教えるなんてどじは踏まなかったさ。けど、思わせてはあるんだよ、ちょっといいとこの坊ちゃんだって。

レネハンは声もたてずにふたたび笑った。

ん驚きもんだぜ。

——おれもいろいろとうまい話は聞いてきたけど、と彼が言った、こんな話はだんぜ

コーリーの大股歩きはそのお世辞に気をよくしていることの表れだった。彼がでかい図体を揺らすと、その友は歩道から車道へ二、三歩軽く跳び退《の》いて、また戻らなければならなかった。コーリーは警部の息子で、その体格と歩きぶりは父親譲りだった。彼は両手を両脇に下ろし、背筋をまっすぐ伸ばし、首を左右に揺すって歩いた。彼の頭は、大きく球形で脂ぎっていて、どんな天候でも汗をかく。斜めにかぶった大きな丸い帽子は球根からもう一つ球根が育ったように見えた。彼はいつもまっすぐ前方を見つめ、まるでパレードに参加しているかのようだ。だから、通りで振り向いてだれかを見送りたいときは、腰から上全体をまわさなければならない。目下のところ、彼はぶらぶらと暮らしていた。仕事の口があるたびに、だれか友だちがすぐに厳しい言葉をかけた。⑽彼は私服警官たちと連れ立って歩きながら熱心に話し込んでいる姿がちょくちょく見うけられた。あらゆる事件の内幕を知っていて、最終判断を言い渡すのが好きだった。彼は喋《しゃべ》るだけで仲間たちの話に耳を傾けることはない。彼の会話はおおむね自分のことばかりだった。彼が誰それにどう言ってやったとか、彼に誰それがどう言ってたとか、彼が問題を解決するためにどう言ってやったとかなどだ。彼がこういった対話を伝えるときには、コーリーという名前の最初の文字をフィレンツェの人びとがするように気息音にし

て、ホーリーと発音した。

(11)レネハンは相棒にたばこを差し出した。二人の若者は群衆の間を歩き抜けながら、コーリーのほうは時おり振り返って通りすがりの娘の幾人かにほほえみかけたが、他方レネハンの視線は、二重の暈《かさ》に囲まれた、大きなおぼろ月にじっと注がれていた。彼は夕闇の灰色の膜が月の表面をよぎっていくのを熱心に見つめた。とうとう彼は言った、

――でも……なあ、コーリー、思うんだけど、うまくやってのけれるのか、えっ？

コーリーはその答えとして意味ありげに片目をつぶってみせた。

――そいつにその気あるのかなあ？　とレネハンが疑わしげにたずねた。おまえなあ、女ってわかんないもんだぜ。

――あいつは大丈夫だって、とコーリーが言った。お手のもんよ、ああゆうの誑《たら》しこむのは。まあちょっとばかしのぼせているんだ、このおれに。

――おまえは、言わしてもらうとさ、いきな(12)女ったらし《ロザリオ》だよな、とレネハンが言った。それも女ったらしそのものだ！

わずかな嘲《あざけ》りの調子が彼の態度の卑屈さを軽減した。彼はおのれの体面を保つために、へつらいが冷やかしとも取れる余地を残しておく癖があった。だが、コーリーはそれに気づく鋭敏な心の持ち主ではなかった。

――人のいい下働き女中にかなうものはないさ、と彼は断言した。おれの言うこと信

用しろって。

——あらゆる女を試しまくった男の言うことだからな、とレネハンが言った。

——最初おれが付き合った女たちっていうのはな、そのう、とコーリーはぶちまけて言った、(13)南環状道路の外《はず》れのねえちゃんたちなんだよ。おれ、そいつらをいつも電車でどっかへ連れてって、電車賃も払ってやったもんだぜ、でなきゃあ、楽団演奏も聴きに行ったし、芝居も行ったし、買ってやったのにチョコレートや甘い物やそういうもんがあるんだぜ。連中にはたっぷり金をつぎ込んだんだ、と彼は説得力のある口調で付け加えた、まるで信じてもらえないことを意識しているかのようだった。

だがレネハンはそれを十分に信じることができた。彼はまじめな顔でうなずいた。

——おれわかるその手口、と彼は言った、そりゃあ、まぬけな手口だよな。

——ちくしょうめ、それでもっておれが手に入れたものといったら、とコーリーが言った。

——こちとらも同じさ、とレネハンは言った。

——そのうちの一人だけは別だけどな、とコーリーが言った。

彼は上唇を舌なめずりして湿らせた。その思い出が彼の目を輝かせた。彼もまた、今やほとんど霞がかった月の青白い円盤を見つめ、物思いにふけっているようだった。

——あいつは……ちょっとばかし、いかす女だった、と彼は未練がましく言った。

彼はふたたび黙りこんだ。それから付け加えた、

――そいつ、今商売女になっていやがんだ。おれ見たんだ、そいつ、ある晩二人の野郎と馬車で[14]アール通りを行くのをな。

――そうなったの、おまえのせいだろ、とレネハンが言った。

――おれの前にも、ほかに男が何人かいたんだ、とコーリーはあきらめ顔で言った。

今度は、レネハンは信じないことにしたかった。彼は首を左右に振ってほほえんだ。

――おう、おれをかつごうたってそうはいかねえぞ、コーリー、と彼が言った。

――ほんとだって！　とコーリーは言った。だってそいつ自分で白状しやがったんだよ。

レネハンは悲壮な身振りをした。

――うす[15]汚ねえ裏切り者だ！　と彼が言った。

二人がトリニティ大学の手すりに沿って歩いていくときに、レネハンは車道にさっと下りて、時計台のほうを見上げた。

――二〇分過ぎだ、と彼が言った。

――時間は大丈夫だって、とコーリーが言った。彼女《あれ》はちゃんとそこにいるさ。おれいつもちょいとばかし待たせるんだ。

レネハンはそっと笑った。

――いやはや、コーリーよ、おまえはすげえよな、女どもの扱い方が、と彼が言った。

――こっちはみんなお見通しさ、やつらのちょっとした手口なんざ、とコーリーが認めた。

――けどなあ、おい、とレネハンがふたたび言った、自信あるのか、それをうまくやってのけれる？ やっかいな仕事なんだぜ。女たちってその点はえらく渋ちんだからな。えっ？……どうなんだ？

彼のきらきら光る小さな目が、相棒の顔のなかに大丈夫だという表情を探し求めた。コーリーはまるでしつこい虫を追っ払うかのように首を前後に振り動かして、眉をひそめた。

――やり遂げてみせるさ、と彼が言った。まかせとけって言うのに。

レネハンはそれ以上なにも言わなかった。彼は、友の機嫌を損ねて、くたばりやがれ、きさまの忠告なんかいらねえ、と言われたくなかった。ちょっとした機転が必要だ。だが、コーリーの額はじきに元どおり穏やかになった。彼の考えはちがうほうへ向いていたのだ。

――あいつはすげえいい娘だ、と彼は理解のあるところをみせて言った、そのとおりなんだよ、あの女は。

彼らは[16]ナッソー通りを歩き、それからキルデア通りへ曲がった。[17]そのクラブの車寄せからほど遠くないところで、一人のハープ弾きが車道に立って、小さな輪になった聴き手たちに向かって演奏していた。彼は無頓着に弦をかき鳴らし、時おり新顔が来るたびに、その顔をちらりと見やり、また時おり、これまたうんざりしたように、空をちらりと見やった。ハープ[18]もまた、その覆《おお》いが膝あたりまでずり落ちているのに無頓着なまま、見知らぬ人たちの視線にも、ご主人の両手にも、同じくうんざりしているように見えた。片方の手は低音で〈静[19]まれ、おお、モイルの海よ〉のメロディを弾き、もう一方の手は高音で旋律の一節ごとにあとを追って走った。曲の旋律は深く豊かに鼓動した。

若者二人は黙りこんだままその通りを歩いていくと、悲しげな音楽が彼らのあとを追ってきた。[20]スティーヴン緑地公園に着くと、二人は道を横切った。ここで、電車の騒音や灯火や人込みが彼らを沈黙から解放した。

——あそこだ！　とコーリーが言った。

ヒューム通りの角に、若い女が立っていた。青[21]い服を着て、麦わらの白いセーラーハットをかぶっている。彼女は縁石の上に立って、片手で日傘を揺すっていた。レネハンは元気になった。

——ちょっとおがませてもらおうか、コーリー、と彼が言った。

コーリーは友をちらっと横目で見やり、その顔に不愉快そうな笑みを浮かべた。

——おまえ、割り込もうって腹かよう？　と彼がたずねた。

——ばか言うな！　と大胆にもレネハンが言った、紹介なんかしてほしくないや。おれは一目顔を拝みたいだけだ。取って食おうってわけじゃないよ。

——ああ……彼女《あれ》を一目だけ？　とコーリーは愛想をよくして言った。そうだな……いい考えがある。おれが向こうへ行ってあいつに話しかけるから、お前はそばを通りすぎたらいいぜ。

——了解！　とレネハンが言った。

コーリーが片足だけ鎖[22]を跨《また》いだところへ、レネハンが大声で呼びかけた、

——で、あとは？　おれたちどこで会う？

——一〇時半、とコーリーはもう片方の足を跨がせながら答えた。

——どこで？

——メリオン通りの角だ。おれたち戻ってくるよ。

——じゃあ、ちゃんとやれよな、とレネハンが別れの言葉をかけた。

コーリーは答えなかった。首を左右に揺すって道[23]をぶらぶらと横切って行った。その大きな図体、ゆっくりとした足取り、そして深靴のがっしりした音には、なにかしら征服者を思わせるものがあった。彼はその若い女に近づき、挨拶なしですぐさま話し始めた。彼女は日傘をさらに手早く揺らし、踵《かかと》を軸にして何度も体を半回転させた。一、二度、彼が体をくっつけるようにして話しかけると、彼女は笑ってうつむいた。

レネハンはしばらくの間彼らを観察していた。それから、鎖づたいに足早に歩いて少しだけ行き、道路を斜めに横切った。ヒューム通りの角に近づくと、あたりにはきつい香水の匂いが漂い、彼の目はその若い女の容姿をすばやく熱心に吟味した。晴れ着姿だった。青いサージのスカートは腰に黒い革ベルトが締めてあった。ベルトの大きな銀色の留め金は体の中央で食い込んでいるみたいで、白いブラウスの薄い生地をクリップのように挟《はさ》んであるといってもよいくらいだ。彼女は真珠貝のボタンの付いた短い黒いジャケットを着て、毛むくじゃらの黒い毛皮の襟巻きをしている。チュールの襟カラーの縁はわざと乱してあって、[24]大きな赤い花束がピンで胸元に留めてある、それも茎を上にして。レネハンの目はそのでっぷりした背の低い筋肉質の体を満足げに眺めまわした。一目でわかるたくましい健康が彼女の顔に、つまり彼女の丸々とした赤い頬や彼女の物怖じしない青い目に、輝いている。その目鼻立ちは武骨《ぶこつ》だ。広い鼻の穴、満足そうな含み笑いをして開きっぱなしの締まりのない口、二本の突き出た前歯。通りすぎる際にレネハンが帽子を取ると、コーリーは一〇秒ほどしてから空中に返礼してきた。彼はばくぜんと片手をあげ、それから考え深そうに帽子の角度を変えてみせたのだった。

　レネハンはシェルボーン・ホテルまで歩いていき、そこで立ち止まって待った。しばらく待っていると、二人が彼のほうへやってくるのが見えた。[25]彼らが右に曲がると、彼はその後をつけて、メリオン広場の片側沿いに、白い靴の足取りも軽く進んで行った。

歩調を二人に合わせてゆっくりと歩きながら、彼はコーリーの顔を見守った。それは、たえず若い女の顔のほうへ振り向くので、大きな球が旋回軸の上で回転しているみたいだ。彼はその二人連れが[26]ドニーブルック行きの電車の昇降段を上るのを見届けるまで、目を離さなかった。それから彼は向きを変えて、来た道をたどった。

一人になると、彼の顔はいっそう老けて見えた。陽気さが彼を見放したようだ。[27]公爵邸芝地の柵を通りながら、彼は片手を柵に這《は》わせた。ハープ弾きの演奏していた曲が彼の動きを支配し始めた。底の柔らかい靴をはいた足がメロディを奏で、這わせた手の指が、旋律の一節一節を追ってだらだらと柵を走り、変奏音階をかき鳴らした。

[28]彼はスティーヴン緑地公園を大儀《たいぎ》そうにぐるりと回って、それからグラフトン通りを歩いた。彼の目は通りすがりのいろんな要素をもった人込みに注目してはいたが、いかにも不機嫌な目だった。彼を引きつけなくてはならないものがすべてつまらなく見え、挑発する流し目にも答えなかった。しゃべりまくり、[29]作り話をして笑わせなければならないことはわかっている。頭脳も喉もからっぽで、とてもそんな骨の折れる仕事をこなせない。コーリーとふたたび会うまでの数時間をどうやって過ごしたらいいのかという[30]問題が彼の頭をいささか悩ませた。彼は歩き続けるしか時間のつぶし方を思いつかない。ラットランド広場の角へ来たときに左に折れた。その暗い静かな通りに入ると、いささか気持ちがゆったりとした。その陰気な様子は彼の気分に合った。ついに彼は貧相な店

のウインドーの前で立ち止まった。その上のほうには、〈軽食堂〉(31)という言葉が活字体の白い文字で書かれている。窓ガラスには〈ジンジャービール〉と〈ジンジャーエール〉という二つの殴り書きがあった。切り分けたハムが青色の大皿の上に陳列され、そのそばの平皿にはふんわりとしたプラムプディングが一切れ載《の》っている。彼はしばらくの間この食べ物に目を凝《こ》らし、それから通りの左右を用心深く見渡してから、すばやく店に飛びこんだ。

彼は空腹だった。朝食のあと口に入れたのは、けちな二人のバーテンに拝《おが》んで出してもらった数枚のビスケット(32)だけだったから。彼は、覆いの掛かってない木製のテーブルの、二人の女工と一人の機械工の向かいに腰を下ろした。だらしない格好の娘が注文を取りに来た。

――エンドウ豆一皿幾らだ？　と彼がたずねた。

――一ペニー半(33)です、とその女店員が言った。

――エンドウ豆一皿持ってきてくれ、と彼が言った、それとジンジャービール一本な。

彼がわざと乱暴な口のきき方をしたのは、自分の上品な風采《ふうさい》と合わないようにするためだった。彼が店に入ったことで話が途切れていたからだ。顔がほてってた。自然に見えるようにと、帽子を頭の後ろへ押しやり、テーブルに両肘《ひじ》をついた。機械工と二人の女工は彼を事細かく吟味してから、ふたたび声を潜めて話しだした。女店員が胡椒《こしょう》と酢で味付けした熱く茹《ゆ》でた干し豆一皿とフォーク一本と、それにジンジャービールを運んできた。彼はそれにがつがつと食らいつき、とても旨《うま》かったので心のなかにその店を書き留めておくことにした。豆を全部たいらげてしまうと、ジンジャービールをすすり、しばらく座ったまま、コーリーの火遊びのことを考えた。想像のなかで、彼は恋人同士がどこかの暗い道を歩いて行く姿を見守っていた。コーリーの太く精力的な伊達男ぶって言い寄る声を耳にし、若い女性の口元の含み笑いをこの場でも見ていた。このまぼろしは彼自身の財布と気力とがいかに乏しいかを痛感させた。うろつきまわることにも、危ない綱渡りをすることにも、やりくり算段や策略にも、もううんざりだ。一一月には三一歳になる。まともな仕事に就《つ》けないのだろうか？　所帯はもてないのだろうか？　あたたかい暖炉のそばに座って、腰を据《す》えて旨い食事にありつけるならばどんなに楽しいだろう。彼は友人たちや娘たちとは、もう十分に街という街をほっつき歩いた。彼はこういった友人たちの値打ちがどれほどのものかわかった。娘たちのこともわかった。経験が彼の心に世のなかを苦々しく思うようにさせた。だがすべての希望が彼を見放しているわけではなかった。食べ終わると、食べる前より気が楽になり、人生にうんざりした気持ちが減り、気力の萎《な》えも前ほどではなくなった。彼はどこか居心地のいい片隅に腰を落ちつけて、幸せに暮らすことがまだできるかもしれない、小金を貯め込んだ、善良で素朴な娘に出くわすことさえできれば。

彼はだらしのない格好の娘に二ペンス半を払い、店から出て、ふたたびぶらぶらと歩き始めた。[35]ケイペル通りに入り、市役所の方へ歩いて行った。それから曲がってデイム通りへ入った。ジョージ通りとの角の所で二人の友人に出くわし、立ち止まって彼らと話をした。歩きどおしだったので、休むことができてうれしかった。友人たちは、コーリーに会ったか、最近なにかニュースはないか、とたずねた。彼はこの日一日コーリーと一緒だったんだと答えた。友人たちはあまり口をきかなかった。彼らは人込みの中の幾人かをぼんやりと見返して、難癖《なんくせ》をつけることがあった。一人が一時間前にウェストモアランド通りでマックに出会ったぜと言った。これを聴いて、レネハンは昨晩イーガン酒場でマックと一緒だったと言った。ウェストモアランド通りでマックに出会ったという若い男は、マックが[36]玉突きの勝負でちょいと儲《もう》けたというのは本当かとたずねた。レネハンは知らなかった。ホロハンがイーガンの店でみんなに酒を奢《おご》ったと彼は言った。

彼は一〇時一五分前に友人たちと別れ、[37]ジョージ通りを歩いて行った。公設市場で左に折れて進み、それからグラフトン通りに入った。娘たちや若い男たちの群れはすでにまばらになり、通りを歩いて行く途中で、耳にするのは多くの集団や二人連れが互いに交わす別れの挨拶だった。外科医学校の大時計の所まで行くと、時計が[38]一〇時を打とうとしていた。彼は緑地公園の北側沿いに勢いよく歩きだして急いだ、コーリーが予定より早く戻ってくるといけないからだ。メリオン通りの角に着くと、街灯の陰に突っ立ち、残しておいたたばこを一本取り出して火をつけた。街灯の柱にもたれて、コーリーと若い女が戻ってくるはずの辺《あた》りに目をじっと向けた。

彼の心はふたたび勢いづいた。コーリーはうまくやり遂げただろうか。もう彼女に切り出しただろうか、それとも最後までとっておくつもりだろうか。彼は、自分の立場だけでなく友の立場にもなって、その苦痛と戦慄《せんりつ》をすべて味わった。だが、コーリーのゆっくりと旋回する頭のことを思い浮かべるといくらか彼の気持ちが和らいだ。コーリーならきっとうまくやってのけるだろうと思った。ふいに、コーリーはひょっとすると別の道から女を家に送っていった、自分をうまくまいて逃げたのかも、という考えが彼の頭に浮かんだ。㊴彼の目が通りを探《さぐ》った。二人の気配はない。だが外科医学校の時計を見てから、まちがいなく三〇分は経っている。コーリーがそんなことをするだろうか？彼は最後のたばこに火をつけ、いらいらしながらそれを吸い始めた。広場の向こうの角に電車が停まるたびに、目を凝らした。やつら別の道から家に帰ったにちがいない。たばこの巻紙が破れ、彼は悪態をついて道にそれを投げつけた。

とつぜん、彼は二人が自分のほうへやってくるのが見えた。喜びのあまりに跳び上がり、街灯の柱にぴたりと身を寄せて、その歩きぶりから結果を読みとろうとした。二人は足早に歩いていた。若い女は小股で足早に歩き、コーリーは大股で彼女に寄り添っていた。二人は喋っているようには見えなかった。結果の予感が、彼を突き刺した。まるで尖《とが》った道具の先のように。コーリーが失敗するのはわかっていた。駄目だとわかった。彼らが(40)バゴット通りへと折れていくと、彼はただちに、二人とは反対側の歩道を選んで、そのあとをつけた。彼らが止まると、彼も止まった。二人はしばらくの間話し合って、それから若い女はある家の地下勝手口に通じる階段を下りていった。コーリーは歩道の端に立ったままだった。そこは玄関の石段から少し離れていた。数分が経った。すると玄関のドアが開かれた、ゆっくりと用心深く。一人の女が玄関の石段を駆け下りてきて咳払《せきばら》いをした。コーリーは振り向いて女のほうへ行った。彼の幅の広い体が数秒の間彼女の体を視界から隠した。やがて彼女はふたたび姿を現して石段を駆け上がっていった。ドアが彼女を中に入れて閉まると、コーリーはスティーヴン緑地公園に向かって足早に歩き始めた。

レネハンは同じ方向に急いだ。小粒の雨が落ちてきた。彼はそれを警告と受けとめた。若い女が入っていった家のほうをちらっと見返して、見られていないことを確かめたうえで、道路を横切って一目散に走った。不安と疾走で息切れがした。彼は大声をあげた、

——おーい、コーリー！

コーリーはだれが呼んだのかを確かめようとして振り返り、それから今までどおり歩き続けた。レネハンは片手で両肩のレインコートを押さえながら、後を追って走った。

——おーい、コーリー！　と彼はふたたび叫んだ。

彼は相棒に追いついて並び、顔を熱心にのぞき込んだ。そこにはなにもうかがえなかった。

――で？　と彼は言った。うまくいったのか？

彼らはイーリー小路(41)の角に着いていた。それでもまだなにも答えずに、コーリーは急に左へそれて、わき道に入っていった。彼の顔つきは厳《いかめ》しい落ちつきを帯びている。レネハンは落ちつきのない息遣《づか》いで、相棒にくっついて歩いた。彼ははたと困り、ついに脅迫じみた調子がその声を貫いた。

――教えられないというのか？　と彼は言った。女に当たってみたんだろうな？

コーリーは最初の街灯のところで立ち止まり、怖い顔で前方をにらんだ。それから重々しい身振りで片手を明かりのほうに差し伸ばすと、にっこり笑いながら、じっと見つめる弟子の目の前で、それをゆっくりと開いた。一枚の小さな金貨(42)が手のひらで輝いていた。

下宿屋

ムーニー夫人は肉屋の娘だった。彼女は物事を胸にしまいこんでおける女、つまり芯《しん》が強い女である。彼女は父親の店の番頭と結婚して(1)スプリング庭園の近くで肉屋を開いていた。しかし、ムーニー氏は義父が亡くなるとすぐに、堕落の道をたどるようになった。酒を飲み、帳場の銭箱から金をくすね、むやみに借金をした。禁酒の誓いをさせても無駄だった。二、三日後には誓いを必ずやぶってしまうからだ。お得意さんの前で女房と取っ組み合いのけんかをしたり、腐りかけた肉を仕入れたりして、商いを台なしにした。ある晩、この男が女房に肉切り包丁を振り回し、彼女は近所の家に泊めてもらうしかなかった。

それから、二人は別れて暮らした。彼女は、(2)司祭のところへいって夫との別居を認めてもらい、子供たちを引きとった。亭主には金も食物も寝場所も与えようとしなかった。そこで、彼はしかたなく州長官の下役つまり(3)執達吏《しったつり》になった。猫背でちびの、みすぼらしい飲んだくれで、白い顔をして白い口ひげをはやし、筆で描いたような白い眉毛が小さな目の上にあった。その目は桃色の血管が浮き、まるで肉が露出した傷口だった。一日じゅう執達吏の部屋に座りこみ、仕事をあてがわれるのを待っていた。ムーニー夫人のほうは、肉屋をたたんで得た金を独り占めにし、(4)ハードウィック通りで下宿屋を始めており、堂々とした大女であった。彼女の下宿では、定住しない者は、(5)リバプールやマン島からの観光客や、時たま宿泊しにくる(6)ミュージック・ホールの〈芸人たち〉である。

定住する者は市の中心街に勤める事務員たちである。彼女は下宿を抜け目なくしっかりと仕切り、信用貸しをする時機、手厳しくする時機、大目にみてもよい時機を心得ていた。定住している若い男はみんな彼女のことを〈おかみさん《ザ・マダム》〉と呼んでいる。

ムーニー夫人の下宿の若い男たちは、賄いつき下宿代（夕食のビールやスタウトは別料金）として週一五シリングを払った。趣味や職業が共通しており、このため互いにとても仲がよい。人気馬や穴馬の勝ち目を互いに予想し合ったりした。おかみの息子のジャック・ムーニーは、フリート通りの仲買問屋の事務員をしており、ならず者といううわさがある。彼は、卑わいな兵隊用語を使うのが好きで、午前様が普通なのだ。友だちに会うといつも下卑《げび》た面白い話をして楽しませ、いつもきまってうまい話に、すなわち、見込みある馬とか見込みある〈芸人〉とかに目をつけている。彼は手先も器用で、滑稽《こっけい》な歌もうたう。日曜の晩には、ムーニー夫人の表の客間で親睦会《しんぼくかい》がよく開かれた。ミュージック・ホールの〈芸人たち〉が好意で加わってくれ、シェリダンはワルツやポルカを弾いたり即興伴奏をしたりした。おかみの娘のポリー・ムーニーもよく歌う。彼女は歌った、

〈あたしは……いけない娘《こ》(7)
とぼけないでよ、

あたしのこと知ってるくせに。〉

ポリーはほっそりとした一九歳の娘で、柔らかくて淡い色の髪の毛に、小さくてふっくらとした口をしている。彼女の眼は灰色でかすかに緑色を帯びていた。だれかと話をする際にちらっと上目づかいをする癖があり、そのため彼女はまるで意地っぱりの小さなマドンナのように見える。ムーニー夫人は最初娘を穀物問屋の事務所にタイピストとして送り出したが、評判の悪い執達吏が一日おきには事務所へやってきて、おれの娘に一言話をさせてくれとせがむので、彼女はふたたび娘を家にひっこめて家事をさせることにした。ポリーはたいへん活発なので、若い男たちと自由に交際するのを許してやるつもりだった。それに、若い男というのは、身近に若い女にいてほしいものだ。ポリーは、もちろん、若い男たちとふざけ合っていたが、ムーニー夫人は、たいへん目が利き、若い男どもがただ暇つぶしをしているにすぎないということを知っていた。だれ一人本気じゃない。こういう状態が長く続き、ムーニー夫人がポリーをタイピストの仕事に戻そうかと考え始めたとき、ポリーと若い男の一人との間になにかが起こっているのに気づいた。彼女はその二人に目をつけてはいたが、口出しはしなかった。

ポリーは自分が目をつけられていることを知っていた。しかし、彼女の母がいつまでも沈黙を守っているのには、なにかわけがあるのは間違いないはずだ。母と娘の間にあからさまな共謀があったわけでも、あからさまな了解があったわけでもなかったが、しかし下宿人たちがこの事件をうわさし始めても、まだムーニー夫人は口出しをしなかった。ポリーの様子が少し変になりだし、その若者があきらかに浮き足だってきた。ついに、機は熟したと判断して、ムーニー夫人は口をはさんだ。彼女は肉切り包丁で肉をさばくように、道徳問題をさばいた。今度の場合、気持ちはとうに決めてあった。

　あるうららかな初夏の日曜日の朝だった。暑い一日になりそうだったが、すがすがしいそよ風が吹いている。下宿の窓という窓はすべて開いていて、その押し上げたサッシ窓の下から、レースのカーテンが通りのほうへゆるやかに膨《ふく》らんでいた。(8)ジョージ教会の鐘楼《しょうろう》は鐘の音をたえず鳴り響かせ、礼拝者が一人で、あるいは連れだって、教会の前の小さな(9)円形広場を横切っていく。彼らの目的は、(10)手袋をはめた手に持つ小さな本からばかりでなく、落ちついたその態度からわかる。下宿では朝食は終わり、朝食室のテーブルは皿でおおわれ、そのどれにも卵の黄色い筋がくっつき、ベーコンの脂身と皮の切れ端が残っている。ムーニー夫人は、麦わら詰めの肘《ひじ》掛け椅子に腰かけて、家政婦のメアリーが朝食の後片づけをするのを見守っていた。メアリーにちぎれたパンの皮と屑とを集めさせた。(11)ブレッドプディングを火曜日に作る際の足しにするためだ。テーブルの上が片づけられ、ちぎれたパンが集められ、砂糖とバターが錠をおろして仕舞いこまれると、彼女は前の晩ポリーとした話し合いを思い返し始めた。聞き出してみると察していたとおりだった。彼女は率直にたずねたし、ポリーは率直に答えた。二人ともなんとなくぎこちなかった、当然だけど。ムーニー夫人がぎこちなかったのは、その知らせを聞いたら平然としていたくない、あるいは今まで見て見ぬふりをしてきたらしいと思われたくない、という思惑があったからだった。ポリーがぎこちなかったのは、こういった類《たぐい》の話に触れるといつもぎこちなくなるからでもあるが、それだけでなく、無邪気な顔をしながらも抜け目なくちゃんと、母の寛容さの裏に潜むもくろみを見抜いていた、と思われたくはないからでもあった。

ムーニー夫人は、物思いにふけっていたが、ジョージ教会の鐘が鳴りやんでいたことに気づくと、すぐに炉棚の上の小さな金メッキの時計を無意識にちらっと見た。一一時一七分過ぎ。時間はたっぷりあるから、ドーランさんと決着をつけ、それからだって(12)モールバラ通り教会の正午の短縮ミサに間にあう。きっと勝つ。なんてったって、世間様がこぞってこっちの肩をもってくれる。だって、彼女は娘をもてあそばれた母親なんだから。信用のおける男だと思えばこそ同じ屋根の下に住まわせたのに、いとも簡単にあの男は親切なもてなしを裏切ってしまった。年の頃は三四、五歳だから、若気のいたりだなんて言い訳はとおらない。なにも知らないなんて言い訳も使わせない、いくらかでも世のなかを見てきた男なんだから。ポリーが若いのと世間知らずなのにまんまとつけこんだのだ。そんなのははっきりしてる。問題は、「あの男がどういう償いをするのか？」だ。

このような場合には償いをしてもらわなくっちゃ。男にとっちゃそれは結構このうえないことだろうけどね。だって、一時《いっとき》楽しむだけ楽しんでから、はい、なにもございませんでしたという顔をして、そのあとで好き勝手な振る舞いをしていけるんだもの。けど、娘のほうは矢面《やおもて》に立っていかなくっちゃいけないんだから。母親のなかには、こういう関係を幾らかの銭で片をつけて満足している人たちだっている。彼女はそういう例をまあまあ知っていた。けど、そんなのはごめんだ。彼女にとって娘の純潔が失われたことの埋め合わせにできるのは、たった一つの償いしかない。結婚だわさ。

彼女は、もう一度持ち札を全部数えてから、メアリーを上階《うえ》のドーランさんの部屋へ使いにやり、彼女がお話ししたがってると言わせた。勝つ確信はある。彼はまじめな若者だし、他の連中とちがって道楽者でもなければ大声でわめいたりもしない。これがシエリダンさんやミードさんやチャボのライアンズだったら、彼女の仕事はもっとやりにくくなっていただろうに。あの男は世間に知れたら平気でいられないだろうと彼女は思った。家の中の下宿人はみんな、なにかしらこの事件を知っていて、ある事ない事でっちあげた者だっているくらいだ。それに、あの男は一三年もの間カトリック系の大手酒類卸売商の事務所に勤めてきたんだから、世間に知れ渡ったら、ひょっとすると、職を失うことになりかねない。けど、あの男がうんとさえ言えば、万事うまくいくじゃないか。なんたって彼の給料《かせぎ》がいいのを彼女は知っているし、またにらむところでは銭も少しばかし貯めこんでいる。

もうじき一一時半！　彼女は立ちあがって、大鏡に映ったわが身を眺めた。血色のよい自分の大きな顔の、意を決した表情に満足し、彼女が知っている人で娘をまだ片づけないでいる、幾人かの母親たちのことを思いめぐらした。

ドーラン氏は、この日曜日の朝、ほんとにとても不安でならなかった。髭《ひげ》を二度そりかけたが、手がひどく震えるので途中でやめなければならなかった。三日間も伸ばした赤みをおびた髭があごを縁どり、二、三分ごとに眼鏡が曇《くも》るので、はずしてハンカチで拭かなければならなかった。昨晩の告解のことを思いだすのがひどい頭痛の種だった。あの司祭は二人の関係のばかばかしいほど細かいことまで聞きだし、あげくのはてに、彼の罪をひどく大げさに言うもんだから、償いという抜け道をあたえてもらったことにもう少しで感謝するところだった。えらいことをしてしまった。彼女《あれ》と結婚するか、遁《とん》ずらを決めこむか以外、今となっては何ができるのか。ふてぶてしく白《しら》を切るなんてできやしない。今回の事はきっとうわさ話になり、雇い主は必ずそれを耳にするだろう。ダブリン(13)なんてひどくちっぽけな町だ。誰も彼もが他人のことまで知っている。このとき、どきっとして彼の心臓が止まりそうになった。彼の想像力がかき立てられて、年老いたレナード氏が耳ざわりな声で〈どうか、ドーラン君をここへ呼んでくれたまえ〉と大声で言うのを聞いたような気がしたからだ。

長年の勤務がどれもこれも水の泡になっちまう！　せっかくの精励恪勤《せいれいかっきん》がおじゃんになってしまう！　若者として若気のあやまちでいろんな放蕩《ほうとう》生活を送ったこともある、もちろんだが。飲み仲間に向かって酒場で、自分は宗教に関しては自由な考え方をもってると自慢してきたし、神の存在を否定してきたりもした。しかしそれはすべて過ぎ去ったこと、手を切ってしまったこと……ほとんどは。彼は未だに[14]《レノルズ新聞》を毎週購入してはいるが、[15]宗教上の務めには出席し、一年の大半は規則正しい生活を送っている。身を固めるだけの金は持っている。そのことじゃない。問題は、家の者どもが彼《あ》女《れ》を見くだすだろうってことだ。なんといっても、札つきの親父がいるし、それに彼女のおふくろの下宿はある種の風評《うわさ》が立ち始めている。どうもはめられた気がしてならない。友だち連中が二人の関係をうわさして笑い合っていることが想像できた。たしかに彼女はちょっとばかし品がないところがあった。時おり〈あたし見ちゃってた〉とか、〈あたしが知っちゃってたら〉とか言う。だけど、心底から彼女にほれていたら言葉づかいなんて問題になるだろうか？　あのときの彼女の振る舞いに対して彼女を好きになったものか、もしくは軽蔑したものか、どうにも決めかねる。いうまでもなく、彼もそれをしでかしたのだが。本能が彼に、自由の身でいろ、結婚なんかするな、と強く迫った。結婚したが最後、おまえはもうお終《しま》いだ、とそれが言った。

彼がシャツとズボンという身なりで、寝台の端に途方にくれて座っていると、彼女がドアをそっとたたいて入ってきた。彼女は彼になにもかも話した、母親に洗いざらい打ち明けたことや、その母親が午前中に彼と話をしたがってるということを。彼女は泣き叫び、両腕を彼の首に巻きつけて、言った、

――ねえ、ボブ！　ボブ！　あたし、どうしたらいい？　あたし、いったいどうしたらいい？

彼女は死んじゃいたいと言った。彼は弱々しく彼女を慰め、もう泣くな、うまく納まるよ、心配無用だ、と言った。彼女の胸の動揺が彼のシャツ越しに伝わるのを感じた。

ああなったのは彼のせいばかりじゃない。彼は独り者特有の好奇心をそそる根気のよい記憶力ではっきりと覚えている、彼女の服が、彼女の息遣いが、彼女の指があたえた、はじめての何気ない愛撫を。[16]ある晩遅く、床に入るために服を脱いでいると、彼女がドアをコツコツたたいたのだ、ためらいがちに。彼女は、彼のろうそくで火をつけ直したい、彼女のろうそくが風で消えてしまったからと言った。その晩は彼女の入浴日だった。彼女はフランネル製のプリント地でできている、襟元の開いたゆるやかな化粧用上衣を羽織っていた。白い足の甲が毛皮のスリッパの口から輝き、香りのする肌の下で血が熱くほてっていた。彼女が火をつけ、ろうそくをしっかりと台に立て直していると、その両手や両手首からも、かすかな香りが漂った。

ずいぶんと遅く帰った夜などに、夕飯を温めてくれるのは彼女だった。夜、寝静まった家で、彼女だけがそばにいると感じると、彼はなにを食べているのかほとんどわからなかった。それに彼女の心づかいときたら！　夜、とにかく寒かったり、雨が降ったり、風が強く吹いていようものなら、きまってパンチを入れた小さなタンブラーが用意してあった。ひょっとして、一緒になれば二人はうまくいくかもしれない……。

二人はそれぞれろうそくを手にして、忍び足で階段を上っていき、三番目の踊り場でしぶしぶお休みを言い合ったものだ。彼らはよくキス[17]をしたものだ。彼ははっきりと覚えている、彼女の目を、彼女の手の感触を、そしておのれの陶酔を……。

しかし、陶酔とは過ぎ去るものだ。彼は彼女の言った言葉をそのままくり返し、わが身にあてはめてみた。〈おれ、どうしたらいい？〉独り者の本能が、彼に手を引けと警告した。しかし、罪は存在した。彼の名誉心でさえ、そういう大罪には償[18]いをしなくちゃいかんと彼に言った。

彼が寝台の端に彼女と座っていると、メアリーが戸口に来て、奥様が応接間で彼と会いたがっていると伝えた。彼は立ちあがってチョッキと上着をきたが、ますます困りはてた様子だった。身なりを整えると、ポリーのところへいって慰めた。うまく収まるよ、心配無用だ。彼が置き去りにして出ていくとき、彼女は寝台の上で泣きながら、そっと〈ああ、神様！〉とうめき声をあげていた。

階段を降りていくときに、眼鏡が湿ってひどく曇るので、はずして拭かなければならなかった。屋根を突き抜け空へ昇って、別の国へ飛んでいってしまいたい、もう二度とこんな面倒なことは耳にしたくない。が、しかし、ある力が彼の足を一歩一歩階下へ階下へと押しやった。雇い主とおかみが情け容赦のない顔つきで当惑した彼をにらみつけていた。最後の一続きの階段の所で、ジャック・ムーニーとすれ違った。二本の〈バス・ビール〉(19)を大事にかかえて、食料貯蔵室から上がってくるところだった。二人はよそよそしくあいさつした。恋をしている男の目は、一、二秒の間、ぶ厚いブルドッグ面《づら》と太くて短い両腕に留まった。階段の一番下に着いたときに、ちらっと見あげてみると、ジャックが階段わきの小部屋のドアから彼を眺めていた。

ふいに、彼はある晩のことを思いだした。ミュージック・ホールの〈芸人たち〉の一人で、小柄な金髪のロンドンっ子が、ポリーを当ててこすってかなりきわどいことを言ったのだ。その親睦会はジャックが暴力を振るったためにめちゃくちゃになるところだった。みんなが彼を静めようとした。そのミュージック・ホールの〈芸人〉は、普段よりやや青ざめ、ほほえみをくずさずに、悪気があったんじゃないと言い続けた。しかし、ジャックはその男にどなり続けた、おれ様の妹にどやつにしろ今後こういうふざけたまねをしてみやがれ、ど畜生め、そいつの喉《のど》元を嚙《か》み切ってやらあ、ああ、やってやるとも。

ポリーは寝台の端にしばらく座って、泣いていた。それから涙をぬぐい鏡のところへ行った。手ぬぐいの先っぽを水差しに浸し、目を水で冷やしてすっきりさせた。自分の横顔を眺めて、耳の上のヘヤピンを直した。それからもう一度寝台に戻ると、その脚元に座った。長いこと枕を見つめていた。枕を見ていると奥深く秘めた心地よい思い出の数々が彼女の胸に呼び覚まされた。寝台の冷たい鉄の手すりにうなじをもたせかけて、物思いにふけった。彼女の顔にはもはや動揺のあとは見られなかった。

彼女はしんぼう強く待ち続けた、楽しそうにと言ってもよいほどで、なんの不安もなく。思い出は次第に未来の希望と夢とに移っていった。その希望や夢がとても複雑にもつれあっていたので、視線をじっとむけている白い枕がもはや目に入らなかったし、またなにかを待っているのだということも彼女の心から消えた。

ついに、母の呼ぶ声が聞こえた。思わず立ちあがり、階段の手すりに駆けよった。

――ポリー！　ポリー！

――なぁに、お母ちゃん？

――降りといで。ドーランさんがおまえにお話があるんだって。

そのとき、彼女はなにを待ち続けていたのかを思いだした。

◆

◆

◆

小さな雲

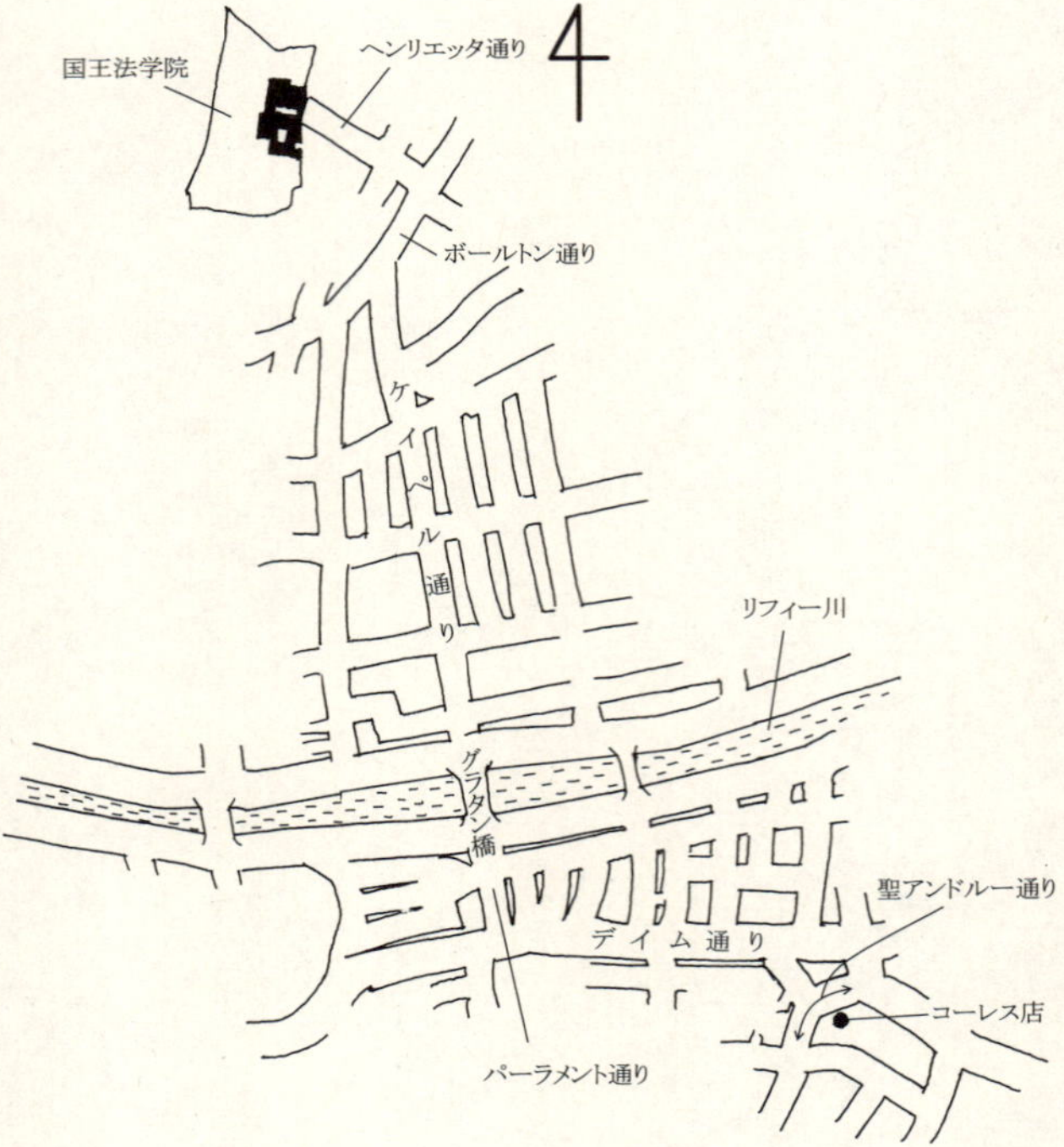

チャンドラーが歩いた道筋

国王法学院→ヘンリエッタ通り→ボールトン通り→ケイペル通り→グラタン橋→パーラメント通り→デイム通り→聖アンドルー通り→コーレス店

八年前に、彼は友をダブリン港北岸壁で見送って、成功を祈ったのだった。ギャラハーは出世した。そのことは、彼の旅なれた様子や、仕立てのよいツイードの服や、気後れすることのない話しぶりからだれでもすぐにわかるだろう。あの男ほどの才能をもった人間は少なく、あれほどの成功をおさめながら駄目にならずにいられる人間となるともっと少ない。ギャラハーは温かい心の持ち主であり、努力が実ったのも当たり前である。ああいう友がいるというのはすごいことなのだ。

ちびのチャンドラーが昼食時《どき》からずっと思いめぐらしているのは、ギャラハーとばったり出くわしたことや、その際にギャラハーのほうから今夜誘ってくれたことや、ギャラハーが暮らす大都市ロンドンのことだった。彼がちびのチャンドラーと呼ばれてるわけは、平均身長よりわずかに低いだけなのだが、なんとなく小男という感じをあたえるからだ。彼の手は白くて小さく、体つきはきゃしゃで、声は穏やかで、物腰は上品だった。すべすべしたブロンドの髪の毛と口ひげの手入れを十二分《ぶん》にし、ハンカチに香水をかすかに振っている。爪の白い半月は完全な形をしており、笑うと子供っぽい白い歯並びがちらっと見える。

国王法学院(1)で机に向かって仕事をしながら、この八年という歳月がもたらした変化について思い描いた。彼がかつて知っていた、みすぼらしくて貧しい身なりの友が、ロンドン新聞界の花形になっていた。彼はたびたび退屈な文章作りの手を止め、目を転じて事務所の窓の外をじっと見つめた。晩秋の日没の輝きが芝地と遊歩道を覆《おお》っている。その輝きは、ベンチでうたた寝をしている、だらしない格好の子守女たちやよぼよぼの老人たちの上に、心地よい金粉を降り注いでいる。さらに、それはあらゆる動く者の上にちらちら揺らめいている――砂利道を金切り声で駆けまわる子供たちの上や、庭園を通り抜けるあらゆる人たちの上に。彼はその光景を見つめ、人生について考えた。そして(人生のことを思うと、いつもそうなるのだが)、彼は悲しくなった。穏やかなもの悲しさ《メランコリー》(2)が彼の心をとらえた。運命に逆らってあがいても無駄だという気がする。これは長い年月が彼に残してくれた知恵の重荷なのだ。

彼は自宅の書棚に並ぶ詩集を思いだした。独身時代に買い込んだものであり、いく晩となく、玄関わきの小部屋に腰を下ろしていると、本棚から一冊を抜き出して妻になにかを読んで聞かせたいという気にさせられることがあった。けれどそのつど恥ずかしさが彼を引き留めた。したがってどの本も書棚におさまったままだった。時おり詩の数行をくり返し口ずさむことがあって、これが彼の慰めだった。

時計が彼の帰る時刻を打つと、彼は立ち上がって、自分の机とそれから同僚たちへきちょうめんに別れを告げた。彼は国王法学院の建物の中世風アーチ門をくぐって、こざっぱりした控えめな姿を現すと、(3)ヘンリエッタ通りの坂道を足早に下っていった。黄金色の日没が弱まりかけており、空気は身を切るようになっていた。あかで汚れた子供が群れをなして通りを占領していた。彼らは路上に突っ立ったり、走ったり、開けっ放しの玄関ドアに通じる石段をはい上がったり、敷居の上で二十日ねずみのようにうずくまったりしていた。ちびのチャンドラーは彼らを無視した。彼はその道を進んでいくのに、微小で害虫のような生き物の間を巧みにすり抜けたり、その昔ダブリン(4)の貴族たちがどんちゃん騒ぎに明け暮れたという、気味の悪い幽霊屋敷が連なる陰の下をたどったりした。過去を思いだして感傷にふけることはなかった、というのも彼の心が目前の喜びでいっぱいだったから。

彼はコーレス店(5)には一度も入ったことはなかったが、その名前の価値は知っていた。劇場がはねたあと、人びとはそこへ行って、牡蠣《かき》を食べたりリキュールを飲む。そのことを知っているし、そこの給仕たちがフランス語やドイツ語を話すのも聞いている。夜、そこを足早に通り過ぎていくときに、辻馬車がそのドアの前に止まり、豪華に着飾った婦人たちが伊達男たちに付き添われて降り立ち、さっと中へ入っていくのを彼はその目で見たことがあった。彼女らは派手なドレスといろいろな羽織り物を身に装っていた。その顔には白粉《おしろい》を塗り、ドレスが土に触れようものならそれをさっとつまみ上げた、まるで驚いたアタランテ(6)といったところだった。彼は通り過ぎる際はいつだって、振り向いて見たりなんかしない。昼間でもその通りを足早に歩くのが彼の習慣であり、夜遅く街中にいるときはいつだって、不安と興奮を覚えながら道をせかせかと急いだ。しかし時には、恐怖の原因を追い求めることだってある。彼はもっとも暗くてもっとも狭い通りばかりを選んで、思い切って歩き続けていくと、足元のまわりに広がる沈黙が彼を悩ませ、黙ってさすらう人びとの姿が彼を悩ませた。時どき、ふっと漏れてくる低い笑い声が彼を震えさせた、まるで木の葉のように。

彼は右に(7)曲がってケイペル通りへ向かった。(8)イグネイシャス・ギャラハーがロンドン新聞界に！　そんなことがあるなんて、八年前誰が想像しただろう？　でも、今になって、ちびのチャンドラーが過去を振り返ってみると、彼の友のなかに将来大成する兆しがいろいろとあったのに思いあたる。みんなに言わせると、イグネイシャス・ギャラハーは手に負えないとのことだった。たしかに、あの当時彼は柄《がら》の悪い連中と付き合って、大酒を食らい、四方八方から金を借りまくった。そのあげくに、なにかいかがわしい事件、つまりなんらかの金の取り引きに巻き込まれてしまった。彼の出奔《しゅっぽん》理由はそのせいだ、と見る向きはあるにはあった。けれど彼に才能があるのを否定する者はだれもなかった。イグネイシャス・ギャラハーにはいつも……なにかしら、知らず知らずのうちに引きつけられてしまうところがあった。みすぼらしい身なりをして、金がなくて困り果てているときでも、彼は不敵な面《つら》構えを崩さなかった。ちびのチャンドラーが思いだすのは（それを思いだすと誇らしい気持ちになって、彼の頬《ほお》がちょっと赤らむのだが）、それはイグネイシャス・ギャラハーが窮地に陥っているときに口にする言葉の一つなの

だ、

――ハーフ・タイム《中休み》だぜ、なあ、みんな、と彼はのんきそうに言ったものだ。血の巡りをよくする、(9)おれの思考帽子はどこだい？

いかにも、イグネイシャス・ギャラハーではないか。ちくしょう、これだから彼に敬服しないではおれないのだ。

ちびのチャンドラーは足を早めた。生まれてはじめて、すれちがう人びとよりも自分が偉いという気分になった。はじめて、彼の魂は、活気がなくあか抜けしないケイペル通りに反感を覚えた。疑問の余地はない、成功したければ出ていくしかないというのは。ダブリンにいてはなにもできない。(10)グラタン橋を渡りながら、川下の低い河岸《かし》のほうを見やって、貧しくいじけた家々を哀れんだ。それらは、川の土手に沿って群れ集まる、浮浪者の一団に彼には思えた。埃《ほこり》と煤《すす》にまみれた古着をきて、日没の光景に見とれて頭がぼうっとなり、夜の最初の冷え込みに命じられて立ち上がり、身を震わせながら立ち去るまでじっとしている連中なのだ。彼はこの着想を表現する一篇の詩を書くことができないだろうか。ひょっとすると、ギャラハーならロンドンのどこかの新聞にそれを載せることができるかもしれない。なにか独創的なものが書けるだろうか？　どんな考えを彼は表現したいのかはっきりしてるわけではなかったが、詩的瞬間が自分におとずれたという思いが彼の体内に芽生えた、まるで幼い希望のようにだ。彼は勇ましく歩を進めた。

その[11]一歩一歩が彼をロンドンに近づけ、彼自身のきまじめで非芸術的な生活から遠ざけた。一条の光線が彼の精神の地平線で揺らめき始めた。彼はそれほど年をくっていない――三二歳だ。彼の気質はまさしく成熟の域にさしかかったところだといってもよいかもしれない。彼には韻文で表現したいさまざまな気分や印象がいくらでもあるのだ。それらが体内に感じられる。彼は自分の魂をはかりに掛けて、それが詩人の魂かどうかを確かめてみようとした。もの悲しさが彼の気質の基調だ、と彼は思った。だが、それは、信念と諦《あきら》めと素朴な喜びとをくり返し表すことで色調が和らげられる、もの悲しさなのだ。それに表現をあたえて一冊の詩集にできれば、ことによると人びとは耳を傾けてくれるだろう。一般受けは決してしないであろう。そのことは彼にはわかっていた。大向こうをうならせることができなくても、同じ精神をもった少数一部の仲間には気に入ってもらえるかもしれない。イギリスの批評家たちは、場合によっては、その詩の憂うつな調子から、彼を[12]ケルト派詩人の一員として認めるだろう。それなら、こちらからそれを暗にほのめかす言葉を入れておこう。彼は自分の著書が受けるはずの書評を想定して、その文章や語句をひねりだし始めた。「チャンドラー氏はなだらかで優美な韻文の才に恵まれている。……ある切ない悲しみがこれらの詩にしみわたっている。……ケルト派の調べ。」残念なことに、彼の名前はあまりアイルランド風ではない。ひょっとすると、名字の前に母方の名を入れといたほうがよいかもしれない。トマス・マローン・チャンドラー、いやいや、ティ・マローン・チャンドラーのほうかな。(13)彼はこのことをギャラハーに相談してみることにした。

彼は空想を追うのに夢中になりすぎていたので、その通りを行き過ぎてしまい、引き返すしかなかった。コーレス店に近づくにつれて、先ほどからの興奮が彼を圧倒しそうになり、ためらいながらドアの前にたたずんだ。やっと心を決めてドアを開け、中に入った。

バーの光と騒音が彼を戸口にしばらく押し留めた。あたりを見まわしてみたが、たくさんの赤や緑のワイングラスがきらめき、その輝きで目がくらんだ。バーは満員のように彼には思われ、その客たちが好奇のまなざしで彼を観察しているような気がした。すばやく左右にちらっと目をやったが（大事な用で来たのだと見せるために、眉を少しひそめたが）、しかし、目が少しはっきりしてくると、だれも振り向いて見ている者などいないのがわかった。そしてそこに、はたせるかな、イグネイシャス・ギャラハーがいた、背中をカウンターにもたせかけ、両足を大きく開いて。

――やあ、トミー、大将、来たな！　何にする？　何がいい？　おれウイスキーをやってるよ、海の向こうで飲むのより上物をな。ソーダは？　リチウム水は？　ミネラルウォーターはいらんだろう？　おれも同じさ。風味を損ねてしまうからなあ。……おい、

〈ギャルソン《給仕》〉、モルトウイスキーのハーフ、二杯頼むよ、いいな。……ところでだ、おれがあんたにこの前会ってから、どうやって荒波に揉《も》まれてきたんだい？　いやもう、おれたちって年とっていくなあ！　おれを見てどこか老けたところ目につくかい――えっ、どう？　お頭《つむ》に白髪が交じってるとか、薄くなっているとかさ――どう？

イグネイシャス・ギャラハーは帽子を取り、髪を短く刈った大きな頭を見せた。その顔は生気がなくて青白く、ひげがきれいに剃ってあった。(14)目は、青みがかったねずみ色のせいか、不健康な青白さを際立たせ、派手なオレンジ色のネクタイを結んでいるその上方でくっきりと輝いている。これら競い合う二つの目だつ色に挟《はさ》まれて、唇は見たところたいへん長くて不格好で血色が悪かった。彼はうつむいて、脳天の薄い髪の毛を二本の思いやり深い指で触れた。ちびのチャンドラーは首を振って否定した。イグネイシャス・ギャラハーはふたたび帽子をかぶった。

――体にこたえるんだよ、と彼が言った、新聞記者稼業《ぶんや》ってやつは。四六時ちゅう、せかせかばたばたネタ探しさ、見つからねえことだってあるんだよな。しかも、記事にはいつだってなにか新鮮味がなきゃいけねぇときてる。知るかってんだ校正刷りや印刷機なんか、なあおい、この数日間ぐらい。おれ、べらぼうにうれしいんだよ、ぶちあけた話、(15)故国《くに》に戻ったのが。体にいいんだよ、ちょっとした休暇って。すっげえ気が楽なんだ、大好きなだらしのないダブリンにふたたび上陸してからっていうものは……。さあ、きたきた、トミー。水は？　頃合いがきたら言ってくれよ。

ちびのチャンドラーはウイスキーがすごく薄まっていくにまかせた。

――どこまで薄めるつもりなんだ、なあおい、とイグネイシャス・ギャラハーが言った。おれはストレートで飲むぜ。

――普段はめったに飲まないからな、とちびのチャンドラーが遠慮がちに言った。たまに昔なじみのだれかに会ったときに、ハーフを一杯ってとこかなあ、せいぜいのところ。

――さて、じゃあ、とイグネイシャス・ギャラハーが機嫌よく言った、乾杯といこう、おれたちと、それに昔と昔なじみのために。

彼らはグラスをカチンと合わせて乾杯した。

――おれ、今日昔遊んだうちの何人かに会ったよ、とイグネイシャス・ギャラハーが言った。オハラは暮らしに困っているらしいってなあ。やつはなにをしてるんだい？

――なんにも、とちびのチャンドラーが言った。犬畜生同然に落ちぶれてるよ。

――だけど、ホーガンはいい職についているんだろう？

――そうだよ、[16]農地管理委員会に勤めてるよ。

――いつかの晩、ロンドンでやっこさんに会ったら、懐《ふところ》すっげえ温かそうにみえたなあ。……かわいそうなオハラ！　酒びたり、なんだろ？

――ほかにもいろいろとな、とちびのチャンドラーがそっけなく言った。

イグネイシャス・ギャラハーは笑った。

――トミー、と彼が言った、こうしてみると、あんた、ちっとも変わっちゃいないな。まったく同じまんまのまじめ人間だよ、日曜の朝ごとに、おれが痛む頭をかかえて舌に白苔《はくたい》を生やしていたときに、きまってお説教をたれてくれたじゃないか。ちょっとばかり世のなかを見てまわってみたいって思わないのか。どこにも行ったことないのか、ちょっとした旅行にも？

――マン島に行ったことがある、とちびのチャンドラーが言った。

イグネイシャス・ギャラハーは笑った。

――マン島か！　と彼は言った。ロンドンかパリへ行きなよ。パリだな、どっちかっていうと。ためになると思うよ。

――パリを見たことあるの？

――もちろんあるさ！　少しばかりそこを見てまわったよ。

――で、ほんとうにそれほど美しいのかい、うわさどおり？　とちびのチャンドラーがたずねた。

彼がウイスキーをちびちびすするのに引きかえ、イグネイシャス・ギャラハーはぐいとばかりに飲み干した。

——美しいかって？　とイグネイシャス・ギャラハーは言い、ちょっと黙ってその言葉の意味を考え、酒の風味をあじわった。そんなに美しくはない、んだな。もちろん、美しいのは美しいが。……けど、パリの生活なんだよ、肝心なのは。いやあ、パリほどの都会はないよ、陽気で、活気があって、興奮させてくれるのは……。

ちびのチャンドラーはウイスキーを飲み終え、ちょっと手間どったあげく、やっとのことでバーテンに気づいてもらうと合図を送った。彼はまた同じものを注文した。

——おれはムーラン・ルージュ《(17)赤い風車》に行ったことがあるよ、とイグネイシャス・ギャラハーは、バーテンが二人のグラスを片づけるのを待って、続けて言った、芸術家連中が集まるボヘミアン・カフェというカフェにはぜんぶ行ったことがあるよ。ものすげえとこだぜ！　まあ、あんたみたいな信心深い堅物《かたぶつ》向きじゃないけどな、トミー。

ちびのチャンドラーは、バーテンがグラスを二つ持って戻るまで、なにも言わなかった。それから、友のグラスに軽く触れ合わせ、先ほどの乾杯のお返しをした。彼はやや幻滅を感じ始めていた。ギャラハーの口調や自己の考えを押しつけるやり方が彼には気にいらなかった。友にはなにかしら以前は見られなかった、鼻持ちならないところがある。けれど、おそらくそれはロンドンで新聞界の喧騒《けんそう》と競争に揉《も》まれて生きている結果にすぎないのだろう。昔のままの個人にそなわった魅力がこの新しくけばけばしい態度の陰にまだ残っている。それに、なんと言っても、ギャラハーは生き抜いてきた、彼は世のなかを見てきたのだ。ちびのチャンドラーはうらやましい思いで友の顔を眺めた。

——パリじゃ万事が陽気なんだ、とイグネイシャス・ギャラハーが言った。みんな人生って楽しむものだと信じきってる——そのとおりだと思わないか？ ちゃんと楽しみたかったら、パリへ行かなくちゃあな。それに、いいかい、[18]あそこの連中って、すごくアイルランド人びいきなんだよ。おれがアイルランドの出だと聞いたら、もうおれを食べかねなかったよ、まったく。

ちびのチャンドラーはグラスから四、五口すすった。

——ねえ、と彼が言った、本当か、パリってすごく……不道徳っていう、みんなのうわさは？

イグネイシャス・ギャラハーは右腕[19]ですべてを包み込むしぐさをした。

——どこだって不道徳さ、と彼は言った。言うまでもないけど、パリでは際どいねえちゃんたちに出くわすさ。[20]学生どものダンスパーティーのどれかに行ってみなよ、たとえばだけど。はらはらさせられどおし、って言ったとこだぜ、〈淫売女《めんどり》ども〉が羽目をはずしだすときには。知ってるよな、そのコケコッコーどもって何者かを？

——聞いたことがあるよ、とちびのチャンドラーは言った。

イグネイシャス・ギャラハーはウイスキーを飲み干し、首を横に振った。

——いやあ、と彼が言った、あんたはどう言うか知らんが。パリジェンヌに勝る女はいないな――スタイルでも、ぴちぴちしてることでも。

――だったら、そこは不道徳な都市だよ、とちびのチャンドラーがおずおずしながらも言いはった、つまり、ロンドンとかダブリンとかに比べてという意味なんだけど？

――ロンドン！　とイグネイシャス・ギャラハーは言った、似たりよったりさ。あんた、ホーガンに聞いてみなよ、なあおい。おれ、やっこさんがロンドンにやって来たときに、ちょっとばかり案内してやったんだから。やっこさん、あんたの目を見開いてくれるだろうよ……おいおい、トミー、せっかくのウイスキー、パンチにするなよ、飲んじゃえって。

――いや、ほんとうに……。

――さあ、さあ、もう一杯くらい飲んだって、どうってことないさ。何がいい？　さっきと同じでいいかな？

――じゃあ……それでいいよ。

――〈フランソワ〉[21]、また同じものを。……たばこは、トミー？

イグネイシャス・ギャラハーは葉巻入れを取り出した。二人の友は葉巻に火をつけ、黙ってふかしていると、飲み物が運ばれてきた。

――おれの意見を言わせてもらうとだ、とイグネイシャス・ギャラハーはしばらくして身を隠していた煙の雲から姿を現して言った、へんちくりんな世のなかだぜ。不道徳もいいところだ！　いろんな実例を聞いているよ――いや、おれってなに言ってるんだ？――身をもって知ってるんだ、それらを、いろんな実例をだよ……不道徳の……。

イグネイシャス・ギャラハーは考え込んだまま葉巻をふかし、それから、落ちついた歴史家の口調で、外国で蔓延《はびこ》っている退廃な光景の概略を友のために幾つか述べにかかった。いろんな首都の悪徳をかいつまんで話し、勝利の栄冠《シュロ》[22]はベルリンに授けたいようだった。彼にとって保証しかねる事柄は幾つかあるが（彼が友人たちから聞いた話なので）、それ以外のことについては自らの体験談であった。彼は地位にも階級にも容赦しなかった。大陸の修道院の内幕を数々と暴露したと思えば、上流社会で流行《はや》[24]っている風習を幾つか説明し、締めくくりとして、あるイギリス公爵夫人にまつわる話――実話として彼が知っている話――を事細やかに物語った。ちびのチャンドラーはあぜんとした。

――いやあ、それにしても、とイグネイシャス・ギャラハーが言った、おれたちが今こうしているのは、そんなことにとんと縁がない、のろくさ昔ながら進むダブリンだよな。

――さぞやきみにはここは退屈にちがいないだろうな、とちびのチャンドラーが言った、ありとあらゆるほかの場所を見てきたあとだから！

――それがなあ、とイグネイシャス・ギャラハーが言った、ここへやって来ると気が休まるんだよ、じつは。それに、なんてったって、故国《くに》が一番って、世間で言うじゃないか？　だれしもある種の感情をもたざるをえないのさ。それが人間性ってやつさ。……ところで、話してくれよあんたのことを。ホーガンが言ってたけど、あんた……結婚の至福って喜びを味わったってな。二年前、だったっけ？

ちびのチャンドラーは顔を赤らめ、ほほえんだ。

――うん、と彼は言った。結婚してこの五月で一二か月たったよ。

――遅ればせながら心からお祝いを言うよ、とイグネイシャス・ギャラハーが言った。おれ、あんたの住所を知らなかったもんだから、でなきゃ、そのときにお祝いを申し出たんだが。

彼が手を伸ばすと、ちびのチャンドラーはそれを握った。

――さて、トミー、と彼が言った、あんたと奥方が人生のあらゆる喜びを味わい、それに相棒よ、たんまり金がたまりますように、それと、おれがあんたを撃ち殺すまでは絶対に死なないように。これが親友の、旧友からのお願いだぜ。こういうのわかるだろう？

――わかるよ、とちびのチャンドラーは言った。

――子供さんは？　とイグネイシャス・ギャラハーが言った。

ちびのチャンドラーはふたたび顔を赤らめた。

――一人いるよ、と彼が言った。

——息子さん、それとも娘さん？

——男の子。

イグネイシャス・ギャラハーは友の背中をポンとたたいた。

——でかした、と彼が言った、あんたならそうにちがいないと思ったぜ、トミー。

ちびのチャンドラーはほほえみ、どぎまぎしながら自分のグラスを見つめ、三本の子供っぽい白い前歯で下唇を噛《か》んだ。

——ひと晩ぼくらの家に来てくれないかなあ、と彼が言った、きみが帰っていく前に。お目にかかれたら家内も喜ぶよ。ちょっとは音楽も楽しめるし、それに……。

——ほんとにありがたいんだけど、なあきみ、とイグネイシャス・ギャラハーが言った、残念だよ、おれたちもっと早く会っておかなかったのが。だって、おれは明晩には発《た》たなきゃならんのさ。

——今晩でも、よかったら……？

——ほんとに残念だよ、きみ。もう一人仲間を連れて来ているんだ、そいつも頭の切れる若者でな、おれたちちょっとしたカード・パーティーへ行く段取りをつけてあるんだよ。それさえなけりゃあ……。

——ああ、そういうことなら……。

——でも、わからないぞ、とイグネイシャス・ギャラハーが思いやりをみせて言った。

来年また、こっちへひょいと渡ってくるかもしれないぜ、これできっかけをつくったからには。そうなると楽(25)しみを先に延ばしただけってことよ。

——よくわかった、とちびのチャンドラーは言った、きみが今度来るときには、ひと晩ぜひ一緒に過ごしてもらうからね。今約束したよね？

——よし、約束した、とイグネイシャス・ギャラハーは言った。来年おれが来るときには、(26)パロル・ドヌール《名誉にかけて誓う》よ。

——では取引をまとめるために、とちびのチャンドラーが言った、もう一杯だけ飲もう。

イグネイシャス・ギャラハーは大きな金時計を取り出して、それに目をやった。

——それでお開きとするか？　と彼は言った。知っての通り、おれ、アポがあるもんで。

——ああそうだな、もちろんさ、とちびのチャンドラーは言った。

——よしいいよ、それじゃ、とイグネイシャス・ギャラハーは言った、もう一杯飲もう、ダッハ・アン・ドルース《戸口で交わす一杯》として——こりゃあぴったりのお国言葉だと思うな、ウイスキーのハーフ一杯を引っかけるのにはだな。

ちびのチャンドラーは飲み物を注文した。少し前に顔にさした赤らみは残ったままだった。わずかな量でいつだって顔を赤らめる。それに今は体がほてり、興奮している。

ウイスキーのハーフ三杯が彼の頭をぼうっとさせ、ギャラハーの強い葉巻が彼の心を乱してしまった、というのは彼は体が弱く摂生に努める男だから。ギャラハーと八年ぶりに出会い、ギャラハーと一緒にコーレス店で光と騒音に囲まれて過ごし、ギャラハーの数々の話に耳を傾け、そしてギャラハーの放浪生活と勝利の生活をわずかの間でも共にするという、そんな冒険が彼の感じやすい性質の均衡状態を狂わせた。彼は自分の生活と友の生活の相違を痛感し、これは不公平じゃないかと思えてきた。生まれも教育も、ギャラハーは彼より劣っている。彼の友がこれまでやったことよりも、これからやり得ることよりも、彼はもっとましなことをやり遂げる自信がある、たかが安ぴかなジャーナリズムなんかよりも高級ななにかをだ、つまり、そのきっかけをつかみさえすれば。彼の行く手をじゃまするもの、それはいったいなんなんだ。彼の不幸せな引っ込み思案のせいだ！　なんとかして自分は正しいのだと証明したい、自分だって男だと主張したい。ギャラハーが彼の招待を断ったその裏側を見抜いた。ギャラハーは友情を笠に着て彼に恩をきせているにすぎない、まさしく里帰りによってアイルランドに恩をきせているように。

バーテンが二人の飲み物を持ってきた。ちびのチャンドラーはグラスの一つを友のほうに押しやり、もう一つを思いきって取り上げた。

——ひょっとすると、と彼は二人がグラスを上げたときに言った。きみが来年くるときには、ぼくは光栄にもイグネイシャス・ギャラハーご夫妻の長寿と幸福をお祈り申し上げる、ってことになるかもしれないね。

イグネイシャス・ギャラハーは飲みながら、グラスの縁ごしに意味ありげに片目をつむった。飲んでしまうと、彼は力強く舌鼓を打ち、グラスを置いて言った、

――そういうとんでもねえ気づかいは御無用だよ、なあおい。おれはまず(27)羽目をはずしまくってな、人生と世のなかをちょっとばかり見たうえでさ、それから麻袋に頭を突っ込むんだよ――仮にそうするにしてもな。

――いつかきみはそうするよ、とちびのチャンドラーは落ちついて言った。

イグネイシャス・ギャラハーはオレンジ色のネクタイとねずみ色がかった青い目を彼の友にまともに向けた。

――おまえさんそう思うかい？　と彼は言った。

――おまえさんだって麻袋に頭を突っ込むよ、とちびのチャンドラーは力を込めておうむ返しに言った、ほかのみんなと同じようにね、相手の娘《こ》が見つかればだけど。

彼は語調をわずかながら強めてしまい、うっかり本音がばれてしまったことに気づいた。だが、頰の赤みが増しはしたけれども、彼の友の凝視にたじろがなかった。イグネイシャス・ギャラハーはしばらく彼を見守り、それから言った、

――もしそういうことが起こったとしてもだ、有り金残らず賭けたっていい、そんな

ことでうつつを抜かしたり、でれでれ言い寄るなんてありえないぜ。おれは金と結婚するってことよ。相手っていうのは銀行にたんまり金を預けてる女だよ、でなきゃあ、その女はおれには用がない。

ちびのチャンドラーは首を横に振った。

――なにい、冗談じゃない、とイグネイシャス・ギャラハーが激しい口調で言った、どんなのかわかってるのか？　おれは一言命令をくだすだけでいいんだ、そうすりゃあ、明日にだって女と現生《げんなま》が手に入るってんだ。信じないのか？　ところが、おれにはわかるんだよな。何百っていう――いや、おれ、なにとぼけたこと言ってるんだ――何千っていう金持ちのドイツ女やユダヤ女がいて、腐るほど金を持ってやがって、ただもう大喜びで飛びついてくるんだ。……まあ、ちょっと待っててくれよ、なあおい。カードさばきをうまくやれるかどうか見ててくれ。おれが事を起こすとなると、言っとくが、本気だからな。待ってろよ。

彼はグラスを口元までさっと持ち上げ、飲み干し、からから笑った。それから考え込むように前方を見つめ、前よりも落ちついた口調で言った、

――だけど、ぜんぜん急がないよ。連中は待たせておけばいい。一人の女に縛られるなんて、おれには考えられないんだよな。

彼は口で味わうまねをして、しかめっ面をした。

——少しばかり気が抜けてくるにちがいないと思うなあ、と彼は言った。

◆　◆　◆

ちびのチャンドラーは玄関わきの部屋に腰を下ろして、子供を抱いていた。金を節約するために彼らは使用人をおいておらず、アニーの妹のモニカが、朝方に一時間かそこら夕方に一時間かそこら、手伝いに来てくれる。だが、モニカはもうとっくに帰ってしまった。九時一五分前だった。ちびのチャンドラーは夕食時間に遅れて帰宅し、そのうえ、アニーに頼まれていた[28]ビューリー店でコーヒー豆を一包み買って帰るのを忘れていた。もちろん彼女は機嫌が悪く、彼につっけんどんな返事をした。お茶なしで済ますと言ったが、角の店が閉まる時刻が近づくと、彼女は自分で出かけて、お茶四分の一ポンドと砂糖二ポンドを買ってくることにした。眠っている子供をすばやく彼の腕に預けて言った、

——ほら。この子起こさないでよ。

白い磁器の笠のついた[29]小さなランプが卓上に置いてあり、その明かりがねじれた角《つの》製の額縁に入れた一枚の写真を照らしだしていた。アニーの写真だった。ちびのチャンドラーはそれを眺め、きゅっと結んだ薄い唇に目を留めた。彼女は淡い青色の夏用ブラウスを着ており、それはある土曜日に彼がプレゼントとして彼女に買って帰ったものだっ

た。それは彼に一〇シリング一一ペンスを支払わせたが、それ以上に、それはどれほどのはらはらどきどきの苦痛を彼に払わせたことか！　彼はあの日どれだけ苦しんだことか——店内に人っ気がなくなるまで戸口で待ち、それから売り場に突っ立って、女店員が彼の目の前で婦人物のブラウスを積み重ねている間じゅう、つとめて平静をよそおい、勘定場で金を支払い、釣りの一ペニーを取り忘れ、出納《すいとう》係に呼び戻され、最後に、店を離れるとき、顔の赤らみを隠そうとして、包みを調べてその紐がしっかり結んであるかどうかを確かめるふりをした。そのブラウスを持ち帰ると、アニーは彼にキスをして、とてもきれいでしゃれていると言ったが、しかし、値段を聞くと彼女はブラウスをテーブルの上に放り出して、こんなのに一〇シリングと一一ペンスも暴《ぼ》るなんてまったくの詐欺だと言った。彼女は最初それを返しにいくつもりだったが、試着してみるとそれが——ことにその袖の作りが——気に入り、彼にキスをして、彼女のことを気に掛けてくれてほんとうにありがとうと言った。

ふん！……

彼が写真の目を冷ややかにのぞき込むと、その目も冷ややかに見返した。たしかにその目はきれいで、顔そのものだってきれいだ。しかしその顔にはどことなくけち臭いところが見られる。どういうわけでこれほど無意識に貞淑でいられるのだろう？　その目の落ちつきが彼をいらいらさせた。その目は彼を受けつけず、彼に挑んだ。そこにはなんの情熱もなく、なんの歓喜もない。思いだされるのは、ギャラハーが金持ちのユダヤ女たちについて言ったことだ。あの東洋的な黒い目には、と彼は考えた、どれほどの情熱があふれ、どれほどのなまめかしい熱望があふれていることか！……どうして彼は写真の目と結婚してしまったのだろうか？

彼はそう問いかけるとはっと我に返り、いらいらしながらさっと部屋を見まわした。どことなくけち臭いと感じるのは、彼が分割払いで買ったきれいな所帯道具だった。アニーがそれを自分で選んだので、それを見ると彼女を思いだしてしまう。その家具も上品ぶってて、きれいだ。自身の生活に対する鈍い怒りが彼の体内に目覚めた。彼の小さな家から逃げだせないだろうか？　ギャラハーのように勇ましく生きようとするには、もう遅すぎるだろうか？　ロンドンに彼は行けるだろうか？　家具の支払いがまだ残っているというのに。本を一冊書いて出版することさえできたら、そしたら彼に道が開けるかもしれない。

バイロン[30]の詩集が一冊、目の前のテーブルに置いてあった。彼は子供を起こさないように、左手でそれをそっとめくり、本の冒頭の詩を読み始めた。

　風は和らぎ夕闇は静かなり、
そよ風さえ木立をさまよわず、

われ立ち戻ってマーガレットの墓を眺め、
わがいとしい亡骸《なきがら》の上に花をまき散らすとき。

彼は一息入れた。まわりの部屋じゅうにその韻文のリズムを感じた。なんてそれはもの悲しい調べか！　彼も、また、このように書けるだろうか、彼の魂のもの悲しさを韻文に表現できるだろうか？　書き表したいことがものすごくある。数時間前にグラタン橋の上で感じたことだ、たとえばだが。あの気分のなかにもう一度立ち戻ることができれば……。

子供が目を覚まして泣きだした。彼はその頁から目を離して、黙らせようとしたが、しかしそれは黙ろうとしなかった。彼は両腕に抱いて左右に揺すってもみたが、その泣き叫ぶ声はいっそう激しくなった。子供をもっと早く揺すりながら、その目は第二連を読み始めた。

この狭苦しい墓舎に彼女の軀《むくろ》は横たわる、
その軀はかつては……

だめだ。読めない。彼はなにもできない。子供の泣き声が彼の鼓膜を突き刺した。だ

めだ、だめだ！　彼は無期懲役囚だ。両腕が怒りで震えると、とつじょ子供の顔にかがみ込んで、[31]叫んだ、

——泣きやめ！

子供は一瞬泣きやめて、恐怖のあまり発作を起こし、ぎゃあぎゃあ泣きだした。彼は椅子からあわてて立ちあがり、子供を両腕に抱えて部屋の中をせかせかと歩きまわった。子供は悲しげに泣きじゃくり始め、四、五秒の間息を切らして、それから新たにわっと泣きだした。部屋の薄い壁がその声を反響させた。彼はなだめようとしたが、子供はいっそう激しく泣きじゃくった。その子供の引きつった震える顔を眺めて、彼は不安になってきた。切れ目なく七回続けて泣きじゃくるのを数えると、ぎょっとして子供を胸に抱き寄せた。もしも死んだりしたら！……

ドアがいきなり開き、一人の若い女があえぎながら、駆け込んできた。

——どうしたの？　どうしたの？　と彼女は叫んだ。

[32]子供は、母親の声を聞きつけると、急に泣きじゃくりを激発させた。

——なんでもない、アニー……なんでもないよ。……これが泣きだしたもんだから……。

彼女は包みを床に放り出して、子供を彼から引ったくった。

——あんたこの子になにをしたのよ？　と彼女は彼の顔をにらみつけながら叫んだ。

ちびのチャンドラーはちょっとの間彼女の視線をうけとめたが、その目に憎しみが宿っているのに出くわすと彼の心臓が縮かんだ。彼は口ごもりながら言いだした、

――なんでもないんだ。……これが……これが泣きだして。……どうにもできなくて……なにもしちゃいないんだよ。……なんだって？

彼には目もくれず、彼女は部屋をあちこちと歩きまわるようになり、子供を両腕にしっかりと抱きしめて、つぶやいた、

――あたしのおちびちゃん！　あたしのおちびかわい子ちゃん！　恐ろしかったのね、坊やは？……おお、よし、よし、坊や！　よし、よし！……いい子よね！　おちび子羊(33)ちゃんだもんねママのこの世で大切な！……よし、よし！

ちびのチャンドラーは恥ずかしくて自分の頬が真っ赤になるのを感じ、後ずさりしてランプの明かりの外に身を引いた。耳を傾けていると、子供の泣きじゃくりの発作がだんだんと弱まっていった。すると、悔恨の涙が彼の目に浮かんできた。

対応

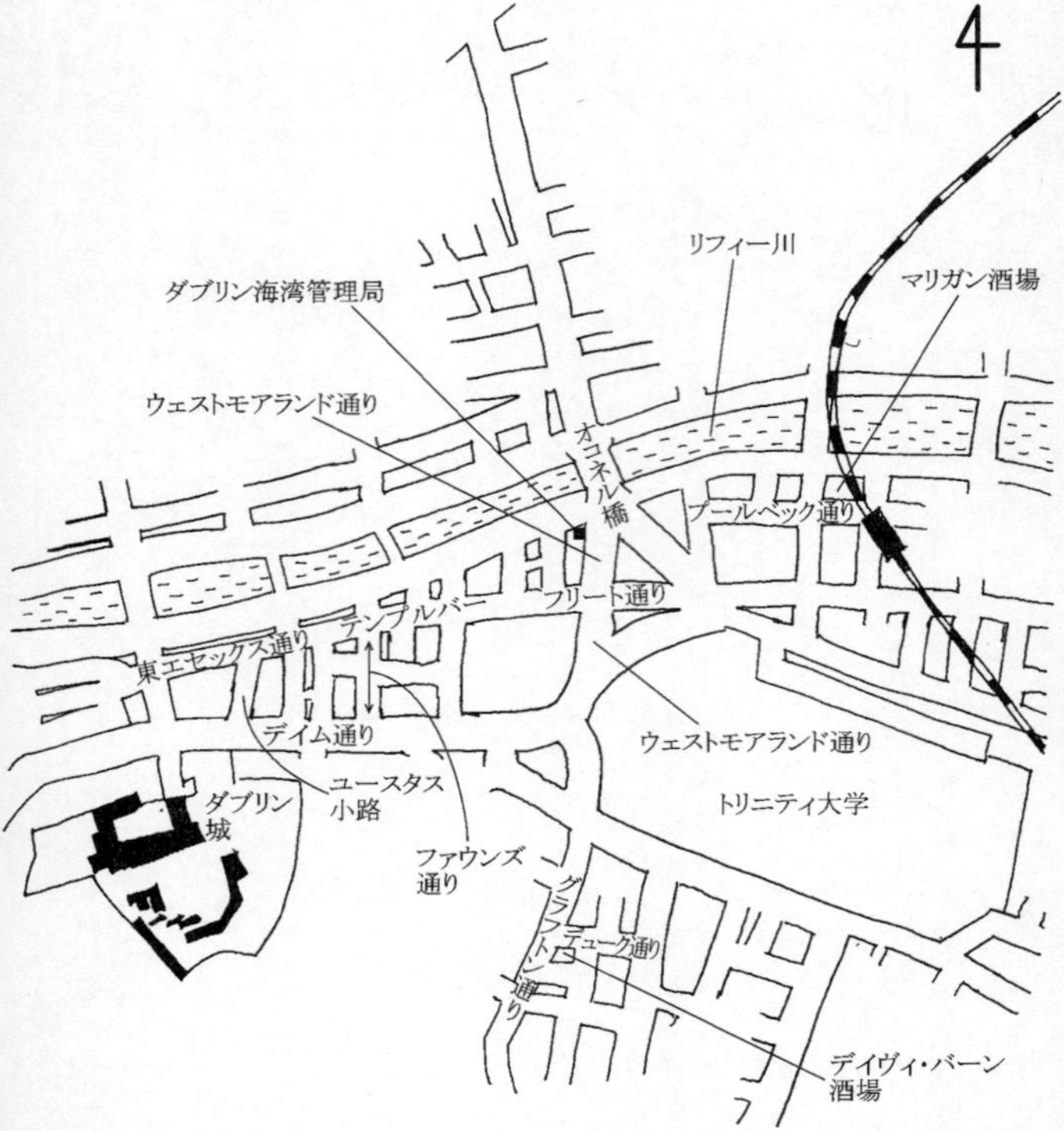

※サンディマウントと、シェルボーン道路は「アラビー」の地図参照

電話のベルがけたたましく鳴り、パーカー《ミス・パーカー》さん[1]が伝声管へ行くと、けたたましい声が突き刺すようなアイルランド北部訛《なま》りでどなった、

——ファリントンよこしてくれ！

パーカーさんはタイプライターに戻ると、机で書きものをしている男に言った、

——アリンさんが上でお呼びよ。

男は声をひそめて〈ちくしょう！〉とつぶやき、椅子を後ろへ押しやって立った。立ってみると背の高い大男だった。濃いワイン色の気力のない顔に、金髪の眉と口ひげだ。いささか出目で、目の白い部分は濁っている。カウンターの板を持ち上げ、依頼人たちの横を通り抜けて、重い足どりで事務室から出た。

彼は重々しく階段を上り、二つ目の踊り場にたどり着いた。そこのドアに〈アリン氏《ミスター・アリン》〉と刻まれた真鍮《しんちゅう》のプレートが付いていた。骨折りと苛立《いらだ》ちでハアハア言いながら、ここで立ちどまり、ドアをノックした。鋭い声が叫んだ、

——入ってくれ！

男はアリン氏の部屋に入った。と同時に、アリン氏が、つまりきれいにそりあげた顔に金縁メガネをかけた小男が、文書の山の向こう側でひょいと頭を突き上げた。その頭自体が桃色がかり毛がほとんどないので、まるで書類の上に大きな卵が一個載《の》っかっているように見えた。アリン氏は間髪《かんぱつ》を入れずに言った、

——ファリントンくん？　これは、どういうことなんだか？　どしてわたしは、いつもいつも、おまえさんのことで文句ばかり言ってねばならんのだ？　さっ、言ってくれ、ボドリーとカーウォンとの例の契約書のことだけど、どして写しをこしらえておかなかったのだ？　言っただろう、四時までに用意しておけって。

——でも、シェリーさんがおっしゃったのは……

——〈シェリーさんがおっしゃったのは……〉だと。こっちの言うことのほう、聞いてもらいたいね、〈シェリーさんがおっしゃる〉ことではなくって。おまえさんはいつもなんだかかんだ仕事をさぼる言い訳ばっかし考えている。いいか、夕方までに契約の写しができてなかったら、クロスビーさんに言って問題にするからな、このことを……。わかったか？

——はい。

——わかったんだな？　……よし、それなら細《こま》けえことをもう一つ！　おまえさんに言っても、壁に向かって言うようなものだからな。今度こそ肝に銘じてもらいてえのは、おまえさんの昼食時間は一時間の半分で、一時間と半分じゃないということだ。いったい何皿食べたいのか、聞かせてもらいてえもんだ……。わたしの言ったこと聞いてくれるな？

——はい。

アリン氏はうつむいてふたたび書類の山に向かった。男は、クロスビー・アンド・アリン法律事務所の業務を管理している、つるっ禿《ぱげ》をじっと見つめ、そのもろさ具合を推し測った。怒りの発作がしばし彼の喉を絞めつけ、やがてそれがおさまると、あとに激しい渇きの感覚を残した。あの感覚だと男はわかると、一晩たっぷり飲まなくちゃという気になった。月の半ばを過ぎており、写しを間に合わせさえすれば、アリン氏は彼のために会計係に当てて給料の前払い伝票を切ってくれるかもしれない。彼はずっと突っ立ったまま、書類の山の上の頭に目を注いでいた。ふいに、アリン氏はすべての書類をかき回して、なにかを捜し始めた。それから、このときまで男がいるのに気づいていなかったかのように、ふたたび頭をひょいと突き上げて言った、

——えっ？　一日じゅうそこ突っ立っているつもりだか？　まったく、ファリントンくん、おまえさんという人はのんきだなあ！

——お待ちしていたん……

——わかりましたよ、お待ちしなくていい。階下《した》へ行って自分の仕事したらどうだ。

男はドアのほうへ重々しく歩いていき、部屋から出る際に、彼の背後からアリン氏のわめき声で、夕方までに契約書の写しをこしらえねば、このことがクロスビーさんの耳に入ることになるから、と言うのが聞こえてきた。

彼は下の事務室の自分の机に戻り、まだ書き写していない枚数をかぞえた。彼はペン

を取り上げ、それをインクに浸したが、彼が先ほど書いた最後のところの〈いかなる場合もけっして上記のバーナード・ボドリーは……〉をまぬけ顔で見つめたままだった。日が暮れかけているから、二、三分もしたらガス灯に明かりを点《つ》けてまわるだろう。そしたら彼は書くことができるのだ。喉の渇きをいやさなければならないという気がした。彼は机から立ちあがって、先ほどと同じくカウンターの板を持ち上げて、事務室の外へ出た。出て行くときに、主任が彼を不審そうに見た。

——大丈夫ですよ、シェリーさん、と男は言い、なにをしに行くのかを指さして知らせた。

主任は帽子掛けをちらっと見やり、帽子の列に欠けたところがないのを見ると、なにも述べなかった。踊り場まで来たとたん、男はポケットから白黒チェック模様の帽子を引っぱりだして、それをかぶり、がたつく階段を小走りに駆け降りた。表のドアから出て、通路をこそこそと軒づたいに角に向かって歩いて行ったかと思うと、いきなりある戸口にさっともぐり込んだ。彼は今やオニール(3)の店の薄暗い個室に身を隠すと、濃いワイン色あるいは濃い肉色のほてった顔をバーに通じる小窓いっぱいに押しつけ、大声を出した、

——おい、パット、スタウト(4)を一杯、頼むよ、な。

バーテンがグラス一杯のスタウトを持ってきた。男はいっきにそれを飲み干すと、

(5)キャラウェイの実を頼んだ。カウンターに一ペニーを置き、バーテンがその銅貨を暗がりで手探りしているうちに、入ってきたときと同じくこそこそと、その個室から退散した。

外は濃霧を伴った暗闇が二月の夕暮れに迫りくるところで、ユースタス通りの街灯はすでにともされていた。男は家々を通り過ぎ、時間どおりに写しを仕上げられるだろうかと考えていると、事務所のドアに到着した。階段を上るときに、つんとくる湿った香水の匂いが彼の鼻をついた。彼がオニールの店に行っている間にデラクア女史《ミス・デラクア》が来たにちがいない。(6)彼は帽子を元どおりポケットに突っ込み、事務室にふたたび入るのになにくわぬ顔をした。

――アリンさんがさっきからきみを呼んでいる、と主任がきびしい口調で言った。どこにいたんだ?

男はカウンターのところに立っている二人の依頼人をちらっと見やって、彼らがいるから答えられないと知らせる振りをしてみせた。依頼人が二人とも男性だったので、主任は声をたてて笑った。

その手はお見通しだぞ、と彼が言った。一日に五回はちょっとな……。とにかく、ぐずぐずせずに持っていかんか、デラクア事件の通信文の写しをアリンさんのところへ。

人前でこんな言われ方をしたり、階段を走り上がったり、スタウトをいっきに飲み干したりしたので、その男の頭はごちゃごちゃになった。要求されたものを準備するために机に向かってみたが、契約書の写しを五時半までに仕上げるなんてまったくお手上げだとわかった。暗い湿った夜が迫っている。今夜は飲み屋のはしごをして、ガス灯がきらめきグラスがガチャガチャ音をたてるなかで、友だち連中と飲みたくてたまらない。彼はデラクア関連の通信文を取り出して事務室から出た。願わくは、アリン氏に最後の二通の手紙が抜けているのが見つかりませんように。

つんとくる湿った香水がアリン氏の部屋に行くまでずっと漂っていた。デラクア女史はユダヤ人特有の容姿をした中年女だ。アリン氏は彼女かまたは彼女の金にぞっこんだという話だ。彼女はたびたび事務所にやって来て、来ると長居をしていく。今や香水のかおりに包まれて彼の机のそばに腰かけ、傘の柄をなでまわしたり、帽子の大きな黒い羽をゆらゆらさせていた。アリン氏は椅子をぐるっと回転させて彼女と向き合い、右足を左ひざの上に軽やかにのっけていた。男は机に通信文を置いてうやうやしくお辞儀をしたが、アリン氏もデラクア女史も彼のお辞儀には目もくれなかった。アリン氏は一本の指でその通信文をトントンたたき、それからそれを彼に向けてはじいた、〈それで結構、おまえはさがっていいぞ〉というかのように。

男は階下の事務室に戻って、ふたたび机に向かった。彼は〈いかなる場合もけっして上記のバーナード・ボドリーは……〉という未完成の文句を熱心に見つめ、同じ文字bでで最後の三つの言葉《バーナード・ボドリー・ビー》が始まるなんて、なんともおかしいと思った。主任[7]がパーカーさんを急《せ》かして、そんな打ち方じゃ手紙の投函時間までに終えることが出来ないよと言っていた。男はしばらくタイプライターのカタカタいう音に耳を傾け、それから写しの仕上げにとりかかった。しかし、彼の頭はすっきりとせず、心は酒場のきらめきと騒音へとそれていった。熱いパンチにふさわしい夜だ。彼はけんめいになって写し続けたが、柱時計が五時を打ったときはまだ一四頁書き残していた。ちくしょう！　時間内にそれを仕上げるなんてできそうにない。大声で罵《ののし》ったり、こぶしをなにかに荒々しく振り下ろしたかった。彼は激怒のあまり、〈バーナード・ボドリー〉と書くつもりが〈バーナード・バーナード〉と書いてしまい、もう一度新しい用紙に書き直さねばならなかった。

　彼は自分の腕力をもってすれば一人で全事務員を排除できるだろうと感じた。彼の体がうずうずするのは、なにかしたい、外へ飛び出したい、暴力騒ぎを起こしたいからだ。これまで受けてきた屈辱的冷遇が彼の激怒を買った……。会計係に内々で前払いを頼めないだろうか？　いやあ、あの会計係はだめだ、まったくだめだ。やつは前払いなんかしてくれそうにない……。どこへ行けば仲間と会えるのかはわかってる。レナード、オハロラン、大鼻《ノージー》フリンに。彼の興奮の気圧計は、針がある点に達すると、ひとしきりの飲み騒ぎが始まるようにセットされているのだ。

　彼は想像するのに心を奪われていたので、二度名前を呼ばれてようやく返事をした。

アリン氏とデラクア女史がカウンターの外側に立っていて、それに、事務員たちがなにかを期待していっせいに振り向いていた。男は机から立ちあがった。アリン氏は手紙が二通足りないと言って、罵りの長広舌《ちょうこうぜつ》を振るい始めた。男はそんな手紙のことはなにも知りません、正確に写しを作りましたと答えた。長広舌は続いた。それがあまりにも辛《しん》辣《らつ》で激しかったので、男は自分のこぶしを目の前のマネキン《小男》の頭上に振り下ろさないように必死になって抑えた。

――もう二通の手紙なんて、わたしはなにも知りません、と彼は間抜け面《づら》をして言った。

――〈おまえさんは――なんにも――知りません〉だと。むろん、おまえさんはなんにも知らない、とアリン氏は言った。ええか、と傍《かたわ》らの婦人に同意を求めるかのようにちらっと目をやりながら言い添えた、おまえさんはわたしを馬鹿だと思っているのか？ほんとの馬鹿だと、わたしのこと考えているのか？

男は婦人の顔から小さな卵形の頭へちらっと目を移し、それからまた元へ戻した。ほとんど自分でも知らぬまに、彼の舌はうまいタイミングをみつけていた、

――フェアだとは思えませんのですが、と彼が言った、そういう質問をわたしになさるなんて。

事務員たちの呼吸そのものが一瞬止まった。だれもがあっと驚き（まわりの人びとに

おとらず、この警句の主本人《ぬし》が驚き）、小太りした愛想のいいデラクア女史は歯を見せて笑いだした。アリン氏は顔を野バラの色に染め、その口元は小人《こびと》の激怒で引きつった。彼は男の面前でこぶしを振り回し、ついにそれはぶるぶる振動するように見え、なにか電気で動く機械の取っ手のようだった。

——こんの無礼者！　こんの無礼者！　きさまなんか、四の五の言わせねで始末してやるからな！　みとれ！　わしに無礼を謝るか、そでなかったら即刻事務所から出て行け！　ここから出て行けとわしは言ってるんだ！　そでなかったらわしに謝れ！(8)

◆

◆

◆

彼は事務所の向かい側の戸口に立って、会計係が一人で出てくるかどうかを見張っていた。事務員が一人残らず出ていき、最後になって会計係が主任と一緒に出てきた。彼が主任と連れだっているときに口をかけたってだめだ。男は自分の置かれている立場がずいぶんとまずいのを感じた。アリン氏にはすでにおのれの無礼をやむなく平謝りしたが、それでも、男は今後事務所が居づらい場所になるのがわかっていた。アリン氏が甥《おい》っ子を雇い入れるために、事務所からピーク少年をいびり出したやり口が思いだされる。彼は腹が立ち、のどが渇き、復讐心を覚え、自分に対して、また他のだれに対しても嫌気がさした。アリン氏は一時間の休憩だってくれないだろう。彼にとって人生は地獄となるだろう。今度ばかりは彼も正真正銘の馬鹿を演じてしまった。本心を言わずにおけなかっただろうか？ けど、最初からうまくいってなかった、彼とアリン氏とは、あの日からずっとだ。あの日、やつのアイルランド北部訛りをまねて、ヒギンズとパーカーさんを笑わせているところをアリン氏に立ち聞きされてしまった。あれが事の始まりだった。ヒギンズにあたって借金を頼んでみる手もあったかもしれないが、けどまちがいなく、ヒギンズは自由になる金なんか持っていない。二所帯を抱えている男だ、もちろん、無理な話だ……。

彼は自分の大きな図体がまたもや大衆酒場の慰めを求めてうずいているのを感じた。さっきから霧のために体が冷えだしている。オニールの店のパットにせびることはできないだろうか。一シリング以上はせびれないだろう――それに、一シリングではだめだ。だが、どこかで金を工面しなくっちゃあ。なけなしの一ペニーはスタウト一杯に使ってしまったし、まもなく時間切れになって、どこからも金を工面できなくなってしまう。とつぜん、懐中時計の鎖をいじっていると、彼はフリート通りのテリー・ケリー質店を思いついた。こいつは名案だ！ どうしてもっと早く思いつかなかったのか？

彼[9]はテンプルバーの狭い路地を急いで通り抜け、ぶつぶつ独り言で、やつらみんなくたばっちまえばいいんだ、今夜おれ様は楽しく過ごさせてもらうから、と言った。テリー・ケリーの店員は〈一クラウンです！〉と言ったが、委託者は六シリングを要求してねばった。結局は(10)六シリングが文字通り許可された。彼は親指と他の指の間に銀貨を重ねて小さな円筒を作りながら、うれしそうに質屋から出てきた。(11)ウェストモアランド通りでは、歩道は勤め帰りの若い男女でごった返し、ぼろをまとった子供《がき》どもが、そこここと駆けまわって、夕刊の名前を大声で叫んでいる。男は人込みを通り抜けながら、その光景を誇らしい満足感をもってざっと眺め回し、女事務員たちをじろじろ主人顔をして見た。彼の頭は路面電車のゴングと架線をこする触輪の音でいっぱいになり、彼の鼻は早くもパンチからうずを巻いて立ち昇る匂いをかぎつけていた。歩きながら、例の一件を連中に物語るときの言葉をあらかじめ考えた。

――そこでおれはちょっとやつの顔を見た――落ちついてな、(12)そして女を見た。それからもう一度やつを見返したんだ――ゆっくりとな。〈フェアだとは思えないのだが、そういう質問をわたしになさるなんて〉って、おれは言ってやった。

大鼻フリンはデイヴィ・バーン酒場のいつもの隅っこにきちんと座っていて、その話を聞くと、こんなにすかっとする話はこれまで聞いたことがないと言って、グラス半分のウイスキーをファリントンにおごった。ファリントンはお返しに一杯おごった。しばらくして、オハロランと(13)パディ・レナードが入ってくると、その話は二人にくり返された。オハロランが(14)グラス七分目のホットウイスキーを全員におごり、彼がファウンズ通りのキャランの店に勤めていたころの、主任に向かって口答えをしたときの話をした。

だが、その口答えは、ファリントンの口答えほど巧妙ではなかった、とオハロランは認めるより仕方がなかった。ファリントンは仲間に、それをさっさと飲み干して、もう一杯飲めと言った。(15)対話体田園詩に登場する、あけすけにものを言う羊飼いたちの言葉づかいに倣《なら》ったものだったからだ。これを聞いて、ファリントンは仲間に、それをさっさと飲み干して、もう一杯飲めと言った。

彼らがめいめいの毒薬《ポイズン》を注文している最中に入ってきたのは、だれあろうヒギンズではないか！　言うまでもなく、彼は仲間に入らなくてはならない。男たちは彼の口から例の一件について聞かせてくれと頼みこむと、彼はまことに元気よく話して聞かせた。ホットウイスキーの小グラスが五つ並んだ光景に出合っては心も浮かれてこようというものではないか。だれもが笑い転げたのは、アリン氏がファリントンの顔の前で握りこぶしを振り回すしぐさをして見せたときだ。それから彼はファリントンの口まねをして、〈ところが、こちとらは、まったくもって落ちつき払ったものさ〉と言った。その間、ファリントンはどんよりと濁った目で仲間たちを眺め、にっこり笑ったり、時どき口ひげの中に迷い込んだ酒のしずくを下唇の助けを借りて吸い出したりしていた。

一同が今の一杯を飲み終えると、話が途切れた。オハロランは金を持っているが、ほかの二人は持ちあわせがないらしい。そこで一同は少々残念に思いながら店を離れた。デューク通りの角で、ヒギンズと大鼻フリンは左へ斜めに折れて行き、(16)残りの三人は中心街に向けて引き返した。冷えこんだ通りに霧雨が降り注いでいた。ダブリン港湾管理局まで来ると、ファリントンがスコッチウイスキー酒場へ行かないかと持ちかけた。その酒場は満員で、しゃべり声とグラスの音が騒々しかった。三人の男は、戸口で哀れな声で呼びたてるマッチ売りたちを押しのけて入り、カウンターの片隅にこぢんまりと陣取った。彼らは互いに話を交わし始めた。レナードがみんなに引き合わせたのは、ティ[17]ヴォリ座で軽業とドタバタの〈芸人〉として出演しているウェザーズという名の若い男だった。ファリントンは一同に酒をおごった。ウェザーズは[18]アポリナーリス水で割ったアイリッシュウイスキーの小グラスにしたいと言った。ファリントンは、万事をよく心得ていたから、きみたちもアポリナーリス割りを飲むかいと仲間にたずねた。しかし仲間がティムに頼んだのは、ウイスキーのホットだった。語り合いは芝居がかってきた。オハロランは一同におごり、それからファリントンがもう一度一同におごると、ウェザーズは、こんなにもてなしてもらうのはアイルランド流にしても行き過ぎだ、と申し立てた。みんなを楽屋に引き入れて、いい娘《こ》を何人か斡旋してあげよう、と彼は約束した。オハロランが、自分とレナードは行ってもファリントンは既婚者だから行かないだろう、と言った。すると、ファリントンのどんよりと濁った目が一同をにらみつけ、冷やかされているのは分かっているぞというサインを目でおくった。ウェザーズは自分の金でほんの一啜《すす》り分の酒をみんなに振る舞い、あとでプールベック通りのマリガン酒場で落ち合うのを約束した。

スコッチウイスキー酒場が閉まると、彼らはマリガン酒場へまわって行った。奥の特別室に入り、オハロランは一同にホットトディを注文した。みんなほろ酔い気分になりかけている。ファリントンがもう一度みんなにおごろうとしているところに、ウェザーズが戻ってきた。ファリントンが心底ほっとしたことに、今度は彼は一杯のビター・ビールにしてくれた。軍資金が乏しくなりかけていたが、みんなはまだ飲み続けるだけは持っていた。やがて、大きな帽子をかぶった二人の若い女とチェックのスーツを着た一人の若い男が入ってきて、すぐ近くのテーブルに席を取った。ウェザーズは三人に挨拶し、ティヴォリ座に出ている仲間だと一同に教えてくれた。ファリントンの目はたえずその若い女たちの一人のほうへとさまよった。彼女の容姿には人目を引くものがある。光沢ある青色の綿モスリンの、とても大きなスカーフが帽子のまわりに巻かれ、あごの下で大きな蝶結びにしてゆわえてある。しかも肘まで届きそうな真黄色の手袋をはめている。ファリントンがむっちりした腕にうっとり見とれていると、彼女はその腕をしょっちゅうしかもとても優雅に動かした。しばらくして彼女が彼を見つめ返したとき、彼はその大きな黒褐色の目にますますうっとりとした。横目でじっと見つめる目の表情が彼をとりこにした。彼女は一、二度彼をちらっと見つめ、一行が部屋を立ち去ろうとするとき、彼の椅子をかすって通り、ロンドン訛りで〈あら、すみません!〉と言った。彼は彼女が部屋から立ち去るのを見守りながら、振り返って自分を見てくれないかなと期待したが、その期待ははずれた。彼は金がないのを呪《のろ》い、みんなに一度ならずおごったことを、とりわけウェザーズにおごってやったアポリナーリス割りのウイスキーを呪った。嫌いなものを一つ挙げるとするならば、それはたかり屋だ。彼はすごく腹をたてていたので、友だち連中が何の話をしているのかわからなかった。

パディ・レナードに名前を呼ばれて気がつくと、みんなは力自慢の話をしているところだった。ウェザーズが一同に力こぶを見せてあんまり自慢するものだから、ほかの二人がファリントンに国の名誉を守ってくれと呼びかけていたのだ。ファリントンはそれに応《こた》えて袖をまくり上げ、一同に力こぶを見せた。二本の腕が調べられ、比べられたあげく、やっと力比べをすることに決まった。テーブルの上が片づけられ、二人の男はそこに肘をつき、手を握り合った。パディ・レナードが〈始め!〉と言ったら、それぞれが相手の手をテーブルへ押しつけるのだ。ファリントンはたいそう真剣な、断固たる顔をしていた。

力比べが始まった。三〇秒ほど後で、ウェザーズが相手の手をゆっくりとテーブルに押しつけた。ファリントンの濃いワイン色の顔がいちだんと濃く染まった、こんな若造に負けたという怒りと屈辱からだった。

——体重を腕にかけるな。(20)フェア・プレーをしろよ、と彼が言った。

——誰がフェア・プレーしていないんだ?　と相手は言った。

——もう一丁来い。三回勝負で二回勝ったほうが勝ちだ。

力比べがふたたび始まった。血管がファリントンの額に浮きあがり、ウェザーズの蒼《そう》白《はく》な顔色がボタン色になった。二人の手と腕が緊張して震えた。長い闘いの末ウェザーズがまたもや相手の手をゆっくりとテーブルにもっていった。見物人の中から称賛のつぶやきがもれた。テーブルのそばに立っているバーテンが、勝者に向かって赤毛の頭をうなずいてみせ、ぶしつけななれなれしさで言った、

——ああ！　みごとな技だ！

——くそぅ、おめえなんかにいったい何がわかる？　とファリントンが激しい口調でその男にくってかかった。なんでおめえが口をはさむんだ？

——しっ、しっ！　とオハロランはファリントンの顔がすさまじい表情なのに気づいて言った。(21)賭けを清算しようぜ、みんな。ちょっともう一杯だけ飲んで、それからお開きにしよう。

ひどく不機嫌な顔をした男が一人、(22)オコネル橋の角に立って、サンディマウント行きの小型路面電車が家へ運んでくれるのを待っていた。彼の体全体が怒りと復讐心でくすぶっていた。彼は屈辱と不満を感じた。酔った気さえしてないのに、ポケットには二ペンスしかない。彼はすべてを呪った。事務所で墓穴を掘り、懐中時計を質に入れ、あり

金を使い果たし、なのに、酔いさえしていない。喉がふたたび渇きだし、熱い湯気の立ちこめる酒場へふたたび戻りたくてたまらなかった。あんな小僧に二度も負かされて、強い男という評判が台無しだ。彼の胸は憤怒《ふんぬ》にふくれ、あの大きな帽子の女が彼をかすって通り〈すみません！〉と言ったのを思いだすと、その憤怒は喉をふさぎそうだった。㉓電車が彼をシェルボーン道路で降ろすと、彼は兵営の壁の影を通ってその巨体を運んでいった。家に帰るのがいやでいやでたまらない。横の出入り口から入ると、台所が空っぽで、台所の火は消えかけていた。彼は二階に向かってどなった、

――エイダ！　エイダ！

妻は尖った顔の小柄な女で、夫がしらふのときには彼を弱い者いじめし、夫が酔っているときは彼に弱い者いじめされた。彼らには五人子供がいた。小さな男の子が階段を駆け下りてきた。

――誰だ？　と男は暗闇をすかして見ながら言った。

――ぼくだよ、父ちゃん。

――誰だおまえは？　チャーリーか？

――ちがう、父ちゃん。トムだよ。

――㉔おまえの母さんはどこだ？

――教会へ行った。

——ちっ、もう……。で、母さんおれの晩飯残しといてくれたか?

——うん、父ちゃん。ぼくが……

——ランプをつけろ。どういうつもりだ、家を暗がりにしておくのは? ほかの子たちは寝たのか?

男は椅子の一つにどかっと腰掛けると、その間に男の子がランプに火をともした。男は息子の単調な口調をまねし始め、半ば独り言で〈教会へ。教会へ、あきれたもんだ!〉と言った。ランプに火がともると、彼は握りこぶしでテーブルをドンとたたいて叫んだ、

——どこだおれの晩飯は?

——ぼく、これから……作るから、父ちゃん、と男の子が言った。

男は怒り狂って立ちあがり、火を指さした。

——あの火でか? おまえ、消してるじゃないか! 神かけて、教えてやる、二度とそんなへまをしないように!

彼は一歩動いてドアの所に行き、そのうしろに立てかけてあったステッキをつかんだ。

——火を消したらどうなるか教えてやる! と彼は腕を自由に動かせるように袖をまくりあげながら言った。

男の子は〈ああ、父ちゃん!〉と叫んで、べそをかきながらテーブルのまわりを逃げ

たが、男は追いかけて、男の子の上着をつかまえた。男の子は半狂乱であたりを見まわしたが、逃げようがないとわかると、ひざまずいた。

——さあ、今度火を消してみやがれ！　と男は言って、ステッキで彼をこっぴどく打ちすえた。これをくらえ、このくそがきが！

男の子はステッキが腿《もも》にくい込むと、苦痛の悲鳴をあげた。彼は両手を空中で握り合わせ、声は恐怖のあまり震えた。

——ああ、父ちゃん！　と彼は叫んだ。ぶたないで、父ちゃん！　そしたらぼく……ぼく父ちゃんのために〈アヴェ・マリア〉[25]を唱えてあげるから……。ぼく父ちゃんのために〈アヴェ・マリア〉を唱えてあげるから、父ちゃん、ぶたないでくれたら……。〈アヴェ・マリア〉を唱えてあげるから……。

土

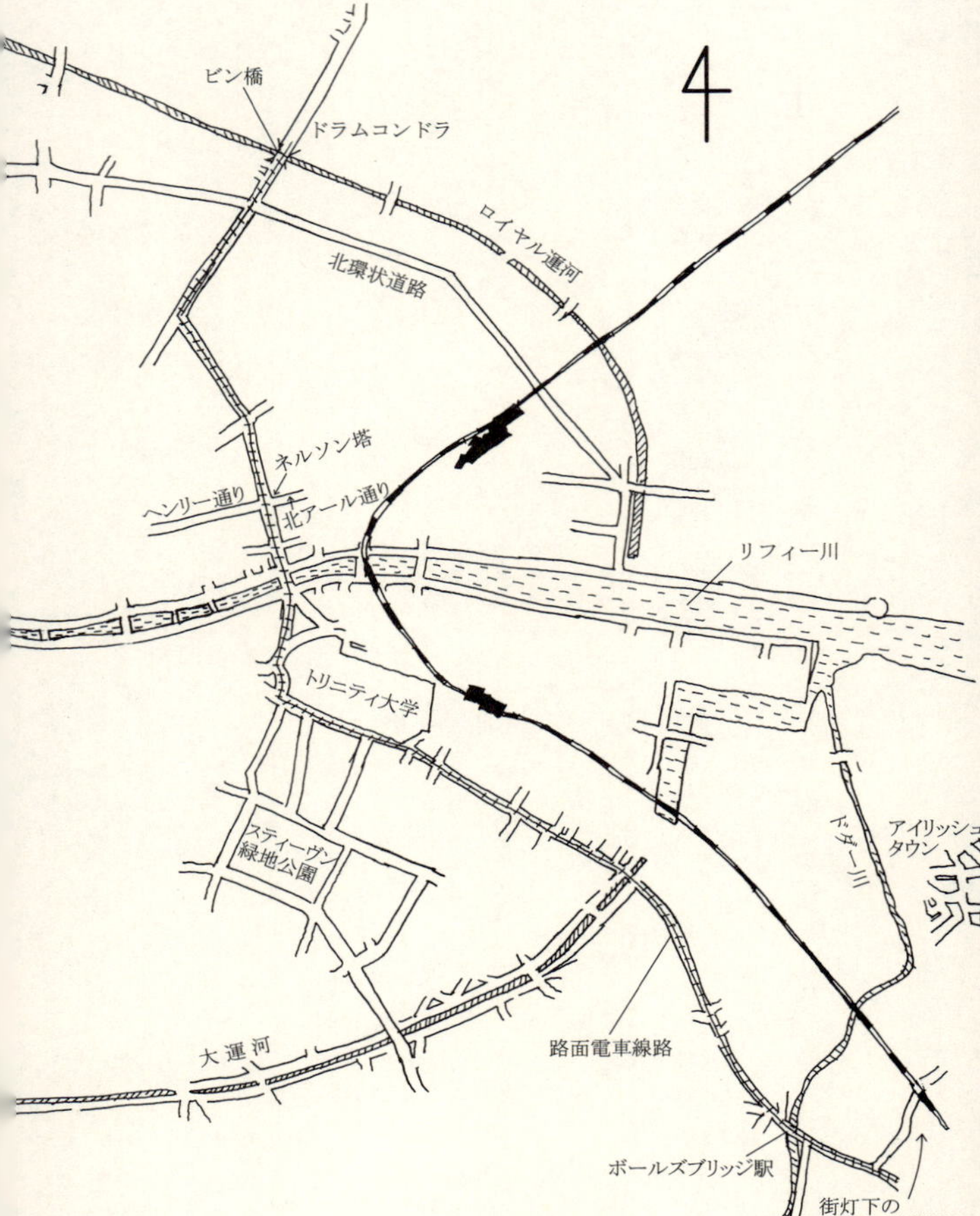

4
ビン橋
ドラムコンドラ
ロイヤル運河
北環状道路
ネルソン塔
ヘンリー通り
北アール通り
リフィー川
トリニティ大学
スティーヴン
緑地公園
ドダー川
アイリッシュ・
タウン
大運河
路面電車線路
ボールズブリッジ駅
街灯下の
ダブリン洗濯屋

あの女《ひと》たちの夕食が終わったらすぐに出かけていいのよ、と(1)婦長さんがお許しを出してくれていたので、マライアは夕方の外出を心待ちにしていた。台所は(2)ぴっかぴか光っている。コックさんに言わせると、大きな銅の湯沸かし器なんかは姿見代わりに使えるんだって。火は真っ赤に燃え、サイドテーブルの一つに載っているのは、とっても大きな四個の干しブドウ入りパンだ。干しブドウ入りパンは、切ってないように見えるけれど、近寄ってみると、みな同じ大きさに分厚く切り分けてあり、夕食になったらすぐにもみんなに配るようになっている。マライアご本人が切り分けたのだった。

(3)マライアは　ほんとうに　とても　とても　小《ちい》さい人《ひと》だったが　鼻《はな》は　とても　長《なが》くあごも　とても　長《なが》かった。彼女は少し鼻にかかった声で、いつもなだめるような話し方をする、〈そうよ、あんたぁ〉とか、〈だめよ、あんたぁ〉とか。彼女がいつも呼び出されるのは、女たちが洗濯をしながら口げんかするときで、そのつど彼女はうまく仲直りさせてしまう。いつだったか、婦長さんが彼女に言ったことがあった、

――マライア、あなたってほんとうに(4)平和をつくり出す人なのね！

そして副婦長さんと管理委員のご婦人方のうちの二人がこの褒《ほ》め言葉を聞いていたのだった。そしてジンジャー・ムーニーの口癖は、マライアがいなけりゃあ、(5)アイロン係の黙り屋なんかひどい目にあわせてやるんだが、であった。みんなマライアがとても好きだった。

女たちは六時に夕食にするから、彼女は七時前には出かけられるだろう。ボールズブリッジからネルソン塔まで二〇分、塔からドラムコンドラまで二〇分、買い物に二〇分。あそこに八時までには着けるだろう。彼女は銀の留金の付いた財布をとり出して、〈ベルファスト土産〉という文字をまたも読んだ。その財布が好きで好きでたまらないのは、ジョーが五年前、アルフィと聖霊降臨祭[6]の月曜日の旅行でベルファストへ行ってきたときに、買ってきてくれたからだ。財布には、二枚の半クラウン[7]銀貨と数枚の銅貨が入っている。電車賃を払っても、まるまる五シリングは残るだろう。子供たちがみんな歌をうたって、どんなにかすてきな夜になるだろう！　たった一つの願いは、ジョーが酔っぱらわずに家に帰ってることだ。お酒が少しでも入っていると、あの人、がらっと人が変ってしまう。

たびたび、彼はこっちに来て一緒に暮らさんかと言ってくれた。けれど、彼女は邪魔になるような感じがしてならなかった（ジョーの奥さんはいつも彼女にものすごく親切にしてくれてるけど）、それに洗濯屋の生活に慣れてしまっているし。ジョーはいい人《こ》だ。彼女が彼を育ててあげたのだ、それにアルフィも。だから、ジョーはいつもよくこう言う、

――ママはママさ、だけど、マライアがおれのほんとの母ちゃんだよ。

一家が散り散りになると、二人の男の子は〈街灯下のダブリン〉[8]洗濯屋に今の職をみ

つけてきてくれ、彼女もここが気に入ってる。以前はプロテスタントの人たちをものすごく見下していたんだけど、しかし今じゃあ、あの人たちってとってもいい人たち、ちょっとばかし無口できまじめだが、それでも一緒に暮らすにはとってもいい人たちだ。(9)
それに温室には彼女の植木があり、その世話をするのが好きだった。きれいな羊歯《しだ》とサクラランがあり、だれかが訪ねてくると、いつも彼女の温室から接ぎ穂を一、二本その人に持たせてあげる。好きでないものが一つあり、それは壁につるした宗教(10)パンフレット類だが、でも、婦長さんはとってもいい人で分け隔てなく付き合えるし、それにお上品だ。(11)

　コックさんがなにもかも用意できたわよと伝えたので、彼女は女たちの部屋に入っていき、綱を引っぱって大きな鐘を鳴らしだした。数分のうちに、女たちが二人、三人と連れだって入り始めた、湯気がたっている手をペチコートで拭《ふ》き、湯気がたっている赤い腕にブラウスの袖を引きおろしながら。めいめいがでかいマグカップの前に腰をすえると、コックさんと黙り屋が、(12)あらかじめでかいブリキ缶の中でミルクと砂糖を入れてかき混ぜてあった、熱い紅茶をなみなみと注いでまわった。マライアは干しブドウ入りパンを配る指揮をとり、それぞれの女に四切れずつ渡るように気をつけた。食べている間じゅう、笑いや冗談で大いに盛りあがった。リジー・フレミングはマライアがきっと指輪を当てるよと言った。フレミングはもう何年も万聖節前夜《ばんせいせつ》(13)がくるたびにそう言ってきたのだが、マライアは笑って、指輪も男の人もどちらもいらないと言うしかなかった。彼女は笑うと、灰緑色の目が失望したようなはにかみできらきらと輝き、鼻の先がほとんどあごの先にくっつきそうになった。それからジンジャー・ムーニーがお茶の入ったマグカップを差し上げ、マライアの健康に乾杯しようと持ち掛けると、ほかの女たちはめいめいのマグカップをテーブルの上で動かしてガチャガチャいわせた。ムーニーは、残念だけど乾杯なのにスタウトが一口も飲めないなんてと言った。そこでマライアはもう一度笑うと、鼻の先がほとんどあごの先にくっつきそうになり、ちっぽけな体がもう少しでばらばらにはじけそうに震えた。だって、ムーニーに悪意がないのがマライアにはわかるからだ。当然ながら、ムーニーは夜の女の思いつきそうな考えをあれこれもっているのだけれど。

しかし、女たちが夕食を済まし、コックさんと黙り屋が食べ物の後片づけを始めたときの、マライアの喜びようといったらなかった！　彼女は自分の小さな寝室に入り、明日[14]の朝はミサのある朝だと思いつくと、目覚しの針を七時から六時に変えた。それから仕事用のスカートと室内用の深靴をぬぎ、一番上等のスカートをベッドの上に広げ、小さいよそいきの深靴をベッドのすそのところに置いた。ブラウスも着替えて、鏡の前に立ってみると、頭に浮かんだのは、若い娘だったころ日曜日の朝はいつもミサに行くために服装を改めていたことだった。そして、かつてはしょっちゅう着飾っていた小柄な体を、彼女は奇妙な愛情を込めて眺めた。年はとっても、きれいでこざっぱりした体だと思う。

外へ出ると通りは雨できらきらしていた。古い茶色の合羽《かっぱ》を持ってきてよかった。路[15]面電車は満員で、彼女は車両の一番奥の小さな一人用腰掛けに座るしかなく、乗客全員のほうに向き合い、つま先がなんとか床につくような姿勢だった。彼女はこれからしようとすることを心のなかで順序だてながら、他人の世話にならず、自分で稼いだお金を持っているほうがずっといいと思った。みんな楽しい夜を過ごせるといいのに。きっとそうなるわ。けれど、アルフィとジョーが口をきかない仲で残念だと思わずにはいられない。このごろ二人はけんかばかりしてるけど、一緒に住んでた子供のころは大の仲良しだったのに。でも人生ってこんなもんなのね。

彼女はネルソン塔[16]で電車を降りて、人込みの中をちょこちょこすり抜けて行った。ダウンズ菓子店に入ったが、お店はすごく込んでて、ずいぶん手間どったあげく、やっと注文を聞いてもらえた。いろんな一ペニー菓子を取り混ぜて一ダース買い、やっとのことで大きな袋をかかえてお店を出た。それから、ほかに何を買ったらいいんだろうかと考えた。本当にすてきな物を買っていきたい。りんごやくるみ[17]ならきっとたくさんあるだろう。何を買ったらいいのかを決めるのがむずかしく、思いつくものといえばケーキだった。彼女はプラムケーキを少し買うことに決めたが、ダウンズのプ[18]ラムケーキはてっぺんにアーモンド入りの砂糖衣《ごろも》がたっぷりかかっていなかったので、そこでヘンリー(19)通りのお店まで足をのばしてみた。ここで自分の気に入った品を選ぶのに手間どっていると、カウンターの後ろのハイカラな若い娘が、あきらかに少しいらいらして、お買いになりたいのはウェディング・ケーキですかと彼女にたずねた。それを聞くとマライアは顔を赤くし、その若い娘にほほえんだ。しかし、若い娘はそれをすっかり真にうけて、結局はプラムケーキの分厚い一切れをきりわけ、それを包んでから言った、

――二シリング四ペンスです。

彼女はドラムコンドラ行きの路面電車に乗ると、立ったままでいるしかないと思った、だって若い男の人はだれも彼女に気づかないふうだったから。しかし、ある年輩の紳士が席を詰めてくれた。がっしりした紳士で茶色の山高帽子をかぶり、角ばった赤ら顔で白髪交じりの口ひげを生やしている。マライアは、彼を陸軍大佐のような感じの紳士だと思い、目の前をまっすぐ見つめてるだけの若い人たちよりも、ずっとずっとやさしいと思った。紳士は彼女と万聖節前夜や雨模様の天気についてしゃべりだした。その袋にはお子さんたちのために買ったおいしい物でいっぱいなんですなあと推測して、子供たちが子供時分に楽しむのは至極結構なことですと言った。マライアは彼に賛成して、控えめな頷《うなず》きや軽い咳《せき》払いを返した。彼は彼女にすごく親切にしてくれ、彼女が運河橋(20)で降りるときに、彼にお礼を言って頭をさげると、彼も彼女に頭をさげて帽子を上げ、愛

想よくほほえんだ。彼女は、雨のなか、小ちゃい頭をさげて高台の家並みに沿って登って行きながら、紳士は紳士、たとえわずかにお酒が入っていても簡単に見わけがつくと思った。

ジョーの家に着くと、みんなが〈あ、マライアだ!〉と言った。ジョーは、仕事から帰っており、そこにいた。子供たちはどの子もよそ行きを着ていた。隣りの家から二人の大きな娘さんが来ていて、ゲームのまっ最中だった。マライアが、長男のアルフィにみんなで分けるようにとケーキ袋を渡すと、ジョーの奥さん《ミセス・ドネリー》は、こんなにぎょうさん入ったお菓子、ほんとにすみませんねえと言い、子供たちみんなにお礼を言わせた、

――ありがとう、マライア。

しかしマライアは、パパとママには特別な物を持ってきたのよ、それもきっと気に入ってもらえる物を、と言って、持参したプラムケーキを捜し始めた。彼女はダウンズ店の袋の中、それから合羽のポケットの中、それから外套掛けまでも調べてみたのだが、しかし、どこにも見あたらなかった。それから子供たちみんなに、だれかそれを食べてしまわなかったか――もちろん、うっかりしてだけど――とたずねたが、しかし子供たちはみんないやと答え、盗《と》ったなんて責められるんだったら、ケーキなんか食いたかないというような顔つきをした。みんながそれぞれこの謎を解いてみせ、ジョーの奥さんは、マライアが電車の中に置き忘れてきたに決まってますと言った。マライアは、白髪

交じりの口ひげの紳士に自分がどぎまぎしたことを思いだして、恥ずかしさといまいましさと失望とに顔を赤らめた。ちょっとした思いがけない贈物をすることができないことと、二シリングと四ペンスを無駄にしてしまったことを考えると、今にも泣きだしそうになった。

しかし、ジョーはそんなこと大した事じゃないと言い、彼女を暖炉のそばに座らせた。とっても彼は親切だ。事務所であったことを彼女にすっかり話し、支配人に言い返した小気味よい口答えを何度もくり返した。マライアに解《げ》せなかったのは、ジョーがなぜその返答なんかでこれほどまでに面白がるのかだったが、彼女は支配人さんってたいへん横柄で付き合いにくい方なのねと言った。ジョーは、いったん扱い方がわかりゃそんなに悪い相手じゃない、いいやつなんだよな、怒らせないかぎりは、と言った。ジョーの奥さんが子供たちのためにピアノを弾き、みんなは踊ったり歌ったりした。それから隣家《となり》の二人の娘さんがくるみを一同に回した。くるみ割りが見つからず、ジョーはそのことに腹を立てそうになり、マライアがくるみ割りなしでくるみを割れないじゃないか、とみんなを問い詰めた。そこで、マライアは、くるみは好きじゃないから、どうかおかまいなくと言った。そしたらジョーはスタウトを飲むかいとたずね、ジョーの奥さんはよかったらポート・ワインもあるわよと言った。マライアはなにもすすめないでほしいのだがと言ったが、ジョーは言うことを聞かなかった。

そこで、マライアは彼の言うとおりにさせた。二人は火のそばに腰を下ろして昔話に花を咲かせ、マライアは彼の弟アルフィのことを取り持ってみようという気になった。しかし、ジョーは、[21]もう一度弟《やつ》と口をきくようなことがあるんだったら、罰が当たっておれは死んだほうがましだと叫び、マライアは、ごめんねこんなことを話に出してと言った。ジョーの奥さんは夫に、恥ずかしいったらありゃしない、血のかよった肉親のことをそんなふうに言うなんてと話してくれたが、ジョーは、アルフィなんて兄弟なもんかと言い、そのことですごい口げんかがおっぱじまりそうになった。けど、ジョーはこういう夜だから癇癪《かんしゃく》を起こしたくないと言って、かみさんにスタウトをもっと開けてくれと頼んだ。隣家の二人の娘さんが万聖節前夜の遊びを幾つか用意してくれていて、すぐに万事がまた陽気になった。マライアがうれしかったのは、子供たちがこんなにも陽気なのと、ジョーと奥さんがとても上機嫌なのを見たからだ。隣家の娘さんたちが受け皿をテーブルに数枚置き、それから子供たちを目隠ししてテーブルまで連れていった。[22]一人に祈禱書《きとう》が当たり、ほかの三人には水が当たった。隣家の娘さんの一人が指輪を当てると、ジョーの奥さんは顔を赤らめているその娘さんに向かって指を振り、まるで〈隠さなくたって、それ全部知ってるわよ!〉と言っているようだった。それから子供たちはしつこくせがんで、マライアを目隠ししてテーブルへ連れていき、何を当てるか見てみようとした。そして、彼らが目隠しの布をつけている間、マライアがふたたび笑いに笑い、とうとう鼻の先がほとんどあごの先にくっつきそうになった。

彼らは笑ったりひやかしたりしながら、彼女をテーブルまで連れていき、彼女は言われたとおりに片手を空中に差し上げた。その手を空中であちこちに動かし、受け皿の一つに下ろした。指が柔らかな湿った物に触れると、驚いたことに、だれも口をきかないし、目隠しも取ってくれなかった。数秒の間言葉がとぎれた。それから、しきりにあわてて動きまわる気配やささやき合う声がする。だれかが庭がどうのこうのと言い、ようやくジョーの奥さんがなにかすごくきついことを隣家の娘さんの一人に言い、それをすぐに外へ放り出しなさい、今のはノープレーよ、と告げた。マライアは今のは間違いなのだとわかり、そこでもう一度やり直さなければならなかった。今度は祈禱書が当たった。(23)

そのあとで、ジョーの奥さんはマクラウド嬢のリール舞曲を子供たちのために弾き、ジョーはマライアにワインを一杯すすめた。まもなく、彼らはみんなまたすっかり陽気になり、ジョーの奥さんが、マライアは年内に修道院に入りますよ、祈禱書が当たったんだからと言った。マライアは、今夜ほどジョーが彼女にやさしくて、楽しい話や思い出話をいっぱいしてくれるところを、これまでに見たことがなかった。みなさんとっても親切にしてくれてと彼女は言った。(24)

とうとう子供たちは疲れて眠くなり、そこでジョーはマライアに、帰るまえになにかちょっとした歌をうたってくれないか、昔の歌の一つでも、と頼んだ。ジョーの奥さんは〈そうしてよ、ねえ、マライア!〉と言い、そこでマライアは腰を上げて、ピアノの脇に立たないわけにはいかなくなった。ジョーの奥さんは子供たちに、静かにしてマライアの歌をお聴き、と言いつけた。それから前奏を弾き、〈はい、マライア!〉と言った。マライアは顔を真っ赤にしながら、か細いふるえ声で歌いだした。彼女は〈夢のなかで住んだのは〉(25)を歌い、第二節のところまでくると、もう一度くり返して歌った、

夢のなかで、家臣と奴隷にかしずかれて
わたしは大理石の館に住み、
屋敷につどう人すべての
わたしは希望であり誇りだった。
数えきれぬ富をもち、
いにしえよりの家紋を誇りえたが、
夢のなかでも、とりわけ楽しかったのは、
わたしへの永久《とわ》に変らぬあなたの愛であった。

けれど、だれ(26)も彼女に間違いを指摘しようとする者はいなかった。彼女が歌い終わる

と、ジョーはものすごく感動した。彼は、昔にまさる時代はもうないし、亡きなつかしのバルフの音楽のように自分が気に入る音楽はないなあ、人がなんて言おうと、と言った。彼の目は涙がいっぱいあふれたので、自分が捜している物を見つけられなかった。しまいには、栓抜きはどこにあるんだ教えてくれと彼の奥さんにたずねる始末だった。

痛ましい事故

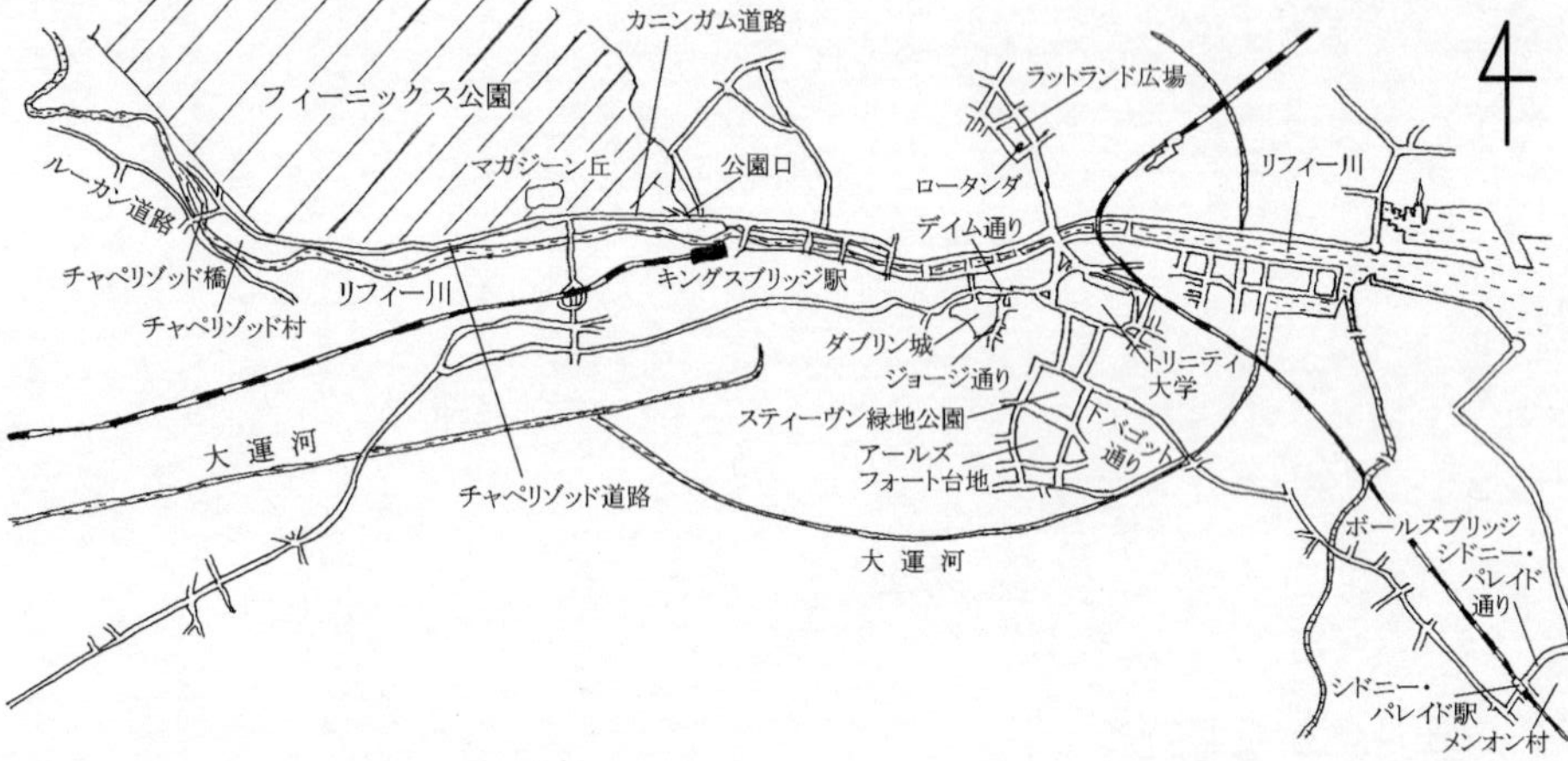
4
フィーニックス公園
カニンガム道路
マガジーン丘
公園口
ラットランド広場
ロータンダ
リフィー川
デイム通り
ルーカン道路
チャペリゾッド橋
チャペリゾッド村
リフィー川
キングスブリッジ駅
ダブリン城
ジョージ通り
トリニティ
大学
スティーヴン緑地公園
下バゴット
通り
アールズ
フォート台地
大運河
チャペリゾッド道路
大運河
ボールズブリッジ
シドニー・
パレイド
通り
シドニー・
パレイド駅
メンオン村

ジェイムズ・ダフィー氏がチャペリゾッド(1)に住んでいるのは、ダブリンの市民であってもその市街からできるだけ離れて暮らしたかったのと、ほかの郊外はどれも下品で、現代風で、気取りすぎに思えたからだった。彼は古い陰気な家に住んでいて、彼の部屋の窓から廃業(2)している蒸溜酒製造所をのぞき込んだり、浅い川(3)――ダブリンはこの川の河口に建設された――の上流を見渡したりすることができた。絨毯《じゅうたん》の敷いてない部屋の、非常に高い壁には絵などは掛かっていない。部屋(4)の家具一式は自分で買いそろえたものばかりだ。鉄製の黒い寝台架、鉄製の洗面台、籐椅子四脚、洋服掛け、石炭入れ、炉格子と炉辺用鉄器類、それに書見台付き手箱が載っている四角いテーブル。書架は壁のくぼみのアルコーブに白い木の棚で作られていた。寝台は白い夜具で覆われ、その裾《すそ》に黒と深紅の膝掛けがかけてある。小さな手鏡が洗面台の上のほうにつるされ、昼間は白い笠のランプが炉棚の唯一の装飾品となった。白木造りの棚の本は大きさの順に下段から上段へと並べてある。ワ(5)ーズワース全詩集の一冊本は最下段の棚の片すみにあり、ノートの布表紙に綴《と》じ込まれた一冊の《メ(6)イヌース公教要理》は上段の棚の片すみにある。筆記用具はいつも手箱の上に置いてある。手箱の中にはハ(7)ウプトマンの《ミヒャエル・クラーマー》の翻訳原稿が入れてあり、そのト書きは紫色のインクで書かれていた。真鍮《しんちゅう》のピンで留められた小さな紙束も入っている。折にふれてこれらの紙に警句を書き込み、皮肉な気分に陥っているときに、《バ(8)イル・ビーンズ》の広告の見出しを最初の紙に糊《のり》付けしたのだった。手箱の蓋を上げると、たちどころに、かすかな芳香が漏れてくる――それは新しい杉材の鉛筆だったり、一本のゴム糊の瓶だったり、あるいはそこに入れたまま忘れたのかもしれない熟《う》れすぎたりんごだったりする。

ダフィー氏がことごとく嫌悪するのは、肉体や精神の不調を示すものである。中世(9)の医者だったら彼を土星的気質と呼んだであろう。これまでの全生涯を物語る彼の顔は、ダブリンのどの街路とも同じ茶色をしている。長くて大きめの頭には油気のない黒い髪が生えており、黄褐色の口ひげは無愛想な口元を完全に覆ってはいない。ほお骨も彼の顔つきをきびしいものにしていた。しかし目にはきびしさはなく、黄褐色の眉毛の下から世間を眺めるその目は、他人に欠点があってもそれを補う素質をみせてくれれば、いつでもそれを歓迎しようと気を配っているのに、失望ばかりさせられている男、という印象をあたえた。彼は自分の肉体に少し距離をおき、自分自身の行為を疑わしげに横目で見ながら生きていた。彼には奇妙な自伝執筆癖があって、時おり自分自身のことを三人称の主語と過去時制の述語で綴《つづ》る短い文を心のなかで作った。乞食に施しをしたことは一度もなく、頑丈な榛《はしばみ》のステッキを持ってしっかりとした足どりで歩いた。

彼は、長年の間、バゴット通りにある、私立銀行の出納《すいとう》係をしてきた。毎朝、チャペリゾッドから路面電車で出勤した。正午にはダン・バーク(10)の店へ行って昼食をとった。一本のラガービールと小皿に盛った葛粉《くずこ》のビスケットだ。四時には仕事から解放された。

夕食はジョージ通り(11)の大衆食堂で済ませた。そこならダブリン社交界の金ぴかの青年紳士どもに出会う心配はなく、ある程度の偽りのない正直さが献立表にあったからだ。晩は、女家主のピアノを弾くか、市の郊外をぶらついたりして過ごした。モーツァルトの音楽が好きなので、たまにはオペラやコンサートに出かける。こういったのが彼の生活における唯一の道楽であった。

彼は仲間も友人もなく、教会も信仰心も縁がなかった。自分だけの精神生活を送って他人と交流することがなく、クリスマスになると親戚の人びとを訪ね、彼らが死ぬと墓地まで付き添うのだった。この二つの社会的義務を果たすのは昔からの体面をつくろうためだが、市民生活を規制するさまざまな慣習にそれ以上は譲歩しなかった。場合によっては銀行の金を強奪してやろうかなどと考えたりもしたが、そういう場合は一度もおとずれなかったので、彼の生活はたんたんと過ぎていった——なんとも面白みのない物語ではある。

ある晩のこと、彼はロータンダ(12)で二人の婦人の横に座っていた。場内は、客の入りが少なくひっそりとしていて、失敗に終わりそうな惨めな気配が漂っている。彼の隣に座った婦人ががらんとした場内を一、二度見まわしてから言った、

——今夜はこんなに入りが少なくってお気の毒ね！　すごくつらいことですもの、空席に向かって歌わなくっちゃならないなんて。

この言葉を彼は口をきく誘いととった。驚いたことに、彼女にぎこちない様子がまるでないようにみえた。二人で話している間に、彼は彼女を永遠に記憶に留めようとした。彼女の横にいる若い女性が娘であると知って、この婦人は自分より一歳かそこら年下だと判断した。彼女の顔は、かつては器量よしであったにちがいなく、今でも知性をとどめている。目鼻だちのとてもくっきりした、卵形の顔である。目は濃紺で落ち着いている。その凝視ははじめ挑むような調子だったのだが、やがて瞳孔が徐々に消えていって虹彩だけになっていくにつれて、当初の凝視が乱れ、一瞬神経過敏な気質をさらけ出すのだった。瞳孔はすぐにもとに戻って、この半《なか》ば明るみに出た本性はふたたび思慮分別の支配に屈した。アストラカン地のジャケットは、かなりの胸のふくらみを浮き立たせ、いっそうはっきりと挑戦的な調子を帯びている。

彼は数週間後に、アールズフォート台地[13]のコンサートでふたたび彼女と出会い、娘がほかのことに注意を向けているすきをつかんで、うちとけた話をする仲になった。彼女は一、二度それとなく夫のことを口にしたが、口にして警告するといった感じがその口調にはなかった。名前はシニコウ夫人だった。彼女の夫の曾々祖父はレグホーン[14]出身だった。夫はダブリンとオランダを往復する商船の船長で、子供は一人だった。

偶然にも三度目に出会ったとき、彼は思いきって次に会う約束をした。彼女は来た。これをかわきりにして二人は何度か会った。いつも夕方に落ち合い、もっとも静かな所を選んで一緒に散歩した。しかしながら、ダフィー氏はこそこそしたやり方が嫌いだったので、どうしても人目を忍んで会わねばならないとわかると、彼女の家によんでほしいと無理に頼んだ。シニコウ船長は、彼の目当ては娘だと思ったから、たび重なる彼の訪問を歓迎した。船長は自分の快楽陳列室から妻をすっかり取り外していたので、まさかだれかが彼女に興味をもつなんて疑ってもみなかった。夫は頻繁に家をあけ、娘は音楽の出稽古にいくので、ダフィー氏はこの女性と付き合って楽しむ機会が多かった。彼も彼女も今までこのような冒険を経験したことがなく、どちらもなんらいけないことをしているなんて意識はなかった。少しずつ彼は自分の考えを彼女の考えにからみ合わせた。彼女に本を貸してやり、さまざまな思いつきを分けあたえ、彼の知的生活を分かち合った。彼女はどんなことにも耳をかたむけた。

　時おり、彼の理論のお返しに、彼女は自ら体験した事実を話した。ほとんど母親のような気づかいをもって、彼に本性を包み隠さずさらけ出してごらんなさいと促し、彼女は彼の聴罪《ちようざい》司祭となった。彼女に話したところによると、彼はしばらくの間、アイル[15]ランド社会党の会合に出席したことがあり、薄暗い石油ランプの照らす屋根裏部屋で、二〇人ほどのきまじめな労働者たちに囲まれていると、なんだか自分は無類の人物だという感じがしてやまなかった。党が三派に分裂して、それぞれが違う指導者のもとで違う屋根裏部屋に集まるようになると、彼は出席するのをやめた。労働者たちの討論なんて、と彼は言った、臆病すぎますよ。それが賃金問題になると、彼らの示す関心は度がすぎるのです。彼が感じたところでは、あの連中はこわい顔つきの現実主義者であり、彼らの手の届かない余暇が生みだした厳密さに彼らは憤慨している。社会革命なんか、と彼が彼女に言った、今後何世紀もの間、ダブリンでは起こりそうもありません。

彼女はなぜご自分の考えを文章になさらないのですと彼にたずねた。なんのために、と彼は、わざと冷笑を浮かべて、たずねかえした。六〇秒だって物事を続けて考えることのできない、美辞麗句を並べたてるだけの連中と張りあうためにですか？　道徳は警官にまかせて芸術は興行師にまかせるという、愚鈍な中流階級の批判に身をまかせるためにですか？

彼はしばしばダブリン(16)の郊外にある彼女のこぢんまりした家に出かけ、しばしば二人だけで夕べを過ごした。二人の考えがからみ合うにつれて、少しずつ、話題が身近な事柄に移っていった。彼女と一緒にいると、外来植物が温かい土に包まれているような感じがした。彼女は、ランプをともさずに、暗闇が二人の上に降りかかるのにまかせることが多かった。暗く慎み深い部屋、孤立した二人、いつまでも二人の耳に響いている音楽、これらが二人を結びつけた。この結びつきで、彼は心を高ぶらせ、性格の粗い角《かど》を和らげ、精神生活を情感豊かにした。ふと気づくと彼は自分の声の響きに耳をかたむけていることもあった。彼女の目には自分が天使の像のようにそびえて見えるだろうなと思った。そして、相手の熱烈な性質をますます身近に引き寄せていくとき、だれのものともいえない不思議な声が、どうやら彼自身のものらしい声が、魂の孤独はいやしがたいのだぞ、と言い張っているのが聞こえた。われわれは自分自身をあたえることはできない、とそれは言った。われわれはわれわれだけのものなのだ。こういった二人の語り合いが何度か続いた果てに、ある夜、シニコウ夫人はいつにない興奮の気配をやたらとみせているうちに、情熱のおもむくままに彼の手を取って、自分のほおに押しつけた。

ダフィー氏はひどく驚いた。彼女が彼の言葉をそんなふうに解釈していたことに幻滅を感じた。彼は一週間彼女を訪ねなかった。それから、手紙を書いて、会っていただきたいと頼んだ。二人の最後の会見が、堕落した告解室の影響を受けて、わずらわされるのはいやだと彼は思ったので、二人は公園口近くの小さな洋菓子店で会った。寒い秋の天気だった。寒かったけれど、彼らは三時間ほど公園の道路を行ったり来たりして歩いた。彼らは交際を絶つことに話を決めた。あらゆる絆は、と彼が言った、悲しみにつながる絆なんです。二人は公園から出ると黙って電車乗り場のほうへ歩いた。だが、ここで彼女が激しく震えだしたので、またも彼女がとり乱すのではと恐れて、彼はすばやくさよならを言って立ち去った。二、三日後に、彼の本と楽譜の入った小包を受けとった。

四年が過ぎた。ダフィー氏は元の平静な暮らしを取り戻した。彼の部屋はあいかわらず彼の精神の秩序正しさを証明していた。幾つかの新しい楽譜が階下の部屋の譜面台をふさぎ、書棚にはニーチェの二冊の本、《ツァラトゥストラはかく語った》と《楽しい知識》が並んでいる。手箱に入っている紙束に書き込むことはめったになかった。彼が書いた警句の一つは、シニコウ夫人との最終面談の二か月後のもので、こういう文句だった。(17)男と男の間に愛情が不可能なのは、性交があってはいけないからであり、男と女の間に友情が不可能なのは、性交があるにちがいないからである。彼女に会うのを避けて、彼はコンサートから遠のいた。彼の父が死んだ。銀行の副頭取が引退した。そしてあいかわらず彼は毎朝路面電車で街中へ出かけ、毎夕ジョージ通りでつつましい食事をとり、デザート代わりに夕刊を読んだあと、街中から歩いて帰った。

ある夕方、彼がコーン・ビーフ入りキャベツを一切れ口に入れかけたとき、その手が止まった。彼の目は、水差しに立てかけていた夕刊の、ある記事にくぎづけになった。彼はその一切れの食べ物を皿に戻して、注意深くその記事を読んだ。それからグラスの水を飲み、皿を片側に押しやり、新聞を二つ折にして両肘《ひじ》の間に置き、何度も何度もその記事を読んだ。キャベツは冷めて白い脂が皿にたまり始めた。女店員がやって来て、料理の仕方がいけなかったのでしょうかとたずねた。彼は大変おいしいと言って、なんとか二口、三口食べた。それから勘定をすませて外へ出た。

彼は、一一月のたそがれのなかを、足早に歩いていった。頑丈な榛《はしばみ》のステッキが規則正しく地面を打ち、体にぴったりした厚地のダブルコートの脇ポケットから、淡黄色の

《夕刊メイル》[18]の端がのぞいていた。公園口からチャペリゾッドへ通じる人通りの少ない道で、彼は歩調をゆるめた。地面を打つステッキの勢いが弱まっていき、呼吸は、ため息交じりの音を伴ってとぎれとぎれに口から漏《も》れ、冬の空気のなかで凝縮した。家にたどり着くとすぐさま寝室へ上がっていき、ポケットから新聞を取り出して、窓辺の薄れていく光でその記事をもう一度読んだ。彼はそれを声に出さずに、しかし司祭が祈禱《きとう》の[19]〈密誦《みっしょう》〉を唱えるときのように、唇を動かしながら読んだ。記事は次のとおりである。

シドニー・パレイド駅で婦人死亡

痛ましい事故

本日ダブリン市立病院で代理検死官（レヴァレット氏不在のため）は、昨晩シドニー・パレイド駅で死亡したエミリー・シニコウ夫人（43）の検死をおこなった。調べによると、亡くなった婦人は線路を横切ろうとした際に、キングズタウン発一〇時の普通列車の機関車にはねられ、頭部と右脇腹に負傷したのが原因で死亡に至った。

ジェイムズ・レノン機関士は鉄道会社に勤務して一五年になると証言した。車掌の笛を聞いてすぐに発車させたが、一、二秒後に大きな叫び声を聞いたので停止させた。列車は徐行していたとのこと。

鉄道の赤帽、P・ダンの証言では、発車間際に一人の女性が線路を横切ろうとしているのに気づいた。彼女のほうに走っていって叫んだが、追いつかぬうちに、彼女は機関車の緩衝器《かんしょうき》に引っかけられて地面に倒れたとのこと。

陪審員――婦人が倒れるのを見ましたか？

証人――はい。

クローリー巡査部長の宣誓《せんせい》証言によると、彼が現場に着いたとき、故人はすでに息絶えた様子でプラットホームに横たわっていた。部長は遺体を待合室に運ばせ、救急車の到着を待ったとのこと。

警官⒇57E号はこれを確認した。

ダブリン市立病院副外科医ハルピン博士の証言では、故人は下部肋骨《ろっこつ》二本を骨折し、右肩に強度の打撲傷を受けていた。頭部右側の外傷は転倒の際に受けたもの。これらの外傷は常人の場合には致命傷とはならない。同博士の意見では、死因はショックと急性心不全によるものらしいとのこと。

H・B・パターソン・フィンレイ氏は、鉄道会社を代表して、この事故に深い遺憾の意を表した。会社は常日ごろから万全の策を講じており、人びとが跨線橋《こせんきょう》を渡らずに線路を横断するのを防ぐため、各駅に注意書きを置き、踏切に新案特許のバネ式遮断機《しゃだんき》を使ってきた。故人は深夜にプラットホームからプラットホームへ線路を渡る習慣があり、本件の他の状況にかんがみても鉄道職員側には落ち度がないと思うとのこと。

故人の夫で、シドニー・パレイドのレオヴィルに在住のシニコウ船長も証言台に立った。故人は妻であると彼は証言した。本日朝ロッテルダムから帰ってきたところなので、事故当時はダブリンにいなかった。結婚して二二年になり、円満に暮らしていたが、二年ほど前から妻は酒におぼれがちになった。

ミス・メアリー・シニコウは、最近の母は夜中に酒を買いに外出する習癖があったと述べた。証人はしばしば母を説得しようとし、禁酒同盟に加入するように勧めていた。証人が帰宅したのは事故の一時間後とのこと。

陪審は医学的根拠に基づいて評決を言い渡し、レノンを無罪放免にした。

代理検死官は、本件はまことに痛ましい事故であると言い、シニコウ船長とその娘に深い弔意を表した。鉄道会社に対して、将来同様な事故が発生するのを防ぐため、強力な対策をとるよう勧告した。[21]本件ではだれにも責任はなかった。

ダフィー氏は新聞から目をあげて、窓ごしにわびしい夕景色を眺めた。川はがらんとした蒸溜酒製造所のかたわらを音もなく流れ、時おりルーカン道路沿いのどこかの家に明かりがついた。なんたる結末だ！　彼女の死亡を語る記事のなにからなにまで彼をむかむかさせ、大事にしまい込んでだれにも言わなかったことを彼女に語ったのだと思うと彼をむかつかせた。月並みな言いまわし、うわべだけの同情の表現、ありふれた通俗な死の詳細を隠すように丸めこまれた取材記者の用心深い言葉、それらが彼の胃を襲った。彼女は自らの品位を下げたにとどまらず、彼の品位を下げてしまった。彼の目に浮かぶのは、彼女の悪徳の、それもみじめで悪臭ぷんぷんの、むさ苦しい広がりなのだ。彼の魂の伴侶だって！　彼はかつて見たことのある、足元ふらふらのやつらを思い浮かべた。缶や瓶を持っていってバーテンに酒を入れてもらっていた。まったくもって、なんたる結末だ！　あきらかなのは彼女には生きる資格がなかったことだ。強い意志に欠け、やすやすと習慣のえじきになり、[22]文明の土台となった敗残者の一人だったのだ。だが、ここまで落ちぶれてしまうなんて！　彼女に対してこれほど見事に思いちがいをしていたなんてありうるだろうか？　彼はあの夜の彼女の激情を思いだし、それをこれまで以上に厳しく解釈した。今やなんのためらいもなく、彼は自分がとった方針を容認した。

光が薄れて、記憶がさまよい始めると、彼女の手が彼の手に触れたような気がした。最初に胃を襲ったショックが今度は彼の神経を襲っていた。彼はいそいでオーバーと帽子を着用して外に出た。戸口で冷たい空気が彼を迎え、オーバーの袖に忍びこんできた。チャペリゾッド橋の酒場まで来ると、中に入ってホットパンチを注文した。

店の主人は媚《こ》びるように彼の注文を聞いたが、あえて自分のほうから話しかけてはこなかった。店には五、六人の労働者がいて、(23)キルデア州のある紳士の財産が総額幾らにのぼるのかを論じていた。あいだをおいて彼らは一パイント入りの大コップの酒を飲み、たばこを吸い、たびたび床に唾《つば》をはき、時おり重い深靴でおがくずをかき寄せては唾の上にかけた。ダフィー氏は丸椅子に腰掛け彼らをじっと見つめてはいたが、見えていたのでも話が聞こえていたのでもなかった。しばらくして彼らが出ていくと、彼はもう一杯パンチがほしいと呼びかけた。その一杯で彼は長いこと粘《ねば》った。店は静まりかえっていた。主人はだらしなく手足を投げ出してカウンターにもたれ、あくびをしながら(24)《夕刊ヘラルド》を読んでいる。時どき、外の人気《ひとけ》のない道路を電車がゴーッと音をたてていくのが聞こえた。

　彼はそこに腰かけて、彼女との日々を改めて思い起こし、彼女の姿として今心に抱く二つのイメージを交互に呼びだしてみると、彼女は死んだのだ、この世からいなくなったのだ、一つの思い出になってしまったのだと実感した。落ちつかない気分になってきた。ああする以外に何ができただろうかと自問した。彼女と偽りの喜劇を続けるなんてできなかったし、大っぴらに一緒に暮らすこともできなかった。彼にとって最善と思えることをしたのだった。どうして責められなきゃならんのか？　彼女が去ってしまった今になってみると、はっきりとわかるのは、くる夜もくる夜もあの部屋に一人で座ったままの、彼女の生活がどれほど孤独であったかだった。彼の人生も孤独であろう、彼も死んでこの世からいなくなって、一つの思い出となるときまでずっと――もっともだれかが思い出してくれるならばの話だが。

彼が店を出たときには九時をまわっていた。冷たく陰気な夜だった。彼は最初に見つけた門からその公園に入り、やつれた木々の下を歩いた。四年前に二人で歩いたわびしい小道を通った。暗闇のなかで、彼女が身近にいるように思われた。時どき彼女の声が彼の耳に触れ、彼女の手が彼の手に触れるような感じがしてきた。じっと立って耳をすませた。なぜ彼女に生きることを許さなかったのか？　なぜ彼女に死刑を宣告したのか？　彼は自分の道徳心がこなごなに砕けるのを感じた。

[25]マガジーン丘の頂きにたどり着くと、彼は立ち止まって川沿いにダブリンのほうを眺めた。街の明かりは冷たい夜のなかで赤々と愛想よくともっていた。斜面を見おろすと、そのふもとの、公園の塀の暗がりに、幾つかの人影が寝そべっているのが見えた。こういう金銭ずくのこそこそした恋人たちを見ると彼は絶望でいっぱいになった。[26]彼は愚直なおのれの生き方を苦々しく思い、自分は人生の饗宴《きょうえん》から追放されてきたのだと感じた。ひとりの人が彼を愛してくれていたらしいのに、その人に生命と幸福を拒んでしまった。その彼女に不名誉を、不面目な死を宣言してしまったのだ。下の塀のそばで寝そべっている者たちが彼をじっと見つめており、さっさと行ってくれと思っているのがわかった。だれも彼に用がなく、彼は人生の饗宴から追放されている。目を転じると、灰色のかす

かに光る川が曲がりくねってダブリンのほうへ流れていた。川の向こう側で貨物列車がキングズブリッジ駅からくねりながら出ていくのが見えた、まるで火の頭をした一匹の芋虫が闇の中を、営々と骨折りながら、うねっていくように。それはゆっくりと視界から消えた。が、消えたあとも耳のなかに聞こえるのは、機関車の営々たる低音[27]が何度もくり返す彼女の名前の綴《つづ》りだった。

彼は来た道をひき返したが、機関車のリズムは耳のなかで響いていた。記憶が語るものははたして事実だろうかと彼は疑いだした。一本の木の下で立ち止ってリズムが消えてゆくにまかせた。暗闇のなかで彼女が身近にいることも、彼女の声が彼の耳に触れることも感じとれなかった。彼は耳をすまして数分のあいだ待った。なにも聞きとれなかった。夜は静まりかえっていた。もう一度耳をすました。静まりかえっていた。自分は独りぼっちだと感じた。

委員会室の蔦の日《アイビー・デイ》

ジャック老人は厚紙の切れっぱしで燃え殻をかき集めて、白くなろうとしているドーム形の石炭の上に慎重な手つきでひろげた。そのドームが薄くおおわれると、彼の顔は暗闇に消えたが、ふたたび火をあおぎだすと、彼のかがみこんだ影法師が反対側の壁を登っていき、その顔がゆっくりと光の中にまた現れた。老人の顔で、ひどく骨ばっていて毛深い。湿った青い目が火を見てまばたき、湿った口が時おりぽかんと開いて、閉じるときには一、二度機械的にもぐもぐやった。燃え殻に火がつくと、彼は厚紙の切れっぱしを壁にもたせかけ、ため息をついて言った、

――これでよくなったでしょう、オコナーさん。

オコナー氏は灰色の髪をした若い男で、その顔は醜いでき物やにきびだらけだった。ちょうど紙巻き用の刻みたばこ一本分を形のいい円筒に巻きあげたところだったが、話しかけられると、その手作り品を考えこみながらこわしてしまう。それからふたたび考えこみながらたばこを巻き始め、ちょっと思案してから意を決して紙をなめた。

――ティアニーさんはいつ帰るって言ってたの？　と彼はしゃがれた裏声でたずねた。

――なにも言ってませんでした。

オコナー氏は巻きたばこを口にくわえ、ポケットをさぐり始めた。彼は薄いボール紙のカードの束を取り出した。

――マッチ持ってきてあげますよ、と老人が言った。

――いいよ、これでいけるよ、とオコナー氏は言った。

彼はカードの一枚を選んで、それに印刷してある文字を読んだ。

市会議員選挙

王立取引所区[1]

救貧委員[2]ミスター・リチャード・J・ティアニーは来たる王立取引所区の選挙に際し、謹んで清き一票とご支援のほどをお願い申し上げます。

オコナー氏はティアニー氏の選挙幹事からこの選挙区の一部の票集めをするよう依頼をうけていたが、しかし、天候が荒れ模様で、彼の深靴に雨がしみこんだので、この日は大方、ウィックロー通りの委員会室で老管理人のジャックと火のそばに座りこんで過ごした。二人は短い日が暮れてしまったあとも、こうやって座りこんだままである。一〇月六日で、戸外は陰気で寒かった。

オコナー氏はカードの端を細長く引きちぎって火をつけ、巻きたばこに火を移した。そうするときに、炎が上着の襟に付けた黒い光沢のある蔦《つた》の葉を照らした。老人は彼をじっと見つめ、それからふたたび厚紙の切れっぱしを取り上げて、相手がたばこをふかしている間にゆっくりと火をあおぎだした。

——いや、ほんとですよ、と彼は話を続けて言った、子供の育て方って、ほんと難しいものですわ。やつがああなるなんてだれが思ったでしょう！　[3]クリスチャン・ブラザーズ学校へ通わせた、できるだけのことはしてやった、それがああやって今じゃ飲み歩いてばかり。なんとかましな人間にしようとしたんですがねえ。

彼はうんざりした様子で厚紙を元の場所に戻した。

——あっしも年をとってなきゃ、やつの根性をたたき直してやるんですが。やつの背中を杖でビシッとどやしつけてやりますよ、やつより背が高くて見下ろせるんだったら——昔しょっちゅうやってたみたいに。母親ってのが、そのう、やつをなんのかんのと増長させるもんだから……。

——それが子供たちを駄目にしちゃうんだよ、とオコナー氏が言った。

——ほんとそうですわ、と老人は言った。それで感謝されるどころか、生意気になるだけでしてねえ。あっしが一杯ひっかけているのを見やがると、いつでも高飛車に出やがるんですよ。せがれどもが親父にそんな口をきく日にゃ、いったい世のなかどうなるんでしょうなあ？

——息子さん幾つ？　とオコナー氏が言った。

——一九で、と老人が言った。

——なにか仕事につかせたらどう？

――むろんですとも、あの飲んだくれには、学校を出てからというもの、あっしがなんにもしてこなかったとお思いですかい？　〈おめえなんかに只飯《ただめし》食わせるつもりはねえ〉と言ってやるんです。〈自分で職みつけてこい〉とね。ところが、なんと、もっと悪いんですわ、職をめっけたらめっけたで。みぃんな飲んじまいやがるんで。

オコナー氏が同情のあまり首を横に振ると、老人は黙りこんで火をじっと見つめた。だれかが部屋のドアを開けて、大声で言った、

――おーい！　フリーメイソンの会合かい？

――誰だね？　と老人が言った。

――暗がりでなにやってるんだい？　と声がたずねた。

――あんたかい、ハインズ？　とオコナー氏がたずねた。

――ああ、おまえさんたち暗がりでなにやってるんだい？　とハインズ氏が火の明かりのなかに進みでて言った。

彼は背の高いすらりとした若い男で、薄茶色の口ひげを生やしている。小さな雨の滴が帽子のつばからぶら下がり、短い上着の襟は立てられている。

――ところで、マット、と彼はオコナー氏に言った、どうだい景気は？

オコナー氏は首を横に振った。老人は暖炉を離れ、部屋をよたよたと歩いたあげく、ろうそく立てを二本持って戻ってきて、一本ずつ火の中へ突っ込んでから、テーブルへ

運んだ。殺風景な部屋が見えてきて、火はその楽しそうな色をすっかり失った。部屋の壁には飾りがなく、選挙演説の写しが一枚貼《は》ってあるだけだった。部屋の中央に小さなテーブルがあり、その上に選挙用の書類が積んである。

ハインズ氏が炉棚にもたれてたずねた、

――やっこさんもう金払ってくれたかい？

――まだだよ、とオコナー氏が言った。今晩ぼくたちを見殺しにしてほしくないな。

ハインズ氏は笑った。

――おう、払ってくれるさ、心配するなよ、と彼は言った。

――さっさと払ってもらいたいもんだな、その気があるんなら、とオコナー氏が言った。

――あんた、どう思う、ジャック？　とハインズ氏は嫌味たらしく老人に言った。

老人は火のそばにある自分の席に戻って言った、

――金は持ってないわけじゃないんですよ、ともかく。もう一人の(4)鋳掛《いか》け屋とは違いますぜ。

――どの鋳掛け屋なんだ？　とハインズ氏が言った。

――コールガン、と老人は軽蔑したように言った。

――おまえさんがそう言うのは、コールガンが労働者だからか？　善良で正直な煉瓦《れんが》職人と酒場の主人とでどういうちがいがあるんだ――ええ？　労働者だってほかのだれにも劣らず市政に携わる立派な権利があるんじゃないのか――そうさ、ずっと立派な権利があるんじゃないのか、肩書きがあるやつの前へ出ると、いつだってへいこらするあのイギリスかぶれどもよりは？　そうじゃないかよ、マット？　とハインズ氏はオコナー氏に呼びかけた。

――あんたの言うとおりだ、とオコナー氏が言った。

――片方はだな、真っ正直な男で二枚舌を使ったりはせんよ。労働者階級を代表して立候補しているし。あんたらが働いてるこちらさんは、なにか儲《もう》け仕事にありつこうとしているだけなんだよ。

――そりゃあ、労働者階級だって代表をだすべきでしょうな、と老人が言った。

――労働者ってのはなあ、とハインズ氏が言った、ひでえ目にあうばかりで一文も入ってきやしねえんだ。けどな、すべての生産は労働によるんだ。労働者は息子や甥やいとこのために実入りのいい仕事を探してやるなんてことしないよ。労働者は、ダブリンの名誉を泥のなかに引きずり込んだりしてまで、ドイツ系君主(5)のご機嫌をとったりはしないさ。

――それはまたどういうことなんです？　と老人が言った。

――知らんのか、エドワード王が来年こっちへやって来たら、歓迎の辞を打《ぶ》とうとしてるってことを？　外国の王様にぺこぺこしていったいどうしようっていうんだい？

――われわれの大将は歓迎の式辞に賛成投票はしないよ、とオコナー氏が言った。[6]国民党公認候補で立っているんだから。

――しねえかなあ？　とハインズ氏が言った。まあ見ているんだな、するかしねえかを。やつのことはわかってるんだ。[7]いんちきディッキー・ティアニーだろう？

――いやはや！　あんたの言うとおりかもしれないよ、ジョー、とオコナー氏が言った。いずれにせよ、現生《げんなま》を持ってここに姿を現してほしいな。

三人の男は黙りこんだ。老人は燃え殻をさらにかき集め始めた。ハインズ氏は帽子を脱いで振り、それから上着の襟を下ろした。襟を下ろすと、折り襟の蔦《つた》の葉が現れた。

――この人が生きてなさったら、と彼は葉を指さして言った、歓迎の辞がどうのこうのなんて、話題にのぼらんだろうになあ。

――本当だなあ、とオコナー氏が言った。

――まったくもって、あのころが懐かしいですな！　と老人が言った。あのころは活気がありましたぜ。

部屋はまたも静かになった。そのときこぜわしい小柄な男が、鼻をすすり冷えきった耳をして、ドアを押して入ってきた。彼はすばやく火のそばまで歩いていき、手をこすり合わせた、まるでそうやって火花を起こそうとでもするかのように。

——金はないぜ、諸君、と彼は言った。

——ここへお座りなさいよ、ヘンチーさん、と老人が自分の椅子をすすめて言った。

——ああ、かまわんでくれ、ジャック、かまわんでくれ、とヘンチー氏は言った。

彼はハインズ氏にそっけなくうなずき、老人があけてくれた椅子に腰を下ろした。

——エインジャ通りをまわってみたかい？　と彼はオコナー氏にたずねた。

——うん、とオコナー氏は言って、メモを取り出そうとしてあちこちのポケットを捜し始めた。

——グライムズをたずねたかい？

——たずねたとも。

——で？　どんなふうだい？

——約束しようとしないんですよ。彼が言うには、〈わしがどっちに投票するか、だれにも言いたかない〉でした。けどまあ、あの男は大丈夫だと思いますよ。

——なんでまた？

——どんな人たちが推薦者なんだいと聞いてきたんです。それで教えておきましたよ。バーク神父の名前を挙げときました。ぼくは大丈夫だと思いますよ。

ヘンチー氏は鼻をすすりながら、火の上で両手をものすごい速さでこすり始めた。それから彼は言った、

——後生だから、ジャック、石炭を少しばかし持ってきてくれ。いくらか残っているはずだから。

老人は部屋から出ていった。

——だめだった、とヘンチー氏は首を振りながら言った。頼んでみたけどさ、あのちびの靴磨き小僧(8)の返事はこうさ。〈あ、その件はね、ヘンチーさん、仕事がちゃんとすんでさえいたら、みなさんを忘れたりしませんから、ご安心ください〉だって。どけちなちびの鋳掛け屋だ！　つたく(9)、そうとしか呼びようがないだろう？

——言ったとおりだろ、マット？　とハインズ氏が言った。いんちきディッキー・ティアニーだ。

——ほんと、あんないんちき野郎はいないぜ、とヘンチー氏は言った。だてにあのちっこい豚の目をつけているわけじゃないんだ。こんちくしょう！　男らしく金を払えねえのか。〈あ、その件はね、ヘンチーさん、ファニングさんに話してからでないと……ずいぶん物入りが多かったもんで〉なんて言わずにさ。どけちなちびの靴磨き小僧め！あいつ忘れちまったらしいな、てめえのちび親父がメアリー横丁(10)で古着屋をやっていたときのことを。

——けど、本当かそれって？　とオコナー氏がたずねた。

——そうだとも、うん、とヘンチー氏は言った。聞いたことねえのか？　男どもはな

あ、日曜の朝飲み屋が開く前に、入っていったもんだぜ、チョッキやズボンを買いに
——ふん、ってんだ！　けど、いんちきディッキーのちび親父はいつだって(11)いんちきな黒い小瓶を隅っこに置いといたんだよ。さあて、もうわかったろう？　そう、そうなんだよ。やつはあそこで産声を上げたのさ。

老人が石炭の塊を少しばかり持って戻ってきて、火の上のあちこちに置いた。

——そいつはちょっと弱ったな、とオコナー氏が言った。銭を払わんでも働いてくれるだろうなんて、どうして思うんだろうな？

——しかたがないな、とヘンチー氏は言った。うちへ帰ってみりゃ、玄関ホールで(12)執《しっ》達吏《たつり》が待ちかまえていやがるっていうのに。

ハインズ氏は笑って、それから両肩で炉棚をぐいと押しその弾みで体をさっと離し、立ち去ろうとした。

——エディ王においでいただいたら、それで万事うまくいくよ、と彼は言った。じゃあ、みなさん、ひとまず失敬するよ。またあとでな、バイバイ。

彼は部屋からゆっくりと出ていった。ヘンチー氏も老人もなにも言わなかったが、ドアが閉まろうとするちょうどそのときに、それまでふさぎこんで火をじっと見つめていたオコナー氏が突然大きな声で言った、

——じゃあな、ジョー。

ヘンチー氏はしばらく待ってから、ドアの方にうなずいてみせた。

――なあおい、と彼は火の向こうから言った。われらが友はなにしにここへ来たんだ？　用ってなんなんだ？

――ったく、かわいそうなジョー！　とオコナー氏が火の中にたばこの吸い殻を投げ込みながら言った。あいつもこのぼくらと同じで、懐が寒いんだよ。

ヘンチー氏が強く鼻をすすりあげ、たっぷり唾を吐《は》いたものだから、火はすんでのところで消えそうになり、ジューッという抗議の音を発した。

――おれ個人の率直な意見を述べるとだな、と彼は言った。やつは向こう陣営の男だと思うな。コールガンのスパイさ、言わせてもらえりゃ。〈ぐるっと一回りして、やつらがどんなあんばいか探りだしてきてくれ。きみだったら疑われんだろう〉って。おわかりかな？

――けど、ジョーはいいやつだよ、とオコナー氏が言った。

――やつの親父さんは立派ないい男だった、とヘンチー氏は認めた。かわいそうにラリー・ハインズじいさんたら！　(13)生前ずいぶんと人のために尽くしたもんだ！　けど、残念しごくだが、われらが友には一九カラットの値打ちもねえんじゃないか。ちくしょう、金に困ってるやつのことはおれにもわかるけど、たかるやつのことはほんとわからん。ちっとは男らしさがあってもよさそうなもんじゃねえか？

——あの人がお見えになっても大歓迎ってわけにはまいりませんな、と老人が言った。自分の陣営で働きゃいいんですよ、こんなとこまでスパイに来たりしないで。

——それはちがうんじゃないかな、とオコナー氏がたばこ用の紙と刻みたばこを取り出しながら、疑わしげに言った。ジョー・ハインズは正直者だとぼくは思うな。それにまたペンを持たせたら才気を発揮するやつだし。彼が書いた……あれ、覚えている？(14)

——言わせてもらえりゃ、あの、例の、そこらのヒルサイダーやフィニア会員のなかには才気ばしりすぎるのがいるってことよ、とヘンチー氏が言った。(15)卑劣なあの手の連中についておれ個人の率直な意見を言わせてもらっていいか？ 連中の半分は城に雇われていると思うんだ。

——そりゃわかりっこありませんぜ、と老人が言った。

——おお、ところがおれはそれが事実だってわかってるんだ、とヘンチー氏は言った。やつらは城の下働きよ……。ハインズがそうだって言ってんじゃない……。いやあ、とんでもない、彼はそれよりちったぁましだと思う……。けど、あるやぶにらみの卑劣な貴族がいるんだよ——わかるな、おれが言っている愛国者って？

オコナー氏がうなずいた。

——あれこそがサー少佐(16)の直系の子孫だよ、そう言っていいなら！ そうよ、愛国者の極致だって！ それがよ、四ペンスで自分の国を売って——ああ、売ってだ——おまけに全能のキリストさんの前にひざまずいてな、売る国があったことを感謝する、そういうやつだぜ。

ドアをトンとノックする音がした。

——どうぞ！　とヘンチー氏が言った。

貧しい聖職者か貧しい役者にそっくりの人物が戸口に現れた。小柄な体を包む黒い服はボタンがきっちりと留めてある。その男が聖職者の襟を付けているのかそれとも俗人の襟を付けているのかはわからない、というのも、みすぼらしいフロ[17]ックコートの襟が首のまわりに立ててあるからで、みすぼらしいといえば、コートのむきだしのボタンがろうそくの光を反射[18]している。彼はかたい黒いフェルトの丸い帽子をかぶっている。顔は雨の滴で輝き、湿った黄色いチーズのように見えた。ただ、ほお骨のところだけが二つ、ばら色の斑点になっている。ひどく長細い口をふいに開いて、失望を表明し、同時にひどく明るい青い目を大きく見開いて、喜びと驚きを表明した。

——おや、キオン神父様！　とヘンチー氏が椅子から飛び上がって言った。あなたでしたか？　お入んなさい！

——ああ、いや、いや、いや！　とキオン神父はすばやく言い、まるで子供に話しかけているように唇をすぼめた。

——入ってお座りになりません？

――いや、いや、いや！　とキオン神父はつつましい、やさしい、やわらかな声で言った。お邪魔するつもりはありませんので！　ちょっとファニングさんを捜しているだけですから……。

――あの人は〈黒鷲亭《ブラック・イーグル》〉に行ってますよ、とヘンチー氏が言った。でもお入りになってちょっとだけお掛けになりませんか？

――いや、いや、けっこう。ほんのちょっとした用事があっただけですから、とキオン神父は言った。ありがとう、ほんとに。

彼は戸口から退散した。ヘンチー氏がろうそく立ての一つをつかんで、ドアの所へ行き、神父を下へ案内しようとした。

――あ、おかまいなく、お願いだから！

――ええ、でも階段がとても暗いですから。

――いや、いや、見えてますよ……。ありがと、ほんとに。

――大丈夫ですか、もう？

――大丈夫、ありがとう……。ありがとう。

ヘンチー氏はろうそく立てを持って戻り、それをテーブルの上に置いた。彼はふたたび火のそばに腰を下ろした。しばらく沈黙があった。

――ねえ、ジョン、とオコナー氏がもう一枚のボール紙のカードで巻きたばこに火をつけながら言った。

――うん？

――あの人ほんとのところなんなんです？

――そんなこと知るもんか、とヘンチー氏が言った。

――ファニングと彼とはすごく仲がいいようにぼくにはみえるけど。キャヴァナ[19]の店で一緒にいることが多いんですよ。そもそも司祭なの、あの人？

――ううむ、まあそうだろうなあ……。いわゆる黒羊[20]ってやつだと思うなあ。あの手の厄介者は、数はそう多くないけどさ、ありがたいことに！　けど少しはいるなあ……。あの人も、ある意味、不幸な人で……。

――それでどうやって三度のめし食ってるんです？　とオコナー氏がたずねた。

――それがまた謎なんだ。

――どこかに所属してるんですか？　どこかのカトリック教会とかプロテスタント教会とか宗教団体とか……？

――いや、とヘンチー氏が言った、自前[21]で巡回していると思うよ……。申しわけないけど、と彼はつけ加えた、やっこさんが来たのをスタウトが一ダース届いたのかと思ったよ。

――そもそも飲める見込みがあるんですか？　とオコナー氏がたずねた。

——あっしも喉がからからですわ、と老人が言った。

——おれ三回もあのちびの靴磨き小僧に頼んだんだ、とヘンチー氏が言った、スタウトを一ダース届けてくれってな。今さっき、もう一回頼んだんだが、やつはシャツ姿でカウンターによりかかって、カウリー助役とおしゃべりに夢中なんだ。

——どうして催促しなかったの？　とオコナー氏が言った。

——いやもう、やつがカウリー助役と話し込んでいる間は近くへ行けなかったんだ。ちょっと待ってたら目が合ったんで、言ってやったんだ、〈お話ししてある、あのつまらない件ですが……〉って。〈安心してよ、H《エッチ》さん〉とやつは言いやがった。ふざけやがって、きっとあのちび公、すっかり忘れちまいやがったんだ。

——あの筋にはなにか闇取引がありますな、とオコナー氏が思案顔をして言った。昨日、サフォーク通りの角であの三人が熱心に話し込んでいるのを見たんですよ。

——連中のけちくさい企みぐらい、おれにはわかるような気がするのさ、とヘンチー氏が言った。今どき市長にしてもらいたいと思ったら、市会議員どもに金をつかませなくちゃならん。そうすりゃ市長にしてくれるぜ。まったくな！　おれが本気で考えてるのは、自分で議員になってやろうってことなんだ。どう思う？　おれ、ああいう仕事に向いてるかい？

オコナー氏が笑った。

――金を払う約束をするってところに限ってはね……。

――市長公邸から馬車でお出ましになるのさ、とヘンチー氏が言った、いたちの毛皮の官服にくるまったおれさまのうしろには、このジャックが粉をふったかつらをかぶって立っている――どうだい？

――そしたらぼくを私設秘書にしてよ、ジョン。

――いいとも。そして、キオン神父をおれの個人補助司祭にしよう。おれたちみんなで家族パーティを開こう。

――ほんと、ヘンチーさん、と老人が言った、あんたさんのほうがそんじょそこらの議員さんたちよりも立派に見えるでしょうな。あっしはいつか門番のキーガンじいさんと話してたんですがね。〈それで新しいご主人をどう思うね、パット？〉とやつに言うんですよ。〈このごろあまり接待はないよな〉とね。〈接待どころか！〉と、やつは言うんですわ。〈あの方は油雑巾の匂いを嗅《か》ぐだけで生き伸びていなさるのさ〉だって。それで、やつはわしになんて言ったと思います？　まあ、誓って言いますけど、わしはやつの言うことが信じられませんでしたわ。

――なんて？　とヘンチー氏とオコナー氏が言った。

――やつはこう言いました。〈おまえさんどう思う、ダブリン[22]の市長さんが晩餐《ばんさん》に一ポンドのあばら骨付き厚切り肉を買いにやらせるってことを？　なんとまあ、ぜいたくな生活じゃないかい？〉と、やつは言うんですね。〈うへえー！　うへえー〉とわし言いましたわ。〈一ポンドの骨付き厚切り肉が〉とやつは言うんですわ、〈市長公邸にお入りになるんだからな〉と。〈うへえー!〉とわしは言いましたわ、〈それをまたお呼ばれに行くやつって、どんな連中だろうな?〉と。

ここでトンとドアをノックする音がして、一人の少年が首を突き出した。

——なんだい? と老人が言った。

——〈黒鷲亭〉からですが、と少年は言って横向きになって入ってくると、瓶のぶつかりあう音をさせながら床にかごを置いた。

老人は少年がかごからテーブルへ瓶を移すのを手伝い、一ダースちゃんとあるかその数をかぞえた。移し終えると、少年は腕にかごを掛けてたずねた、

——瓶は?

——なんの瓶だ? と老人が言った。

——まず飲ませてくれないかなあ? とヘンチー氏が言った。

——瓶をもらってこいと言われてるもんで。

——明日来いよ、と老人が言った。

——おい、小僧! とヘンチー氏が言った、オファレルの店へひとっ走りして栓抜きを貸してもらってくれんか——ヘンチーさんに頼まれたと言ってな。すぐに返すからと

話すんだぞ。かごはそこへ置いてけよ。

少年が出ていくと、ヘンチー氏はうれしそうに両手をこすり始めて言った、

——まあ、なあ、結局あの人もそう悪い人じゃないんだ。言ったことは実行するんだから、なんてったって。

——ジョッキがないんですが、と老人が言った。

——おう、そんなこと気にすんなよ、ジャック、とヘンチー氏が言った。これまでだって沢山のまともな人がラッパ飲みしてるわな。

——とにかく、飲めるだけましですなあ、とオコナー氏が言った。

——あの人は悪い人じゃないんだよ、とヘンチー氏が言った、ただ、ファニングが金を握っているんだよ。根はいいやつだよな、みみっちいけど。

少年が栓抜きを持って戻ってきた。老人が瓶を三本あけ栓抜きを返そうとすると、ヘンチー氏が少年に言った、

——おい一杯飲むかい、おまえも？

——もしよろしければ、と少年は言った。

老人はしぶしぶもう一本開けて、少年にそれを手渡した。

——(23)年は幾つだ？　と彼がたずねた。

——一七、と少年が言った。

老人がそれ以上なにも言わなかったので、少年は瓶を取って、ヘンチー氏に向かって〈だんなさん、心から敬意を表します〉と言い、中身を飲みほして、瓶をテーブルの上に戻し、口を袖でぬぐった。それから彼は栓抜きを取り上げて、なにか挨拶らしきことをつぶやきながら、横向きになってドアの外へ出た。

――ああやって始まるんですよ、と老人が言った。

――[24]くさびの刃先ってわけだな、とヘンチー氏が言った。

老人は栓を開けた三本の瓶を配り、三人は同時に瓶からじかに飲んだ。飲んでしまうと、それぞれが手の届く炉棚の上のところに瓶を置き、満足げに大きく息を吸いこんだ。

――いやあ、今日はたっぷり働いたなあ、とヘンチー氏がしばらくしてから言った。

――ほんとう、ジョン？

――そうともさ。彼のためにドーソン通りで一つか二つ確実な票を稼いでやったよ、クロフトンとおれとで。ここだけの話だけど、そのう、クロフトンてなあ、もちろん、いいやつなんだが、けどなあ、選挙運動員としちゃなんの値打ちもねえ。やつ、だんまりをきめこんでるんだから。話すのはもっぱらおれで、やつは突っ立ってみんなの顔を眺めているだけさ。

ここで二人の男が部屋に入ってきた。一人はでっぷりと太った男で、青いサージ服がなだらかな体から今にもずり落ちそうに見えた。若い雄牛の顔つきに表情が似た大きな顔で、じろじろ見る青い目と白髪交りの口ひげをしている。もう一人は、ずっと若くてひ弱な体つきで、ほっそりした顔はきれいに剃ってあった。ひどく高い二重襟をつけ、縁幅の広い山高帽をかぶっている。

——よう、クロフトン！　とヘンチー氏が太った男に言った。うわさをすればなんとやら……。

——そのお神酒、どっからきたんです？　と若い男がたずねた。雌牛が子を産んだんですか？(25)

——おう、さすが、ライアンズだ、まっさきに酒を嗅《か》ぎつけるなあ！　とオコナー氏が笑いながら言った。

——あんたたちはそうやって選挙運動していて、とライアンズ氏が言った、クロフトンとぼくは冷たい雨のなかで票集めしてるってわけですか？

——なんだと、こんちくしょうめ、とヘンチー氏が言った、おれなら五分でもっと集めてみせるわさ、おめえたち二人が一週間かかって集めるより票をたんとな。

——スタウトを二本開けてくれよ、ジャック、とオコナー氏が言った。

——無理ですって、と老人が言った、栓抜きがないってのに。

——待て、待てって！　とヘンチー氏がすばやく立ち上がりながら言った。こういう芸当見たことあるかい？

彼はテーブルから二本の瓶を取って、火のそばへ持っていき、暖炉内部の棚に載せた。それからふたたび火のそばに腰を下ろして、自分の瓶からもう一口飲んだ。ライアンズ氏はテーブルの縁に腰かけて、帽子を首筋のほうに押しやり、両足をぶらぶらさせ始めた。

——どっちがぼくの瓶？　と彼はたずねた。

——[26]こっちの坊やだ、とヘンチー氏が言った。

クロフトン氏は箱の上に腰を下ろして、内部棚のもう一本の瓶をじっと見つめた。[27]彼は二つの理由で黙っていた。第一の理由は、それだけで十分な理由なのだが、なにも言うことがなかったからだ。第二の理由は、この仲間たちが自分よりも劣っているとみなしたからだ。彼は[28]保守党のウィルキンズの運動員だったが、しかし保守党が候補者を引っこめて、二つの悪のうちからましなほうを選んで、国民党の候補者を支援することになったときに、彼はティアニー氏のために働くように雇われたのであった。

二、三分すると、言い訳するような〈ポック！〉という音が聞こえて、ライアンズ氏の瓶から栓が飛んだ。ライアンズ氏はテーブルから飛び降り、火の方へいき、瓶を取って、テーブルへ持って戻った。

——ちょうど話してたとこなんだよ、クロフトン、とヘンチー氏が言った、おれたち今日かなりの票をものにしたってことをな。

——誰をものにしたんです？　とライアンズ氏がたずねた。

——うんまあ、一人はパークス[29]、二人目がアトキンソン、それにドーソン通りのウォードの票さ。彼もまた素晴らしいじい様だよ——本物の老紳士で、昔かたぎの保守党員だぜ！〈けどあなたたちの候補者は国民党員じゃないのかね？〉ってあの人は言うんだ。〈あれは立派な人ですよ〉っておれ言ったよ。〈この国の利益になることだったらなんでも賛成するんです。地方税[30]の多額納税者ですし〉と言ったんだ。〈市内には広大な不動産を持ってますし、しかも三か所に店舗を構えてるから、地方税を低く抑えるってのはあの人自身の利益にもなるんじゃないですか？　著名で尊敬されてる市民ですし〉っておれは言い、〈それに救貧委員で、どの政党にも属していません、良いのにも、悪いのにも、良くも悪くもないのにも〉って。あの手の連中にはこういうふうに話さなくっちゃな。

——じゃあ国王歓迎の演説についてはどうなんです？　とライアンズ氏が飲んで舌鼓を打ってから言った。

——まあ聞けって、とヘンチー氏が言った。この国に必要なのは、ウォードじいさんに言ってやったように、資本なんだよ。王様がここへやって来るってことは、この国に金が流れ込むってことなんだ。ダブリンの市民どもはそれで利益をこうむるんだよ。あの下手の波止場あたりの工場を見てみろ、みんな遊んでるじゃないか！　国にどれだけの金ができるか考えてみろよ、古い産業、製造所とか造船所とか工場とかを働かしさえすればの話だけど。必要なのは資本だぜ。

——しかしねえ、ジョン、とオコナー氏が言った。なんでぼくたちイングランドの国王を歓迎しなきゃいけないの？　パーネル[31]自身だって……

——パーネルは、とヘンチー氏が言った、死んだんだ。そこで、おれの見方はこうだ。やっこさん、やっとこさ即位したんだぜ、年とったおっかさんが王位にいたために、白髪になるまで王位につけなかったけど。世慣れた人だし、それにこのおれたちにも好意をもってくれてる。言わせてもらえりゃ、陽気でとてもいいやつで、偉そうな態度なんてこれっぽっちもないし。で、あの人はただこうつぶやくだけなんだ。〈ばあさん[32]は、一度だってあの野蛮なアイルランド人を見に行かなかった。よっしゃ、おれは出かけて行って、やつらがどんなふうか見とどけてやる〉ってな。なのにおれたちは、親善訪問で渡ってくる人を侮辱しようってのかい？　ええっ？　そうじゃないかよ、クロフトン？

クロフトン氏はうなずいた。

——しかしまあなんと言っても、とライアンズ氏が異を唱えるように言った、エドワード王[33]の私生活は、ほらあのう、あまりよくは……

——過去は過去さ、とヘンチー氏が言った。おれとしちゃあの人に敬服しているんだ。

ありゃ、おまえさんたちやおれと同じことで、ごく普通のずっこけ野郎さ。ラム酒の水割りが好きだし、ことによるとちょっとばかし道楽者かもしれん、それに立派なスポーツマンだよ。ちぇっ、おれたちアイルランド人はフェアに振る舞えないのかよ？

——そりゃあしごくもっともな話、とライアンズ氏が言った。けどここでパーネルの場合をごらんなさいよ。

——神に誓って、とヘンチー氏が言った、両者のどこに似ているところがあるっていうんだよ？

——ぼくが言いたいのは、とライアンズ氏が言った、ぼくたちにはぼくたちの理想があることなんですよ。なぜ今ごろになって、ああいう男を歓迎しようっていうんです？パーネルはあんな事をやらかしたあとでも、ぼくたちを指導するにふさわしい男だったと思いますか？　だったら、なぜ(34)エドワード七世のほうは歓迎するのです？

——今日はパーネルの記念日だよ、とオコナー氏が言った、だから悪感情をかきたてるようなことはやめようよ。ぼくたちはみんなあの人を尊敬しているんだ、死んでしまった今では——保守党員たちだってね、と彼はクロフトン氏のほうを向きながらつけ加えた。

〈ポック！〉遅ればせながらクロフトン氏の瓶から栓が飛んだ。クロフトン氏は箱から立ち上がり火のほうへ行った。彼は自分の獲物を持って戻ってくると、太く低い声で言

った、

——わが党は尊敬してるよ、彼は紳士だったからな。

——きみの言うとおりだ、クロフトン！　とヘンチー氏が激しい口調で言った。彼こそ、かりかりする連中をおとなしくさせることができる、たったひとりの人だった。〈座れ、きさまら犬ども！　言うことを聞けったら、野良犬どもめ！〉まさにそういうあしらい方だった。お入り、ジョー！　お入り！　と彼はハインズ氏の姿を戸口に見かけて大声で叫んだ。

ハインズ氏はゆっくりと入ってきた。

——スタウトをもう一本開けてくれよ、ジャック、とヘンチー氏が言った。おっと、栓抜きがないのを忘れてたよ！　さぁ、一本こっちへくれ、火の所に置くから。

老人が一本彼に手渡すと、彼はそれを暖炉内部の棚に載せた。

——かけたまえ、ジョー、とオコナー氏が言った、ぼくたちは頭《かしら》のことを話してるところだったんだよ。

——そう、そう！　とヘンチー氏が言った。

ハインズ氏はテーブルの縁にライアンズ氏と隣り合わせで腰掛けたが、なにも言わなかった。

——一人はいるわけだ、ともかくも、とヘンチー氏が言った、あの人を見捨てなかった者がな。神かけて言うが、おれはあんたのために弁ずるよ、ジョー！　見捨てなかったよ、神かけて言うが、きみは最後まで彼に忠実だった、男らしく！

——おっ、ジョー、とオコナー氏が突然言った。あんたが書いた例のあれ聴かせてほしいな——思いだしたかい？　あんたまだ覚えてるかなあ？

——おお、そうだ！　とヘンチー氏が言った。あれを聴かせてくれよ。あれを聴いたことあるか、クロフトン？　まあ聴いてみろよ、傑作だぜ。

——始めなよ、とオコナー氏が言った。さっさとやってくれ、ジョー。

ハインズ氏は彼らがどの作品のことを言っているのかすぐには思いだせないようだったが、しばらくじっと考えたあとで言った、

——ああ、あれのことか……。いやあ、ありゃもう古いよ。

——さあ、おっ始《ぱじ》めろよ！　とオコナー氏が言った、

——シーッ、シーッ、とヘンチー氏が言った。さあ、ジョーったら！

ハインズ氏はまだ少しの間ためらっていた。それから静まりかえったなかで帽子を脱ぎ、それをテーブルの上に置き、立ち上がった。彼は心のなかでその朗読のリハーサルをしているようだった。かなり長い間《ま》をおいてから、題を告げた、

パーネルの死

一八九一年一〇月六日

彼は一、二度咳《せき》ばらいをして、朗読を始めた、

彼は死んだ。われらが無冠[35]の王は死んだ。
おお、エリンよ、悲嘆にくれ喪に服せよ
彼は死んで横たわっているのだから——
残忍なる今の世の偽善者一味に打ち倒されて。
彼は横たわっている、彼が泥沼から栄光へと引きあげてやった
　臆病な犬どもの手で殺《あや》められて。
かくしてエリンの希望とエリンの夢は
　その君主の亡骸《なきがら》を火葬する積み薪《まき》とともに消えていく。
御殿であれ、粗末な家であれ、はてはあばら屋であれ
　いずこにあろうとも、アイルランドの心は
悲痛で打ちひしがれている——

国の運命を開いたであろう人が逝《い》ってしまわれたから。

彼(36)ならばエリンの名声をひろめ、
緑の旗をへんぽんとひるがえらせ、
その政治家にも詩人にも戦士にも名を挙げさせたであろうに
世界の諸国民の前で。

彼は夢〈ああ、夢はしょせん夢だ！〉のなかに見た
自由の女神を。しかし命をかけて
その偶像をつかまんとしたまさにそのときに、寝返りが
彼の愛する像から彼を引き離してしまった。

恥を知れ、臆病卑劣な者どもよ
おのれの主を打ち、接吻によって主を裏切り、
(37)こびへつらう烏合《うごう》の衆の坊主ども――彼らは主の
友にあらず――に引き渡した者どもよ！

永劫《えいごう》の恥辱の炎が焼き尽くしますように
　あの者どもの記憶を。
あの者どもを誇らかに蹴《け》散らした人の高貴な名に
絡みつき傷つけようとしたあの者どもの記憶を。

彼は倒れた、勇者にふさわしい倒れ方で、
気高くも最後まで臆することなく。
そして今や死が彼を結びつけたのだ
　エリンの過去の英雄たちと。

いかなる争いの音も彼の眠りを乱すことなかれ！
　安らかに彼は眠る。いかなる人間の苦悩も
いかなる高望みも栄光の頂へと
　彼を駆り立てることはもうない。

やつらは思いをとげた。やつらは彼を倒した。
されどエリンよ、聞け、彼の御霊《みたま》は

よみがえらん、炎からよみがえる不死鳥のごとく、
　夜明けが訪れるときに、
そう、われらに自由の統治がもたらされる日の夜明けに。
　その日エリンはきっと
〈歓喜〉に捧《ささ》げる杯《さかずき》で乾杯するだろう、
　同時に一つの悲しみに――パーネルの思い出に。

ハインズ氏はふたたびテーブルに腰を下ろした。彼が朗読を終えると、いったん静まりかえり、それからドッと拍手が起こった。ライアンズ氏さえ拍手した。その喝采《かっさい》はしばらく続いた。それがやんでしまうと、すべての聴き手は自分たちの瓶から無言で飲んだ。

〈ポック！〉ハインズ氏の瓶から栓が飛び出したが、しかしハインズ氏は、顔を紅潮させ帽子をかぶらずに、テーブルの上に腰かけたままだった。彼にはその誘いの音が聞こえなかったようだった。

――でかしたぜ、ジョー！　とオコナー氏は感動を隠そうとして、たばこの紙と刻みたばこ入れを取り出しながら言った。

——あんた今のどう思う、クロフトン？　とヘンチー氏が叫んだ。すばらしいじゃないか？　どうだい？

クロフトン氏は、それはとてもすばらしい作品だと言った。

母親

(1)〈エール・アブー〉《アイルランドに勝利を》協会の副書記ホロハン氏は、もう一か月ちかくもダブリンの街をほっつき歩き、両手と両ポケットを汚れた紙束でいっぱいにして、一連の音楽会の手はずを整えようとしていた。片足が悪く、そのため友人たちはホッピー《跳び歩き》・ホロハンと呼んでいる。彼はたえずほっつき歩き、何時間も街角に立って要点を論じ合い、メモをとった。けれど結局のところ、万事を整えたのはカーニー夫人だった。

デブリン嬢は腹いせからカーニー夫人になったのだった。彼女は一流の修道女学院で教育を受け、そこでフランス語と音楽を学んだ。生まれつき顔が青白く、態度がよそよそしかったので、学校では友だちがほとんどできなかった。結婚適齢期になってたくさんの家のパーティーへ送り込まれると、そこでは彼女の演奏ぶりと象牙のように上品な物腰が賞賛の的であった。彼女は社交場のたしなみという冷ややかな輪に囲まれて座り、だれか求婚者が現れてその輪のなかに思い切って踏み込み、彼女に華やかな人生を差し出してくれるのを待っていた。だが、出会う若い男どもはみな平凡で、そのため彼女は彼らをその気にさせる素振りはいっさい見せず、自らのロマンチックな願望を慰めようとして、大量の(2)トルコ菓子をこっそり食べた。ところが、適齢期の限界にちかづき、友人たちが陰口をたたき始めると、カーニー氏と結婚して連中を黙らせた。カーニー氏は(3)オーモンド川岸の靴製造業者だった。

彼は彼女よりずっと年上だった。彼の話題はきまじめで、時おり言葉が大きな茶色のあごひげの間から漏れてくる。結婚して一年が経つと、カーニー夫人は、こういった男とのほうがロマンチックな人とよりも長持ちするだろうということに気づいたが、しかし彼女自身のロマンチックな考えは決して捨てなかった。彼は酒を飲まず、節約家で、信心深い。毎月第一金曜日[4]には聖体拝領を受けに出かけた。彼女と出かけることもあるが、ほとんどは一人きりで。しかし、彼女は決して宗教心を弱めたわけではなく、彼にとってはよい妻であった。なじみの薄い家のパーティーなどで、彼女が眉毛をちょっとでもつり上げると、彼は立ち上がり暇乞《いとまご》いをした。咳で彼が苦しんでいるときには、彼女はその足に羽根布団を掛けたり、強いラムパンチを作った。彼は彼で模範的な父親だった。ある保険共済組合に毎週小額を払い込んで、娘たちが二四歳になったときには、どちらにも百ポンドの持参金が入るようにしてやった。彼は長女のキャスリーンを立派な修道女学院に入れ、そこではフランス語と音楽を学ばせ、そのあとでは王立音楽院の授業料を支払ってやった。毎年七月になると、カーニー夫人は機会をみつけては友人のだれかに言った、

――主人がわたしたちをスケリーズ[5]へ二、三週間避暑に追いやろうとしてますのよ。

スケリーズでないときはホウスかグレイストーンズだった。

アイルランド[6]復興運動がさかんになりだすと、カーニー夫人は娘の名前[7]キャスリーンを利用することに決め、またアイルランド語の教師を家に連れてきた。キャスリーンと

妹はアイルランド語の絵葉書を友人たちに送り、その友人たちもアイルランド語の絵葉書で返事をくれた。カーニー氏が家族連れで仮大聖堂[8]に行く特別な日曜日[9]には、ミサが終わったあと、大聖堂通りの角にちょっとした人だかりができたものだ。みんなカーニー家の友人ばかりだった――音楽の友人たち、国民党の友人たち。彼らは、他愛ないうわさ話に何やかやと花を咲かせて楽しんだあと、みんないっせいに握手をし合い、ずいぶんとたくさんの手が交差するのを見て笑い、そして互いに言い合うさよならはアイルランド語だった。そのうちに、キャスリーン・カーニー嬢の名前がちょくちょく人びとの口にのぼり始めた。うわさでは、彼女は音楽がとても巧みで、とても上品な娘だし、それにくわえて、アイルランド語運動の信奉者だという。カーニー夫人はこれを聞いて大いに満足だった。それゆえ、ある日ホロハン氏が彼女のもとにやってきて、彼の協会がエインシェント音楽堂[10]で開催を予定している四回連続の大音楽会には、娘さんに伴奏者を務めて欲しいと相談をもちかけられたときも、彼女に驚きはなかった。彼女は彼を客間に通し、腰を下ろさせ、デカンターと銀のビスケット入れを取り出してきた。彼女は、熱心に、企画の細目にまで立ち入り、こうしたらと助言したり、それはやめたらと説得したりした。ついに契約書が作られ、キャスリーンは四回の大音楽会で伴奏者としての報酬に八ギニー[11]を受け取ることになった。

ホロハン氏がビラの言葉づかいとか番組の曲目の順番とかの微妙な問題には素人だっ

たので、カーニー夫人は彼を手助けした。彼女はコツを心得ていた。どの〈歌手たち〉を大文字に組むべきか、どの〈歌手たち〉を小文字に組むべきかを知っていた。彼女は第一テナー歌手がミード氏の滑稽な出し物のあとでは舞台に上がりたがらないのも知っていた。聴衆を片時も退屈させないように、疑わしげな曲目は昔から人気のある曲目の間にそっと差し挟んでおく。ホロハン氏は毎日彼女に会いに訪れ、あれこれと助言を仰いだ。彼女はいつも愛想よく助言した――それどころか、家庭的といってもよかった。

彼女はデカンターを彼のほうに押しやって、言った、

――さあ、注《つ》いで召し上がれ、ホロハンさん！

そして彼が自分で注いで飲んでいると、彼女が言った、

――心配なさらないで！　心配なさることありませんわ！

万事が順調だった。カーニー夫人が愛らしい薄紅色の絹のシャルムーズ[12]をブラウン・トーマス店で買ったのは、キャスリーンのドレスの前部に縫い付けるためだった。それはかなりの出費がかさんだ。けど、少しぐらいの金だったらかまわない場合だってある。最終日の音楽会の二シリング[13]チケットを一ダース手に入れ、あげなければ来てくれそうもない友人たちに送った。彼女が忘れていることはなにもないし、彼女のおかげで、しなければならないことはすべてなされた。

音楽会は、水曜日、木曜日、金曜日、土曜日に予定されていた。水曜日の夜カーニー

夫人は娘とエインシェント音楽堂に着いたとき、あたりの状況が気に入らなかった。数人の若者が、服に鮮やかな青いバッジを付け、玄関ロビーでなにもしないで立っていた。だれひとり夜会服を着ていない。彼女はそのそばを娘と通り過ぎ、ホールの開いたドア越しにすばやく覗《のぞ》き見て、世話役たちが手持ちぶさたにしている理由がわかった。最初、彼女は時間を間違えたのかしらと思った。そうではない、時刻は八時二〇分前だった。

舞台裏の楽屋で、彼女は協会の書記のフィッツパトリック氏を紹介された。ほほえんで彼と握手をした。彼は小男で色白のぼんやりした顔つきをしている。彼女が気になったのは、茶色のソフト帽を無頓着にも斜めにかぶり、その言葉づかいが平板なことだった。(14)彼は番組表を片手に持ち、彼女と話をしつつも、その一端を噛《か》んでぐちゃぐちゃにした。期待が外れたのをさほど気にしていない様子だった。ホロハン氏は楽屋へ数分ごとにやって来て、切符売り場の様子を報告した。〈歌手たち〉はいらいらしながら仲内《うち》で話し込んだり、時おり鏡をちらっと見たり、楽譜を巻いたり伸ばしたりした。八時半ちかくになると、会場の数少ない客が始めてほしいと催促するようになった。フィッツパトリック氏が入ってきて、部屋をぼんやりと見渡してほほえみ、そして言った、

——それじゃあ、みなさん。いいですかな、始めてもー。

カーニー夫人はひどく平板な言い方の「始めてもー」に対してすばやく軽蔑のまなざ(15)しを送り、それから娘に向かって励ますように言った、

委員会が四回の演奏会を企画したことが誤りでした、四回は多すぎますよね。

彼女は機会をとらえてホロハン氏を脇《わき》に呼び、これはどういうことですか教えてほしいとたずねた。ホロハン氏にもどういうことなのかわからなかった。彼は言った、委員会が四回の演奏会を企画したことが誤りでした、四回は多すぎますよね。

——用意できた?

——それに〈歌手たち〉がね! とカーニー夫人が言った。もちろん、あの人たちは最善を尽くしてはいますけどね、でも実を言うと、あの人たちじゃだめですよ。

ホロハン氏も〈歌手たち〉が役立たずなことを認めたが、委員会は最初の三回の音楽会は適当にすませておいて、土曜日の夜のためにすべての一流どころを温存することに決めていたんですよ、と彼は言った。カーニー夫人はなにも言わなかったが、凡庸な出し物が次から次へと舞台の上でくりひろげられ、会場の数少ない客がますます少なくなっていくと、彼女が悔やみだしたのは、こんな音楽会にいくらかでもお金を使ってしまったことだった。全体の様子にも気にくわないところがあり、それにフィッツパトリック氏の薄ぼんやりした微笑も彼女を大いに苛《いら》だたせた。しかしながら、彼女はなにも言わず、黙って結末をみてみることにした。音楽会が一〇時少し前に寂しく終了すると、だれもがすかさず家路についた。

木曜日の夜の音楽会では、客はもっと増えたのだが、カーニー夫人がたちまち気づいたのは、場内には無料入場者があふれていることだった。聴衆は無作法に振る舞っていた、まるでこの音楽会が形式ばらない本稽古《ドレスリハーサル》ででもあるかのように。フィッツパトリック氏はといえば、楽しそうに見える。カーニー夫人が彼の振る舞いに腹を立てながら見つめていることにまるっきり気づいていない。彼は幕の端に立ち、時どき頭を突き出して、二階桟敷《さじき》の隅にいる二人の友人たちと笑い合っている。その晩のうちに、カーニー夫人が知ったのは、金曜日の音楽会は打ち切って、委員会は土曜の夜を大入りにするためにあらゆる手を尽くすというものであった。彼女はこれを耳にすると、ホロハン氏を捜し出した。彼がそそくさと足を引きずって若いご婦人のためにレモネードのグラスを運んでいくところを引きとめて、それは本当かとたずねた。そのとおり、本当だった。

——けど、もちろん、だからといって契約は変わりませんよ、と彼女が言った。契約では四回の音楽会ですからね。

ホロハン氏は急いでいるらしく、フィッツパトリック氏にお話しなさったらと勧めた。カーニー夫人はちょっと不安になってきた。幕のところにいるフィッツパトリック氏を呼び寄せて言った、娘は四回の音楽会ということでサインしたのだから、もちろん契約の条件どおり、当初に規定された金額を受けるべきである、協会が四回の音楽会をしようとしまいと。フィッツパトリック氏は、すぐには問題点が飲み込めず、その難題に即答することができないらしく、委員会にその問題をかけてみましょうと言った。カーニー夫人は怒りで頰《ほお》がぴくぴくしだし、言葉に出してこうたずねたいところをやっとのこ

とで堪《こら》えた、

——ところで、どなたのことですの、〈いえん会〉(16)って、一体まあ？

しかし、そう言うのはレディーらしくないとわかっていたので、彼女は黙っていた。

小さな男の子たちが金曜日の早朝、宣伝ビラの束を抱えて、ダブリンの目抜き通りに送り出された。誇大広告があらゆる夕刊紙を飾って、お待ちかねのお楽しみがいよいよ明晩に迫ったことを音楽愛好家のみなさんに思いださせた。カーニー夫人は幾分か安心したが、夫に疑念の一部を打ち明けたほうがよいと思った。彼は注意深く耳を傾け、土曜の夜は彼女と一緒に行ったほうがよいかもしれないと言った。彼女は賛成した。彼女が夫を尊敬するのは、中央郵便局(17)を尊敬するのと同じで、大きくて、安全で、不動のものだからだ。彼の才能には限りがあることは知っていたけれど、彼には男性として抽象的な価値があると認めていた。うれしいことに、その彼が一緒に来てくれると言う。彼女はいろいろと案を練った。

大音楽会の夜がきた。カーニー夫人は、夫と娘を連れて、エインシェント音楽堂に開演予定の四五分前に到着した。あいにく雨の降る晩だった。カーニー夫人は娘の衣装と楽譜を夫に預けて、建物中を歩きまわり、ホロハン氏かあるいはフィッツパトリック氏を捜し求めた。どちらも見つからない。世話役たちに委員会の人がだれかホールにいないかとたずねた。すったもんだのあげく、一人の世話役がミス・バーンという名の小柄な女性を連れてきたので、カーニー夫人はどなたか書記の方にお会いしたいのだがと説明した。ミス・バーンは、みなさん今すぐにもおみえになるけれど、なにか自分に出来ることがあるだろうかとたずねた。カーニー夫人が探るような目でそのやや年のいった顔を眺めると、その顔は信頼と熱意の表情を取り繕った。そこで、夫人はこう答えた、

——いいえ、結構です！

その小柄な女性は、大入りになればいいですけど、と言った。その女性が外の雨を眺めていると、濡れた通りの陰気さが彼女の取り繕って歪《ゆが》んだ顔から、その信頼と熱意の表情をすっかり消し去った。それから、小さなため息をついて言った、

——いやもう！　わたしたち、最善を尽くしましたよね。誓ってもいいですわ。

カーニー夫人は楽屋に戻らなければならなかった。

〈歌手たち〉が到着し始めた。バスの歌手と第二テナーの歌手はすでに来ていた。バスのダガン氏は細身の若者で、まだらな黒い口ひげを生やしていた。彼は、市内のある事務所の荷物運びをしている男の息子で、子供のころ、事務所のよく響くホールでバスの調べを長く伸ばして歌っていた。この低い身分から上りつめて、一流の〈歌手〉になったのだった。グランドオペラに出演したこともある。ある夜のこと、一人のオペラ〈歌手〉が病気になったときに、クイーン座でオペラ《マリターナ》(18)の王の役を務めたのだった。彼は感情をたっぷり込め、声量豊かに歌って、大向こうの喝采を博した。しかし、

うっかり鼻をこすってしまったからだ。彼は控えめで、口数が少ない。〈あんたたち〉のことを〈あんたらち〉と言ったとしてもそれはとても静かな声で言うので、人は気づかなかった。声を大切にして牛乳よりも強い飲み物は決して飲まない。第二テナーのベル氏は金髪の小柄な男であり、毎年フエッシュ・コール《(19)音楽祭》で賞を争っている。四回目の挑戦で銅メダルを受賞していた。彼は、極端なほど神経質で、ほかのテナー歌手に極端なほど嫉妬心を燃やしたが、その神経質な嫉妬心をあふれるばかりの愛想のよさで覆い隠した。彼にとって音楽会とはいかに辛い試練であるかをみんなに知ってもらわねば彼の気が済まなかった。したがって、ダガン氏を見かけると、彼のそばに行ってたずねた、

――君も出演するのですか?

――ええ、とダガン氏は言った。

ベル氏は仲間の受難者を見て笑い、手を差し伸べて言った、

――握手!

カーニー夫人はこの二人の若者のそばを通り過ぎて、幕の端に行き、場内を眺めた。座席は急速に埋まっていき、楽しげなざわめきが観客席を循環している。彼女は引き返してきて、夫にそっと話しかけた。二人の会話がキャスリーンについてであるのは、二人とも時おり娘のほうに視線を走らせていることから明らかだ。娘は国民党仲間の一人、

コントラルト歌手のヒーリー嬢と立ち話をしていた。連れのない見知らぬ女性が一人青白い顔をして部屋の中を歩いていった。女たちは、その肉の落ちた体にぴっちりと纏《まと》った色あせた青いドレスを鋭い目つきで追った。だれかがあれはソプラノのマダム・グリンだと言った。

――どこで掘り出したのかしら、とキャスリーンがヒーリー嬢に言った。あたし、一度だって聞いたことない人だわ。

ヒーリー嬢は微笑するしかなかった。そのときホロハン氏がびっこを引いて楽屋に入ってきたので、その二人の若い女性はあの見たことのない女の方はどなたと彼にたずねた。ホロハン氏は、あの人はロンドンから来たマダム・グリンだと言った。マダム・グリンは楽屋の片隅に陣取って、丸めた楽譜を胸の前でぎこちなく握りしめ、時おりびっくりしたような視線をあちこちに向けている。隅の暗さが彼女の色あせたドレスをうまく隠してくれたが、その反面、それは鎖骨のうしろに降り注《そそ》いで、そこの小さなくぼみを際立たせた。会場のざわめきがひときわ大きくなった。第一テナー歌手とバリトン歌手が連れだって到着した。二人ともぱりっとした身なりをし、がっしりとした体格と満足そうな顔つきをしている。二人は一座のなかに富裕の息吹きをもたらした。(20)

カーニー夫人は娘をその二人のところへ連れて行って、にこやかに話をした。彼女は二人と親しくなりたいと思ったが、愛想よく振る舞おうとしながらも、その目はホロハン氏が足を引きずりながらあちこち歩きまわるのを追っていた。彼女はできるだけ早い機会をとらえて、中座を申し入れ、彼のあとから部屋の外へ出た。

——ホロハンさん、ほんのしばらくお話があるの、と彼女が言った。

二人は廊下の目立たない所へ行った。カーニー夫人が娘はいつお金を支払ってもらえるかと彼にたずねた。ホロハン氏はフィッツパトリック氏がその係りですと言った。カーニー夫人はフィッツパトリックさんのことなんか存じてませんと言った。彼女の娘は八ギニーもらう契約書に署名をしたのだから、ちゃんと払ってもらわなくっては。ホロハン氏は、それは自分の出番ではありませんと言った。

——なぜあなたの出番ではないんです？　とカーニー夫人はたずねた。あなたご自身で娘のもとに契約書をお持ちになったではありませんか？　とにかく、それがあなたの出番でなくっても、わたしの出番ですから、わたしがちゃんと取り計らいますからね。

——フィッツパトリック氏にお話しになったほうがいいでしょう、とホロハン氏はよそよそしく言った。

——わたくし、フィッツパトリックさんのことなんか存じてません、とカーニー夫人はくり返した。わたしには契約書がありますからね、なんとしても、そのとおりにしていただきますから。

彼女が楽屋へ戻ってきたときには、その頬は少しばかり紅潮していた。部屋はにぎやかだった。外出着の男が二人暖炉を占領していて、ヒーリー嬢やバリトン歌手と親しげにおしゃべりをしていた。彼らは《フリーマン》の記者とオマッドン・バーク氏である。《フリーマン》の記者がやって来たのは、この音楽会が始まるまで待っていられないと伝えるためだった。あるアメリカ人司祭が市長公邸でおこなう講演を報道記事にしなければならないからだ。彼は言った、《フリーマン》社の自分宛《あて》に記事を預けておいて下さい、まちがいなく載るように手配しますから、と。彼は白髪交じりの男で、信頼できそうな声と用心深い態度とを備えている。火の消えた葉巻を手に持っていて、葉巻の煙の香りが彼の身のまわりにまだ漂っていた。音楽会とか〈歌手たち〉とかにいいかげんうんざりしていたから、一刻もとどまるつもりはなかったけれども、彼は炉棚に寄りかかったままでいた。ヒーリー嬢が彼の前に立って、しゃべったり笑ったりしているからだ。彼女の愛想がよいのには訳があると疑ってかかるぐらいの年齢に達してはいたが、こういう機会を利用して楽しむくらいの気の若さは残っていた。彼女の肉体の温かみ、よい匂い、色艶《いろつや》はどれも彼の五感をくすぐる。彼が心地よく意識するのは、彼の目の下でゆっくりと起伏するのが見える胸元が、この瞬間だけは、彼のために起伏しているのだということ、笑いも、よい匂いも、意味ありげな目くばせも彼へのささげ物だということだった。もうこれ以上とどまることができなくなったとき、残念そうに別れを彼女に告げた。

――オマッドン・バーク君が紹介記事を書くでしょうよ、と彼はホロハン氏に釈明した、そしたらわたしが載るように手配しますから。

――ほんとうにありがとうございます、ヘンドリックさん、とホロハン氏が言った。きっと載せてくださいますよねえ。さあ、お行きになる前になにか少しお飲みになりません？

――悪くないですねえ、とヘンドリック氏は言った。

その二人の男は幾つかの曲がりくねった廊下を行き、暗い階段を上がり、人目のつかない部屋に来ると、中では世話役の一人が数人の紳士のためにボトルの栓を抜いているところだった。紳士の一人はオマッドン・バーク氏で、彼は本能でその部屋を見つけだしたのだった。彼は人当たりのいい年配の男で、じっと立っているときは、その堂々とした体を大きな絹の傘で支えてバランスをとる。彼の大げさな西部地方風の名前は精神的な傘であって、その傘で彼は自らの財政という微妙な問題を支えてバランスをとっている。彼はみんなから尊敬されていた。

ホロハン氏が《フリーマン》の記者をもてなしている間に、カーニー夫人はたいへんな勢いで夫に話しかけるので、彼は声を低くするようにと言わなければならなかった。楽屋にいる他の人びととの会話はぎこちなくなっていた。最初の出番のベル氏は楽譜を持って用意ができているのに、伴奏者はなんの素振りも見せない。あきらかになにかがおかしい。カーニー氏は前方をまっすぐ見つめ、あごひげをなでている。一方カーニー夫人のほうはキャスリーンの耳に声を潜めながらも力強い口調でなにか言っていた。会場からは、手をたたき足を踏み鳴らして、催促する音が聞こえてくる。第一テナー歌手とバリトン歌手とヒーリー嬢は並んで立ち、静かに待っていたが、ベル氏といえばその神経が極度に高ぶっているのは、自分が遅れて来たのではないかと聴衆に思われるのを心配するからだった。

ホロハン氏とオマッドン・バーク氏が部屋に入ってきた。すぐに、ホロハン氏はその場の沈黙に気づいた。彼はカーニー夫人のところに行き、熱意をこめて彼女と話をした。二人が話している間にも会場のざわめきはいっそう大きくなった。ホロハン氏は頭に血がのぼって、真っ赤だった。彼はまくしたてたが、カーニー夫人は合間合間にそっけなく言った、

——娘は出ません。八ギニーをいただかなくっちゃ。

ホロハン氏は、聴衆が手をたたき足を踏み鳴らしている会場のほうをやっきになって指さした。彼はカーニー氏に訴え、キャスリーンに訴えた。しかしカーニー氏はあごひげをなで続け、キャスリーンは下を見て新しい靴の先を動かしている、こんなこと彼女のせいじゃない。カーニー夫人はくり返した、

——娘は出ません、お金をいただかなければ。

ホロハン氏はひとしきり早口でまくし立てると、足を引きずって急いで出て行った。部屋は静まりかえった。その沈黙からくる緊張がいささか苦痛になったとき、ヒーリー嬢がバリトン歌手に言った、

――あなたパ(21)ット・キャンベル夫人を今週ご覧になって？

バリトン歌手は見に行ってなかったが、じつに素晴らしいできだと聞いていた。会話はそれ以上続かなかった。第一テナー歌手は頭をかがめて、腰の前に差し渡した金鎖《きんさ》の環《かん》を繰《く》り始めた、顔に笑みをたたえ、思いつきのメロディを次々とハミングして前頭洞《ぜんとうとう》効果を調べながら。時おり、みんながカーニー夫人を盗み見る。

フィッツパトリック氏が部屋に飛び込んできたときには、観客席のざわめきは怒号《どごう》に変わっていた。ホロハン氏が喘《あえ》ぎながらうしろに続いている。会場の拍手と足踏みに口笛がめりはりをつけた。フィッツパトリック氏は数枚の紙幣を握っていた。彼は一枚ずつ声に出して数えて、四枚をカーニー夫人の手に押しつけると、残り半分は休憩時間に受け取れるようにしますと言った。カーニー夫人が言った、

――四(22)シリング足りませんわ。

しかしキャスリーンはスカートをたぐり寄せて、最初の出演者に、〈さあ、ベルさん〉と言った。彼はポ(23)プラの葉のようにぶるぶる震えていた。歌手と伴奏者は一緒に出て行った。会場のざわめきが治まっていく。数秒の間《ま》があって、それからピアノの音が聞こ

えた。

音楽会の第一部は大成功だった、グリン夫人の曲目を除いては。かわいそうに、夫人は〈キラーニー〉(24)を歌ったものの、か細い喘《あえ》ぐような声だった。抑揚も発音も時代遅れの、型にはまったものなのに、それが自分の歌唱に優雅さを添えてくれるものと信じこんでいる。彼女はまるで古い舞台衣装を入れたタンスから掘り出したかのようで、低料金席の客たちはその甲《かん》高い泣き節《ぶし》をからかった。しかしながら、第一テナー歌手とコントラルト歌手は満場をうならせた。キャスリーンはアイルランド民謡のなかから何曲か選んで演奏して、惜しみない拍手を浴びた。第一部の結びに組まれたのは愛国心をかき立てる感動的な朗読であり、素人芝居をバックに配した一人の若い婦人が朗読したのだった。これも受けて当然の拍手を浴びた。それが終わると、人びとは満足して休憩のために外へ出た。

この間ずっと、楽屋は蜂の巣をつついたような騒ぎだった。一方の隅には、ホロハン氏、フィッツパトリック氏、ミス・バーン、世話役の二人、バリトン歌手、バス歌手、オマッドン・バーク氏がいた。オマッドン・バーク氏は、これは前代未聞の恥さらしだと言った。ミス・キャスリーン・カーニーがダブリンで音楽家として立っていくことはもう今後ないだろうな、と彼が言った。バリトン歌手はカーニー夫人の振る舞いをどう思うかとたずねられた。彼はなにも言いたがらなかった。(25)自分の金は受け取っていたし、他人とは仲よくしたかった。とはいえ、彼はカーニー夫人が〈歌手たち〉のことを考えにいれてもよさそうなものなのにと言った。世話役たちと書記たちは、休憩時間がきたらどう手を打つべきかについて熱く論じた。

——わたしはバーンさんに賛成だな、とオマッドン・バーク氏が言った。びた一文払うことはない。

部屋の別の片隅に、カーニー夫人、夫、ベル氏、ヒーリー嬢、それに愛国詩の抜粋を朗読した若い婦人がいた。カーニー夫人の言い分によると、委員会の人たちが恥さらしな仕打ちをしてくれた。自分は手間と費用を惜しみなくつぎ込んだのに、その報いがこれだなんて。

あの人たちは思ったでしょうよ、相手はたかが小娘一人だ、だから手荒く扱ったってどうってことない。でもね、教えてやりますとも、勘違いしてはいけないってことを。こういう仕打ちは決してしなかったでしょうよ、こちらがもし男だったら。でも大丈夫、娘が受け取る権利のあるものを受け取らせてみせます。馬鹿にされてはたまりませんからね。残りの金全部をきちんと払わないっていうなら、ダブリンじゅうに言いふらしてやる。もちろん〈歌手の方々〉には申し訳ないが。でも、こうするしかしょうがないでしょ？　彼女が第二テナー歌手に訴えてみると、彼は彼女が受けた扱いはよくないと思うと言った。それから彼女はヒーリー嬢に訴えた。ヒーリー嬢は向こうのグループに合流したかったのだが、そうする訳にはいかなかった。だって、キャスリーンとは大の仲良しだし、カーニー家にしょっちゅう招かれていたのだから。

第一部が終わるとすぐに、フィッツパトリック氏とホロハン氏がカーニー夫人のもとにやってきて言った、あとの四ギニーは次の火曜日に開く委員会の会議のあとでお支払いしたい、もし彼女の娘さんが第二部の演奏をなさらないなら、委員会としては契約が破棄されたものと考え、びた一文払いませんからね、と。

——わたし、委員会なんてみたこともありませんわ、とカーニー夫人が怒って言った。娘には契約書があるんです。あと四[26]ポンド八シリングを手にしなければ、一歩だって娘はあの舞台を踏みませんわよ。

——あなたには驚きましたな、カーニーさん、とホロハン氏が言った。わたしは考えてもみませんでした、あなたがわたしたちにこんな扱いをなさるなんて。

——じゃあ、あなた方はわたしにどういう扱い方をなさいました？　とカーニー夫人がたずねた。

彼女の顔に怒りの色があふれ、このぶんでは今にも両手でだれかに襲いかからんばかりだった。

——わたしは当然の権利を要求してるんです、と彼女が言った。

——多少なりとも礼節をわきまえて下さってもよさそうなものなのに、とホロハン氏が言った。

――そうかしら、ほんとうに？……娘はいつお金を払っていただけるのですかとわたしがおたずねしても、色よいお返事をいただけませんのにね。

彼女は頭を持ち上げて、横柄な声色を使ってこう言った、

――書記にお話[27]しなさっていただきます、それはわたしの出番ではありません。わたしは大物で、なんたらかんたら。

――あなたはレディーだとばかり思っていましたよ、とホロハン氏は言い、ぷいと彼女から離れて行った。

そのあと、カーニー夫人の振る舞いは四方八方から非難された。だれもが委員会のやったことに賛成した。彼女は戸口に立ち、怒って怖い目をし、夫や娘と身振り手振りを交えて言い合っていた。彼女が第二部の始まる時間まで待っていたのは、書記[28]たちが彼女に話をもちかけてくれるだろうという望みを抱いていたからだった。だが、ヒーリー嬢が親切心から一曲か二曲の伴奏を引き受けていた。カーニー夫人は、脇に寄って、バリトン歌手とその伴奏者が舞台へ出るのを通してやらなければならなかった。彼女はちょっとの間、怒れる石像のようにじっと立ち、それから最初のメロディが彼女の耳に聞こえると、娘の外套をつかみ上げ、夫に言った、

――馬車を呼んで！

彼はすぐに出て行った。カーニー夫人は娘を外套でくるんでやって、彼のあとを追う。彼女は戸口を通り過ぎるときに、立ち止まって、ホロハン氏の顔をにらみつけた。

——あなたとはまだ終わってませんからね、と彼女が言った。

——いやあ、わたしのほうは終わっていますよ、とホロハン氏が言った。

キャスリーンはおとなしく母親のあとについて行った。ホロハン氏は体を冷やそうと部屋の中を行ったり来たりし始めた、というのも肌が燃えているような感じがしたからだ。

——あれは大したレディーだよ！　と彼が言った。ああ、彼女は大したレディーだよ！

——きみの対応は適切だった、ホロハン君、とオマッドン・バーク氏が言い、あれでよかったというように、傘に巨体をもたせかけて立っていた。

恩寵

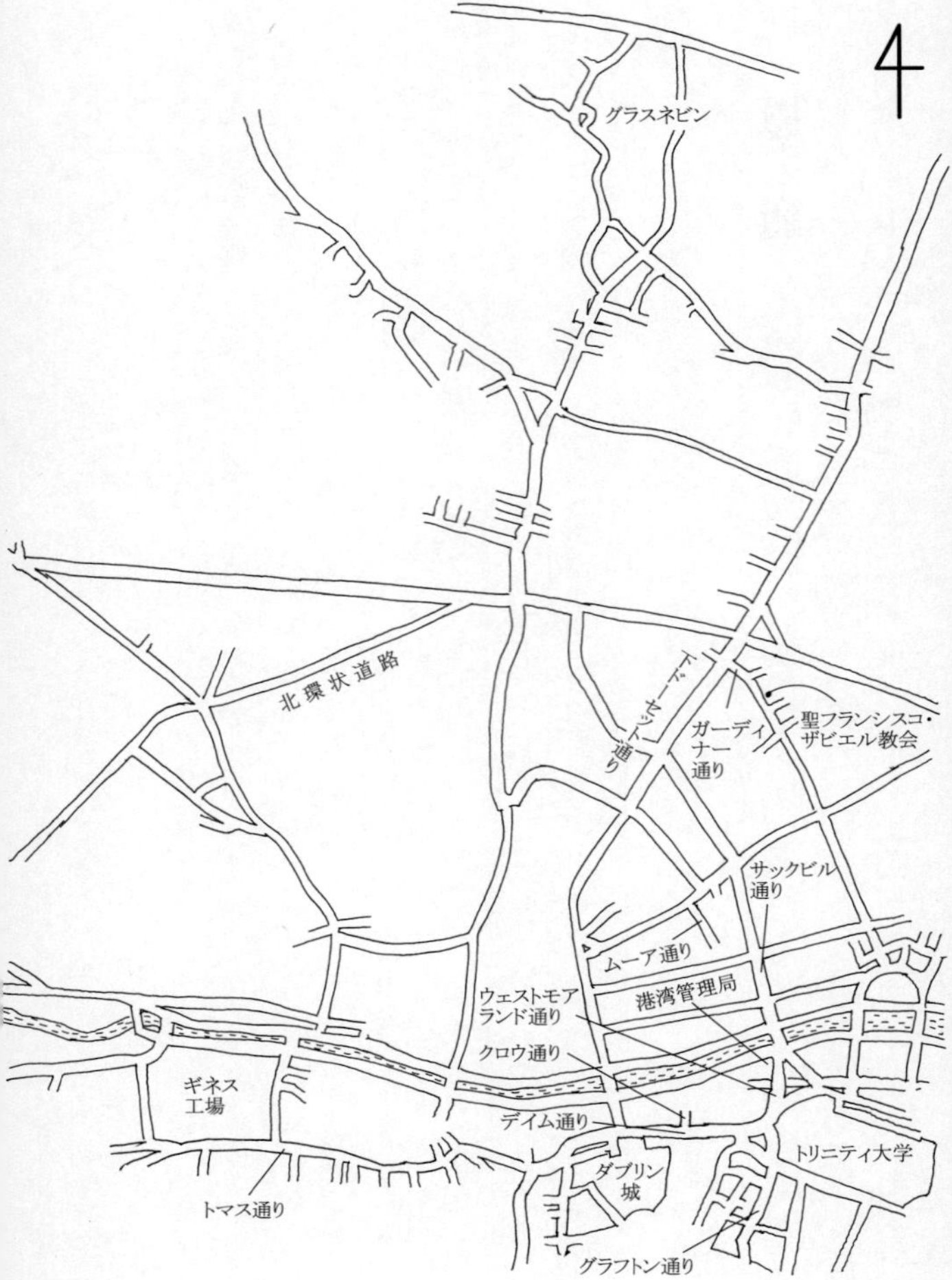
4
グラスネビン
北環状道路
ドーセット通り
ガーディナー通り
聖フランシスコ・ザビエル教会
サックビル通り
ムーア通り
港湾管理局
ウェストモアランド通り
クロウ通り
デイム通り
ギネス工場
トマス通り
ダブリン城
トリニティ大学
グラフトン通り

そのとき便所(1)に居合わせた二人の紳士が彼を抱き起こそうとしたが、しかし彼はまったく手のつけようがなかった。ころげ落ちた階段の下に丸くなって倒れている。二人はなんとか彼の向きをごろりと変えることに成功した。帽子は二、三ヤード先に転《ころ》がり、服は床の汚物と汚水でよごれている。よごれた床に彼はうつ伏せに横たわっていたのだった。目を閉じて、うなり声を立てて息をしている。血の流れがうっすら一筋、口の端からしたたり落ちた。

これら二人の紳士とバーテンの一人が彼を抱えて階段を一段一段と運び上げ、酒場の床にふたたび横たえた。二分もすると、人びとの輪ができた。酒場の店長がみんなに彼は誰なのか、誰が彼と一緒だったかとたずねた。彼がどういう人かを知る者はいなかったが、バーテンの一人が言った、自分がラム酒の小瓶をその紳士にお出ししました、と。

——一人だったのか？　と店長がたずねた。

——いや、違います。二人の紳士が一緒でした。

——で、どこへ行った、その人たちは？

だれも知らなかった。ある声が言った、

——風に当ててやれよ。気絶してるんだから。

見物人の輪が広がってまた縮まった、ゴムみたいに。メダルのような黒い血の塊が男の頭近くのモザイク式床にできていた。店長は、その男の顔が血の気《け》を失っているのに驚いて、警官を呼びにやった。

彼の襟カラーがはずされ、ネクタイがほどかれた。彼は目を一瞬見開き、深く息をしてから、ふたたび閉じた。彼を一階まで運び上げた紳士の一人はへこんだシルクハットを片手に持っていた。店長は再三にわたって、この怪我人は誰か、お友だちはどこへ行ったか、誰か知らないかとたずねた。酒場のドアが開き、図体の大きな巡査が入ってきた。彼にくっ付いて小路に入ってきていた群集がドアの外にむらがり、窓ガラス越しに中を見ようともがいていた。

店長はすぐに知っていることを語りだした。巡査は、ずんぐりした無表情な顔立ちの若者で、話をじっと聞いていた。彼は、首をゆっくりと左右に動かして店長から床の男へと目を転じた、まるでごまかされるのを警戒するかのように。それから彼は手袋を脱ぎ、腰から手帳を取り出して、鉛筆の芯《しん》をなめ、書き込みの準備をした。彼は疑い深げに地方訛《なま》りでたずねた、

——その男誰なんだ？　名前と住所は？

サイクリング服の若い男が居合わせた人の輪をかき分けてきた。(2) 彼はすぐさま怪我人のそばにひざまずき、水を頼むと言った。巡査もひざまずいて手助けした。若者は怪我人の口元から血を洗い流し、それからブランデーを少しと言った。巡査はその注文を命令口調でくり返し、バーテンがグラスを持って飛んできた。ブランデーが男の喉《のど》に流し

込まれた。二、三秒すると彼は目を開け、あたりを見渡した。取り囲んでいる顔を見まわし、それから事情がわかると、どうにかして起き上がろうとした。

——大丈夫ですか、もう？　とサイクリング服の若い男がたずねた。

——だいようぶ、なんれもない、と怪我した男は立とうとしながら言った。

彼は助け起こしてもらった。店長が病院のことを口にすると、居合わせた人の幾人かがそうしたほうがいいと助言した。へこんだシルクハットが男の頭に載せられた。巡査がたずねた、

——住まいはどこかね？

男は、答えずに、口ひげの先をひねり始めた。彼は事故を軽くみた。なんでもない、と彼は言った、ほんのちょっとした事故です。ひどいだみ声で口をきいた。

——住まいはどこかね？　と巡査がくり返した。

男は馬車を呼んでほしいと言った。そのことで押し問答をしていると、色白で背の高い機敏な紳士が、黄色い長外套《アルスター》を着て、酒場の向こうの端からやって来た。その場の光景を見ると、彼は呼びかけた、

——やあ、トム、まあ！　どうしたの？

——だいようぶ、なんれもない、と男が言った。

新来の男は目の前の哀れな姿を一渡り眺めて、それから巡査のほうを向いて言った、

——大丈夫だ、巡査くん。ぼくが家まで送るから。

巡査は自分のヘルメットに手を触れて答えた、

——わかりました、パワーさん！

——さあ行きましょう、トム、とパワー氏が言い、友人の腕をとった。骨は折れてないな。どう？　歩ける？

サイクリング服の若者が男のもう一方の腕をとり、群集が道をあけた。

——どうしてこんなへまをやらかしたんです？　とパワー氏がたずねた。

——この方は階段から落ちたんです、と若者が言った。

——あなたにはずいぶんほせわになりますた、とけがをした男が言った。

——どういたしまして。

——のみまへんか、ちょっとの……？

——今はだめです。今はだめ。

三人の男が酒場を去ると、群集はドアから小道へと散っていった。店長は巡査を階段の所へ連れて行って、現場検証をしてもらった。二人の一致した意見は、その紳士が足を踏みはずしたに違いないということだった。客たちはカウンターに戻り、バーテンの一人が床から血痕をふき取りにかかった。

彼らはグラフトン通りに出ると、パワー氏が口笛を吹いて軽二輪馬車を呼んだ。けが

をした男は精一杯努力して、ふたたび言った、

——あなたにはずいふんほせわになりますた。またお会ひしたいです。わらしのねめえはカーナンです。

ショックを受けたことと痛みだしたこととで彼の酔いが幾分か醒《さ》めていた。

——どういたしまして、と若い男が言った。

二人は握手した。カーナン氏は馬車に引っ張り上げられ、パワー氏が御者に行き先を言っている間に、彼はその若い男にお礼の言葉を述べ、一緒に一杯飲めないのを残念がった。

——またの機会に、と若い男が言った。

馬車はウェストモアランド通り(3)の方角に立ち去った。ダブリン港湾管理局の横を通り過ぎるとき、大時計が九時半を指していた。鋭い東風が河口から吹きつけてきて彼らの体を突き刺した。カーナン氏は寒さで縮こまった。彼の友人は事故のいきさつを話してほしいと彼に頼んだ。

——言へねい、と彼は答えた、ひた切れてる。

——アアーンして。(4)

もう一人は、馬車の荷物入れの上に身を乗り出して、カーナン氏の口の中をのぞき込んだが、なにも見えなかった。マッチをすり、貝殻のように丸めた両手でそれを覆《おお》って

から、カーナン氏が素直に開けた口の中をふたたびのぞき込んだ。馬車が揺れるたびにマッチは開いた口に近づいたり離れたりする。下の歯と歯茎は凝血で覆われ、舌がわずかにかみ切られているようだった。マッチが吹き消された。

——こりゃひどい、とパワー氏が言った。

——だいようぶ、なんれもない、とカーナン氏は言って、口を閉じ、よごれた服の襟を引き寄せた。

カーナン氏は外交員で、それを威厳のある職業だと信じる昔かたぎに属していた。彼が市内で見かけられるときの姿は、そこそこまともなシルクハットをかぶり、ゲートルを巻いている。この衣料品二点のお陰《グレイス》で、と彼は言った、人はいつも一人前の外交員として通用するのだ。彼は、自らのナポレオンと仰ぐ、かの[5]偉大なブラックホワイトの流儀を受け継いでいて、その偉業を伝える話をしたり、その物まねをしたりして、時どきブラックホワイトの思い出をよみがえらせた。当世風の商法は彼を容赦してくれず、せいぜい、クロウ通りに小さな事務所を構えさせ、窓のブラインドに商会の名前が[6]ロンドン中央東部局区の住所を添えて書いてある、といったところ止まりだった。この小さな事務所の暖炉の上には、[7]小さな鉛の缶の大隊が整列し、窓の前のテーブルには、磁器の鉢が四個か五個載っていて、たいていは中に半分ほどの黒い液体が入っている。これらの鉢からカーナン氏は紅茶の味利きをした。紅茶を一口含んで、すすり上げ、それを口《こう》蓋《がい》にまで浸し、それから炉格子《ろこうし》にはき出す。それから彼は少し間《ま》をおいて判定を下した。

パワー氏は、彼よりずっと若い男で、ダブリン城の王立アイルランド警察本部に勤務していた。彼の社会的地位の上昇曲線は彼の友人の没落曲線と交差しているが、しかしカーナン氏のその没落は次の事実によって緩和されていた。つまり、彼の成功の絶頂時を知っている友人たちのなかに、未だに彼をひとかどの人物として尊敬している者たちがいたのである。パワー氏はこういった友だちの一人だった。彼がカーナンに抱く説明不可能な負い目は仲間内では物笑いの種になっている。彼は気のいい若者だった。

馬車が止まったのはグラスネヴィン道路(8)の小さな家の前で、カーナン氏は手を貸してもらって家に入った。彼の妻が彼をベッドに寝かせている間に、パワー氏は階下《した》の台所に腰を下ろして、子供たちにどこの学校へ行ってるのか、今何年生なのかとたずねた。子供たち——女の子二人と男の子一人——は、父親が正体を失っていることや母親がここにいないのをいいことにして、彼を相手にばか騒ぎを始めた。彼は彼らの行儀や言葉づかいに驚き、その顔つきが物思いに沈んだ。しばらくして、カーナン夫人が台所に入ってきて叫んだ、

——なんて様《ざま》なんでしょう！　ああ、いつかは身を滅ぼすでしょうよ。それで一巻の終わりですよ。あの人ったら金曜日から飲み続けっぱなしですもの。

パワー氏は用心のために、自分に責任はなく、まったくの偶然にその場面に出くわし

たのだ、と説明した。カーナン夫人は、パワー氏が夫婦喧嘩の折に仲裁にはいってくれたことや、たとえ小額であっても、ちょうど必要とするときに金をちょくちょく貸してくれたことも思いだして、言った、

——あら、わたしにそんなこと言わなくったって、パワーさん。わたしわかっていますわ、あなたは主人がつき合っているほかのだれかさんたちとは違うお友だちですものね。あの人たちったら、ちやほやするのは、主人が妻子を放ったらかして飲み歩くお金が懐《ふところ》にある間だけなんですのよ。結構なお友だちね！　今夜は誰と一緒だったんでしょうね、知りたいものだわ？

パワー氏は首を横に振っただけで、なにも言わなかった。

——まことに申し訳ないんですけど、と彼女は続けた、家にはなにもありませんのよ、差し上げたくっても。けれど、ちょっと待っててくだされば、角のフォガティの店まで買いに行かせますけど。

パワー氏は立ち上がった。

——わたしたち待ってましたのよ、お金を持って家に帰ってくるのを。主人ったら考えてないみたいですの、家庭があるなんて、ぜんぜん。

——まあまあ、カーナンさん、とパワー氏が言った、ぼくたちがご主人の心を入れかえてみせますよ。マーティンに話してみます。彼なら打ってつけの男ですよ。いずれ近

い晩にお伺いします、そして相談することにしましょう。

彼女は彼を戸口まで見送った。御者は足を踏みしめて歩道を行き来し、両腕を振って体を温めていた。

——本当にありがとうございました、主人を送っていただいて、と彼女が言った。

——どういたしまして、とパワー氏が言った。

彼は馬車に乗りこんだ。動き出すと、彼女に向かって陽気に帽子を上げた。

——ぼくたちご主人を別人にしてみせますよ、と彼は言った。おやすみなさい、カーナンさん。

◆　◆　◆

カーナン夫人の戸惑った目は馬車が視界から消えるまで見つめていた。それから彼女は視線を戻して、家に入り、夫のポケットを空《から》にした。

彼女は活発で現実的な中年女性である。少し前に銀婚式を祝い、パワー氏の伴奏に合わせて夫とワルツを踊って、夫婦仲をとり戻したのだった。彼女にとって求婚されたころは、カーナン氏はなかなかの伊達男に見えた。彼女は今でも、結婚式があると聞くと教会の戸口に駆けつけ、新郎新婦を見ては、かつて自分もサンディマウント[10]の海の星教会から快活で恰幅《かっぷく》のいい男の片腕にすがって出てきたのを、生き生きと楽しく思い起こすのだ。あのとき、夫はフロックコートと藤色のズボンを粋に着こなし、もう片方の腕にシルクハットを優雅《グレイス》に載せて、両腕のバランスをとっていた。三週間後にはもう、妻としての生活が退屈なものとわかり、さらにもっとあとで、それが我慢できないものとわかるようになったときには、彼女は母親になっていた。母親の役割なんて彼女には克服できないほど困難なものではなく、二五年もの間、夫のために抜け目なく家の中を切り盛りしてきた。上の息子二人[11]は独り立ちしている。一人はスコットランドのグラスゴーの服地店に勤め、もう一人はベルファストで茶商の店員をしている。二人はとてもよい息子で、定期的に手紙をくれるし、時どき送金してくる。ほかの子供たちはまだ学校に通っている。

カーナン氏は翌日事務所へ手紙を送り、ベッドに臥《ふ》せっていた。彼女は彼に牛肉のスープを作ってやり、手厳しく彼を叱った。彼がしばしば暴飲するのを天気のようなものだとあきらめて、二日酔いのときにはかいがいしく看病し、いつもなんとか朝食を取らせようとした。世間にはもっと悪い夫だっている。息子たちが大きくなってからは、夫は暴力を振るうことがなくなったし、それに、[12]トマス通りの端まで往復とも歩いて行ってちょっとした注文でも取りつけてくることを、彼女は知っていた。

二晩おいて、友人たちが見舞いに来た。彼女は体臭が充満している夫の寝室に上がってもらい、彼らに暖炉のそばの椅子をすすめた。カーナン氏の舌は、時おりちくちく痛んで、日中彼をいくらか苛《いら》つかせていたが、今は少し行儀よくなった。彼は枕をあてがってベッドに座り込んでおり、その腫《は》れた頬はちょっと赤らみ、まるで暖かい燃え殻のようだった。部屋が散らかっていてすまないと客に詫びたが、同時にベテランの誇りをもって、少しいばった態度で彼らを見た。

彼は自分が陰謀の犠牲者であることにまったく気づかなかった。それは友人であるカニンガム氏、マッコイ氏、パワー氏がすでにカーナン夫人に客間で打ち明けていた陰謀である。その考えのもとはパワー氏であったが、その詰めはカニンガム氏に一任された。カーナン氏はプロテスタントの血を引いていて、結婚に際してカトリックに改宗したのだけれども、この二〇年というもの教会の敷地に足を踏み入れたことはなかった。そのうえ、彼はカトリックの信仰に当てこすりを言うのが好きだった。

カニンガム氏はこういった場合にうってつけの男だった。彼はパワー氏の年上の同僚であった。彼自身の家庭生活はあまり幸福ではなかった。みんなが彼に心から同情している。というのは、周知のように、彼が結婚した相手というのが救いがたい酒飲みで人前に出せない女だったのである。六回も所帯を新たにしてやったのに、そのつど妻は調度品を彼の名義で質に入れてしまった。

だれもが哀れなマーティン・カニンガムを尊敬している。彼はとても分別のある男で、顔が利いて頭もよい。彼の人間認識を刃《やいば》にたとえれば、それは生まれつき頭が鋭いという刃は、軽犯罪即決裁判所のもろもろの事件との長い付き合いによって作られたとしても、一般哲学という水に何度も暫時《ざんじ》浸されて適度の硬度に焼き戻されてきたのだった。彼はなんでもよく知っている。友人たちは、彼の意見に脱帽し、そういえば顔だってシェイクスピアに似ていると思った。

その陰謀が打ち明けられたときに、カーナン夫人は言った、

——すべてあなたにお任せしますわ、カニンガムさん。

四半世紀におよぶ結婚生活を送ってみると、彼女の幻想もおおかたは消えてほとんど残っていない。宗教だって彼女にとっては一つの習慣にすぎず、それに夫の年の男ならば死ぬまでに大きく変わるわけもあるまいと察しがつく。彼女は夫の今度の事故を奇妙にも当然のごとくして起こった事故だとついつい思いたい気になってしまって、ひどい女だと思われるのさえいやでなかったら、こう紳士方に言ったことであろう。カーナン氏の舌は短くなったからってどうってことないでしょう、と。とはいえ、カニンガム氏は有能な人だし、それに宗教にも誠実だ。この計画はことによると効くかもしれず、なにはともあれ、害になるはずはない。彼女の信心は並み外れたものではない。彼女は数あるカトリックのお祈りのなかで世間一般にとりわけ役立つお祈りとして、聖心(13)をいつも変わらずに信奉したし、七つの秘跡も受け入れた。彼女の信仰は彼女の家事による制限を受けていたけれど、彼女だって、切羽詰まれば、バンシー(14)だろうが聖霊だろうが信

じることはできるのだ。

紳士たちはその事故のことを話題にし始めた。カニンガム氏によると、以前似たような例があったのを知っている。七〇歳の男が癲癇《てんかん》の発作中に舌を少しかみ切ったが、やがて元通りになって、だれが見てもその跡がわからないほどになったそうだ。

――あのう、おれ、七〇歳じゃないぜ、と病人が言った。

――まったくだ、とカニンガム氏は言った。

――もう痛みはとれたの？　とマッコイ氏がたずねた。

マッコイ氏はかつていくらか名が売れたテナー歌手だった。彼の妻は、[15]ソプラノ歌手をしていたが、今も安い謝礼で小さな子供たちにピアノを教えている。彼の人生行路は二点間の最短を取ったのではなく、短い期間ながら、苦しい生活に追い込まれたことも一度ならずあった。彼は、かつて中部鉄道会社の事務員、[16]《アイリッシュ・タイムズ》や[17]《フリーマンズ・ジャーナル》の広告取り、ある石炭会社の委託販売外交員、興信所員、[18]州副長官事務所の書記をやり、最近では市の検死官の秘書になっている。彼の新しい職務が職業柄カーナン氏の事故に関心を抱かせたのだ。

――痛み？　大したことない、とカーナン氏が答えた。だけど、ひどくむかむかしてなあ。吐《は》きたい気分なんだ。

――それは飲みすぎのせいだよ、とカニンガム氏がきっぱりと言った。

——いいや、とカーナン氏は言った。馬車で風邪を引いたんだと思うなあ。なにかわからんが、しょっちゅう喉に込み上げてくるんだ。痰《たん》かな。それとも……

——粘液だよ、とマッコイ氏が言った。

——喉の奥から、こう突き上げてくるみたいなんだ、むかむかするやつが。

——そう、そう、とマッコイ氏が言った。そこが(19)胸腔《きょうこう》なんだよ。

彼はカニンガム氏とパワー氏を同時に見て、文句ありますかという顔をした。カニンガム氏はすばやく頷《うなず》き、パワー氏が言った、

——まあ、そうだね、(20)終わりよければすべてよしですよ。

——きみにはすごく感謝してる、と病人が言った。

パワー氏は手を振った。

——おれが一緒だったあの二人のやつは……

——誰と一緒だったんだい？　とカニンガム氏がたずねた。

——ある男さ。名前は知らない。ちくしょう、何て名前だろう？　薄茶色の髪のちび野郎で……

——で、もう一人は？

——ハーフォード。

——ははん、とカニンガム氏が言った。

カニンガム氏がそう言うと、みんなは黙った。その発話者には秘密の情報源が幾つかあるのがわかっているからだ。この場合、そっけない「ははん」には道徳的な意味合いが込められている。ハーフォード氏は時どき小規模からなる独立団の一員に加わることがある。その集団は、日曜日の正午をまわったころ市をあとにし、その目的とするところは、できるだけ早く郊外のどこかの酒場に到着して、そこで団員一同が〈正真正銘〉[21]の旅行者としての資格を得ることである。しかし、仲間になっても、その仲間の旅行者たちは彼の素性を一度だって見逃してはくれなかった。彼は人生の第一歩を怪しげな金融業者として踏み出し、労働者たちに小額の金を高利で貸したのだった。その後、ひどく太った小柄な紳士のゴールドバーグ氏と、リフィー[22]貸付銀行の共同経営者になった。彼はユダヤ的道徳律を奉じているにすぎないのに、カトリック教徒の仲間たちは、本人じきじきにせよ代理人をとおすにせよ、彼の厳しい取立てでひどい目にあうと、きまって、やつはアイルランド系ユダヤ人だとか文盲だとかと毒づき、高利の金貸業を神がお認めにならない証拠がやつの白痴の息子だと言った。それ以外のときは、人びとは彼のよい点を思い起こした。

――あいつはどこへ行ったんだろうな、とカーナン氏が言った。

彼は出来事の詳細をぼかしたままにしておきたかった。友人たちには、なにかの行き違いがあって、ハーフォード氏と彼が互いにはぐれてしまったんだ、と思ってほしかっ

た。その友人たちは、ハーフォード氏の飲みっぷりを知りつくしていたので、なにも言わなかった。パワー氏がふたたび言った、

——終わりよければすべてよしですよ。

カーナン氏はただちに話題を変えた。

——あれは立派な若者だったな、あの医学生は、と彼は言った。あいつがいなかったら……。

——ああ、彼がいなかったら、とパワー氏が言った、七日間の拘留となってたでしょうね、「または罰金」という選択肢《せんたくし》なしのね。

——そう、そう、とカーナン氏は思いだそうとして言った。今思いだすと、お巡りが一人いたな。どうやら、立派な若者だった。そもそも、どうしてああなったんだろうな？

——ああなったのは、あんたが酔いつぶれたからですよ、トム、とカニンガム氏が重々しく言った。

——真実の非難《ツルー・ビル》だな、とカーナン氏は同じく重々しく言った。

——あんたがあの巡査を抱きこんだんだろう、ジャック、とマッコイ氏が言った。

パワー氏は(23)洗礼名で呼ばれたのが気に入らなかった。彼はべつに堅苦しい男ではなかったけれど、最近マッコイ氏が、実際にはありもしない地方公演の契約を夫人が果たせ

るようにと、旅行用のかばんやトランクをやっきになって探しまわったことを忘れかねていたのである。彼は自分がその犠牲になってしまったことに憤慨する以上に、そういう下劣な小細工をされたことに憤慨した。それゆえ、彼は、カーナン氏がその質問をしたかのような答え方をした。

その巡査についての話を聞くとカーナン氏は憤慨した。彼は自分がダブリンの市民であることを強く意識していて、市とは互いに名誉を重んじ合いながら生活したかったし、また彼が田舎っぺと呼んでいる連中から少しにせよ無礼を働かれたことに腹を立てた。

——こんなことのためにおれたち住民税払ってるのか？　と彼はたずねた。あの無知無礼な田吾作どもに食べさせ、衣服をあてがってやるために……。だってさあ、あいつらそれ以外の何者でもないもの。

カニンガム氏が笑った。彼がダブリン城の役人であるのは勤務時間の間だけだった。

——それ以外の何者にもなりようがないだろう、トム？　と彼は言った。

それから彼はひどい地方訛りをまねて、命令口調で言った、

——65号、ほれ、キャベツを捕っちゃれ！

みんなが笑った。マッコイ氏は、どんな戸口からでも会話に入り込みたいと思っているので、その話ははじめて聞くという振りをした。カニンガム氏が言った、

——これはね、聞いたところではだよ、ああいう図体が途方もなくでかい田舎っぺど

もを、つまりとんま野郎どもをだ、訓練所で特訓するときの話さ。巡査部長がやつらを、壁を背にして一列に並んで立たせ、めいめいの皿を持たせる。

彼は話をするのに奇怪な身振りをまじえた。

——ほら、食事のときだよ。それから部長は、キャベツの入った馬鹿でかい丼鉢《どんぶりばち》を目の前のテーブルに置く、それとシャベルといえそうな馬鹿でかいスプーンもだ。部長がキャベツの塊をそのスプーンにすくって、それを部屋の向こうにさっと投げると、可哀想に連中はがんばってめいめいの皿の上に受け止めなきゃならないのさ。〈65号、ほれ、キャベツを捕っちゃれ〉ってわけだ。

みんなはもう一度笑った。しかしカーナン氏はまだいくぶんか怒っていた。彼は新聞に投書するとかなんとか語った。

——あのおのぼりの(24)獣人《ヤフー》ども、と彼は言った、人様《ひとさま》に指図できると思ってやがる。きみに言うまでもないな、マーティン、やつらがどんな類《たぐい》の人間かは。

カニンガム氏は控えめな同意を返した。

——それだってこの世のほかの事と同じだよ、と彼は言った。悪いのもいれば良いのもいる。

——そりゃそうだ、いいやつも確かにいる、認めるよ、とカーナン氏が納得して言った。

――ま、連中とは関係しないほうが賢明だな、とマッコイ氏が言った。ぼくはそういう意見だ。

カーナン夫人が部屋に入ってきて、テーブルに盆を置きながら言った、

――さあどうぞ召し上がってください、みなさん。

パワー氏は給仕を務めるために立ち上がり、彼女に自分の椅子をすすめた。彼女は階下《した》でアイロン掛けをしているからと言って、それを断り、パワー氏の背後からカニンガム氏とうなずき合ったあと、部屋を出ようとした。夫が彼女に呼びかけた、

――おい、おれにはなにもないのか、なあおまえ？

――あら、あんたなんか！　わたしの手の甲でもどう！　とカーナン夫人が手厳しく言った。

彼女の夫が背後から叫んだ、

――哀れなご亭主にはなにもない！

彼がとても滑稽な顔と声をしてみせたので、一同は華やぎ、そのなかでスタウトの瓶は配られた。

紳士たちはめいめいのグラスから飲み、そのグラスをテーブルの上に戻すと、少し間があった。それから、カニンガム氏がパワー氏のほうを振り向いて、さりげなく言った、

――木曜の夜だったよね、ジャック？

――ああ、木曜日ですよ、とパワー氏が言った。

――了解！　とカニンガム氏(25)はすかさず言った。

――ぼくたち落ち合う先はマコーリー酒場がいい、とマッコイ氏が言った。あそこは一番便利な場所だもんね。

――だけど、遅れてはいけませんよ、とパワー氏が熱を込めて言った、戸口の所までぎゅうぎゅう詰めになるのは間違いないから。

――ぼくたち七時半に会うことにしよう、とマッコイ氏が言った。

――了解した！　とカニンガム氏が言った。七時半にマコーリーの店だよ！

少し話が途切れた。カーナン氏は友人たちが秘密の話に仲間入りさせてくれるかどうかと待っていた。それから、彼はたずねた、

――何の話だい？

――ああ、何でもないよ、とカニンガム氏が言った。ちょっとね、ぼくたち木曜日に計画していることがあるんだよ。

――オペラ、かい？　とカーナン氏がたずねた。

――いや、いや、とカニンガム氏はわざと歯切れの悪い口調で言った、ほんのちょっとした……宗教上のことだよ。

――ああ、とカーナン氏は言った。

話はふたたび途切れた。それからパワー氏がずばっと言った、

——実を言うとね、トム、ぼくたち静修[26]をするつもりなんですよ。

——そう、そうなんだよ、とカニンガム氏が言った、ジャックとぼくと、それにこのマッコイとでね——身を洗い清めることにしたんだ、みんな壺《つぼ》を洗うんだよ。

彼は、この比喩をいくぶんか素朴な力を込めて口にし、それからその自分の声に元気づけられて先を続けた、

——なにしろ、ぼくたちはみんな、ご立派な悪党集団だと認めてもいいんじゃないかな、誰も彼も。いいかね、誰も彼もだよ、と彼はぶっきらぼうだが思いやりを込めて付け加え、パワー氏のほうを振り向いた。さあ白状したまえ！

——白状します、とパワー氏は言った。

——ぼくも白状します、とマッコイ氏が言った。

——というわけでぼくたち一緒に壺を洗うつもりなんだよ、とカニンガム氏が言った。

ある考えが彼の頭に浮かんだようだった。彼はふいに病人のほうを振り返って言った、

——あのね、トム、今ふっと思いついたんだけど、どうだい？　あんたも仲間入りしないかい、あんたが加わってくれたら、四人[27]一組のリール踊りが出来ようぜ。

——そりゃいい考えだ、とパワー氏が言った。ぼくたち四人一緒ですね。

カーナン氏は黙っていた。その提案は大した意味合いを彼の心にもたらさなかったが、

しかし、なにか信仰上の力が彼のために働きだそうとしているのを感じとったので、自己の体面を保つには頑固な態度をみせつけたほうがいいと思った。しばらくの間彼は会話には加わらずに、友人たちがイエズス会士(28)たちについて論じ合うのに耳を傾けていた、穏やかであっても敵意の態度でもって。

——おれだってイエズス会をまんざら悪いとは思ってないぜ、と彼はついに口を挟《はさ》んで言った。教養ある修道会だよ。それに善意をもってやっていると思うな。

——キリスト教会のなかでは最高にすばらしい修道会だよ、トム、とカニンガム氏が熱を込めて言った。イエズス会の総長(29)は教皇の次の位なんだよ。

——それは間違いないってことですよ、とマッコイ氏が言った、なにかを立派にやり遂げてほしい、しかも抜け目なくやり遂げたいと思うなら、イエズス会士のところへ行けばいいってことですよ。彼らって影響力のある連中だからね。ちょっといい例を挙げてみ……

——イエズス会は集団として見事なんです、とパワー氏が言った。

——それが不思議なところでしてねえ、とカニンガム氏が言った、イエズス修道会の。カトリック教会(30)のほかのどの修道会もこれまでに一度は改革をしなければならなかったんだが、イエズス修道会のほうは未だかつて一度も改革をしていないんだよ。つまり、未だかつて衰退したことがないんだ。

――そうなの？　とマッコイ氏がたずねた。

――それは事実なんだよ、とカニンガム氏は言った。歴史上の事実なんだぜ。

――それに彼らの教会も見てくださいよ、とパワー氏が言った。彼らの会衆《かいしゅう》を見てくださいよ。

――イエズス会は上流階級の要求を満足させるしね、とマッコイ氏が言った。

――もちろんですよ、とパワー氏は言った。

――そうだよ、とカーナン氏が言った。だから、おれは連中に親しみをもつのさ。問題は、教区付き司祭たちのなかに、無学で威張ったのがいて……

――みんないい人たちばかりだよ、とカニンガム氏が言った、どの人もそれなりにな。[31]アイルランドの司祭は世界じゅうで尊敬されていてね。

――そうだとも、とパワー氏が言った。

――ヨーロッパ大陸の司祭のなかには、とマッコイ氏が言った、司祭の名にふさわしくない連中もいるが、その連中とはわけがちがう。

――たぶんきみたちの言うとおりだろうな、とカーナン氏が態度を軟化させて言った。

――もちろん、ぼくの言うとおりさ、とカニンガム氏が言った。この年になるまでずっと世のなかを渡り歩いて、その裏も表も大抵のことは見てきた、だから人を見る眼は肥えているよ。

紳士たちはまた飲んだ、一人が飲むとそれに続けて次々と、というように。カーナン氏は頭のなかでなにかを比較検討しているらしかった。感銘をうけたのである。彼がカニンガム氏を高く評価するのは、人を見る眼があり人相を読む力もあるからだ。彼は詳しいことを教えてほしいと頼んだ。

——ああ、ただの静修さ、とカニンガム氏が言った。パードン神父がそれをやってくれるよ。実業家向けだけどね。

——あの人だったらそんなに厳しいことは言いませんよ、トム、とパワー氏が説得するように言った。

——パードン神父？　パードン神父だって？　と病人が言った。

——そう、あんたも知ってるはず[32]だよ、トム、とカニンガム氏がきっぱりと言った。愉快ないい男だよ！　ぼくらと同じ世情に通じた人だよ。

——ああ……そうだ。知ってるような気がする。やや赤ら顔で、背の高い。

——その人だよ。

——それで、教えてほしいんだけど、マーティン……。説教はうまいのか？

——ううん、いやあ……。説教というのとはちょっとちがう。気さくな談話といったところだよ、常識に沿った。

カーナン氏はとくと考えた。マッコイ氏が言った、

――トム・バーク神父、あの人こそ見事だったよ！

――ああ、トム(33)・バーク神父ね、とカニンガム氏が言った、あれは生まれながらの雄弁家だった。お説教を聞いたことあるかい、トム？

――聞いたことあるかだって！　と病人はむっとして言った。もちろんだとも！　おれが聞いたのは……。

――でも、神学者としては大したことなかったって話だな、とカニンガム氏が言った。

――そうなの？　とマッコイ氏が言った。

――いやあ、もちろん、間違ったところはどこもないんだよな。ただ、まったく正統的な説教を、時として彼はしない場合があったそうだ。

――ああ！……あれはすばらしい人だったよ、とマッコイ氏が言った。

――おれが聞いたのは一度だけだ、とカーナン氏は話を続けた。講話の題目はもう忘れたけど。(34)クロフトンとおれがいたのは後ろの……(35)平土間というか……ええっと……

――身廊《しんろう》だよ、とカニンガム氏が言った。

――そう、後ろのドアの近くにいた。もう忘れたなあ、何の話だったか……おおそうだった、教皇の話だった、前の(36)教皇のだよ。よく覚えてる。誓って言うが、お見事だったぞ、あの雄弁ぶりは。それに彼の声！　たまげたよ！　なんていい声をしていたか！(37)〈ヴァチカンの虜囚《りよしゆう》〉と呼んでいたなあ、教皇のことを。今も覚えているけど、外へ出たときにクロフトンが言うには……

——しかし、彼って(38)オレンジ党員ですよね、クロフトンって？　とパワー氏が言った。

——もち、そうさ、とカーナン氏は言った、しかもじつに穏健なオレンジ党員でもあるよ。そのあと二人でムーア通りのバトラー酒場に行ったんだ——ほんと、心底感動したよ、正直言って——あのときのやつの言葉をおれはよく覚えてる。〈カーナン〉、とやつは言うんだ、〈おれたちは別々の祭壇で礼拝する〉って、やつは言うんだ、〈けど、信じるところは同じだよな〉って。これはとてもうまい表現だと思ったね。

——その言葉はなかなか意味深いですね、とパワー氏が言った。プロテスタントがいつもたくさん礼拝堂に来ていたものです、トム神父が説教しているときには。

——どっちにしてもぼくたちの間にはさほど相違はないよね、とマッコイ氏が言った。両方ともが信奉するのだ……。

彼は一瞬ためらった。

——……救《あがな》い主キリストを。ただ(39)彼らのほうは、教皇をまた神の御《み》母《はは》マリアを信奉しない。

——だけど、もちろん、とカニンガム氏が穏やかにしかし効果的に言った、われわれの宗教こそが〈本物の〉宗教なんだ、古くからの、本来の信仰なんだよ。

——それには疑問のかけらもない、とカーナン氏が熱心に言った。

カーナン夫人が寝室の戸口に来て告げた、

――あなたにお客さんよ！

――誰だい？

――フォガティさんよ。

――さあ、どうぞ！　どうぞ！

青白い卵形の顔が光の中に進み出てきた。垂れ下がったブロンドの口ひげが描く弧は、楽しそうな驚きの目の上に弧を描くブロンドの眉毛にも、くり返されている。フォガティ氏はささやかな食料雑貨店の主人だった。彼は免許を取って市内で酒店を営んでいたが失敗したのだった。資金繰りに苦しみ、二流のウイスキー製造業者やビール製造業者と提携する羽目に陥ったからだ。それで彼はグラスネヴィン道路沿いで小さな店を開いた。ここなら自分の物腰が地区の奥様方に気に入ってもらえるだろうと、心ひそかに思い込んでのことである。彼は多少とも上品《グレイス》に振る舞い、小さい子供たちにお愛想を言い、きれいな話し方をした。教養もなくはなかった。

フォガティ氏は見舞いの品を持参していた、半パイント瓶に入った特級ウイスキーだ。彼はカーナン氏の具合を丁重にたずね、見舞い品をテーブルに置き、それから気後れせずに仲間と同席した。カーナン氏がその贈り物をことのほかありがたく思ったのは、彼とフォガティ氏の間には未払いの食料品代が少しあるということを知っていたからだ。

彼は言った、

――さすがだよ、きみは。それを空けてくれないかなあ、ジャック？

パワー氏がふたたび給仕の役を引き受けた。グラスがゆすがれ、少量ずつ五人分のウイスキーが注がれた。この新たな酒の力《インフルアンス》が会話に弾みをつけた。フォガティ氏は、椅子に浅く腰掛けて、とりわけ関心を示した。

――教皇[40]レオ一三世は、とカニンガム氏が言った、時代の光の一つだった。彼の偉大な理想はだね、ローマの教会とギリシャの教会を統合することだった。それがあの人の生涯の目標だったんだ。

――あの人はヨーロッパ[41]最高の知識人の一人だってよく耳にしましたね、とパワー氏が言った。つまり教皇であるということは別にしてですよ。

――あの人はそのとおりだった、とカニンガム氏が言った、最高の知識人とまでは言わなくとも。あの人の標語はだな、教皇としてのだよ、〈ルクス[42]の上のルクス〉――〈光の上の光〉だった。

――いや、いや、とフォガティ氏が熱を込めて言った。それはちがうと思うんですけど。〈ルクス[43]・イン・テネブリース〉だった、と思います――つまり〈暗闇における光〉です。

――おお、そうよ、とマッコイ氏が言った、〈テネブラエ[44]〉だよ。

――言わせてもらえば、とカニンガム氏がきっぱりと言った、それは〈ルクスの上のルクス〉だった。そして、前任者[45]ピウス九世の標語は[46]〈クルクスの上のクルクス〉、つまり〈十字架の上の十字架〉でね、これは二人の教皇それぞれの教皇職のちがいを示しているのだよ。

[47]その推論は認められた。カニンガム氏は言葉を続けた、

――教皇レオはだね、偉大な学者であり、詩人だったよ。

――性格の強さが顔に現れていた、とカーナン氏が言った。

――そうだよ、とカニンガム氏は言った。彼はラテン語の詩を書いたんだ。

――それって、ほんとうですか？　とフォガティ氏が言った。

マッコイ氏はウイスキーを飲んでその味に満足し、それとラテン語問題の両方に掛けて首を横に振りながら、言った、

――冗談じゃないよ、ほんと。

――ぼくたちはそんなの習いませんでしたよね、トム、とパワー氏は、マッコイ氏の例に倣《なら》って飲みながら、言った、ぼくたちが[48]週一ペニー学校に行ってたころは。

――たくさんの善良な人間が週一ペニー学校に通ったもんだ、[49]泥炭《でいたん》の塊を小脇に抱えてな、とカーナン氏はもったいぶった口調で言った。古い制度が一番よかった、素朴で正直な教育がね。ごめんだよ、近ごろの見掛け倒しなんか……。

――まったくその通り、とパワー氏が言った。

――余分な物なんて、いりませんよ、とフォガティ氏が言った。

彼はその言葉を口にして、それから重々しい顔をして酒を飲んだ。

――どこかで読んだ覚えがあるけど、とカニンガム氏が言った、教皇レオ[50]の詩に写真の発明についての一篇があるそうだ――ラテン語でだよ、もちろん。

――写真についてとはねえ！　とカーナン氏が叫んだ。

――そう、とカニンガム氏は言った。

彼もグラスから飲んだ。

――まあ、ねえ、とマッコイ氏が言った、考えてみるとさあ、写真てすばらしいじゃないか？

――ああ、もちろん、とパワー氏が言った、偉大なる精神は物事をみとおすことができますよ。

――詩人が言ってますね、〈偉大なる精神は狂気と紙一重[51]〉って、とフォガティ氏が言った。

カーナン氏は思い悩んでいるようだった。やっきになって思いだそうとしているのは、プロテスタント神学のなかになにか厄介な問題がないだろうかということなのだが、結局のところカニンガム氏に話しかけた。

――ねえ、マーティン、と彼は言った。教皇のうちの何人かは――もちろん、今の人(52)やすぐ前の人じゃなくって、(53)昔の教皇のなかには――必ずしも……ほらあの……申し分のないとは言えないような教皇もいたよな？

沈黙があった。カニンガム氏が言った、

――そりゃあ、もちろん、なかには悪いのもいた……。だけど、驚くべきことはこうなんだよ。だれ一人として、どんなにひどい飲んだくれでも、極めつけの……極悪人だとしても、だれ一人として、〈教皇座から《エクス・カテドラ》〉誤った教義を一言たりとも説いた人がいないんだよ。なあ、これって驚くべきことじゃないか？

――それはそうだ、とカーナン氏が言った。

――そうですよ、だって、教皇が〈教皇座から〉お話しになる場合は、とフォガティ氏が説明した、教皇は無謬《むびゅう》だからです。

――そうだ、とカニンガム氏が言った。

――ああ、おれも知っているよ、教皇の無謬性のことは。今でも覚えているが、あれはおれの若かりしころで……。まてよ、あれは実は？

フォガティ氏がさえぎった。彼は瓶を取り上げ、仲間に少しずつ注ぎ足《た》した。マッコイ氏は、全員に行き渡るほどの量がないのを見てとって、自分はまだ一杯目が残っているからと申し立てた。他の者たちは口では遠慮しながらも注いでもらった。グラスに注がれるウイスキーの軽快な音楽が心地よい間奏曲になった。

――あなたが話そうとしてたのは何だったの、トム？　とマッコイ氏がたずねた。

――教皇の無謬性だよな、とカニンガム氏が言った、それは最大の事件だった、カトリック教会の全歴史のなかでも。

――それってどんなだったの、マーティン？　とパワー氏がたずねた。

カニンガム氏は太い指を二本上げた。

――(54)枢機卿《すうききよう》会議において、そう、枢機卿や大司教や司教たちのだよ、二人がそれに猛反対した、他の者はみんな賛成しているのに。会議は、この二人を除いて、満場一致した。だめなんだ！　二人はどうしても認めない！

――ほう！　とマッコイ氏が言った。

――で、その一人はドイツ人の枢機卿で、名はドリング……いやダウリング……いや……

――ダウリングならドイツ人じゃない、それは確実で、玉突きなら五点確実打《シュア・ファイブ》です、とパワー氏が笑いながら言った。

――ともかく、(55)この偉いドイツ人の枢機卿が、名前はどうであれ、その一人で、もう一人が(56)ジョン・マクヘイルだった。

――なんだって？　とカーナン氏が叫んだ。それって(57)テューアムのジョンか？

――確かなんでしょうな今度は？　とフォガティ氏が疑わしげにたずねた。(58)それってだれかイタリア人かアメリカ人だと思ってましたよ。

――テューアムのジョンが、とカニンガム氏はくり返した、その人だ。

彼は飲み、ほかの紳士たちもそれに倣《なら》った。それから彼はふたたび話を続けた、

――(59)そこで議論になった、世界の端々から来た枢機卿、司教、大司教たち全員と、(60)この闘犬と悪魔の二人でだよ。議論のあげくに、教皇ご自身がお立ちになって、無謬性をカトリック教会の教義とする、と〈教皇座から〉宣言なさった。その瞬間、(61)ジョン・マクヘイルは、それまで反対の熱弁をふるっていたのに、立ち上がってライオンの声で叫んだ、〈クレードー！〉ってね。

――〈われ信ず！〉ですね、とフォガティ氏が言った。

――〈クレードー！〉とカニンガム氏は言った。彼のもっている信仰がその言葉となって表れたのだ。彼は教皇が発言した瞬間に服従した。

――それで、ダウリングはどうしたの？　とマッコイ氏が(62)たずねた。

――そのドイツ人の枢機卿は服従しようとしなかった。彼はカトリック教会を去った。

カニンガム氏の言葉は聞き手たちの心のなかに、カトリック教会の広大なイメージを築き上げていた。彼の太いしわがれ声が信仰と服従の言葉を発すると、みんなはその声にぞくっとしていた。カーナン夫人が手を拭きながら部屋に入ってみると、一同は厳粛

な顔をしている。彼女はその沈黙を妨げることなく、ベッドの足側の手すりに寄りかかった。

——おれは一度ジョン・マクヘイルを見たことがある、とカーナン氏が言った、あのことは忘れないだろうな、死ぬまで。

彼は妻のほうに顔を向けて、同意を求めた。

——よくおまえにその話をしたよなあ?

カーナン夫人は頷《うなず》いた。

——あれは(63)ジョン・グレイ卿の銅像の除幕式だった。(64)エドマンド・ドワイア・グレイが演説していて、ぺらぺらしゃべり散らしていたっけ。(65)そこに、この老人がいたんだよ、気難しそうな爺さんで、毛深い眉毛の下から彼のほうをじっと見ていた。

カーナン氏は眉をひそめ、まるで怒った雄牛みたいに頭を低く下げ、妻をにらみつけた。

——まったくもって! と彼は普段の顔つきに戻って強い語調で言った、これまで見たことがないな、人の顔にあんな目がくっ付いているのは。こう言わんばかりだった、〈おまえさんがどんな人物かちゃんと見抜いたぞ、お若いの〉ってね。あの人は鷹のような目をしていた。

——(66)グレイ一族にはろくな者がいないですね、とパワー氏が言った。

ふたたび間《ま》があった。パワー氏はカーナン夫人に目を向けて、ふいに陽気な口調で言った、

――えーっと、奥さん、ぼくたちこちらのご主人を善良で信心深い、神を恐れるローマカトリック教徒にしてみせますよ。

彼は仲間をひっくるめるように片腕をぐるっと動かした。

――ぼくたちみんな一緒に静修に行って、罪を告白するんです――たしかに、それがぜひとも必要なんです、ぼくたちには。

――おれは構わないよ、とカーナン氏が少し神経質な笑いを浮かべて言った。

カーナン夫人は自分の満足感は隠しておいたほうが得策だと思った。そこで彼女は言った、

――お気の毒な司祭に同情するわ、あなたの告解を聞かなくっちゃならないなんて。

カーナン氏の表情が変わった。

――それがいやなら、と彼はぶっきらぼうに言った、その司祭は……好きにすればいい。おれはちょっとした悲しい身の上話をするだけだ。なにもそんなに悪い男じゃないし……

カニン(67)ガム氏がすぐさま口をはさんだ。

――ぼくたちみんな悪魔と縁を切ろうよ、と彼は言った、一緒にさ、悪魔の業《わざ》と虚飾

も忘れずにね。

——退け[68]、サタンよ！　とフォガティ氏が言って、笑いながらみんなを見た。

パワー氏はなにも言わなかった。自分がすっかりみんなに遅れをとった気分だった。だが、その顔にはうれしそうな表情がちらついた。

——ぼく[69]たちがしなければならないことといえば、とカニンガム氏が言った、火をともしたろうそくを両手に持って立ち上がり、洗礼の誓いを新たに誓い直すことだけだよ。

——そう、ろうそくを忘れないで、トム、とマッコイ氏が言った、なにはともあれ。

——なんだって？　とカーナン氏が言った。ろうそくを持たなきゃいけないのか？

——おおそうだよ、とカニンガム氏が言った。

——だめだ、絶対に、とカーナン氏はきっぱりと言った、そこまではできない。すべきことは果たすよ、ちゃんと。静修の勤めも告解もやる、それと……まあそういうお勤め、みんなだ。だけど……ろうそくはだめだ！　だめだ、絶対に、ろうそくはごめんだ！

彼は茶番めいた真顔で首を横に振った。

——まあ、あれをお聞きになって！　と彼の妻が言った。

——ろう[70]そくはごめんだ、と[71]カーナン氏は言い、聞き手に影響を及ぼしたことを意識して、首を左右に振り続けた。幻灯ごっこみたいなまねはごめんこうむる。

みんなは腹を抱えて笑った。

——まあごりっぱなカトリック教徒ですこと！　と彼の妻が言った。

——ろうそくはごめんだ！　とカーナン氏はかたくなにくり返した。あれはあんまりだよ！

◆　◆　◆

(72)ガーディナー通りにあるイエズス会の教会の(73)袖廊《そでろう》はほぼ満席だった。それでもなお紳士たちがたえず脇のドアから入ってきて、助修士の指図に従い、側廊をつま先で歩き、空席を見つけた。紳士たちはみな身なりが立派で、行儀もよかった。教会のランプの光が黒い服と白い襟《えり》の集団——ところどころにツイードの服がまじっていて、変化をあたえていた——と、黒いまだらの入った緑の大理石柱と、悲しげな油絵とを照らしている。紳士たちは長椅子に腰掛けて、ズボンを膝《ひざ》の上にいくぶんか引き上げ、帽子を落ちないように載せていた。彼らは深々と腰掛けて、高い祭壇の前にぶら下がっているはるかな(74)赤い光の点を、儀式に臨む顔で見つめた。

説教壇に近い長椅子の一つに座っているのはカニンガム氏とカーナン氏であった。その後ろの長椅子に座っているのはマッコイ氏一人であり、さらにその後ろの長椅子に座っているのはパワー氏とフォガティ氏だった。マッコイ氏は、他の人たちと同じ長椅子に席を見つけようとしたがうまくいかず、そこで一同がサイコロ[75]の五の目の形に腰を落ちつけたときに、人を笑わせることを言おうとしたがうまくいかなかった。この受けがよくなかったので、途中でやめたのだった。その彼でさえこの場のお上品な雰囲気を感じとっていたし、またその彼でさえ宗教的な刺激に反応し始めた。カニンガム氏が声を潜めてカーナン氏の注意を向けさせたのは、少し離れた所に座っている金貸しのハーフォード氏と、説教壇のすぐ下に座っている登記代理人[76]兼市長製造人のファニング氏であった。その人はこの地区で新たに選出された市会議員の一人と並んでいる。右手には、三軒の質屋を所有するマイケル・グライムズ[77]老人と、ダン・ホーガンの甥——彼は市の行政管理事務所の仕事に縁故採用で就こうとしていた——の姿があった。さらに前のほうには、《フリーマンズ・ジャーナル》主筆のヘンドリック[78]氏と、哀れなオキャロル——カーナン氏の旧友で、ひところは相当の商売人であった——が座っていた。なじみの顔を見つけるにつれて、だんだんとカーナン氏はくつろぐようになった。妻が元どおりに直してくれた彼の帽子が膝の上に載っている。一、二度、彼は片手でカウスを引き下ろしたが、その間もう一方の手で帽子のつばを軽く、だがしっかりと、握っていた。

上半身に白い法衣をまとった一人の力のありそうな人物が、よじ登って説教壇に入るのが見えた。と同時に、会衆は腰を浮かせ、ハンカチを取り出し、その上に注意深く膝をついた。カーナン氏はみんなの例に倣った。司祭の姿は今や説教壇の中で直立し、大きな赤ら顔を戴《いただ》いた巨体の三分の二が手すりより上に出ていた。

パードン神父はひざまずき、赤い光の点の方に向いて、両手で顔を隠して、祈った。しばらく間をおいてから、彼は顔を見せて立ち上がった。会衆も立ち上がり、ふたたび長椅子に腰を下ろした。カーナン氏は帽子を元どおり膝の上に戻し、注意深い顔を説教者に向けた。説教者は、法衣の広い袖を片方ずつ思わせぶりな大げさな仕草《しぐさ》で折り返し、居並ぶ面々をゆっくりと見渡した。それから、彼は言った、

――〈(79)この世の子らは、自分の仲間に対しては、光の子らよりも賢いものである。(80)そこで、わたしはあなた方に言っておく。不正なマンモン《富》を用いてでも、友人をつくりなさい。そうすれば、あなた方は息絶えるとき、永遠の住み家に迎え入れてもらえるでしょう。〉

(81)パードン神父はこの原文を自信満々の響き渡る声で敷衍《ふえん》した。これは聖書全体のなかでも正しく解読するのがとび抜けて困難な原文の一つです、と彼は言った。なにげなく読む者には、イエズス・キリストが別の箇所でお説きになった高尚な道徳と矛盾するようにみえるかもしれません。しかし、と彼は聞く人たちに語った、この原文は、世俗の生活を送る運命にありながら、それでいてその生活を俗物の流儀によらずに送りたいと願う人びととの指導に特別に合わされているのだと、以前から思えてなりませんでした。これは実業家や職業人向けの原文なのです。イエズス・キリストは、わたしたち人間の

性質を神々《こうごう》しくも隅々までご理解なさっており、さらにこうご理解くださったのです、(82)あらゆる人間が信仰生活に召されているのではない、あきらかに大多数の人は俗世のなかで、そしてある程度までは俗世のために、生きるほかはない、と。そうしてこの文のなかで、主はその人たちに助言をあたえようとなされ、(83)彼らの前に信仰生活の模範として提示なさったのが、まさしくマンモンの崇拝者たち、つまりあらゆる人間のなかでも信仰の問題にもっとも関心の薄い人たちだったのです。

彼は聞く人びとにこう語った。今晩ここにいるのは、怖がらせたり途方もないことを言ったりするためではなく、同じ仲間たちに語りかける世情に通じた一人の男としてなのである、と。(84)自分は実業家に話すために来たのだから、事務的にてきぱきと話したい。もし譬《たと》えを使ってもよければ、と彼が言った、自分は聴衆の精神の会計係なのであり、そこで聴衆のみなさんは一人残らず自己の帳簿、自己の精神生活の帳簿を開いて、それが良心とぴったり一致するかどうか調べていただきたい。

イエズス・キリストはきびしい監督者ではありません。主はわたしたちのささやかな過失をご理解くださり、わたしたちの哀れな堕落した人間性の弱さをご理解くださり、この世のさまざまな誘惑をご理解くださっています。わたしたちは誘惑を受けたことがあるでしょうし、わたしたちはみな時おり誘惑を受けるものなのです。わたしたちはいたらぬところを持っているかもしれない、いや、だれでもみな持っているものなのです。

しかし、一つだけ、と彼は言った、聴衆の方々に求めたいのです。それはつまり、神に向かって正直で男らしくあれ、ということです。もしみなさんの勘定書があらゆる点で一致したならば、こう言うのです、

――〈さて、わたしは勘定書を確かめた。すべてはうまくいっている。〉

しかし、もし万が一、くい違いがあったならば、その事実を認めて、率直に、いさぎよくこう言うのです、

――〈さて、わたしは勘定書を調べた。ここところが間違っている。だが、神の恩寵《グレイス》をいただいて、ここところを修正しよう。わたしは勘定書を正しいものにしよう。〉

死者たち

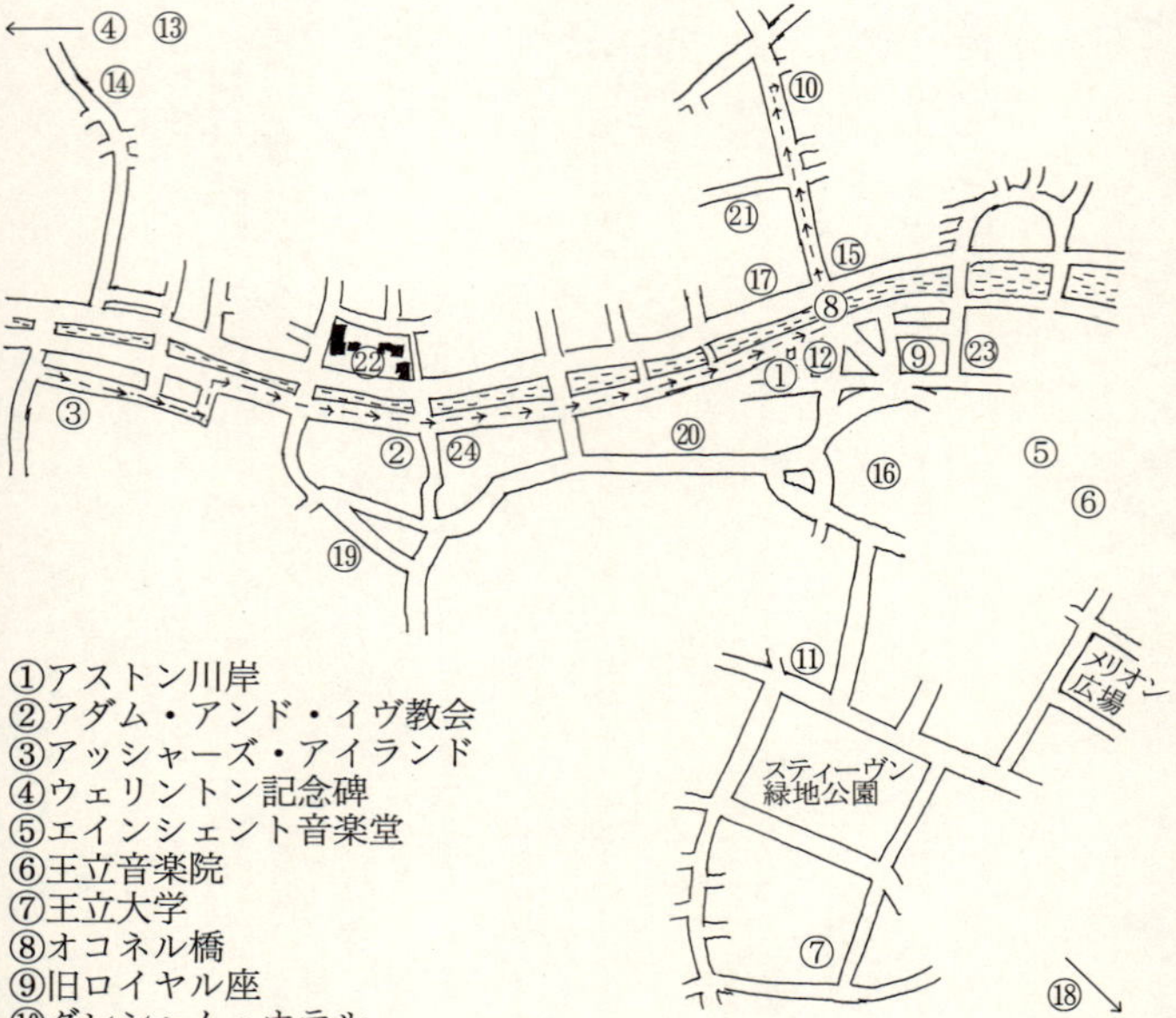

①アストン川岸
②アダム・アンド・イヴ教会
③アッシャーズ・アイランド
④ウェリントン記念碑
⑤エインシェント音楽堂
⑥王立音楽院
⑦王立大学
⑧オコネル橋
⑨旧ロイヤル座
⑩グレシャム・ホテル
⑪ゲイアティ座
⑫港湾管理局
⑬一五エーカーが原
⑭ストーニー・バター
⑮ダニエル・オコネルの銅像
⑯トリニティ大学
⑰バチェラーズ通り
⑱ハディントン道路の教会
⑲バック小路
⑳ビリー王の銅像
㉑ヘンリー通り
㉒四法廷裁判所
㉓ロイヤル座
㉔ワインターヴァーン通り

管理人の娘リリー(1)は文字通り足が棒になっていた。一人の紳士を一階事務所の奥の小さな食器室に案内して外套を脱ぐのを手伝ったかと思うと、そのとたん、またもや玄関ドアの耳ざわりな呼び鈴がガランガランと鳴り、彼女はなにも敷いていない廊下を大急ぎで走っていって次の客を招き入れなければならなかった。幸いなことに、ご婦人方の世話まではしなくてよかった。しかしそれは、あらかじめミス・ケイトとミス・ジューリアが二階の浴室を婦人用化粧室に転用しておいてくれたからだった。ミス・ケイトとミス・ジューリアはそこにいて、無駄話をしたり、笑い合ったり、やきもきしたり、入れ代わり立ち代わり階段のてっぺんまで歩いてきて、手すり越しに下をのぞき、下のリリーに呼びかけてはどなたがいらしたのとたずねるのだった。

いつも大ごとなのだ、モーカン姉妹の毎年恒例の舞踏会は。二人の知り合いはみなやって来る、親族の者たち、親族の旧友たち、ジューリアの聖歌隊の仲間たち、ケイトの教え子のうち成人に達した者もみな、それにメアリー・ジェインの生徒も何人か。一度だって失敗に終わったためしはない。何年も何年も前から、それはだれの記憶をたぐってみても、見事な成功続きだった。ケイトとジューリアが、兄弟のパットの死後、ストーニー・バターの家を離れ、ただ一人の姪《めい》っ子メアリー・ジェインを引き取って、アッ(2)シャーズ・アイランドの暗く寒々とした家に移ってきて以来ずっとだ。一階で穀物問屋を営むフラム氏からその家の二階を借りたのだった。どうみてもたっぷり三〇年は昔のことだ。そのころ短い服を着た小さな少女だったメアリー・ジェインが、今では一家の大黒柱だ、というのも[3]ハディントン道路の教会でオルガンを任《まか》されているのだ。彼女は[4]王立音楽院の出で、[5]エインシェント音楽堂の二階の部屋で毎年生徒たちの音楽会を開いている。生徒の多くは[6]キングズタウンからドーキーに至る鉄道沿線の良家の子女である。メアリー・ジェインのおばたちも、年はとっても、それぞれ役割を分担している。ジューリアは、すっかり白髪になっているが、今なお[7]アダム・アンド・イブ教会で第一ソプラノを務めているし、ケイトは、体が弱って出歩けないので、奥の部屋の旧式角型《スクエア》ピアノで初心者たちに音楽のレッスンをしている。管理人の娘リリーが家政婦の仕事をしてくれる。生活は質素だったけれども、三人ともおいしい物を食べる主義だった。なんでも最上の物でないといけない、たとえば極上の骨付きサーロイン、三シリングの高級茶、最上の瓶詰スタウトだ。しかし、リリーが注文をまちがえることはめったになかったから、三人の女主人とはうまくいっている。三人はなにかと小うるさいが、それだけのことだ。しかし、一つだけ彼女たちが我慢しようとしないのが口答えであった。

もちろん、こういう夜だから彼女たちが騒ぎ立てるのも無理はない。しかも一〇時をとっくにまわっているのに、ゲイブリエルとその妻が影も形も見せないのだ。おまけに彼女たちはフレディ・マリンズが酔っ払って現れるのではないかと気が気でない。メアリー・ジェインが教えている女の子たちに酒に酔った彼はなんとしても見せたくない。

それに彼が酒に酔ったときは時どきひどく扱いにくい場合がある。フレディ・マリンズの遅刻はいつものことだけれども、ゲイブリエルはどうして来るのが遅いのかしらと彼女たちは訝《いぶか》った。だから、二人は二分おきに手すりまで出てきては、リリーにゲイブリエルかフレディは来たかとたずねるのだった。

——まあ、コンロイさま、とリリーはゲイブリエルにドアを開けてやりながら言った。もうお越しにならないんだって、ケイトさまとジューリアさまはお思いでしたよ。今晩は、奥さま《ミセス・コンロイ》。

——だろうな、まちがいなく、とゲイブリエルが言った、けど二人ともお忘れだよ、ここのわが奥方は身支度に長々と三時間かかるってことを。

彼はマットの上に立って、ガロッシュ(8)から雪をこすり落とした。その間にリリーは彼の妻を階段の下へ案内して、大声で言った、

——ケイトさま、コンロイの奥さまがおいでです。

ケイトとジューリアはすぐさま暗い階段をよたよたと下りてきた。二人ともゲイブリエルの妻にキスをし、凍え死にそうだったでしょうと言い、ゲイブリエルは一緒なのかとたずねた。

——来てますよ、郵便並みにちゃんとね、ケイトおばさん！　先に上っててください。あとから行きますから、とゲイブリエルが暗がりから大声で言った。

彼がなおも足の雪をごしごしこすり落としている間に、三人の女性は笑いながら階段を上って、婦人用化粧室へ行った。軽やかな房になった雪は、彼の外套の肩に肩マントのようにのっかり、彼のガロッシュのつま先に先飾り革のようにのっていた。外套のボタンが雪でこわばった(9)フライズ布地のボタン穴をキイキイいいながらはずれるとき、それまで閉じ込められていた冷たいかぐわしい戸外の空気が外套の隙間《すきま》やひだから逃れ出てきた。

——また雪ですの、コンノロイさま？　とリリーがたずねた。

彼女は彼を食器室へ先導していて、外套を脱ぐのを手伝っていた。ゲイブリエルは自分の苗字を彼女がコンノロイと三音節で発音したのに微笑し、ちらっと見やった。ほっそりした発育盛りの娘で、顔色は青白く、髪の毛は干草色をしている。食器室のガス灯が彼女をなおさら青白く見せていた。ゲイブリエルは、彼女がまだ子供でいつも一番下の段に座り込んで、ぬいぐるみをあやしていたころから彼女を知っていた。

——そうだよ、リリー、と彼は答えた、まあ、一晩じゅう雪だと思うなあ。

彼は食器室の天井を見上げた。天井は二階の床を踏み鳴らしたり、足をひきずったりするので揺れている。しばらくピアノに耳を傾けてから、娘をちらっと見やると、彼女は棚の端っこで彼の外套を大事そうに折りたたんでいた。

——ねえ、リリー、と彼が親しげな口調で言った、まだ学校行ってるの？

——あら、いいえ、と彼女は答えた。学校を終えたのは今年になるもっと前のことです。

——おっ、それじゃ、とゲイブリエルは陽気に言った、ぼくたちは、あんたと彼氏との結婚式に近々出席することになるだろうなあ、だろう？

その娘は肩越しに彼をちらっと見返して、ひどく苦々しげに言った、

——今どきの男たちっておべっかばかりで、巻き上げれるだけ巻き上げようって。

ゲイブリエルは、しまったと思ったかのように顔を赤らめ、彼女の顔を見ずに、ガロッシュをけり脱ぎ、マフラーでエナメル革の靴をせっせと叩《はた》いた。

彼はがっしりとした背の高い若者である。彼の紅潮する頰の色は上に突き進んで額にまで達すると、そこで散らばって、二つ三つの薄赤いぼやけた斑点になった。そしてひげを剃った顔面では、めざとくて落ちつきのない目を覆《おお》い隠している眼鏡の、磨きあげたレンズと色鮮やかな金縁が落ちつきなくきらめき光る。つやつやした黒い髪は、真ん中で分けられ、耳のうしろまで長い曲線を描いて撫でつけられ、帽子の跡でできたわだちの下でいささか巻き毛になっている。

彼は叩いて靴につやを出すと、立ち上がり、チョッキを引きおろして、太り気味の体によりぴったりと合わせた。それから彼はポケットから硬貨を一枚さっと取り出した。(10)

——ねえ、リリー、と彼はそれを彼女の手に押しつけながら言った、クリスマス季節

だろ？　ほんの……これ少しだけど……。

彼はドアのほうにさっと歩いていった。

――あら、いけません！　と娘は追いかけながら叫んだ。本当に、いただくわけにはいきません。

――クリスマス季節だよ！　クリスマス季節！　とゲイブリエルは、階段の所までほとんど小走りで行き、彼女にいいからいいからと手を振りながら言った。

娘は、彼が階段にたどり着いたのを見ると、背後から大声で言った、

――それじゃあ、ありがとうございます。

彼は客間のドアの外でワルツが終わるのを待ちながら、ドアをかするスカートの音や足を引きずる音に耳を傾けた。娘の辛らつな思いがけないしっぺ返しにまだ平静を失っていた。憂うつな気分に支配されていたので、それを彼はカフスやネクタイの蝶結びを整えることで払いのけようとした。それから彼はチョッキのポケットから小さな紙切れを取り出すと、スピーチ用に作った見出しをちらっと眺めた。ロバート・ブラウニングの詩から引用することについてはまだ決めかねている。聞く人たちの頭には無理ではないかと不安に思ったからだ。彼らにもわかるシェイクスピアか『アイルランド歌謡集』(11)からの引用のほうがよいのかも。男たちが踵《かかと》を無神経にカタカタ鳴らす音や靴底を引きずる音を聞いていると、教養の程度が自分とはちがうということを彼は再認識した。彼

らに理解できない詩を引用しても、こっちが滑稽にみえるだけだ。教育のほどをみせびらかしているとみんなは思うだろう。食器室であの娘を相手にしくじったと同じように、彼らにもしくじるだろう。出だしで音程をまちがえていたのだ。スピーチ全体が初めから終わりまでまちがいだ、完全な失敗だ。

ちょうどそのとき、おばたちと妻が婦人用化粧室から出てきた。おばたちは二人とも小柄で粗末な服を着た老婆だった。ジューリアおばのほうが一インチかそこら背が高い。彼女の髪の毛は、耳の上端が隠れるほど引き下げられていて、白髪だらけだ。そのたるんだ大きな顔もやはり白色だったが、こちらにはもっと濃い影がさしている。体つきはがっしりしてしゃんと立っているけれど、とろんとした目つきとしまりのない口元のせいで、彼女は自分がどこにいるのかも、どこに行こうとしているのかもわかっていない女のように見えた。ケイトおばのほうがもっと生き生きしている。姉よりも健康そうなその顔は、しなびた赤いりんごみたいに、しわだらけ、ひだだらけで、姉と同じ古風な編み方のその髪は、熟した栗色を失っていなかった。

二人とも軽くゲイブリエルにキスした。彼は二人のお気に入りの甥っ子で、死んだ姉エレンの息子だった。エレンは港湾管理局[12]のT・J・コンロイと結婚したのだった。

——グレタの話だと、今晩あなたたちは馬車でモンクスタウンへは帰らないのだってね、ゲイブリエル、とケイトおばが言った。

——ええ、とゲイブリエルは妻に目を向けながら言った、あれは去年で懲りたよな？　覚えてませんか、ケイトおばさん、それでグレタがどんな風邪引いたかを？　辻馬車の窓が道中ずっとガタガタ鳴っていましてねえ、メリオンを過ぎると東風が吹きこんできたのです。たいへんでした、あれは。グレタはあれでひどい風邪を引いちゃったんです。ケイトおばはきびしく眉をひそめ、一言一言にうなずいた。

——本当にそうよ、ゲイブリエル、本当にそうよ、と彼女が言った。用心するにこしたことないからね。

——だけど、そこのグレタときたら、とゲイブリエルが言った、雪のなかを歩いて帰りますよ、ほうっておくと。

コンロイ夫人が笑った。

——この人の言うことなんか気にしちゃいけませんよ、ケイトおばさま、と彼女が言った。ほんとに小うるさいんですもの。トムには目のためといって夜に緑色の目庇《まびさし》をかぶらせるでしょう、ダンベル体操をさせるでしょう、イーヴァには無理やりオートミールを食べさせるんですよ。かわいそうに！　あの娘はそれを見るのも、やだっていうのに！　……あっ、でもこれはきっとおわかりになれないでしょう、このところこの人がわたしになにを身につけさせているかは！

彼女はけたたましく笑い出して、ちらっと夫を見た。夫のうっとりとした幸せそうな目は先ほどから彼女の服から顔や髪の毛へと移ろっていた。二人のおばたちも大笑いした。ゲイブリエルのおせっかいは二人の間ではお決まりの物笑いの種だったから。

――ガロッシュなの、とコンロイ夫人が言った。一番新しく買ってくれたのがそれなの。地面がぬれていると、いつだって、ガロッシュを履かなければいけませんのよ。今晩だってそれを履けって聞かないの、けどわたし断ったんです。この次わたしに買ってくれるのは潜水服でしょうよ。

ゲイブリエルは気まずそうに笑い、安心しなよ、今度はそれを買ってあげるというようにネクタイをたたいてみせると、ケイトおばは体を二つ折りにせんばかりにして笑った。それほど心からこの冗談を面白がった。ジューリアおばの顔からすぐに微笑が消え、彼女の悲しそうな目は甥の顔のほうに向けられた。しばらく間《ま》をおいて、彼女はたずねた、

――そのぅ、ガロッシュって何なの、ゲイブリエル？

――ガロッシュよ、ジューリア！　と妹が強い語調で言った。ええっ、あなたガロッシュを知らないの？　上に履くでしょう……(13)深靴の上に、でしょう、グレタ？

――そうです、とコンロイ夫人が言った。グッタペルカ製の品ですよ。二人とも一足ずつ持っていますの。ゲイブリエルが言うには、ヨーロッパ大陸ではみんなそれを履いているんですって。

――まあ、大陸で、とジューリアおばはつぶやき、ゆっくりとうなずいた。

ゲイブリエルは眉を寄せて、ちょっと腹を立てているかのように言った、

――(14)別に驚くようなことでもないのに、グレタにはとてもおかしいと思えるらしいんです。その言葉を聞くとクリスティ・ミンストレルズを思いだすと言うものだから。

――ところで、どうなの、ゲイブリエル、とケイトおばはとっさに気転を利かせて言った。もちろん、部屋は手配したんでしょうね。グレタの話だと……

――ああ、部屋は大丈夫ですよ、とゲイブリエルは返事した。グレシャムに一部屋取ってあります。

――なるほどね、とケイトおばが言った、そうするのが断然いいわ。それで、子供たちは、グレタ、心配じゃないの？

――あら、一晩ですもの、とコンロイ夫人が言った。それに、ベッシーが見ていてくれますのよ。

――なるほどね、とケイトおばはふたたび言った。本当に安心よね、ああいう娘がいるってのは、頼りがいのある娘がいるってのは！　あのリリーったらね、本当にわからないのよ、最近あの子どうなっちゃったのかしらねえ。以前とは全然別人よ。

ゲイブリエルはこのことでおばに二、三たずねようとしたが、彼女は突然口をつぐみ、目で姉を追っている。姉はふらふらと階段を下りかけて、手すり越しに首を長く伸ばし

ている。

――まあ、ほんとにもう、と彼女はほとんど苛《いら》ついて言った、ジューリアはどこへ行くのかしら？　ジューリア！　ジューリア！　あなたどこへ行くつもり？

ジューリアは階段の中ほどまで下りていたが、戻ってきて、穏やかに知らせた、

――フレディが来たのよ。

ちょうどそのとき、手をたたく音とピアノ奏者の弾く締めの音とがして、ワルツが一曲終わったことを告げた。客間のドアが内側から開いて、幾組かの男女が出てきた。ケイトおばが急いでゲイブリエルを脇へ引っぱっていき、耳元にささやいた、

――そっと下りてってね、ゲイブリエル、すまないねえ、あの人が大丈夫かどうか見てきておくれでないか。酔っぱらっているようだったら、上へはあげないでおくれ。酔っぱらってるにちがいない。そうにちがいないわ。

ゲイブリエルは階段のところへ行き、手すり越しに聞き耳を立てた。二人の人が食器室で話しているのが聞こえる。それから、聞き覚えのあるフレディ・マリンズの笑い声がした。彼は階段を下りていくのに大きな音を立てた。

――本当にほっとするわねえ、とケイトおばがコンロイ夫人に言った、ゲイブリエルがいてくれるのは。いつだって気が休まるのよ、彼がここにいてくれるほうが……。ジューリア、そこのミス・デイリーとミス・パワーになにかお飲み物をお出しして。美し

いワルツどうもありがとう、デイリーさん。すばらしかったわ。

　こわばった白髪まじりの口ひげを生やした浅黒い肌の、背の高いしわくちゃ顔の男が、踊りの相手と連れ立って部屋から出ていこうとしながら、言った、

——じゃあ、わしたちにもなにか飲み物を頂けますかな、モーカンさん？

——ジューリア、とケイトおばは即座に言った、こちらミスター・ブラウンとミス・ファーロング。この方たちもお連れして、ジューリア、ミス・デイリーやミス・パワーとご一緒に。

——ご婦人方にもてる男とはわしのことでして、とブラウン氏は言い、口ひげが逆立つほど唇をすぼめ、顔じゅうしわだらけにしてほほえんだ。あのね、モーカンさん、わしをなんでご婦人方が好いてくださるかというと……

　彼は話を途中で打ち切り、ケイトおばが声の届かない所へ行ったのを見てとると、すぐさま三人の若い婦人を奥の部屋へ連れて行った。部屋の中央には、二卓の四角いテーブルが端と端をくっつけて置かれ、その上にジューリアおばと管理人が大きな布を広げて伸ばしている。食器台には深皿や浅皿、グラス類、束ねられたナイフやフォークやスプーンが並んでいる。蓋が閉じられた角型ピアノの上も、食べ物類や砂糖菓子類の食器台としての[15]役を果たしている。片隅の小さめの食器台のそばでは、二人の若い男が立ったまま、ホップ・ビターズを飲んでいた。

ブラウン氏は自分が引き受けた三人をそこに連れて行って、熱くて強くて甘いご婦人向けのパンチを少しどうですと、冗談で、彼女らみんなに勧めた。彼女たちは強い物はいただきませんと言うので、彼はみんなに三本のレモネードを開けてやった。それから若い男たちの一人に脇へよってくれと頼み、デカンターをつかんで、自分用にウイスキーをなみなみと注いだ。若い男たちが彼を尊敬の眼で見つめるなかで、彼は試しに一口すすってみた。

——情けないのですが、と彼はほほえんで言った、これは医者のいいつけでしてね。

彼のしわくちゃな顔がいっそうあけっぴろげな微笑にくずれ、三人の若い婦人は彼のおどけた言い草に音楽的な笑い声で呼応し、体を前後に揺らし、肩を神経質に痙攣《けいれん》させた。なかで一番大胆な婦人が言った、

——おや、まあ、ブラウンさん、ぜったいにお医者さまはそのようなことをおっしゃらなかったのは確かですわ。

ブラウン氏はウイスキーをもう一口すすり、にじり寄る真似をして言った、

——いや、いいですか、わしはかの(16)有名なキャシディー夫人みたいなもんでしてね、彼女はこう言ったそうですよ、〈ねえ、メアリー・グライムズや、わたしが飲まなきゃ、わたしに無理にでも飲ませてちょうだいよ。だってほしいんだからさ。〉とな。

彼のほてった顔はちょっと馴《な》れ馴れしすぎるぐらい前かがみになっていたし、言葉づ

かいがひどく下卑たダブリン弁になっていたので、若い婦人方は、三人とも同じ直感を働かせて、彼の話を黙って聞き流した。ファーロング嬢、つまりメアリー・ジェインの生徒の一人がデイリー嬢に先ほどお弾きになったきれいなワルツの曲名は何ですかとたずねた。ブラウン氏は、自分が相手にされなかったので、即座にもっと話のわかる二人の若い男のほうを向いた。

すみれ色のドレスを着た赤ら顔の若い女性が部屋に入ってきて、興奮しながら手をたたいて叫んだ、

――カドリール《(17)四人組み踊り》よ！　カドリールですよ！

彼女のすぐあとからケイトおばがやってきて、叫んだ、

――紳士二人とご婦人三人よ、メアリー・ジェイン！

――あっ、紳士ならバーギンさんとケリガンさんだわ、とメアリー・ジェインが言った。ケリガンさん、あなたパワーさんと組んでくださらない？　ファーロングさん、あなたはバーギンさんのお相手になって！　さあ、これでちょうどいいわ。

――ご婦人は三人なのよ、メアリー・ジェイン、とケイトおばが言った。

その二人の若い紳士はお相手をさせていただけますでしょうかと婦人たちにたずね、メアリー・ジェインはデイリー嬢に目を向けた。

――ねえ、デイリーさん、あなたのご親切にすがりたいのだけど、今しがた二つもダ

ンス曲を弾いてもらったあとなのに、なにしろ今晩はご婦人がとても少ないのよ。

——少しも構わなくってよ、モーカンさん。

——けど、あなたには申し分ないお相手がいるわ。バーテル・ダーシーさんよ、テノールの。あとで歌ってもらうつもりなの。ダブリンじゅうがあの人を褒《ほ》めちぎっているのよ。

——すばらしい声よ、すばらしい声なの！　とケイトおばが言った。

ピアノが第一旋回の序奏を二度弾き始めたので、メアリー・ジェインは補充したばかりの踊り手たちを部屋からすばやく連れだした。彼らが行ったとたんに、ジューリアおばが、なにかを振り返って見ながら、のろのろと部屋の中へ入ってきた。

——どうしたの、ジューリア？　とケイトおばが不安げにたずねた。誰なの？

ジューリアは、積みあげたテーブルナプキンを運びながら、妹のほうを向き、その質問に驚いたように、簡単に言った、

——いえね、フレディよ、ケイト、それにゲイブリエルも。

実際に、彼女のすぐうしろで、ゲイブリエルが踊り場を通ってフレディ・マリンズを先導してくるのが見えた。後者は四〇歳くらいの若い男で、背丈も体つきもゲイブリエルと同じだが、丸々とした肩をしている。その顔は肉づきがよくて青白く、垂れ下がった厚い耳たぶと幅の広い小鼻のところだけが赤みを帯びている。顔だちに品がない。団

子鼻、中高《なかだか》で禿《は》げ上がった額、ぶ厚くて突き出した唇。まぶたの重たげな目と薄い髪の毛の乱れのせいで眠たそうな顔に見える。彼は階段でゲイブリエルに聞かせていた自分の話にかん高い声で笑いこけながら、同時に左のこぶしの関節で左目をごしごしこすっていた。

——こんばんは、フレディ、とジューリアおばが言った。

フレディ・マリンズはモーカン姉妹にこんばんはと言ったが、声を詰まらせる癖のために、ぶっきらぼうな口調に聞こえた。それからブラウン氏が食器台のところから彼に向かってにたにた笑っていたので、ややおぼつかない足取りで部屋を横切って行き、ゲイブリエルに語ったばかりの話を小声でくり返し始めた。

——そんなにひどくないわね？　とケイトおばがゲイブリエルに言った。

ゲイブリエルの眉は険しかったが、彼はすばやくその眉をあげて答えた、

——ええ、ほとんど気づかないくらいです。

——でも、困った男じゃないこと！　と彼女が言った。あのかわいそうな母親が大晦日《おおみそか》(18)に禁酒の誓いをさせたばかりなのに。だけど、さあいらっしゃいな、ゲイブリエル、客間へ。

ゲイブリエルと連れ立って部屋を出ていく前に、彼女はブラウン氏に合図を送り、しかめっ面をし人差し指を左右に振って警告してみせた。ブラウン氏はうなずいて応《こた》え、

彼女が行ってしまうと、フレディ・マリンズに言った、

——さあさあ、テディ、レモネードをたっぷりいっぱい注《つ》いでやろう、元気づけに。

話のクライマックスにさしかかっていたフレディ・マリンズは、いらだたしげに手を振ってその申し出を退けたが、ブラウン氏は、まずフレディ・マリンズの注意をその服装の乱れに向けさせてから、レモネードをグラスになみなみと注いで手渡した。フレディ・マリンズの左手が機械的にグラスを受け取った、というのも右手は、これまた機械的に、服を整えるのに塞《ふさ》がっていたから。ブラウン氏は、こみあげてくる笑いでもう一度顔をしわくちゃにしながら、自分用にウイスキーをグラスに注ぎ、一方フレディ・マリンズのほうは、話のクライマックスにまともに達してもいないのに、もうかん高い気管支炎性の笑いを爆発させ、口をつけてない並々と注がれたグラスを下に置くと、左のこぶしの関節で左目をごしごしこすり始め、笑いの発作の合間合間になんとか話の結末の言葉を再度口にするのだった。

メアリー・ジェインが、静まり返った客間の人びとに、速い装飾音や難しい楽節がいっぱいの音楽院専用練習曲(19)を弾いているが、ゲイブリエルは耳を傾けることができなかった。音楽は好きだったけれども、彼女が今弾いている曲は彼からみるとまるで旋律になっていないし、聴いているほかの連中にしたって、メアリー・ジェインになにか演奏

してくれと頼んだものの、この曲にメロディがあると感じられるかどうかは疑わしいと彼は思った。四人の若者が、ピアノの音を聞きつけて食堂から出て戸口に立っていたが、二、三分すると二人ずつそっと退散していった。その音楽を追っているらしい人といえば二人だけだ。両手を鍵盤上で走らせるかと思うと、延音《ポーズ》ごとに、一瞬にして呪いをかける巫女《みこ》の手さながらに、その両手を鍵盤から持ち上げるメアリー・ジェインその人と、傍らに立って楽譜の頁をめくっているケイトおばだった。

蜜蠟《みつろう》を塗った床が重いシャンデリアの下でぎらつき、そのためゲイブリエルの目はちくちく痛み、ピアノの上方の壁へと視線がさまよっていった。《ロミオとジュリエット》(20)のバルコニーの場面の絵がそこに掛かり、その横には、ロンドン塔で殺害された二人の王子の絵があって、それはジューリアおばが少女のときに赤と青と茶色の毛糸で刺繡したものだ。たぶん、少女のときに彼女たちが通った学校では、そのような手芸が教えられたのだろう、というのも、ある年、母は彼のために誕生日プレゼントとして紫色のタビネット(21)織りのチョッキを作ってくれたことがあり、それには子狐たちの頭が刺繡してあって、茶色の繻子《しゅす》で裏打ちされ、丸い桑の実色のボタンが付いていた。不思議なことに、彼の母は、ケイトおばがいつも彼女のことをモーカン家の知恵者と呼んでいたのに、音楽の才能はまったくなかった。ケイトもジューリアも、この生まじめで落ちついた姉がいつもちょっと自慢らしかった。今彼女の写真が窓間鏡《まどあい》の前に立ててある。彼女は膝の上に開いた本を置いて、彼女の足元に横たわる水兵服のコンスタンチンにその中のなにかを指さしている。自分の息子たちの名前を選んだのは彼女だった、というのも彼女は家族の体裁にとても敏感だったからだ。(22)彼女のおかげで、コンスタンチンは今や(23)バルブリガン教会の首席助任司祭をしているし、彼女のおかげで、ゲイブリエル自身は(24)王立大学で学位を取得したのであった。ある影が彼の顔をよぎった、彼の結婚に反対して彼女が不機嫌だったのを思いだしたからだ。彼女が使った侮蔑の言葉の幾つかが未だに彼の記憶のなかでうずく。一度なんかグレタのことを小利口な田舎っぺだと言ったが、それはグレタにはまったく当たらない。母の最後の長い病気の間じゅう、モンクスタウンの彼らの家で、母を看病したのはグレタであった。

彼はメアリー・ジェインの曲が終わりに近づいているにちがいないとわかった、彼女が冒頭のメロディを、各小節ごとに音階の速い装飾音を付けて、もう一度弾いているからだ。その終わりを待っている間に、怒りは心のなかで治まっていった。曲の終わりは、高音部のオクターブがトリル付きで幾つか続いたあとに、最後に低音部の深みのあるオクターブが一つきて締めくくられた。顔を赤らめ、楽譜をそわそわと巻きながら部屋から逃げていくメアリー・ジェインに盛大な拍手が送られた。最も力強く手をたたいたのは戸口にいた四人の若者で、彼らは曲のはじめには食堂へ去っていたのが、ピアノが終わったときにはまた戻っていたのだ。

[25]ランサーズ・カドリールの準備ができた。ゲイブリエルはアイヴァーズ嬢と組むことになった。あけっぴろげな話し好きの若い女性で、そばかすのある顔に茶色の目が飛び出ている。[26]襟ぐりの深い胴着《ボディス》なんか着ておらず、前襟に留めた大きなブローチには[27]アイルランドの紋章が付いている。

二人が位置についたあと、彼女は不意に言った、

――わたし、あなたと話をつけなきゃいけないことがあるの。

――ぼくと？　とゲイブリエルが言った。

彼女は重々しくうなずいた。

――何のこと？　とゲイブリエルはたずねて、彼女のまじめくさった態度にほほえんだ。

――G・Cって誰なの？　とアイヴァーズ嬢は目を彼に向けながらたずねた。

ゲイブリエルは顔を赤らめ、何のことかわからないとでもいうように眉をひそめかけたとたん、彼女は遠慮なく言った、

――まあ、しらばっくれて！　あなたが[28]《デイリー・エクスプレス》に書いているのはわかってるんだから。ねえ、あなた、恥ずかしくないの？

――どうしてぼくが恥ずかしがらなきゃいけないの？　とゲイブリエルは、目をぱちぱちさせ笑顔を作ろうとしながら、たずねた。

――いやもう、あなたが恥ずかしいわ、とアイヴァーズ嬢があからさまに言った。あんなボロ新聞に書くってことが。あなたが[29]西方のイギリス人《ウエスト・ブリトン》だなんて思ってもいなかったわ。

困惑の表情がゲイブリエルの顔に浮かんだ。たしかに、彼は毎週水曜日に《デイリー・エクスプレス》の文芸欄に寄稿し、一五シリングの報酬を受け取っていた。しかし、だからといって彼が西方のイギリス人だということにはよもやなるまい。書評のために受け取る本のほうが取るに足らない小切手よりもありがたいと言ってもいいくらいだ。彼は表紙に触ったり、印刷仕立ての本の頁をめくったりするのが好きだ。ほとんど毎日、大学の講義が終わると川岸をぶらぶら歩いて、古本屋巡りをするのが習慣になっている。[30]バチェラーズ通り《ウォーク》のヒッキーの店やアストン川岸のウェッブの店やマッシーの店、あるいは裏通りのオニクロヒッシーの店だ。彼女の非難にどう対処したらよいかが彼にはわからなかった。文学は政治を[31]超越していると言いたかった。けれども二人は長年の友人であり、その経歴も、まずは大学で、それから教師として、似たようなものであった。というのは、彼女を相手に偉そうな言い方はあまりできないということだ。彼は、依然として目をぱちぱちさせ笑い顔を作るようにつとめながら、本の批評を書くのは政治とは関係ないと思うけど、と苦しい言い訳をつぶやいた。

二人が交差《クロス》する番になっても、彼はまだ困惑し、注意力を欠いていた。アイヴァーズ

嬢はすばやく彼の手を取って温かく握りしめ、優しい親しみのある口調で言った、

——もちろん、ただの冗談よ。さあ、交差するのよ。

彼らがふたたび組み合ったとき、彼女が大学問題を口にしたので、ゲイブリエルはちょっと気が楽になった。彼女の友だちの一人がブラウニング詩集についての彼の書評を見せてくれたのだという。それで秘密をみつけたのだった。けれど、彼女はその書評がいたく気にいっているとのこと。それから彼女は突然言った、

——ねえ、コンロイさん、この夏アラン諸島へ旅行に来ない？　わたしたちまる一か月そこに滞在する予定よ。大西洋に出るのってすばらしいでしょうね。あなたもぜひいらっしゃいな。クランシーさんも来るし、キルケリーさんもキャスリーン・カーニーもよ。グレタだって来てくれたら、彼女大喜びするでしょうに。あの人コナハトの出身でしょう？

——両親がね、とゲイブリエルはそっけなく言った。

——だけど、あなたは来るわよね？　とアイヴァーズ嬢は言って、温かい手を彼の腕に熱を込めて載せた。

——実は、とゲイブリエルが言った、すでに行く手はずが決めてあって……。

——行くってどこへ？　とアイヴァーズ嬢がたずねた。

——ええと、そのう、ぼくは毎年数人の仲間と自転車旅行に行くけど、それで……

——でも、どこへ？　とアイヴァーズ嬢がたずねた。

——ええと、いつもはフランス[36]とかベルギーとか、でなきゃ、たぶんドイツに行くんだ、とゲイブリエルは決まり悪そうに言った。

——でもね、どうしてフランスやベルギーに行くのよ、とアイヴァーズ嬢が言った、自分の国を旅行しないで。

——ええと、とゲイブリエルが言った、一つには、いろんな言語に触れておくためだし、もう一つは気分転換のためだよ。

——でもね、ご自分の言語があるじゃないの、触れておくべき言語——アイルランド語が？　とアイヴァーズ嬢がたずねた。

——ええと、とゲイブリエルが言った、そのことで言えば、あのね、[37]アイルランド語はぼくの言語じゃないよ。

近くにいる人たちが振り向いて、この厳しい尋問に耳を傾けている。ゲイブリエルはそわそわと左右をちらっと見て、この試練のもとでも上機嫌を保とうとつとめたが、試練のせいで顔の赤みが額まで侵入しかかっていた。

——でもね、あなたには訪れるべきご自分の国土があるじゃないの、とアイヴァーズ嬢が言い続けた、あなたがなにも知らない国土が、あなた自身の民族が、あなた自身の国が？

――ああ、本当のこと言うとね、とゲイブリエルが突然言い返した、ぼくは自分自身の国にうんざりなんだよ、本当にうんざりだ！

――なぜ？　とアイヴァーズ嬢がたずねた。

ゲイブリエルは答えなかった、言い返した言葉で自分が興奮してしまったから。

――なぜ？　とアイヴァーズ嬢[38]がくり返した。

彼らは曲のなかで連れ立って訪問する部分を踊る段になっても、彼が質問に答えなかったので、アイヴァーズ嬢は激して言った、

――もちろん、あなた答えられないわよ。

ゲイブリエルは自分の動揺を隠そうとしてダンスに専念した。彼女と目を合わせないようにしたのは、その顔に不機嫌な表情が浮かんでいるのが見えたからである。しかし、長い鎖になって踊る部分で二人が手をつないだとき、驚いたことに彼の手はしっかりと握られた。彼女が眉の下から一瞬からかうように見つめてくるので、つい彼はほほえんでしまった。それから、その鎖踊りがふたたび始まろうというときに、彼女は爪先《つまさき》立って、彼の耳元でささやいた、

――西方のイギリス人！

ランサーズ・カドリールが終わると、ゲイブリエルは部屋の向こうの隅へ去って行った、そこには、フレディ・マリンズの母親が座っていたから。彼女は太った弱々しい老

女で髪は白い。彼女の声は息子のに似て詰まり、しかも少しだけどもる。彼女は、フレディが来ていることと、今晩の彼はほぼまともだということをすでに聞かされていた。ゲイブリエルは船旅が快適だったかどうかとたずねた。彼女は結婚した娘とスコットランドのグラスゴー(39)で暮らしていて、一年に一度ダブリンを訪問してくる。すばらしい船旅で船長が彼女にとても面倒見がよかったと穏やかに答えた。それにまた、娘が住んでいるグラスゴーの美しい家のことや、一家が付き合っているそこのすばらしい友だちみんなのこともしゃべった。彼女がだらだらとしゃべっている間、ゲイブリエルはアイヴァーズ嬢との不愉快な出来事の記憶を心からすべて追い払おうとした。もちろん、あの娘は、あるいはあの女は、あるいはなんであれ、熱狂者なんだけど、それにしても物事には時と場合ってものがある。ことによると彼もあんな返事をすべきではなかったかもしれない。けれど、あの女に彼を人前で西方のイギリス人なんて呼ぶ権利はない、たとえ冗談にせよだ。あの女は彼を人前で笑いものにしようとした、しつこく質問攻めをし、あのウサギの目でじろじろ見て。

彼は妻が、ワルツを踊っている男女の間を抜けて、自分のほうへやって来るのが見えた。彼のところまで来ると、耳元で言った、

――ゲイブリエル、ケイトおばさまがいつものように鵞鳥《がちょう》を切り分けてもらえないかしらだって。デイリーさんがハムを切り分けるし、わたしがプディングを切るのよ。

——いいとも、とゲイブリエルが言った。

——叔母さまはね、このワルツが終わり次第、まず若い方たちに食事をしていただくのですって、そのあとわたしたちだけで食卓を囲めるようにね。

——踊ってたのかい？　とゲイブリエルがたずねた。

——もちろんよ。見てなかったの？　モリー・アイヴァーズと何言い合ってたの？

——言い合ってないよ。なんで？　彼女がそう言ったのかい？

——まあね。わたし、あのダーシーさんに歌ってもらおうとしてるの。あの人ってうんとうぬぼれてると思うわ。

——言い合ってなんかいなかったさ、とゲイブリエルはむっとして言った、ただね、アイルランドの西部へ旅行させたがってたので、ぼくはいやだって言ったんだよ。

彼の妻は興奮して両手を握りしめ、小躍りした。

——まあ、行きましょうよ、ゲイブリエル、と彼女が叫んだ。もう一度ゴールウェイを見たいわ。

——きみ、行きたかったら行くがいいさ、とゲイブリエルは冷ややかに言った。

彼女はちょっとだけ彼を見て、それからマリンズ夫人に向かって言った、

——立派な旦那さまでしょう、マリンズさん。

彼女が人びとを縫《ぬ》って部屋の向こうへと戻っていく間じゅう、マリンズ夫人は話が途

切れていたのを気にとめることなく、先ほどの続きでゲイブリエルにスコットランドにはどんな美しい場所があるか、どんな美しい風景があるかを話した。彼女の婿が毎年湖水地方へみんなを連れてってくれ、みんなはいつも魚釣りをした。婿は魚釣りの名人だった。いつだったか、釣った魚が見事な大きい、それこそ大きい魚だったから、ホテルの人がそれを煮て食事に出してくれた。

ゲイブリエルには彼女の話がほとんど聞こえていなかった。夜食がちかづいていたので、ふたたび自分のスピーチのことや引用のことを考え始めたのだ。ゲイブリエルは、フレディ・マリンズが部屋の向こうから母親に会いにやって来るのを目にすると、彼のために椅子を空けてやって、窓の斜間《はすま》へ退いた。部屋はすでに片づけが終わり、奥(40)の部屋からは皿やナイフのガチャガチャする音が聞こえてきた。まだ客間に残っている人たちも踊り疲れているらしく、小人数のグループに分かれて静かに話し込んでいる。ゲイブリエルの温かい震える指が冷たい窓ガラスをトントンたたいた。外はどんなにひんやりしていることだろう！　一人きりで外へ出て、まずは川沿いにそれからフィーニックス公園を抜けて歩いたらどんなに気持ちがいいだろう！　雪は木々の枝に積もっているだろうし、ウェリントン記念碑(41)のてっぺんにきらりと輝く帽子となっているだろう。そこにいるほうが夜食のテーブルについているよりも、どんなに気持ちがいいだろう！

彼はスピーチの見出しに目を走らせた。アイルランド式もてなし、悲しい思い出、美(42)

の三女神、トロイの王子パリス[43]、ブラウニングからの引用。彼は書評で書いた言葉を反すうした。〈われわれは思いに苦しむ音楽に耳を傾けているような気分になる。〉アイヴァーズ嬢はさっきその書評を褒めた。本心からかなあ？　ああやって宣伝活動に振りまわされて、彼女にはいったい自身の人生ってものが本当にあるのだろうか？　この夜まで二人の間には悪感情なんてなにもなかったんだが。彼女が夜食会のテーブルについていて、彼が話している間じゅう、からかうような目であら捜しをして自分を見上げていると思うと彼は気力が萎《な》えてしまう。スピーチで失敗するのをみても、たぶん気の毒だなんて思いはしないだろうな。ある考えがふっと心に浮かんで、彼に勇気をあたえた。ケイトおばやジューリアおばのことを仄めかして、こう言ってみよう。〈みなさん、われわれ一同のなかで今は衰えつつある世代には幾つかそれなりの欠点があったかもしれませんが、しかし、わたくしとしましては、その世代には、手厚いもてなし、ユーモア、人間らしさといった特質があったように思います。こういった特質がわれわれの周囲で育ちつつある、新しくきわめてまじめなそして教育のありすぎる世代には欠けているようにわたくしには思われてなりません。〉上出来だ。これでアイヴァーズ嬢には一矢《いっし》報いてやれる。おばたちがただの無知なばあさん二人ということになったって、かまうもんか？

部屋のつぶやきが彼の注意を引いた。ブラウン氏が慇懃《いんぎん》にジューリアおばに付き添いながらドアから入ってくるところだった。おばは彼の腕にもたれて、微笑を浮かべうつむいていた。ふぞろいな小銃の射撃のような拍手もまたピアノのところまで彼女に付き添い、それから、メアリー・ジェインが丸椅子に腰掛け、ジューリアおばが、もう微笑するのをやめて、声が部屋じゅうにうまく響くよう調子を合わせるために半ば向き直ると、拍手は次第に止んだ。ゲイブリエルは前奏に聴き覚えがあった。それはジューリアおばの古い歌――[44]〈婚礼のために装いて〉なのだ。彼女の強く澄んだ調子の声が、旋律を飾る速い装飾音に元気よく取りかかり、とても速く歌っているのに、おばはどんな小さな装飾音符にいたるまで抜かさなかった。歌い手の顔を見ないでその声を追っていると、すばやくしかも安全に空中を飛んでいるような興奮を覚え、それをみんなと分かち合っている気分だった。ゲイブリエルは歌が終わると、ほかのみんなと一緒に大きな拍手を送った。大きな拍手は姿が見えない夜食のテーブルの人びとからも送り込まれた。とても心のこもった拍手に聞こえたので、表紙に彼女の頭文字《イニシアル》の入った古い革装の歌曲集を楽譜台に戻そうと腰をかがめている、ジューリアおばの顔にほんのりと赤らみが押しよせた。この彼女の歌をもっとよく聴こうと頭をかしげて耳をすましていたフレディ・マリンズは、みんなが止めてしまってもまだ拍手を続け、母親を相手に勢い込んで話している。母親は重々しくゆっくりとうなずいて同意している。とうとう、もうこれ以上拍手ができなくなると、彼は突然立ち上がり、部屋を突っ切ってジューリアおばのところへ急ぎ、彼女の片手をつかむとそれを両手に握りしめ、言葉が出なくなったり声が詰まってどうにもならなくなったりすると、その手を揺するのだった。

——今、お袋に話してたところなんですが、と彼が言った、おばさんがこれほど上手に歌うのを聴いたことないですよ、一度だって。ほんと、今晩ほどきれいな声で歌うのを聴いたことないですねえ。もうびっくり！　信じてもらえますか？　これ本当なんです。誓って言いますが、これ本当なんですよ。ぼく一度だって聴いたことないなあ、おばさんの声がこんなにもみずみずしくて、こんなにも……こんなにも澄んでみずみずしいのは、一度だって。

ジューリアおばは満面の笑みを浮かべ、お世辞がどうのこうのとつぶやきながら、握られている手を振りほどいた。ブラウン氏が広げた手を彼女のほうに伸ばして、天才を聴衆に紹介する興行師の流儀で、近くにいる人びとに言った、

——こちらミス・ジューリア・モーカン、わが最新の掘り出し物にございます！

彼が自分で言って自分で大笑いしていると、フレディ・マリンズが彼のほうに振り向いて言った、

——でも、ブラウン、あんたが大まじめでも、実はもっとつまらない掘り出し物だということだってあるかもよ。ぼくに言えることはだね、おばさんがこれほどまでうまくお歌いになるのを聴いたことがないってことだけなんだ、ぼくがここに来るようになっ

てからというもの。これだけはほんとのほんとだぜ。

——わしも同様だよ、とブラウン氏が言った。声がずいぶんよくなってると思うよ。ジューリアおばは肩をすくめると、控えめながら誇りをもって言った、

——三〇年前だって、わたし悪い声ではなかったわよ、声としては。

——わたし、よくジューリアに話したものよ、とケイトおばが力を込めて言った、あなたは一生をあの聖歌隊で無駄づかいしているだけだって。けど、この人、わたしにそれを言われたくないそうなの。

彼女は手に負えない子供を一同の良識に訴えようとするかのように振り向いたが、ジューリアおばはじっと目の前を見つめ、顔にかすかな思いだし笑いを浮かべていた。

——そうなのよ、とケイトおばが続けた、この人はだれからもとやかく言われたくないし指図されたくないのだって、あそこの聖歌隊で昼も夜も、明けても暮れても、せっせと歌い続けているのに。クリスマスの朝なんか六時なのよ！　みんな何のためなの？

——それって、神さまの名誉のためじゃなくって、ケイトおばさん？　とメアリー・ジェインはピアノ用の丸椅子の上で腰掛けたままぐるっと体をひねって、ほほえみながらたずねた。

ケイトおばは姪にすさまじい勢いで向き直って言った、

——神さまの名誉のことぐらいよくわかってるわよ、メアリー・ジェイン、でもね、

思うのだけど、教皇さまの名誉には全然ならないわ、一生そこで滅私《めっし》奉公してきた女性たちを聖歌隊から追い出して、その人たちの頭越しに青二才の小僧っ子たちとすげ替えるなんて。教皇さまがそうなさるとしたら、それは教会のためだとは思うわよ。だけど、それって公正じゃないわね、メアリー・ジェイン、それに正しくもないわね。

彼女は癇癪《かんしゃく》を起こしていて、姉の弁護をずっと続けかねなかった、それは彼女にとってしゃくにさわる問題だったからだ。しかし、メアリー・ジェインは踊っていた人たちがみな戻ったのを見てとると、なだめるように口を挟んだ、

——ねえ、ケイトおばさん、ブラウンさんに恥をさらしていることになりますわよ、宗派が違うのですからね。

ケイトおばは、ブラウン氏のほうを向くと、彼がこのように自分の宗教のことを仄めかされてにやにやしているので、あわてて言った、

——まあ、わたしは教皇さまが正しいことを疑っているんじゃないのよ。わたしなんかお馬鹿な老婆にすぎませんし、そんなこと考えるなんて恐れおおいわよ。だけど、ありふれた日常の礼儀や感謝の念というものがあるでしょう。だからわたしがジューリアの立場だったら、あのヒーリー神父さまに面と向かって言ってやりたいのよ……。

——それにね、ケイトおばさん、とメアリー・ジェインが言った、わたしたちってみんな本当にお腹ぺこぺこなの。お腹すくと、みんな怒りっぽくなるものだわ。

――それにのどが渇いてても、怒りっぽくなりますわなあ、とブラウン氏がつけ加えた。

――ですから、お食事にしたほうがいいですわね、とメアリー・ジェインが言った、そのあとでこの議論に決着をつけましょうよ。

ゲイブリエルが客間の外の踊り場に出ると、妻とメアリー・ジェインがアイヴァーズ嬢に食事をしていくようにと説き伏せているところだった。しかしアイヴァーズ嬢はもう帽子をかぶり袖なし外套のボタンをはめているところで、残ろうとはしなかった。お腹は少しもすいていなかったし、また彼女としてはすでに長居をしすぎていた。

――でも、一〇分だけでも、モリー、とコンロイ夫人が言った。それなら遅くならないでしょう。

――ほんの一口だけでも召しあがったら、とメアリー・ジェインが言った、あんなに踊ったあとですから。

――本当にだめなんですの、とアイヴァーズ嬢が言った。

――あなた、ちっとも楽しくなかったみたいね、とメアリー・ジェインはあきらめて言った。

――とっても楽しかったわ、本当よ、とアイヴァーズ嬢が言った、でも、ほんとに今すぐおいとまさせてくださいな。

――でも、どうやって帰って行くの？　とコンロイ夫人がたずねた。

――あら、川岸沿いにほんの二歩ほど行ったとこよ。

ゲイブリエルはちょっとためらってから言った、

――よかったら、アイヴァーズさん、ぼくが家へ送って行きますよ、本当に帰らなければならないのなら。

しかしアイヴァーズ嬢はみんなを振り切った。

――もういい、と彼女が叫んだ。後生だから、食事に行ってちょうだい、わたしをほっといてよ。自分の世話は自分でできるから。

――まあ、あなたってちょっと変わった女性ね、モリー、とコンロイ夫人があからさまに言った。

――バノハタ・リブ《さよなら》、とアイヴァーズ嬢は階段を駆け下りながら、笑って叫んだ。

メアリー・ジェインは、不機嫌な困ったような顔つきで彼女をじっと見送り、一方、コンロイ夫人は手すりに身を乗り出して、玄関のドアの音に耳をすませていた。ゲイブリエルは彼女が急に立ち去ることになったのは自分のせいだろうかと自問した。けれども、彼女は不機嫌そうではなかった。笑いながら帰っていったのだから。彼はぼんやりと階段を見おろした。

そのとき、ケイトおばは絶望のあまり両手を絞らんばかりにして、食堂からよちよち歩きで出てきた。

――どこ、ゲイブリエルは? と彼女は叫んだ。いったい、ゲイブリエルはどこ? 中ではお膳立てができてみなさんお待ちかねなのに、鵞鳥を切り分ける人がいないなんて!

――ここですよ、ケイトおばさん! とゲイブリエルが急に活気づいて叫んだ、何羽でも鵞鳥を切り分けてさしあげますよ、お望みとあれば!

テーブルの端に、丸々とした茶色の鵞鳥が一羽載っており、もう一方の端には、葉の付いたパセリの小枝が散らされた襞《ひだ》付きの台紙の上に、大きな豚の腿《もも》肉が載っていて、その外皮が取り除かれ、パン粉が振りかけられている。その脛《すね》のまわりにはきれいに仕上げた紙製のひだ飾りが巻いてあり、この横にはスパイスの利いた牛の腿肉がある。この張り合う両端の間に、サイド・ディッシュ用の皿が二列に平行して並んでいる。赤と黄のゼリーで作った二つの小さな教会堂。赤いジャム載せブラマンジェの塊が山盛りの浅皿。紫色の干しブドウと皮剝《む》きアーモンドとがいっぱいの、茎状の取っ手の付いた大きな緑の葉の形をした大皿。この大皿と対になっているのは、密集方陣を形どる[46]スミルナ産イチジクの載った大皿。すりおろしたナツメグを上に掛けたカスタード菓子の皿。金紙と銀紙で包んだチョコレートやキャンディーが盛ってある小鉢。背の高いセロリの茎が何本か立ててあるガラスの壺。テーブルの中央には、オレンジとアメリカ産リンゴをピラミッドの形に盛り付けた果物台の番兵として、ずんぐりとした旧式のカットグラスのデカンターが二本立ち、一本にはポートワインが、もう一本には薄黒いシェリー酒が入っている。蓋をした角型ピアノの上には、プディングが大きな黄色い皿に載って待機している。その背後には、スタウト、エール、ミネラルウォーターの瓶からなる三分隊が各々の軍服の色に従って整列していて、最初の二分隊は黒の軍服で茶と赤の名札を付け、三番目のもっとも小さな分隊は白の軍服で緑の懸章《けんしょう》を斜めに掛けている。

ゲイブリエルは堂々とテーブルの上座に着き、肉切りナイフの刃を調べてから、フォークをぐさっと鵞鳥に突き刺した。彼は今やすっかり気が楽になった、肉切りの名手であったし、なによりも山盛りのテーブルの上座にいることが好きだったから。

——ファーロングさん、どこを差し上げましょうか？　と彼がたずねた。手羽にします、それとも胸肉一切れ？

——胸肉、ほんの一切れだけ。

——ヒギンズさん、あなたはどれを？

——あら、どこでもいいですわ、コンロイさん。

ゲイブリエルとデイリー嬢が、鵞鳥を切り分けた皿と豚の腿肉やスパイスの利いた牛肉を分けて載せた皿を、次から次と渡していく間、リリーは熱い粉ふきジャガイモの皿を持って客から客へとまわっていた。そのジャガイモは白いナプキンで包んである。これを思いついたのはメアリー・ジェインであり、彼女はまた鵞鳥にリンゴソースを添えてはどうかと言ってみたが、ケイトおばは焼いただけでリンゴソースなしの鵞鳥のほうが自分にはいつだって十分おいしいのよ、まずくして食べたくはないわよと言ったのだ。メアリー・ジェインは自分の生徒たちの世話をやき、彼女たちに最上の肉切れが行き渡るように気をつけた。ケイトおばとジューリアおばは栓を抜き、紳士方にはスタウトとエールの瓶を、ご婦人方にはミネラルウォーターの瓶をピアノの上から持ち運んだ。混乱と笑いと騒音が満ちあふれている。注文とその取り消し、ナイフとフォーク、コルク栓とガラス栓、などの騒音だ。ゲイブリエルは、最初の一巡が終わると、自分のを用意しないで、すぐに二巡目の肉を切り分け始めた。みんなが大声で抗議するので、彼は妥協してスタウトをぐっと飲み干した。彼にとって実は肉を切り分けるのは大変な仕事だったのだ。メアリー・ジェインはそっと食事の席に着いたが、ケイトおばとジューリアおばはまだテーブルのまわりをよちよちと歩いており、互いにあとを追いかけて歩き合い、互いに邪魔し合い、互いに相手に聞いてもらえない指図をし合っている。ブラウン氏が彼女らに座って食事をとるように頼み込み、ゲイブリエルもそう頼んだ。けれど、二人とも時間はたっぷりありますからと言うので、とうとう、フレディ・マリンズが立ち上がり、ケイトおばを捕まえ、一同が笑いに囲まれるなかで彼女の椅子にドスンと座らせた。

みんなに十分料理が行き渡ったとき、ゲイブリエルはほほえみながら言った、

――さて、俗に言う鳥の詰め物をもう少しご希望の方は、男女を問わずおっしゃってください。

一斉に声が上がって彼に食事をとるようにと勧め、リリーが彼のために取っておいたジャガイモ三個を運んできた。

――そうしましょう、とゲイブリエルはもう一杯食前の酒をあおってから愛想よく言った、どうかみなさん、わたしのことを忘れてください、しばらくの間。

彼は食事に取りかかり、会話には加わらなかった。その会話でもって一座の人びとは、リリーが皿を片付ける際に立てる音をかき消した。話題になっているのは、ちょうど[47]ロイヤル座に出ている歌劇団である。バーテル・ダーシー氏はテナー歌手で、小粋な口ひげを生やした浅黒い顔色の若者であり、その彼は劇団の主役のコントラルト歌手をたいそう褒《ほ》め上げたが、ファーロング嬢はあの歌い方は少し下品だと思うと言った。フレディ・マリンズは、ゲイアティ座の[48]おとぎ芝居《パントマイム》の第二幕で黒人の頭《かしら》が歌っているが、あれは今まで聴いたうちで一番すばらしいテナー歌手の声をもつ一人だ、と言った。

――あんたね、彼のを聴いたかい？　と彼はテーブル越しにバーテル・ダーシー氏にたずねた。

――いや、とバーテル・ダーシー氏はぞんざいに答えた。

——というのはさあ、とフレディ・マリンズが説明した、ここできみの意見をどうしても聞いてみたいんだよ。ぼくはすばらしい声だと思うよ。

——本当の上物を掘り出すのはこのテディーがお得意だもんな、とブラウン氏は一座に向かって馴れ馴れしく言った。

——で、どうして彼もいい声していたらいかんのだ？　とフレディ・マリンズはつっけんどんにたずねた。たかが黒人だからか？

だれもこの質問に答えず、メアリー・ジェインが一座の話題を本格歌劇に引き戻した。生徒の一人が、《ミニョン》[49]の切符を一枚くれたの。もちろん、それってとてもすばらしかった、と彼女は言った、だけど、それは彼女にかわいそうなジョージーナ・バーンズのことを思いださせた。ブラウン氏はさらにもっと以前までさかのぼることができ、ダブリンにいつも来ていた昔のイタリア歌劇団を話題にした。ティーチェンス、イルマ・デ・ムルスカ、カンパニーニ、大トレベリ、ジュリーニ、ラヴェリ、アランブロのことを。あのころは、[50]と彼が言った、ダブリンでも歌らしい歌が聴けた時代でしてね。彼がなおも話したのは、旧ロイヤル座の天井桟敷が夜な夜なぎゅうぎゅう詰めだったとか、ある晩なんかイタリアのテナー歌手が、〈われは兵士のように倒れん〉[51]をアンコールで五回歌い、そのたびに高いハ音を入れたとか、大向こうの若者たちが熱狂のあまり、ある大〈プリマドンナ《花形女性歌劇歌手》〉の馬車から馬を取りはずし、自分たちで道じゅうずっと彼女の馬車を引いてホテルまで送っていったこともあるとか、だった。どうして今は懐かしい正歌劇《グランド・オペラ》を上演できないのかね、と彼はたずねた、《ディノラ》や《ルクレツィア・ボルジア》なんかを？　それを歌える声の持ち主がいないからだよ。それが理由ですな。

——へえ、だけど、とバーテル・ダーシー氏が言った、今だってあのころに劣らないいい歌手がいると思いますよ。

——どこにいる？　とブラウン氏は挑むようにたずねた。

——ロンドンにも、パリにも、ミラノにもですよ、とバーテル・ダーシー氏が熱を込めて言った。たとえば、(52)カルーソーなんか、あなたが名前を挙げたどんな人にもまったく見劣りしないと思いますよ、まさってはいないとしても。

——そうかもしれん、とブラウン氏が言った。けど、わしとしては、かなり疑わしいと申し上げておきましょう。

——まあ、わたしなにを差しおいても、カルーソーを聴きたいわ、とメアリー・ジェインが言った。

——わたしにとってはね、と骨に付いている肉をしゃぶり取っていたケイトおばが言った、テナー歌手は一人だけだったわ。わたしが気に入ったテナー歌手は、という意味ですけどね。でも、みなさんはどなたもその人の名前も耳にしたことないと思います。

——誰です、モーカンさん？　とバーテル・ダーシー氏が礼儀正しくたずねた。

——彼の名前はね、とケイトおばが言った、パーキンソンっていうの。(53) わたしが聴いたのは彼の全盛時代だったけど、その当時、彼のテナーといったら、それこそ古今のテナーのなかでも、最高に澄んだ声だったと思いますよ。

——変ですねえ、とバーテル・ダーシー氏が言った。そんな人、名前も聞いたことがありませんよ。

——いや、いや、モーカンさんのおっしゃるとおりですな、とブラウン氏が言った。わしは、パーキンソン老の名前を聞いた覚えがある。でも、わしにとってはあまりにも昔の人だよ。

——美しくて澄んでいて甘くて円熟したイギリスのテナーよ、とケイトおばが熱を込めて言った。

ゲイブリエルが食べ終わると、でかいプディングがテーブルに移された。フォークやスプーンのガチャガチャいう音がふたたび始まった。ゲイブリエルの妻がスプーンでプディングを取り分けて、皿をテーブルにまわした。その途中で皿はメアリー・ジェインに止められ、彼女はそれらの皿に木いちごかオレンジのゼリーのどちらか、またはジャムを載せたブラマンジェを添えた。プディングはジューリアおばのお手製で、四方八方からお褒めの言葉をもらった。彼女自身は、十分な茶色になっていないのよと言った。

——それなら、モーカンさん、とブラウン氏が言った、わしはあなたにとって十分な茶色《ブラウン》になってますでしょう、だって、わしはどこからどこまでもブラウンですから。

ゲイブリエルを除いて紳士たちはみんな、ジューリアおばに敬意を表してプディングをいくらか食べた。ゲイブリエルは甘党でないので、彼にはセロリがとってあった。フレディ・マリンズもセロリの茎を一本取って、プディングと一緒に食べた。血液にはセロリが一番だと聞かされていたし、ちょうど今医者にかかっているところであった。マリンズ夫人は、食事ちゅう黙りこくっていたが、息子が一週間かそこらしたらメラリー山に行く予定ですと言った。一座はそれからメラリー山のことを話題にして、あちらでは大気がとてもさわやかだとか、修道士たちがとても厚くもてなしてくれるとか、その彼らが宿泊人からほんのわずかな金だって請求しないとかを語り合った。

——じゃあなんですかい、とブラウン氏は信じられないというようにたずねた、そこへ行って、ホテル並みにそこへ泊まって、その土地の最良の物を食って、それからびた一文払わずに帰ってこれる、とおっしゃるのかな？

——あら、大方の人は帰るときに僧院へ寄附をいくらかするのですよ、とメアリー・ジェインが言った。

——わが宗派にもそういう施設があるといいですなあ、とブラウン氏が正直に言った。

彼が聞いてびっくりしたのは、修道士たちは一言も喋《しゃべ》らず、朝の二時には起床し、お棺の中で眠るということだった。何のためにそんなことするんですと彼はたずねた。

——それが[55]修道会の規則です、とケイトおばがきっぱりと言った。

——ええ、でもなぜ？　とブラウン氏がたずねた。

ケイトおばはそれが規則です、それだけのことです、とくり返した。ブラウン氏はまだ腑《ふ》に落ちない様子だった。フレディ・マリンズができるだけわかりやすく彼に説明したのによると、修道士たちは俗界の罪人たち全員の罪を償おうとしているのだ。この説明はあまりわかりやすくなかった。だから、ブラウン氏はにやにや笑って言った、

——その考えはまことに結構だが、寝心地のよいスプリング・ベッドでも効果は同じじゃないの、なにもお棺でなくたって？

——[56]お棺はね、とメアリー・ジェインが言った、あの人たちにご自分の最後のときを忘れさせないでくれるの。

話題が湿っぽくなってしまったので、テーブルを囲む人たちによって、それは沈黙のなかに葬り去られた。この沈黙の間に、マリンズ夫人が聞き取りにくいぼそぼそ声で隣の人に話しているのが聞きとれた、

——あの方たちはとてもいい人たちです、修道士のみなさん方は。とても信心深い方たちです。

干しブドウとアーモンドとイチジクとリンゴとオレンジとチョコレートとキャンディーが今食卓に手回しされ、ジューリアおばが一同に赤ワインかシェリー酒かどちらかを

飲むようにと勧めた。最初バーテル・ダーシー氏はどちらも断ったが、隣の人が肘を突いてなにかをささやくと、彼はグラスに注いでもらうことにした。最後の幾つかのグラスが満杯にされていくにつれて、徐々に会話は止んだ。会話が中断すると、聞こえるのはワインを注ぐ音と椅子をがたつかせる音だけだった。モーカン家の女性たちは三人ともテーブルクロスに目を落としている。だれかが一、二度咳払いをし、それから数人の紳士が静粛《せいしゅく》にというしるしにテーブルを軽くトントンとたたいた。静寂がおとずれると、ゲイブリエルは椅子をうしろに押して立ち上がった。

テーブルを軽くたたく音がたちまち大きくなって激励し、それからぴたっと止んだ。

ゲイブリエルは一〇本の震える指をテーブルクロスにもたせて、気まずそうに同席の人びとにほほえんだ。こちらを見上げる一列の顔に出くわして、彼は目をシャンデリアへと上げた。ピアノがワルツの調べを弾いていて、客間のドアにスカートのかする音が彼の耳に聞こえる。ことによると、外の川岸では人びとが雪の中に立ち止まって、ここの明かりのともった窓を見上げ、ワルツの音楽に耳を傾けているかもしれない。あそこは空気が澄んでいる。遠くには、例の公園があって、そこの木々は雪にのしかかられているのだ。(57)ウェリントン記念碑もきらきら光る雪の帽子をかぶり、その帽子は西に向かって白い〈一五エーカーが原〉越しにきらめく。

彼は口を切った、

であります。

──みなさん。

──今宵も例年のごとく、まことに喜ばしい務めを果たさせていただくことになりましたが、この務めは、話し手としてのわたくしの乏しい能力ではたいそう心許《こころもと》ない次第であります。

──いや、いや、とブラウン氏が言った。

──ですが、それはともかくといたしまして、今宵みなさん方にひたすらお願いしますのは、どうかわたくしの意のあるところをお汲みとりくださいまして、わたくしが日ごろ感じておりますところをこの機会に言葉にして申しあげます間、しばらくご静聴《せいちょう》いただきたいということであります。

──みなさん。わたしどもがこのもてなしのよい屋根の下で、このもてなしのよい食卓のまわりに集《つど》うのは、これがはじめてではありません。わたしどもが、ある善良なご婦人方の手厚いもてなしを受ける者となりますのは──いや、ひょっとすると、犠牲になる者と申し上げたほうがよいかもしれませんが──これがはじめてではありません。

彼は片腕で空中に円を作り、少し間《ま》をおいた。だれもが笑い声をあげたり、ケイトおばやジューリアおばやメアリー・ジェインにほほえみかけたりすると、三人とも喜びのあまり顔が真っ赤になった。ゲイブリエルはもっと大胆に言葉を続けた、

──年が巡《めぐ》るごとに、わたくしがますます強く感じますのは、わが国には、手厚いも

てなしの伝統といえるほどの名誉なものがあり、しかもこれほど用心深く国が守っていかねばならない伝統は、ほかにないということであります。これはわたくしが経験いたします限り——まあ、わたくしは少なからず外国の土地を訪れておりますが——現代の諸国の間では類をみない伝統といえましょう。人によっては、わたしたちにとってそれは自慢できるものではなくて、むしろ欠点だと言うかもしれません。しかし仮にそうだといたしましても、わたくしに言わせれば、それは気高き欠点であり、わたしたちの間で、必ずや、末長く育成されていくであろう欠点であります。少なくとも次の一つのことについて、わたくしは確信をもっております。この一つ屋根の下に先ほど述べました親切なご婦人方がお住まいになっていらっしゃる限りは——そしてわたくしはそれが末永く続くことを心から願うものでありますが——誠実で心温かく礼儀正しいアイルランド式もてなしの伝統、つまりわたしたちの先祖がわたしたちに伝え、今度はわたしたちが子孫に伝えていかなければならないこの伝統は、まだわたしたちの間に生きているということであります。

心から同意するささやき声がテーブルを駆け巡った。ふと、ゲイブリエルの心に、アイヴァーズ嬢がこの席にいないこと、無礼にも帰ってしまったことがよぎった。それで、彼は自信をもって言った、

——みなさん。

――新しい世代がわたしたちの真っ只中に育ちつつあります。新しい理念と新しい主義に突き動かされる世代です。その世代は生まじめでこれらの新しい理念に熱狂しています。その熱狂振りは、たとえ誤っている場合でも、わたくしが思いますのに、概して誠実であります。けれども、わたしたちは懐疑的な、そしてこのような言葉を使ってもよろしければ、思想にさいなまれる時代に生きているのです。そして時としてわたくしが懸念いたしますのは、この新しい世代は、教育のある、といいますか、過度に教育のあるこの世代は、もっと古い時代のものであるもろもろの特質、つまり人間らしさや手厚いもてなしや心やさしいユーモアといった特質に欠けることになりはしないでしょうか。今宵、過去のあの偉大な歌い手たちのお名前に耳を傾けていますと、正直なところ、わたしたちは以前ほどゆったりとしていない時代に生きているように思われてなりませんでした。あの時代は、大げさでなく、ゆったりとした時代だったと呼べるのかもしれません。それで、あの時代は過ぎ去って二度と呼び戻せないまでも、わたしたちはせめてこう希望しようではありませんか――このような集いにおいて、わたしたちはいつまでもあの時代のことを誇りと愛情をもって語り合うだろう、その名声が消えるのを世間が潔しとしない、かの去りにし偉大な人びとの記憶を、わたしたちはいつまでも大切に心に抱き続けるだろう、と。

――そうだ、そうだ！　とブラウン氏が大声で言った。

――しかしそうは申しましても、とゲイブリエルは声をもっと柔らかな抑揚に落として続けた、このような集いには必ず、わたしたちの胸にもっと悲しい思いが浮かんでまいります。過去のこと、青春のこと、移り変わりのこと、今宵ここでお見受けしない懐かしく思いだすあの顔この顔のことであります。わたしたちの人生航路にはこのような幾多の悲しい記憶が撒き散らされています。そして、仮にわたしたちがそうした記憶のことをいつもくよくよ考え込むとすれば、わたしたちは生きている人びとの間で果敢に仕事を続けていく気力をみいだすことができないでしょう。わたしどもはだれもみな生きた義務や生きた愛情をもっていて、それらはわたしどものたゆまない努力を要求しますし、それも正当に要求するのであります。

――それゆえに、過去についてこれ以上語るつもりはありません。今宵この場で陰気なお説教をのさばらせるつもりはありません。わたしたちはせわしない慌しい毎日の退屈な日課から逃れて、ここにほんのつかの間集《つど》っているのであります。わたしたちは友愛の精神をもつ友人同士として、また幾分かは、〈同士愛〉の真の精神をもつ同僚同士として、そしてまた、ダブリン音楽界の――なんとお呼びいたしましょうか？――そう、美の三女神の客人として、一堂に会しているのであります。

　このしゃれた言葉に一同は拍手喝采と笑いを爆発させた。ジューリアおばはゲイブリエルが何と言ったのかを教えてと左右の隣人めいめいに頼んだが、要領を得ないようだった。

――わたしたちを美の三女神だと言うの、ジューリアおばさん、とメアリー・ジェインが言った。

ジューリアおばはよくわからなかったけれども、ほほえみながらゲイブリエルを見上げた。ゲイブリエルは同じ調子で続けた、

――みなさん。

――わたくしはパリスが別の機会に演じた役割を、今宵演ずるつもりはありません。わたくしはお三方のなかから選ぶつもりはありません。その仕事は恨みをかう仕事でしょうし、またわたくしの拙《つたな》い力では無理な仕事でもありましょう。と申しますのは、この方たちを順番に拝見しますと、その善良な心が、それも善良すぎる心が、この人を知るすべての人びとには代名詞のようになっている、わたしたちの第一の女主人その人であれ、あるいは、永遠の若さに恵まれているようにみえてしかもその歌声たるや、今宵わたしたちすべての者にとって一つの驚きであり一つの啓示であったにちがいない、そのお姉さんであれ、あるいはまた、最後になってしまいましたが、才能があり、陽気で、働き者で、世にこれ以上の姪御さんはあり得ない、もっとも若き女主人であれ、わたくしは白状いたしますが、みなさん、そのどなたに賞を与えたらよいかわたくしにはわからないのであります。

ゲイブリエルはおばたちをちらっと見下ろして、ジューリアおばの顔に浮かんだ満面の笑みとケイトおばの目ににじむ涙を見ながら、締めの言葉へと急いだ。一座のみんなが待ちかねてグラスに指を触れるなか、彼は赤ワインのグラスを勇ましく持ち上げて、声高に言った、

――さあ、まとめてお三方全員に乾杯しましょう。お三方の健康と、富と、長寿と、幸福と、繁栄を祝して乾杯しましょう。さらに、お三方が専門の仕事において保っていらっしゃる、輝かしくも自力で獲得された地位と、そして、お三方がわたしたちの心のなかに保っていらっしゃる、名誉と愛情の地位を、末長く保ち続けられますように。

客はグラスを手にして一斉に立ち上がり、三人の座った女性のほうを向くと、ブラウン氏が音頭をとって斉唱した、

[58]みんなとても陽気なやつらだ、
みんなとても陽気なやつらだ、
みんなとても陽気なやつらだ、
それはだれも否定できない。

ケイトおばは人目もはばからずハンカチを使っていたし、ジューリアおばでさえ感動

しているようだ。フレディ・マリンズはプディング用フォークで拍子をとり、歌い手たちは、まるで歌で協議中かのように、互い同士向き合って、力を込めて歌った、

嘘つきでない限り、
嘘つきでない限り。

それから、一同はもう一度女主人たちのほうに向き直って、歌った、

みんなとても陽気なやつらだ、
みんなとても陽気なやつらだ、
みんなとても陽気なやつらだ、
それはだれも否定できない。

続いて起こった喝采は、夜食の部屋のドアを越えて他の客の多くも加わり、何度もくり返され、その間フレディ・マリンズがフォークを高くさし上げて指揮官を務めた。

凍《い》てつくような朝の空気が彼らの立っていた玄関広間に入ってきた。それで、ケイトおばが言った、

◆ ◆ ◆

――ドアを閉めて、だれか。マリンズの奥さんが風邪をお引きになるわ。

――ブラウンが外に出ているのよ、ケイトおばさん、とメアリー・ジェインが言った。

――ブラウンは神出鬼没なんだから、とケイトおばが声を低めて言った。

メアリー・ジェインはその口調に笑った。

――実は、と彼女(59)はいたずらっぽく言った、あの人とてもよく気がつくのよ。

――あの人はガスみたいにここにずっと引いてあったのよね、とケイトおばが変わらぬ口調で言った、クリスマスの間じゅうずっとね。

彼女も今度は上機嫌で笑い、それからすかさず言いたした、

――でも、あの人に入るように言ってちょうだい、メアリー・ジェイン、入ってドアを閉めるようにって。わたしの言ったこと聞こえてなければいいけど。

ちょうどそのとき、玄関のドアが開いて、ブラウン氏が、心臓が破裂せんばかりに笑いながら、戸口の上がり段のところから入ってきた。彼は、袖口と襟にまがいのアスト(60)ラカン皮を付けた緑色の長外套を着て、頭には卵形の毛皮帽をかぶっている。彼が雪に

覆われた川岸を指さすと、そちらから、かん高い長く伸ばした口笛の響きが風に運ばれてきた。

——テディはダブリンじゅうの馬車を呼び出すつもりですな、と彼が言った。

ゲイブリエルは事務所の奥にある小さな食器室から、もがくようにして外套に腕を通しながら進み出て、玄関広間をぐるっと見回して、言った、

——グレタまだ降りてこないの？

——身支度しているところよ、ゲイブリエル、とケイトおばが言った。

——階上《うえ》でピアノ弾いてるのは誰です？　とゲイブリエルがたずねた。

——だれもいないのよ。みんな帰ったわよ。

——あら、ちがうわ、ケイトおばさん、とメアリー・ジェインが言った。バーテル・ダーシーとオキャラハンさんがまだ下りてませんよ。

——だれかがピアノをかき鳴らしてますよ、ともかくも、とゲイブリエルが言った。

メアリー・ジェインはゲイブリエルとブラウン氏をちらっと見て、震えながら言った、

——ぞくぞくしてきますわ、あなた方紳士がお二人そのように包《くる》まっていらっしゃるのを見ると。こんな時間に帰宅の途におつきになるのに立ち会うのはごめんこうむりたいですわね。

——今この瞬間、わしが一番やりたいのはじゃね、とブラウン氏がびくともせずに言

った、田舎を元気いっぱいに散歩するか、すこぶる威勢のいい駿馬《しゅんめ》をかじ棒につないだ馬車で突っ走るかなんですわ。

——かつてうちにはね、とても立派な馬と二輪馬車があったのですよ、とジューリアおばが悲しそうに言った。

——あの忘れがたきジョニーね、とメアリー・ジェインが笑って言った。

ケイトおばとゲイブリエルも笑った。

——へえ、ジョニーのどこがすてきだったんです？　とブラウン氏がたずねた。

——今はなきパトリック・モーカン、つまりぼくたちの祖父は、とゲイブリエルが説明した、晩年はあの老紳士と一般に呼び習わされていましたけど、膠《にかわ》製造業者でした。

——あら、いやだ、ゲイブリエル、とケイトおばが笑いながら言った、あの人は糊《のり》工場を持ってたのよ。

——まあ、膠にしろ糊にしろ、とゲイブリエルが言った、その老紳士にはジョニーという名の馬がいました。そしてジョニーはその老紳士の工場で働いていて、いつもぐるぐる、ぐるぐる回ってひき臼《うす》を動かしていたんです。そこまではとてもうまくいきました。しかし、ここでジョニーの悲劇がおとずれるのです。ある日のこと、その老紳士は公園の閲兵式《えっぺいしき》にお歴々と一緒に馬で参列したいと思いたったのでした。

——主よ、あの人の魂にお慈悲を、とケイトおばが哀れみを込めて言った。

――アーメン、とゲイブリエルが言った。そこでその老紳士は、今言いましたように、ジョニーには馬具を付け、自分は最上の山高帽をかぶり最上の幅広の襟飾りを着《つ》けて、堂々と先祖伝来のお屋敷から乗り出しました、そこはバック小路の近くのどこかだと思いますが。

ゲイブリエルの話し方に、だれもが、マリンズ夫人さえも、笑った。するとケイトおばが言った、

――あら、まあ、ゲイブリエル、バック小路には住んでいませんでしたよ、実のところは。あそこには工場があっただけよ。

――その先祖伝来のお屋敷から、とゲイブリエルは言葉を続けた、彼はジョニーに乗ってお出になったのです。そして、万事がうまくいきました、ジョニーがビリー王の銅像の見える所に来るまでは。そのとき、奴《やっこ》さん、ビリー王がお乗りの馬と恋に落ちたのか、それとも工場に舞い戻ったと思ったのか、とにかく、銅像の周りをぐるぐる回り始めたのです。

一同が笑い声につつまれるなか、ゲイブリエルはガロッシュを履いたまま、玄関広間をぐるっと円を描いて歩いた。

――ぐるぐる、ぐるぐるその馬は回りました、とゲイブリエルが言った、それで、その老紳士は、たいへんもったいぶった老紳士でしたので、いたく憤慨《ふんがい》しました。へ行け

ったら、おい！　どういうつもりなんだ、えっ？　ジョニー！　ジョニー！　なんだこのとんでもない振る舞いは！　馬の考えることは、ようわからん！〉

ゲイブリエルがこの出来事をまねてみせたことで起こった爆笑は、玄関のドアをけたたましくたたくノックの音でさえぎられた。メアリー・ジェインは走っていってドアを開け、フレディ・マリンズを中に入れた。帽子を頭のうしろへ押しやり、寒さで肩を丸めたフレディ・マリンズは、激しく動いたあとなので、フウフウ言って湯気をたてている。

——馬車は一台しか捕まらなかった、と彼が言った。

——ああ、ぼくらは川岸沿いでもう一台見つけるから、とゲイブリエルが言った。

——そうね、とケイトおばが言った。マリンズの奥さんを隙間風のなかに立たせておかないほうがいいわね。

マリンズ夫人は自分の息子とブラウン氏の手を借りて正面入口の階段を降り、いろいろ手をやかせたあげく、馬車の中に押し上げられた。フレディ・マリンズはそのあとから馬車によじ登り、ブラウン氏から助言を受けながら、ずいぶんと手間取って母親を座席につかせた。ようやく母親が心地よく席につくと、フレディ・マリンズはブラウン氏に馬車へ乗るように誘った。ごたごたした話がたっぷり交わされ、それからブラウン氏が馬車に乗り込んだ。御者は自分の膝に毛布をきちんと掛け、身をかがめて行き先をたずねた。ごたごたはさらにひどくなり、フレディ・マリンズとブラウン氏はどちらも馬車の窓から首を突き出して、御者に別々の道を教えた。御者が困ったのはブラウン氏を途中のどこで降ろしたらよいかがわからないことだった。これに、ケイトおばとジューリアおばとメアリー・ジェインが戸口の上がり段から論争に手を貸して、くいちがった指図をしたり、反対の意見を出したり、笑いこけたりしている。フレディ・マリンズなんかは、笑いすぎて口がきけなかった。彼は帽子をあやうく落しそうになりながらも、しょっちゅう窓から首を出したり引っ込めたりして、そのつど母親に論争の進み具合を教えた。やっとのことで、ブラウン氏がみんなの騒々しい笑いを上まわる大声で、おろおろしている御者にどなった、

——トリニティ[62]大学知ってるか？

——はい、だんな、と御者が言った。

——じゃあ、トリニティ大学の門にどんと乗りつけてくれ、とブラウン氏が言った、そしたらそこで行き先を教えるよ。わかったかい？

——はい、だんな、と御者が言った。

——トリニティ大学へすっ飛ばせ、鳥のように。

——はい、だんな、と御者が叫んだ。

馬に鞭があてられ、馬車は、笑い声とさよならの合唱のなかを、川岸沿いにガラガラ

と走り去った。

ゲイブリエルはドアの所へはほかの人たちと一緒に行かなかった。彼は玄関広間の暗がりにいて階段を見上げていた。一人の女性が階段の途中の踊り場近くに、やはり暗がりに立っていた。顔は見えなかったが、[63]スカートの赤褐色とサーモンピンク色の細長い縦ぎれ飾り《パネル》を見てとることができ、それは暗がりでは黒と白に見えた。彼の妻だ。彼女は手すりにもたれて、なにかに聞き入っている。ゲイブリエルは彼女がじっとしている様子に驚き、自分もまた耳をすませて聞こうとした。しかし、玄関の上がり段の笑い声や言い交わす声、ピアノで弾かれる幾つかの和音、それに男の声が歌う幾らかの節回しを除いては、これといってなにも聞こえなかった。

彼は、玄関広間の薄暗がりにじっとして、その声が歌っているメロディを聴きとろうとしたり、妻を見上げたりした。彼女の姿勢は優雅で神秘的で、まるでなにかの象徴のようだ。階段の暗がりに立って遠くの音楽に耳を傾けている女性は何の象徴なのかな、と彼は自問した。彼が画家なら、あの姿勢をしている彼女を描くであろう。彼女の青いフェルト帽は暗闇を背景に髪のブロンズ色を引き立てるだろうし、スカートの暗い縦ぎれ飾りは明るい縦ぎれ飾りを引き立てるだろう。その絵に〈[64]遠くの音楽〉という題をつけるだろう、彼が画家であるならば。

玄関のドアが閉まった。そして、ケイトおば、ジューリアおば、それにメアリー・ジェインが、まだ笑いながら、玄関広間をこちらにやって来た。

——いやもう、フレディってひどいじゃない？　とメアリー・ジェインが言った。彼ってほんとにひどいんだから。

ゲイブリエルはなにも言わずに、階段の上方の妻が立っているあたりを指さした。玄関のドアが閉められてみると、その声とピアノは今までよりはっきりと聴こえる。ゲイブリエルは、片手を上げて、三人に静かにするようにと合図した。歌は古いアイルランドの調性を用いているらしかったが、歌い手は歌詞もうろ覚えで発声にも自信がないようだった。その声は、一つには遠いせいで、また一つには歌い手のしゃがれ声のため、憂いを帯びていたが、悲しみを表す歌詞と相まってメロディの抑揚にかすかな彩《いろど》りを添えている。

(65)ああ、雨がわたしの重い髪に降り
露がわたしの肌をぬらし、
わたしの乳飲み子は冷たく横たわる……

——あら、とメアリー・ジェインが声をあげた。バーテル・ダーシーが歌ってる、今晩はずっと歌おうとしなかったのに。そうだわ、一曲歌ってから帰ってもらわなくっちや。

――ああ、ぜひともね、メアリー・ジェイン、とケイトおばが言った。

メアリー・ジェインは、みんなのそばをさっと通り抜け、階段へと走ったが、彼女がそこに着く前に歌はやみ、ピアノの蓋が不意に閉じられた。

――あら、残念！　と彼女が叫んだ。彼降りてくるの、グレタ？

ゲイブリエルは、妻がええと答えるのが聞こえみんなのほうへ降りてくるのが見えた。彼女の数段あとには、バーテル・ダーシー氏とオキャラハン嬢がいた。

――まあ、ダーシーさん、とメアリー・ジェインが叫んだ、あなたって最低よ、あんなふうにいきなりやめてしまうなんて、わたしたちみんながうっとりして聴きいっていたのに。

――あたしなんか、一晩中この人にせがんでいたのですよ、とオキャラハン嬢が言った、それにコンロイの奥さんもよ、なのに、風邪がひどくて歌えないって言ったの。

――まあ、ダーシーさん、とケイトおばが言った。じゃあ、とんだ嘘だったのね。

――おわかりいただけませんか、カラス顔負けのしゃがれ声をしているのが？　とダーシー氏は声を荒立てて言った。

彼は急いで食器室に入って外套を着た。みんなはその乱暴な口のきき方に面食らい、どう言ったらいいのかわからなかった。ケイトおばは眉をひそめ、みんなに合図して、この話題をやめさせた。ダーシー氏は立ったまま、念入りに首を包み顔《くる》をしかめている。

――お天気のせいね、とジューリアおばが少し間をおいて言った。

――ええ、みんな風邪を引いているわ、とケイトおばはすぐに言った、みんなね。

――聞くところによると、とメアリー・ジェインが言った、(66)こんな雪は三〇年ぶりですって。今朝の新聞では、アイルランドじゅうどこもかしこも雪だとか。

――わたし、雪景色好きよ、とジューリアおばが悲しげに言った。

――あたしもそうよ、とオキャラハン嬢は言った。地面に雪が積もっていないと、クリスマスなんて、本当のクリスマスだとは思えませんわ。

――だけど、お気の毒に、ダーシーさんは雪がお好きじゃないのね、とケイトおばが笑って言った。

ダーシー氏がすっぽり包まりボタンをかけて食器室から出てくると、後悔した口調で風邪を引いた経緯《いきさつ》をみんなに話した。だれもが彼に助言をあたえ、とてもお気の毒ねと言い、夜風に喉をあてないように十分お気をつけになってとしきりに言った。ゲイブリエルは会話に加わらない妻を見つめた。彼女は、ほこりだらけの扇窓の真下に立っていて、(67)ガス灯の炎が彼女の髪の鮮やかなブロンズ色を照らしている。その髪を彼女が暖炉の火で乾かしているところを、彼は二、三日前に見かけたのだった。彼女は先ほどと同じ姿勢をとったままで、周りの話には気づいていない様子だ。やっと彼女が彼らのほうに振り向くと、ゲイブリエルはその頬が赤らみ、目がきらきらしているのに気づいた。突然、歓喜の潮が彼の心から跳び出してきた。

――ダーシーさん、と彼女が言った、あなたがうたってらした歌の名前、何ていうんです？

――〈オーグリムの乙女〉という歌です、とダーシー氏が言った、だけど、ちゃんと思いだせませんでした。なぜです？　ご存知なんですか？

――〈オーグリムの乙女〉ね、と彼女はくり返した。わたし、その名前が思いだせなかったの。

――とってもいい歌ね、とメアリー・ジェインが言った。今夜は声がよく出なくって残念ね。

――これ、メアリー・ジェイン、とケイトおばが言った、困らしちゃだめよ、ダーシーさんを。わたし、この人がお困りになるのを見たくありませんからね。

みんなの出発の用意ができたのを見て、彼女がドアまで先導し、そこでおやすみなさいが言い交わされた、

――それ[68]では、おやすみなさい、ケイトおばさん、楽しい夕べでした。

――おやすみ、ゲイブリエル。おやすみなさい、グレタ！

――おやすみなさい、ケイトおばさま、ほんとにありがとうございました。おやすみ

なさい、ジューリアおばさま。

——ああ、おやすみ、グレタ、あなたに気づかなかったわ。

——おやすみなさい、ダーシーさん。おやすみなさい、オキャラハンさん。

——おやすみなさい、モーカンさん。

——もう一度、おやすみなさい。

——おやすみなさい、みなさん。気をつけて帰ってね。

——おやすみなさい。おやすみなさい。

朝(69)はまだ暗かった。くすんだ黄色い光が家々や川の上に静かに覆っている。空が降りてくるようだ。足元はぬかるんでいる。雪は、屋根の上や川岸の欄干の上や半地下勝手口の柵の上に、筋やまだらとなって、積もっているだけだ。街灯が曇った大気のなかで赤くまだ燃えており、川向こうでは、〈四法廷〉(70)裁判所の大きな建物がどんよりした空を背景に、威圧するように浮き出ていた。

彼女が彼の前を、バーテル・ダーシー氏と歩いていた。茶色い包みにくるんだ靴を小脇に抱え、両手はスカートをぬかるみに汚れないよう摘《つま》み上げている。彼女にはもはや先ほどの姿勢の優雅さなんかどこにもなかったが、ゲイブリエルの目はまだ幸せで輝いている。血が彼の血管のなかを弾むように流れ、もろもろの思いが脳みそのなかを荒れまわった——誇らしい思い、楽しい思い、いとしい思い、勇ましい思いが。

彼女が彼の前を、あまりに軽やかにあまりに背筋を伸ばして歩くので、彼は背後から音をたてずに走りよって、両肩をつかまえ、彼女の耳元でなにか馬鹿げた愛の言葉をささやきたかった。彼女があまりに弱々しく見えるので、なにかから守ってやって、それから彼女と二人きりになりたかった。二人だけの秘密の生活の折節がとつじょ、星々のように、彼の記憶にきらめいた。藤色の封筒が朝食のカップのそばに置いてあり、彼はそれを手で撫《な》でていた。鳥たちが蔦《つた》の間でさえずり、日に照らされたカーテンの網目が床にちらちらと光っていた。彼は幸せすぎて食事が喉を通らなかった。二人はごった返すプラットホームに立っていて、彼は彼女の手袋をした温かい掌《てのひら》に切符を握らせていた。彼は彼女と一緒に寒いなかに立っていて、格子窓を覗《のぞ》き、一人の男が燃えさかる竈《かまど》で瓶を作っているのを見ていた。とても寒かった。冷気のなかで彼女の顔はよい香りを放ち、彼の顔のすぐそばにある。すると突然、彼女は竈の男に呼びかけた、

——火熱いですか?

しかし、その男は竈の騒音で彼女の声が聞きとれなかった。そのほうがかえってよかった。乱暴に答えてきたかもしれなかったから。

さらにもっとやさしい歓喜の波が彼の心臓から逃れ出て、温かな洪水となって彼の動脈を駆け巡った。だれも知らないし、これからだってだれも知ることはない二人だけの生活の折節がとつじょ、星々のやさしい火花のように、ほとばしりでて彼の記憶に光を

当てた。彼女にこういった折節を思い起こさせたかった、二人がだらだらと暮らした歳月を忘れさせて、二人の恍惚《こうこつ》の折節だけを思いださせたかった。というのも、彼が思うに、これまでの歳月は彼の魂の火も彼女の魂の火もまだ消し去ってはいなかったからだ。二人の子供も、彼の著述も、彼女の家事も、二人の魂のやさしい火をすっかり消し去ってはいなかった。あのころ彼女に書いた手紙のなかで、彼は言ったことがあった。〈ここに書き連ねた言葉はどれもぼくには実につまらない冷たいものに思えるのですが、それはなぜでしょうか？　それはあなたの名前にふさわしいほどのやさしい言葉がこの世にないからでしょうか？〉

遠くの音楽のように、彼が何年か前に書いたこれらの言葉が過去から彼の前へと運ばれてきた。彼女と二人きりになりたい。ほかの二人が去ったあと、彼と彼女がホテルの部屋に入ったら、そのときは二人きりになれるであろう。彼女をそっと呼んでみよう、

――グレタ！

ことによるとすぐには聞こえないかもしれない、彼女は服を脱いでいるところだから。それから彼の声のなにかが彼女の心を打つであろう。彼女は振り向いて彼を見る……。

ワインターヴァーン通り[71]の角で、彼らは馬車を拾った。彼にはそのガタガタいう音がうれしかった。そのお陰で会話をしなくてすむからだ。彼女は窓の外を眺めていて、疲れているらしかった。ほかの二人はどこかの建物か通りを指さして、二言、三言だけ話

している。馬は朝の曇り空の下を、すぐうしろに古ぼけたガタガタいう大箱を引きずって、気だるげに駆けている。すると、ゲイブリエルはふたたび彼女と一緒に馬車の中にいて、船の出航に間にあうように駆け、二人の新婚旅行に向けて駆けていた。

馬車が[72]オコネル橋を渡るときに、オキャラハン嬢が言った、

――オコネル橋を渡るときは、必ず白い馬を見るって言いますよね。

――今回は、白い人が見えますよ、とゲイブリエルが言った。

――どこに？　とバーテル・ダーシー氏がたずねた。

ゲイブリエルは[73]その銅像を指さした。その上には、雪がまだらに積もっている。それから彼は親しげにそれにうなずいてみせ、手を振った。

――おやすみ、ダン、と彼は陽気に言った。

馬車がホテルの前に横づけされると、ゲイブリエルは飛び降り、バーテル・ダーシー氏が抗議したにもかかわらず、御者に金を払った。料金以外に彼は一シリングを男に与えた。男は会釈をして言った、

――新年もよいお年でありますように、お客さま。

――きみにとってもな、とゲイブリエルは心から言った。

彼女はしばらく彼の腕に寄りかかった、馬車から降りる際に、また縁石に立ってほかの二人におやすみを告げる間に。彼女は軽く彼の腕に寄りかかった、数時間前に彼とダ

ンスをしたときと同じように軽く。あのとき彼は肩身が広く幸せな気持ちだった、彼女が自分のものであることが幸せだった、彼女の優雅さと妻にふさわしい物腰とに肩身が広かった。だが今や、これほど数多い思い出がふたたび燃え上がったあとで、はじめて、彼女の音楽みたいな不思議な匂い立つ体に触れると、激烈な肉欲の疼《うず》きが彼の体じゅうを走った。彼女が黙っているのをよいことに、その腕をぴたりと自分の脇腹に押しつけた。そして、ホテルの入り口に立っているとき、彼は思った、今二人は生活や義務から逃れ、家庭や友人たちから逃れ、荒々しくかつ晴れ晴れとした心で、新しい冒険へと手に手を取りあって駆け落ちしてきたのだ、と。

一人の老人が玄関広間の覆いの付いた大きな椅子でうたた寝をしていた。彼は事務所でろうそくに火をつけ、二人の先に立って階段へ向かった。二人は黙って彼についていく。ぶ厚い絨毯《じゅうたん》の敷いてある階段を二人の足が踏みつけるたびに柔らかいドシッ、ドシッという音がした。彼女は門番のうしろから階段を上っていく。彼女の頭は上るときにうな垂れ、彼女のきゃしゃな肩は重荷を背負っているかのようにまがり、彼女のスカートは体にぴちっと巻きついている。彼は両腕を彼女の腰にまわして身動きできないほど抱きしめることだってできるであろう。というのも、彼の腕は彼女をつかみたい欲望でわなわなと震えていて、両手の爪を両方の掌に押しつけてかろうじて肉体の荒々しい衝動を抑えているのだから。門番は階段の途中で立ち止まり、ろうが垂れているろうそくを立て直した。二人も彼より下の段に立ち止まった。静寂のなかでゲイブリエルの耳に、溶けたろうが受け皿に落ちる音と自分の心臓があばら骨にどきんどきんとぶつかる鼓動とが聞こえた。

門番は二人を廊下づたいに案内し、ある部屋のドアを開けた。それから、ぐらぐらするろうそくを化粧台の上に置き、朝は何時に起こしたらいいでしょうかとたずねた。

——八時、とゲイブリエルが言った。

門番は、電気の差し込み口を指さして、ぶつぶつと電気の点《つ》かない言い訳をしだしたが、ゲイブリエルはそれをさえぎった。

——明かりはいらない。通りからの明かりで十分だよ。あ、ちょっと、と彼はろうそくを指さしてつけ加えた、その結構な物は持ち返ってくれないか、すまないが。

門番はろうそくをふたたび取り上げたけれども、それはゆっくりとだった、というのも客からのこのようなとっぴもない意見に驚いたからだ。それから、彼は口のなかでおやすみなさいとつぶやいて出ていった。ゲイブリエルは錠をかけた。

街灯からの幽霊のような明かりが長い一条の光線となって、一つの窓からドアまで伸びている。ゲイブリエルは外套と帽子を長椅子に放り投げ、部屋を横切って窓のほうへ行った。彼は通りを見下ろして感情の高ぶりを少し静めようと思った。それから向き直って、明かりを背にしてタンスに寄りかかった。彼女はすでに帽子と外套を脱いでいて、大きな吊り鏡の前に立って、ブラウスのホックをはずしている。ゲイブリエルは彼女を見つめながらちょっと間をおき、それから言った、

——グレタ！

彼女はゆっくりと鏡から向き直ると、一条の光に沿って彼のほうへ歩いてきた。その顔はひどく真剣で疲れているようなので、ゲイブリエルの口から思っていた言葉が出てこなかった。いや、今はそのときじゃない。

——疲れているように見えたけど、と彼は言った。

——疲れているの、少し、と彼女が答えた。

——気分は悪くないのか？

——いいえ、疲れているだけなの。

彼女はそのまま窓のところへ行って、そこに立ち、外を眺めている。ゲイブリエルはふたたび待ち、それから、気後れがして自分がそれに打ち負かされるのではと心配になったので、いきなり言った、

——ところで、グレタ！

——なあに？

——きみ、あのかわいそうなマリンズのやつを知ってるだろう？　と彼は早口で言った。

――ええ、あの人がどうかしたの？

――いや、気の毒なやつさ。あいつさ、結局はちゃんとした男なんだよ、とゲイブリエルは作り声で続けた。貸してやったあの一ポンドを返してくれたんだ、ほんとはそんなの当てにしてなかったけど。残念なのはあのブラウンとの腐れ縁だよ、だって根は悪いやつじゃないのだから。

彼は今やいら立って震えていた。なぜ女房はこんなにぼけっとしているのだろう？　彼はどんな切り出し方にしたらよいのかわからなかった。彼女もなにかで悩んでいるのだろうか？　こちらを向くか、自分のほうからこっちへ来てくれさえしたら！　この雰囲気のなかで迫ったら強姦になる。いや、まず彼女の目にいくらかでも情熱を認めてからでなくては。彼は妻のよそよそしい気分を征服したいと切望した。

――いつあの人にその一ポンドを貸したの？　と彼女は一息ついてからたずねた。

ゲイブリエルは飲んだくれのマリンズとやつの一ポンドについて、口汚い言葉を吐き捨てたいのをやっきになって抑えた。彼は心底から彼女に叫びたかった、これの体を自分の体に押し[74]つけてつぶしたかった、これを征服したかった。しかし、彼は言った、

――ああ、クリスマスのときだよ、彼がヘンリー通りで小さなクリスマスカード店をオープンしたときさ。

彼は怒りと欲望の熱でかっとなっていたので、彼女が窓辺からこちらへ来るのが聞こ

えなかった。彼女は一瞬だけ彼の前に立ち、不思議そうに彼を見た。それから、突然つま先立ちして彼の両肩に軽く両手を載せると、彼にキスをした。

——あなたってとても寛大な方ね、ゲイブリエル、と彼女が言った。

ゲイブリエルは、不意のキスと一風変わった言いまわしに喜びで震えながら、彼女の髪に両手を置き、指が触れるか触れないかの感じで、その髪をうしろに撫でつけ始めた。洗髪《せんぱつ》のせいで、きめ細かくつやつやしている。彼の心は幸せであふれそうになっている。ちょうど望んでいたときに、彼女が自分のほうから来てくれたのだ。ことによると、彼女の思いも彼の思いと一緒に動いていたのかも。ことによると、彼女は彼のなかにある衝動的な欲望を感じとって、それから素直になびく気分が彼女に起こったのかもしれない。彼女がこんなに簡単に彼の手に落ちてみると、なぜ彼はあんなに気後れしていたのだろうかという気がした。

彼は立ったまま彼女の頭を両手で抱いていた。それから、片腕をさっと彼女の体のまわりに滑らせ、自分のほうに引き寄せながら、やさしく言った、

——ねえグレタ、何考えてるの？

彼女は答えず、彼の腕のなすがままにもならなかった。彼はもう一度やさしく言った、

——ねえ、言ってごらん、グレタ。どうしたのかぼくにはわかってるつもりだよ。ちがうかい？

彼女はすぐには答えなかった。それから、わっと泣き出して言った、

——ああ、わたし、あの歌のこと考えてるの、〈オーグリムの乙女〉よ。

彼女は彼から身を振りほどいてベッドへ走り、両腕をベッドの手すり越しに投げ出しながら、顔を隠した。ゲイブリエルは驚いて、しばらく棒立ちになり、それから彼女のあとを追った。彼は姿見の前を通り過ぎるときに、自分の全身を見た。幅の広い盛り上がったシャツの胸、鏡で見るたびに自分を当惑させる表情をした顔、それにちらちら光る金縁の眼鏡。彼は彼女の二、三歩手前で立ち止まって言った、

——その歌がどうかしたの？　なぜそれがきみを泣かせるんだい？

彼女は両腕から頭をあげて、子供のように手の甲で目を拭《ふ》いた。彼の声は自分でも意外なほどやさしい調子がこもっていた。

——なぜ、グレタ？　と彼がたずねた。

——あの歌をよくうたってたずっと昔の人のことを考えているの。

——それで、そのずっと昔の人って誰だい？　とゲイブリエルはほほえみながらたずねた。

——おばあさんとゴールウェイで暮らしていたころ知り合いだった人よ、と彼女は言った。

ほほえみがゲイブリエルの顔から消えた。どんよりした怒りが心の奥底にふたたび溜《た》

まり始め、肉欲のどんよりした炎が血管のなかで怒りに燃えだした。

――きみが惚《ほ》れてた人だな？　と彼は皮肉っぽくたずねた。

――わたしの知り合いだった男の子よ、と彼女は答えた、[75]マイケル・フュアリーって名前の。いつもあの歌〈オーグリムの乙女〉をうたってた。彼うんと[76]体が弱かったの。

ゲイブリエルは黙っていた。このか弱い少年に自分が興味をもっていると思われたくなかったから。

――わたし、あの人の姿をうんとはっきり思い浮かべられるわ、と彼女はしばらくして言った。あの人のようなあんな目、大きくて黒い目！　それにその目のあのような表情――あの表情！

――ああやっぱり、きみは惚れてたんだね？　とゲイブリエルが言った。

――彼といつも散歩に出かけたものよ、と彼女が言った、わたしがゴールウェイにいたころは。

ある思いがゲイブリエルの心をよぎった。

――ひょっとしたら、あのアイヴァーズの小娘と一緒にゴールウェイへ行きたがったのは、そのためだったんだな？　とゲイブリエルは冷ややかに言った。

彼女は彼を見て、驚いてたずねた、

――何のため？

彼女の目はゲイブリエルをどぎまぎさせた。彼は肩をすくめて言った、

——知るかい、そんなこと？　彼に会うために、だろう。

彼女は黙ったまま彼から目をそらして、光の筋に沿って窓のほうへ視線を向けた。

——彼死んだの、と彼女はようやく口を開いた。たった一七歳のときに死んだの。あんなに若くして死ぬなんてひどくない？

——[77]彼は何をしてた人？　とゲイブリエルはなおも皮肉な口調でたずねた。

——ガス工場で働いてたの、と彼女が言った。

ゲイブリエルは屈辱を感じた、一つには自分の皮肉がわかってもらえなかったから、また一つには死者たちのなかからこの人物が、ガス工場で働く小僧なんかが呼び出されたから。彼が二人で彼女と過ごした秘密の生活の思い出に浸り、やさしさと喜びと欲望に浸っていた間じゅう、彼女は心のなかで彼と別の男とを比べていたのだ。わが身を恥ずかしいと思う意識が彼を襲った。彼の目に映る自身の姿は、おばたちのために使い走り少年を務める滑稽な人物であり、俗物どもに演説をぶったり自分の野暮な肉欲を理想化したりする、神経質で善意丸出しの感傷家であり、鏡の中にちらりと見た情けない間抜け野郎であった。本能的に彼は光にいっそう背を向けた、額に燃えている屈辱を彼女に見られたくないために。

彼は冷ややかな尋問口調を保とうとしたが、口を開いてみるとその声は控えめで無頓

着だった。

――きみはそのマイケル・フュアリーに惚れていたんだろうな、グレタ、と彼が言った。

――あのころ彼とは大の仲良しだったの、と彼女は言った。

彼女の声はくもっていて悲しげだった。ゲイブリエルは、自分がもくろんでいた方向へ彼女を導こうとしたって今は無理だと感じて、彼女の片方の手を撫でながら、彼も悲しそうに言った、

――で、彼はそんなに若くして何で死んだの、グレタ？　肺結核でかい？

――わたしのために死んだんだと思う、と彼女は答えた。(78)

この答えを聞いておぼろげな恐怖がゲイブリエルを捕らえた。勝利を期待したその矢先に、なにか実体のない復讐心に燃える存在が、そのおぼろげな世界のなかで彼の反対勢力を結集して、彼に立ち向かってくるかのようだ。だが、彼は理性の力でそれを振り払い、彼女の手を愛撫し続けた。彼はもう質問しようとはしなかった、彼女が自分からすすんで話すだろうと感じたから。彼女の手は温かで湿っている。それは彼が触れても反応してこなかったが、彼はそれを愛撫し続けた、彼女からはじめてもらった手紙を愛撫したあの春の朝と同じように。

――あれは冬だったわ、と彼女が言った、冬のはじめのころで、(79)わたしがおばあさん

のもとを離れて、こちらの修道院へ来ようとしたときだった。彼はそのとき、ゴールウェイの下宿で病気になってて、外へ出してもらえなかったの、ウータラードにいる家族には手紙で知らされたほどなの。うわさでは、肺病かなんかそんな病気だった。正確なところは知らないけれど。

彼女はしばらく間《ま》をおいて、ため息をついた。

——かわいそうに、と彼女が言った。わたしをうんと好いてくれて、ほんとにやさしい少年だった。わたしたち一緒によく出歩いたわ、散歩したのよ、わかるでしょ、ゲイブリエル、ほら、田舎の人たちがするあの散歩よ。彼は体のことさえなければ歌を勉強するつもりだったのよ。とってもいい声をしていたのに、かわいそうなマイケル・フュアリー。

——そう、それから？　とゲイブリエルはたずねた。

——それから、わたしがゴールウェイを発って修道院に来るときがきて、そのときにはあの人ずいぶん悪くなっていて、会わせてもらえなかったの。それで手紙を書いたの、ダブリンへ行くけれど、夏には帰ってきますからそのときにはよくなっててください、って。

彼女は声の高ぶりを抑えるためにちょっと間をおいて、それから続けた、

——それから、出発する前の夜、ナンズ・アイランド(80)のおばあさんの家で荷造りして

たら、窓に砂利を投げつける音が聞こえるの。窓はとっても濡れていて、見えないの、すぐそのままの姿で階段を下りていって、裏手からそっと抜け出し庭に出ると、かわいそうにあの子がいたの、庭の隅に、震えながら。

——それで、きみは帰るように言わなかったのか？　とゲイブリエルがたずねた。

——お願いだからすぐに家へ帰ってちょうだい、これじゃあ雨のなかで死んじゃうわ、って言ったの。けど、彼は生きていたくないと言ったの。今もあの目をまぶたに思い浮かべられるわ、はっきりと！　彼は壁の端っこの木のそばに立っていた。

——で、彼は帰っていったのか？　とゲイブリエルがたずねた。

——ええ、帰ってったわ。そして、わたしが修道院に来てわずか一週間であの人は死んで、家族の住むウータラードに埋葬されたの。ああ、それを聞いたあの日、彼が死んだと聞いたあの日！

彼女はすすり泣きで声を詰まらせて中断し、感情に負けて、うつぶせに身をベッドに投げ、掛け布団に顔をうずめてすすり泣いた。ゲイブリエルは、どうしていいかわからず、なおもしばらく彼女の手を握っていた。それから、彼女の悲しみに割り込むのをためらい、そっと手を離すと、静かに窓へと歩いていった。

彼女は熟睡していた。

ゲイブリエルは、片肘《ひじ》をついたまま、しばらくの間、腹を立てることもなく、彼女のもつれた髪と半ば開いた口を眺め、その深い寝息に耳をすませていた。なるほど、彼女の人生にはああいうロマンスがあったのだ。一人の男がこの女のために死んだのだ。彼女の人生で夫の自分が演じた役割なんていかにつまらない役割だったことかと考えても、今や彼はさほどの苦痛を覚えなかった。彼は眠っている妻を見つめていると、まるで自分と彼女が夫婦として一緒に暮らしたことなどなかったかのように思えてくる。彼の珍しいものでも見るような目が、彼女の顔と髪にずっと注がれていた。そして、その当時、彼女の娘らしい美しさが現れ始めたあのころに、彼女がどんなふうだったかとその姿を思い描くとき、彼女への不思議なやさしい哀れみが心に浮んだ。彼女の顔はもう美しくないとは、自分自身でも思いたくなかったけれども、その顔はかつてマイケル・フュアリーが死をものともしなかったときに見せたあの顔ではもはやない、ということは彼にもわかっていた。

ことによると彼女は事の顚末《てんまつ》を残らず話してくれなかったかもしれない。彼の目は、彼女が衣服の幾つかを投げ掛けた椅子へと移った。ペチコートの紐《ひも》がぶら下がって床に垂れていた。深靴の片方は真っ直ぐ立ち、そのしなやかな上部はくずれている。その片割れは横倒しになっている。一時間前の湧《わ》き立つ感情が不思議でならない。何のせいであああなったのか？　おば宅の夜食のせいか、自分自身の馬鹿げたスピーチのせいか、ワインと踊りのせいか、玄関広間でおやすみの挨拶を交わしたときの浮かれ騒ぎのためか、雪の中を川沿いに歩いた楽しさからか。かわいそうなジューリアおばさん！　彼女もまた、まもなく影となり、パトリック・モーカンやその馬の影と一緒になるだろう。〈婚礼のために装いて〉を歌っている彼女の顔に、ちらっと浮かんだあのやつれた表情を彼は見逃さなかった。ことによると、まもなく、あの同じ客間で、喪服を着て膝にシルクハットを載せて座っていることになるかもしれない。ブラインドが下ろされ、ケイトおばさんが彼の横に座り、泣いたり、鼻をかんだり、[81]ジューリアの臨終はこうだったよと彼に話しているだろう。彼女を慰めるための言葉を幾つか彼は心のなかでみつけだそうとするだろう、だが下手な役立たずの言葉しかみつからないだろう。そうだ、そうだ、それはもうすぐ起こるであろう。

　部屋の空気が彼の肩を冷やした。彼はシーツの下で用心深く体を伸ばして、妻の隣に横たわった。一人ずつみんな影になっていくのだ。なんらかの情熱が燃えたっている最中にあの世へ大胆に入っていくほうがましだ、年とともに色あせ老いさらばえていくよりは。隣に横たわる妻が、心のなかにこれほど長い年月、その恋人が生きていたくないと言ったときの彼の目の面影をしまい込んできたことを、彼は思いだした。

　とめどもない涙がゲイブリエルの目にあふれた。彼自身はどんな女性に対してもこのような感情を抱いたことはなかったが、こういう感情こそ愛にちがいないとわかった。

涙がさらに彼の目にたまり、片隅の暗がりのなかで若い男が雨の滴る一本の木の下で立っている姿を、見ているように想像した。ほかの者たちの姿も近くにある。彼の魂は死者たちの大群が住むあの領域にちかづいていた。彼は、死者たちの気まぐれな揺らめく存在を意識していたが、理解するにはいたらなかった。当の彼自身だって実体のない灰色の世界のなかへ消えていこうとしている。これらの死者たちがかつて築いて暮らしていた、実在感のある世界そのものが溶けて縮んでいこうとしている。

(82)窓ガラスを二、三度パサッ、パサッとたたく音がして、彼は窓のほうに振り向いた。ふたたび雪が降り始めていた。彼は眠気まなこで、銀色や黒の雪片が街灯の光を背にして斜めに降り落ちているのを見守った。西方の旅に彼が出発するときが来たのだ。そう、新聞の言うとおりだった、雪はアイルランド全土に降っている。それは暗い中部平原の至るところに降り、木立のない丘陵地帯に降り、(83)アレンの沼地にやさしく降り、さらに西方では、暗く(84)荒れ騒ぐシャノンの川波にやさしく降りそそいでいる。それはまた、マイケル・フュアリーが埋葬されている、丘の上のひっそりとした教会墓地の至るところに降っている。歪んだ十字架や墓石の上に、小さな門の(85)槍の先に、実を結ばない茨《いばら》の上に、深々と降り積もっている。(86)雪が宇宙のなかをしんしんと降りそそぐのを、そして、(87)すべての生者たちと死者たちの上に、最後のときが到来したかのように、しんしんと降りそそぐのを耳にしながら、彼の魂はゆっくりと意識を失っていった。

訳注と解説

姉妹

(1) 中風、麻痺。'paralysis' 精神的麻痺は短篇集全体の主題となっている。
(2) 'gnomon' 平行四辺形において、その相似形を一角から取り除いた残りの部分で、必要ななにかが欠けたものを暗示。
(3) 'Catechism' 問答体で記したカトリック信仰の入門集。
(4) 'simony' ローマカトリック教会の教義で、教会内における地位、権力を金品などで売買することによる罪のこと。
(5) ウイスキーを蒸溜する際の製造法に関係。
(6) 'Rosicrucian' 秘教や魔術の研究用の秘密結社の会員。主人公が部屋で勉強しすぎ夢の世界にふけることや、老神父の部屋で宗教の奥義を密やかに学んでいることへの、当てこすり。
(7) ハエ、ネズミから食料を守る食器棚で、網戸のため風通しがよい。
(8) ジョイス作品では、呑み助をこのように表すことが多い。
(9) キリストの降誕祭を思い浮かべている。
(10) 「罪障消滅宣言」'absolution' は、裁治権をもつ司祭以上の聖職者が罪とその罪に対する罰とを赦す宣言。
(11) 現在のパーネル通り。一九世紀末期は、小さな店や家や借家が並んでおり、その界隈はダブリンでも、特に貧しい人びとが住んでいたという。
(12) この通りに面して聖キャサリン・ローマカトリック教会がある。教会区民の多くはスラム街に住む貧しい人びと。
(13) アイルランド製嗅ぎたばこの銘柄。

(14) 'walked away slowly along the sunny side of the street' 's' の頭韻を続けたリズミカルな文体。老神父から解放されて陽気にはずむ少年の心が伝わってくる。
(15) アイルランド司祭養成大学で将来を嘱望される青年が学ぶ。
(16) 古代ローマの正式な発音。英語圏で、一八世紀後半から広まった。
(17) ローマ郊外の聖セバスチャン教会堂の地下にあり、初期キリスト教徒が迫害を逃れるために造ったローマの地下の墓をいう。
(18) 『若い芸術家の肖像』第一章に、ナポレオンの言葉で、「諸君、わしの人生で一番楽しかった日は、はじめて聖体拝領に出た日だった」とある。実は伝説らしい。
(19) カトリック神学では、前者は精神的な死を意味し、地獄に堕ちる永遠の罪に値する。後者は神に背く行為であっても、許されるような軽微な罪を意味するという。
(20) キリストの体と血とを表徴するパンとぶどう酒を信者に分ける儀式。
(21) 聴罪司祭は、告解室で信徒の告白を聴くが、その秘密を守らねばならない。
(22) アレキサンダー・トム社発行の、住民の氏名と住所と、市内の建物の住所とを網羅した、一五〇〇頁から二〇〇〇頁におよぶ人名帳。ジョイスの愛用書。
(23) ミサにおいて、式を執行する司祭と聖歌隊あるいは信徒との間で、互いに交わされる交唱聖歌あるいは応唱句。
(24) ヴィクトリア朝道徳の厳しい世界では中東はロマンチックで神秘とみなされた。
(25) キリストの血を表徴するぶどう酒を入れる儀式用の杯。
(26) 神の保護を願い、邪悪なものから身を清める。
(27) キリストの血と肉の象徴という解釈がある。
(28) 'Father O'Rourke' ローマカトリックでは司祭を神父という。アイルランドでは「オッ」'O'

の付く姓が多く、「〜の子孫」の意。
(29) 一八九五年七月一日は月曜日であることからすると、火曜日に終油の秘蹟（罪が許され天国に導かれるのを祈る儀式）をおこなうのは六日前にしたことになる。
(30) アイルランド家庭の慣習にしたがって、長男に姉妹が献身的に尽くすことをいう。
(31) 二〇頁一六行目の「ナニーばあさんは玄関で」以下の言動からすると、耳が遠いと思われる。
(32) *Freeman's General*《フリーマンズ・ジャーナル》*Freeman's Journal*（市民用の民族独立系日刊新聞）が正しい。
(33) Bによれば、大きな墓地用の墓所の権利を証明する書類と、葬式と埋葬の費用に関する保険契約の書類とをいう。
(34) 聖職者が毎日定められた時間に唱える祈禱書。
(35) 当時労務者が住む貧民街。ダブリン郊外の地図参照。
(36) 'rheumatic wheels' 老婆は最新流行の「空気入りゴム車輪」'pneumatic wheels' を間違えて、リュウマチ 'rheumatic' と言った。
(37) ミサ執行司祭に仕えて手伝う侍者は少年が務めた。

ジョイスは一五の短篇でダブリンのありさまを四つの相のもとに提示した。つまり、〈少年期〉三篇、〈青年期〉四篇、〈成年期〉四篇、〈社会生活〉三篇（「死者たち」はあとから付け加えられた）の順序に並べ、その大部分を「用意周到に言葉をけちった文体」で書いた。〈少年期〉の冒頭の「姉妹」"Sisters" は、一九〇四年八月一三日付の『アイルランド農場新聞』に掲載された。一五篇中の第一作目の創作であり、一九〇六年に手を加え約二倍の分量にして、六月ごろ完成した。「死者たち」を除く一四篇目の完成である。つまり、「姉妹」は、ジョイスが『ダブリンの人びと』を見通せる姿勢で書き直し、短篇集全体の主題を端的に紹介した作品といえよう。

冒頭のパラグラフでは、「中風、麻痺」'paralysis'、「ノーモン」'gnomon'、「聖職売買」'simony' といった言葉が並ぶ。この三語は人びとの肉体、精神、宗教の衰弱と結びつく。作者が短篇集について、一九〇六年の出版業者への手紙で、「小生の意図は、わが国の精神史の一章を書くことであり、ダブリンを舞台に選んだのはこの都市が麻痺の中心と思われたから」と述べたのと関係する。「ノーモン」は、平行四辺形に必要な何かが欠けた形であり、少年が神父への尊敬の念を失ったことと、神父が務めを全うできなかったこととを暗示するという解釈がある。

一読して疑問に感じるのは表題の付け方についてであろう。

この物語は、語り手である少年の目に映る外の世界と彼の内面世界とに終始する。この少年が、神父の家の窓を仰ぎ見るところから作品は始まり、子供の目で見てきた大人の世界の外観と現実との相違を認識するところで終わる。また、この物語は、主人公の目の位置から描かれ、それが明白に表れているのは二一頁で喪中宅を慰問する際の少年の目の高さで老婆を見る場面である。このように考えれば、「少年の知的な目覚め」か「少年の精神的な開眼」と題してもよいと思われる。また、登場人物六人による見聞、談話、追憶をとおして、老神父が聖杯破損の事件から神経衰弱に陥り、それ以後、失意不遇のまま死んでいくさまが明らかになる。フリン神父は無知な少年に専門の知識を植え付けて悦に入り、ある程度僧職者への期待もよせている。だが、老人の性癖の一つといえる神父からの善意は、少年からは疎まれていた節がある。最後の数頁では、妹のイライザによる生前の神父の奇矯な行動についての内輪話であり、それによって彼の信仰の喪失や社会からの深い疎外が明確になる。この観点から、神父が作品に登場しなくても、「老神父の死」と題してもよいのではないか。

ではなぜ、「姉妹」なのか。姉妹は、一生を犠牲にして兄の世話をし、彼が常軌を逸してからは相当の負担を受けた、と作者は強調したかったのかもしれない。そうであっても、二人の姉妹は、物語の筋の展開からすると、脇役の務めさえ果たさず目撃者か証人という役割にすぎない。しかし、彼女らこそギリシャ劇における合唱隊《コロス》（主に女性たち）の性格を帯びているといえよう。主人公やドラマから一定の距離をおき、時には冷静に内容説明をして、観客をその世界に誘導する、あの合唱隊である。アイスキュロスやソポクレスの悲劇には、合唱隊の名がそのまま題名に採られている場合もある。

ある出会い

（1）　一九世紀末、イギリスで刊行された、「健全で下品でない話」を特徴とする少年向きの雑誌。

《勇気》は諸外国を三人の少年が冒険する物語。
(2) 一九世紀末、毎日早朝に教会参りをするのは信仰深い信者である。ガーディナー通りにイエズス会の聖フランシスコ・ザビエル教会があった。
(3) インディアンの、宗教儀式などで賛意を表す厳粛な叫び声。
(4) 逃避は『ダブリンの人びと』の主題の一つ。
(5) 中流階級の息子が通うイエズス会系のベルヴェディア・カレッジであろう。
(6) カエサルの『ガリア戦記』の一節。
(7) 北米南西部のインディアンの一族が、一九世紀後半ジェロニモに率いられて、騎兵隊と果敢に戦い敗れた事実は有名。
(8) 政府が後援し、宗教に関係しない英国風の教育をする国立小学校。カトリックの教育者たちは子供の信仰心を弱めるとして恐れた。
(9) 当時、一般家庭の子供の、一、二週間分のこづかい。
(10) 'Pigeon House' ダブリン湾に突き出た防波堤(リフィー川の南側の堤を延長したもの)の先端にある発電所の名前。一八世紀に管理員だったJ・ピジョン(普通名詞で「鳩」)に由来する。
(11) 馬が引っぱる軌道車は、二〇世紀前後に路面電車に替わった。この短篇の舞台背景は一八九〇年代の前半から中ごろまでである。
(12) 原文では、文体自体が陽気で生き生きしていて、躍動するリズムと鮮明なイメージとで早朝が呼び覚ます自由と喜びの感じが描かれている。
(13) マーニーはこのずる休みに制服を着てきた。
(14) 'Bunsen Burner' 化学実験用ガスバーナー。Burner と Butler は音が似ているから、'b'の頭韻を使った語呂合わせであろう。

(15) ☆運河橋→北海岸道路を北東方面→突き当たりの丁字路の交差点→右折して海沿いの波止場通り（東堤防道路）を南東方面→リフィー川河口。出発点から目的地が東南の方向にあるのに、南側の道筋を取らず、遠回りの北側の道筋（人通りの少ない海岸道路）を選んだ。学校をさぼったのが露見しないためであろう。地図参照。

(16) 「おんぼろ学校」の意がある。カトリックとプロテスタントがそれぞれ経営し、貧民家庭の子供たちに教育や食べ物を施した。

(17) '*Swaddlers*' プロテスタントに対する、もっとも口汚い罵りの言葉。メソジスト（プロテスタントの一派）の宣教師が「ルカ伝」のなかの「赤子がオムツの布でくるまわれて」（二・一二）を説教しているとき、それをにがにがしく聞いていた一人のカトリック教徒が愚弄して Swaddler（'swaddle' は「赤子用オムツ」）と叫んだことに由来する。

(18) 当時クリケットや乗馬をするのは金持ちで、主にプロテスタント。

(19) JMは、ベルヴェディア・カレッジには、午後三時に生徒が体罰を受ける伝統があり、キリストが磔になった時間と関連するかもしれないという。

(20) リフィー川 'Liffey'。ダブリンの西南二〇キロのウィックロウ山脈に源を発し、市内を貫流してダブリン湾にそそぐ。ジョイスにとっては生涯を通じて、母国と生命の象徴であった。

(21) リフィー川河口の南岸の貧しい漁村。名前からは行き詰まりを連想させるが、ケルト語の語源では 'the point of the tide'「転換点」であり、イギリス本土や大陸への乗船地。

(22) リフィー川の支流。不安定な状態の主人公が見るのは、その名 'dodder'「よろよろする」のとおり、くねくねと曲がった川。

(23) ともにロマン主義的な傾向をもつ作家。ムア（一七七九―一八五二）はアイルランドの国民詩人で『アイルランド歌謡集』が、スコット（一七七一―一八三二）はイギリスの詩人・小説家で歴史小説『アイヴァンホー』が有名。リットン卿（一八〇三―七三）はイギリスの小説家で通俗的な歴史小説を書き、社会的不道徳を主題にしたものがある。

(24) 歯が欠けるのは肉体の衰えを暗示し、黄色はジョイスにとって退廃や卑劣を表す色。

(25) 友にアイルランドに多い姓を、自身にアングロ・サクソン系に多い姓を、各々偽名に使うことを提案する。

(26) この男は「姉妹」のフリン神父と類似している。二人は、肉体の衰えが目だち、衣服と歯が共通している。少年たちの仲間であることを望み、フリン神父の場合はカトリック教会のミサの儀式、ここの老人の場合は鞭打ちの儀式を教えたりして自己満足する。

(27) 'penitent'「深く悔いる、《カトリック》悔悟者」は宗教に関する語。ここに表現されている感情は物語の背景に用意された宗教的諸要素と関係するかもしれない。

「ある出会い」"An Encounter" は、ジョイスが弟と学校を怠けて休んだときの体験に基づいた短篇であり、一五篇中の九番目として一九〇五年九月中旬までに書きあげられた。

トム・ソーヤやハックルベリーのような冒険と自由を求めても、主人公が現実にめぐり会うのは変質者に代表される醜い大人の世界である。物語の終わりに、主人公は自我に目覚め、自己の無力な状態に気づく。この作品の突然の精神的顕現《エピファニー》――ジョイスが好んだ言葉。下品な言葉や身振りやあるいは忘れがたい心の動き方などのなかに、それまで隠れていたものの本質が突然現われるという観念――はここで起こる。今まで優越感を抱いていた友だちからの助けを求め、他人との人間の絆をみいだし、侮蔑やつまらぬ策略を自己の恥辱と認める。

ここに一種の浄化《カタルシス》があり、この自覚に到達した少年に一抹の人間味と救いを感じることができよう。

老人は主人公を精神的に自覚させる人物であり、“An Encounter”とはこの老人との偶然の出会いである。それ以上に、主人公の内部に芽ばえた自我の認識、つまり自己との出会いにほかならない。老人との出会いは大人の世界へ入るために必要な人間成長の儀式という見方もできる。すると、「ある出会い」という表題は、『若い芸術家の肖像』の最後で、主人公スティーヴンが、「ぼくはこれから出かけて百万回も真実の経験に出会い、ぼくの魂の鍛冶場で、民族のまだ創られていない良心を鍛えよう」と宣言したとき使われた同じ言葉と無縁でなくなる。

この短篇に六回も出てくる緑色には意味がある。緑色の目の水夫はその声で見物人を喜ばせ、暗緑色の目の老人は男色の変質者である。緑色がアイルランドの象徴であり、作者が堕落の淵に国が沈んでいるという意図で創作したことを考えあわせれば、緑色はこの国とダブリンの麻痺を暗示したものといえよう。くり返し表れる緑色も、冒険に出発するときは「薄緑色」であったのが、「緑がかった黒」を経て最後は「暗緑色」と変化していく。

変態性の老人は謎に包まれている。「男」‘a man’、「その男」‘the man’とだけでいつも書かれている。ある特定の人物というよりも、すぐれた教養とサディスト的な残虐性とを合わせもつ文明社会の典型的な人物かもしれない。主人公の精神を凍らせるような人物でも理解して仲間になってほしいと嘆願する人間本来の望みや孤独感を併せもっている。

アラビー

(1) ダブリン市内の東北部にあり、北環状道路から北に入る袋小路で、中流階級層の住宅地。以下、このパラグラフは通りと家々が擬人化されている。
(2) 貧しい家庭の一二歳から一七歳までの子供を教育するカトリック系の男子校で、通りの入り口付近にあった。
(3) 《僧院長》は、スコット〈三九一頁注(23)参照〉が一八二〇年に書いたロマンチックな歴史小説。《敬虔な聖体拝領者》は、イギリス人P・ベイカーの聖体拝領における瞑想と大望を描いた著書(一八一三年)。《ヴィドック回想録》は、フランスの探偵F・J・ヴィドックの一八二九年ごろの作だが、偽作らしい。
(4) 高緯度圏のダブリンでは、冬の昼は短く三時頃には薄暗い。なお、当時、中流階級以下の階層では、一日のうちで主要な食事'dinner'は昼食であった。
(5) 当時、貧しい人びとの粗末な小家屋の密集する路地であったという。
(6) 台所は半地下にあり通りから数段上がった玄関は一階と二階の中間にあった。
(7) アイルランドのロマン派詩人J・C・マンガン(一八〇三―四九)から借用した名前。ジョイスは若いころこの詩人に傾倒していた。
(8) 'tea' 夕方五、六時のお茶は肉・サラダ・パン・ケーキ類で、日本の夕食とほぼ同じ。
(9) 「ロマンス」は元来「ロマンス語で書かれた、中世騎士の武勇物語」の意。現実とロマンスは

「そぐわない＝敵対する」'hostile'。

(10) 連禱 'litany' は司祭が祈禱語句を一つ一つ唱えるのに対して会衆がそのつど短い文句で唱和していく形式の祈りをいう。

(11) J・オドノヴァン（一八三一―一九一五）は、アイルランドの独立を目指す過激な政治運動家。彼を称えながら時事問題を扱った、俗謡の出だし。

(12) 当時の愛国意識を高める流行歌。

(13) 由来はキリストが最後の晩餐で用いた杯とされ、聖餐やミサのときにキリストの血に見たてたブドウ酒を入れる杯をいう。「姉妹」で死んだ司祭が持っていた。

(14) アイルランドの国民的楽器で、国の象徴。

(15) 'confused'『ダブリンの人びと』には、主人公が異性を意識し動揺するとき、この語がしばしば使われている。以下この語への言及は略す。

(16) 表題の意味がここで明らかになる。一八九四年五月一四日（月）から一九日（土）にかけてダブリン市南東のボールズブリッジで実際に開催された慈善市の名称。この語は、「アラビア」の詩語・古語で神秘とロマンスの世界を連想させる。当時の西洋人は東方への憧れが強い。

(17) 'bazaar' 元来はペルシャ語で、のちに英語になった。

(18) 'retreat'《カトリック用語》数日間、世間の俗事から離れ修道院などに閉じ籠もり、瞑想・祈禱などに専念しながら修行すること。

(19) 厳しい静修をしなくてすみ、バザーに行けるから運がいいわね、の意。

(20) ローマカトリック教会はきわめて危険な組織と考え禁止令を出していた。

(21) 古切手をカトリック教会に送ると、教会はそれを金に換えて海外伝道活動の資金にあてる。

(22) おじが約束を忘れたことを、彼の言動と音の気配から主人公が悟っている様子が婉曲に描出されている。おじは土曜日に支払われる週給で飲酒してきた。

(23) アイルランド女流詩人C・ノートン（一八〇八―七七）の、あるアラビア人が金のために売った愛馬をあきらめきれずその行方を捜し求めるという、ロマンチックな詩。

(24) 一八四九年以降英国圏で流通した、二シリング（二四ペンス）分の銀貨。子供の一日の小づかいとしてはかなりの金額。

(25) ☆北リッチモンド通りの家――→三度角を曲がり坂道の上――→その緩やかな道を五〇〇メートルほど南南東に下る――→アミアンズ通り駅（現在のコノリー駅）

(26) 南の繁華街から南東部郊外へ帰宅する客の多くはこの駅で乗車。

(27) 大人の料金の半額を払う入り口。

(28) JMによれば、少年には馴染みが薄い、プロテスタントの中流階級のアクセントが使われているとのこと。

(29) 入場料と汽車賃を除くと、自由に使えるのは四ペンス。

(30) 'I saw myself as a creature driven and derided by vanity; and my eyes burned with anguish and anger' 頭韻、擬人化、対照法などの技巧を凝らした文章。

「アラビー」"Araby"は、制作順では一一作目で一九〇五年一〇月に執筆された。一五の短篇のなかで、〈少年期〉物語の三篇は、一人称単数過去形で物語られ、子供の目で周囲の世界を観察している。ジョイスは人生のなかで少年時代に出会う大きな出来事を三つ用意した。一つ目は身近な人の死であり、二つ目は厳しい学校からの一日のずる休みであり、三つ目は年上の娘への初恋である。主人公たちは、宗教と死を、外的世界を、愛との関係をとおして、人生の意義と反ロマンチックな現実世界とに気づかされ、作品の最後で彼らは人間として成長していく。一人称の語り手の口調は、「姉妹」と「ある出会い」では主人公の少年の使う言いまわしにちかいのに、「アラビー」では少年らしからぬ豊富な語彙や比喩を多用したものになっている。

主人公が早熟な文学少年であっても、作品全体を支配する言いまわしは一〇歳を少し過ぎた少年らしからぬものばかりである。大人、それも文学的能力に秀でた知性ある大人のものといえよう。主人公が成長して大人になり、その語り手は、現在までに体得した高尚な文体で、子供時代の体験を物語として再現する、という手法がとられている。主人公の体験も、語り手は長い年月の間に微妙に曲解したり、物語化する際に脚色してしまう。一人称回顧調の物語とは、語り手による作り話か自叙伝体に仕上げたまったくの作り話とも考えられる。「アラビー」の枠組みに中世の聖杯伝説物語が使われている。そのヒントとなるのは、本書四九頁から五〇頁にかけてのパラグラフにある。そこでは、彼は、聖杯を守りながら、架空の敵軍の間をぬって進む騎士の気分に浸っている。「連禱」、「詠唱」、「祈り」、「賛美」、「熱愛＝敬慕」という宗教関連語も出てくる。伝説では、聖杯は西洋に運び込まれたが行方不明になり、これを探し求めるのが騎士の最高の務めとした。その騎士は、ロマンチックな探求の旅に出て失敗し、物語の最後で人生においては現実を直視し自己の能力にあった追求が必要と認める。

「アラビー」を中世聖杯物語ふうにまとめてみよう。多くの騎士が他人の手で育てられたように、少年もおじ夫婦に育てられる。次に、少年の恋い焦がれる少女が作品で紹介される。少年は少女を崇めるだけである。中世ロマンスでは、高貴な淑女は騎士の上位にあり、神聖にして犯してはならない。そして、少女が主人公に話しかけてきたことにより、バザーへ行って彼女への贈り物を買う約束をする。聖杯探求物語では、騎士は聖杯を持ち帰れば、高貴な女性と結婚するか床を共にできる。最後はアラビーへの旅（わずかな距離を汽車で行くだけ）をする。少年の目には、そのバザーは俗悪なものに映り、作品の最後で、彼は理想として求める世界が幻影にすぎないことに気づく。語り手は、性衝動に目覚めだした少年期に、一人の平凡な少女を偶像視し、凡庸なバザーを神秘化し、それらに情熱を燃やして追い求めたあげく、徒労に帰した体験をなめている。年月が経ち、ほろ苦く甘い体験をすべてみとおせる立場で、冷静に物語るときに、語り手は中世騎士物語を枠組みに使うことを考えついたと思われる。

イーヴリン

（1）よそ者やアイルランド北部から来たプロテスタント（新教徒）を指すという。ベルファストは、アイルランド北東海岸沿いの大きな工業都市でありプロテスタントの拠点。アイルランド全土の地図参照。現在、アイルランド島は、南の「アイルランド共和国」と、北の「北アイルランド」とに分かれ、両国は宗教闘争が絶えない。

(2)『スティーヴン・ヒアロウ』に、「アイルランドの麻痺をまさに具体化したと思われるこれらの茶色のれんが造りの家々」とあり、茶色はダブリンを特徴づけている色。

(3) '...home./Home!'　ジョイスの特徴の一つに重要語を際立たせるのに、段落を挟んでその最後と最初に同じ語を配する手法がある。ここでは主人公がわが身にも「変化がおこる」のは当然の成り行きと感じ、家を強く頭に浮かべる際、この手法が使われている。

(4) 一六四七―九〇　フランスの修道女。神秘体験を基に修道女会を起こし、その活動を国全土に広めた。「約束」とは、キリストが彼女の神秘体験をとおして信者にあたえる「一二か条の約束」のこと。

(5) オーストラリアの南東部、ヴィクトリア州の州都。当時アイルランドの司祭の何人かはメルボルンに移住した。

(6) 'the Stores'　食料・衣料などの種々の必需品を売る店。

(7) 'she, Eveline'　ここで、主人公の氏名がイーヴリン・ヒルであるのが明らかになる。この名はエデンの楽園を追放されたイブを連想させ、「夕闇《イーヴニング》」の語呂合わせでもある。

(8) JMによれば、当時多額の金がカトリック教会の装飾に投じられ、ハリーの雇い主の仕事は順調にいっている、ということになる。

(9) 当時、職業に就いているアイルランド女性の賃金は低く、主人公が給料の全額を出しても、一家の補助的収入にすぎない。

(10) 形容詞 'frank' は「包み隠しのない」、「すなおな」、「寛大な」の意。

(11) 'Buenos Ayres'　スペイン語で「よい空気」の意。当時、このアルゼンチンの首都は、繁栄し富んだ都市として評判であり、ヨーロッパから多くの人が移民した。

(12) '*The Bohemian Girl*' ダブリン生まれのM・バルフ（一八〇八—七〇）作のロマンチックな恋愛歌劇で一八四三年の作。

(13) 'the lass that loves a sailor' イギリスの劇作家・作詞作曲家C・ディブディン（一七四五—一八一四）の歌謡曲の題名から借用。

(14) 'Poppens'「お人形さん」、「かわい子ちゃん」を表す 'poppet' や 'poppin' を変形した語で、ジョイスの作った幼児語であろう。

(15) Gによれば、「甲板員」（甲板などを掃除する雑役水夫）は、衣食住の生活費が要らないので、相当の金額だったという。

(16) リバプールから北米への定期航路をもつ船会社。

(17) 'Patagonians' アルゼンチン南部の台地に住む黒人。世界で最も背の高い種族とされていた。

(18) 'the old country' 本国を出ていった亡命者たちがよく使う別称。

(19) ダブリン湾をいだく北側の岬にある丘。ジョイス作品に頻出。

(20) 語り手の視点で冒頭と同じ描出だが、微妙に変化している。

(21) 大道音楽師がハンドルを回して鳴らした。

(22) チップは普通一ペニーか二ペニーであるから、巷《ちまた》の芸人に与えるには多額。

(23) 当時アイルランドへ来たイタリア移民の大多数は旅回りの芸人、役者、職人であった。移民への現地民の態度を主人公に意識させたかもしれない。

(24) 'Derevaun Seraun!' 母親の支離滅裂なうわごと。その異様な音の響きは主人公を絶望に陥れるのに十分である。

(25) 既出、三九〇頁注（4）。逃避は、『ダブリンの人びと』の主題の一つ。

(26)　リフィー川北岸にある。「ある出会い」地図参照。
(27)　JMによれば、予約船は二〇時発リバプール行きとのこと。フランクの言葉を信用するならば、そこでブエノスアイレス行きの船に乗りかえることになる。

「イーヴリン」"Eveline"は〈青年期〉を扱った、第二期の最初の作品。制作の順序では「姉妹」に続く二作目であり、一九〇四年九月一〇日付の『アイルランド農場新聞』に掲載され、のちに改作された。〈少年期〉物語に続いて読むと、目につくのは前作までの文体との違いである。前三作の一人称物語は、豊富なイメージと洗練された言いまわしからして、教養ある大人が自分の少年時代を回想して物語るという手法であった。「アラビー」が特に装飾の多い知性溢れる文体で終始したために、「イーヴリン」における、がらりと変わった文体に驚かされてしまう。作品の全体の六分の五は語り手が彼女の心の内を伝えている。

　ここでは、イーヴリンが日常頻繁に使う言葉づかいを媒介にして、彼女の心理状態を三人称過去時制で物語られ、同じような言いまわしや語句が続き、口語も交えた精彩のない文体ばかりが目だつ。構文も、'and'、'but' などを使った単調な重文が多い。また、過去は「よく……したものだ」'used to' が何度も叙述され、時には 'used to' と 'usually' の重複文が語り手による記述に出てくる。この手法では、場面の展開を遅らせるだけでなく、しまりのない悪文だらけという印象をあたえてしまう。しかし、この短篇の特徴は、知性のないイーヴリンの心の動きそのものをリアルに描出することなのだ。そして、長たらしい主人公の内面描写から、読者は、彼女がにわか仕立ての恋人と夜逃げできるかどうかというサスペンスこそ作品の主題だとわかってくる。この緊迫感は最後まで持続され、結局実行しないのを知らされると、読者は納得してしまう。そして、彼女が駆け落ちできないという伏線が随所に張り巡らされていたのに気づく。

この作品は、直接話法による発話と語り手が自己の口調で挟む状況の説明とを除けば、語り手が主人公の内面を三人称の過去時制で表出している。この場合、間接話法がもつ客観性をあたえながら、文構造のなかを主人公が使う話し言葉に替えて、場所と時間に関する「ここ」、「今」などを使う。主人公の思考や意識が一人称の現在時制で展開されて、彼女の気持ちがそのまま肉声で発せられているような雰囲気を醸しだす。この手法は「死者たち」まで続いていく。

レースのあとで

レースは、一九〇三年七月二日にダブリンの南西の郊外でおこなわれた、全長三七〇マイルの国際自動車レースがモデル。終了後、出走した車が決勝点からダブリンに戻ってくるところから物語は始まる。レース開催の目的は車の性能とデザインを宣伝するため。完走車は一二台中四台であった。

（1）西の郊外地。現在はダブリン市に合併。当時、中流下層の小住宅が多かった。

(2) イギリスからの政治的な独立を目指すアイルランドの党派グループで、民族独立運動の指導者パーネルの熱狂的な支持者。以下頻出。
(3) 警察の宿舎や刑務所へ食料を配給する契約で、多大な儲けがあった。当時警察はイギリスの支配下にあったから、以前の敵に食料を配給して財をなしたことになる。
(4) 一八〇八年ランカシャーに創立され、イングランドのローマカトリック系の大学として名声があり規模も大きかった。
(5) 別名トリニティ大学。リフィー川の南側にある。一五九一年創設の格式高いプロテスタント系の大学で、一九世紀後半にカトリックの学生も入学できるようになった。
(6) JMによれば、当時、ケンブリッジやオックスフォードへ子弟を入学させたのは、箔をつけさせ、構内の寄宿舎で有望な友だちを作らせるのが目的。
(7) リフィー川のすぐ南側の短い大通り。☆車は、西の郊外のインチコアから、リフィー川の南側を川とほぼ並行する道を東に向かって走り、今デイム通りを東に向かっている。
(8) スティーヴン緑地公園（二二エーカーの大きな公園。以下頻出）北通りに面した、格式高いシェルボーン・ホテル。
(9) トリニティ大学の西側から南北に走る高級店の並ぶ繁華街。以下頻出。
(10) '...dinner./The dinner' 段落を挟んで最後と最初に同じ語を配する手法については、三九九頁注（3）参照。
(11) 一六—一七世紀に流行った五声部の無伴奏の多声合唱曲。
(12) アイルランドの自治を求める熱弁が原因。
(13) JMによれば、政治問題などで場内が騒然としたときに、場を静めるための、誰も反対のできない音頭であったという。

(14) 当時、アイルランドはイギリス領で首都はロンドン。有頂天のジミーがセグアンやラウスと対等の付き合いをしている気持ちを反映した言葉。
(15) この通りの東沿いに駅があり、一行は、公園を出て、グラフトン通りの角（公園の北西角）でファーリに出会って、急きょ東北に位置するこの駅に馬車で向かう。
(16) ウェストランド通り駅から南東一〇キロ弱の地点にあり、当時の汽車では一五分から二〇分位かかったという。
(17) キングズタウン港。イギリス本土との間に定期便があり、ウェールズやイングランドへの出入り口。海水浴場やヨット・ハーバーでも有名。
(18) 一七九〇年代に作られて人気を得た、フランスの酒飲み歌。若い士官候補生ルーセルの奇行と愚鈍をあざけった内容。
(19) 《ルーセル士官候補生》のリフレーンの替え歌。
(20) 二人ずつ組んで四人が向かいあって踊るダンス。一般にはフィギュアは一連の動作や旋回を主とする運動をいう。ここのダンスは五人で踊る型にはまらない即興的なもの。
(21) 教会で、礼拝中や前後に演奏されるオルガン独奏曲。
(22) アメリカの避暑地。当時流行のヨット操縦者たちの集合地であった。
(23) 'tricks' JMによれば、人気のトランプゲームはベジーク、バカラ、ファロ、バップなど。
「レースのあとで」“After the Race” は『アイルランド農場新聞』に、「姉妹」、「イーヴリン」に続く三作目として、一九〇四年一二月に発表された。

物語の主題は、外国人に対して地方都市の人びとが抱く憧れと劣等意識である。主人公の外国人への憧れは、追従や羨望となって作品の最後まで続く。その好例はジミー・ドイルの視点からのセグアン評価であろう。作中五か所で見うけられるが、羨望をこめた勝手な臆測にすぎない。彼の外国人への劣等感は、逆に自国人に対する優越感となって現れる。われわれは、「アラビー」や「イーヴリン」の主人公たちの場合と違って、彼に同情の念が起こらないとするならば、同胞に対するこの優越感ゆえに彼への感情移入を妨げられているのではなかろうか。

この作品はアイルランドの歴史と当時の国際情勢を暗示した寓話性が強い。冒頭の節は、長年イギリスの圧政に甘んじて服従している昔ながらのアイルランドの姿――撞着《どうちゃく》語法（相反する意味の言葉を組み合わせて表現効果を上げようとする語法）を利かせた「虐げられて喜んでいる者たち」'the gratefully oppressed' は『ダブリンの人びと』のなかでは有名な言葉――を皮肉を込めて描出した、と解釈ができよう。見物人は「静」で表現されている。イギリスの支配からフランスが解放してくれるという期待が、見物人たちに歓声をあげさせる。これも遠くスチュアート朝時代から続く、自ら行動しないアイルランド人が同じカトリックの国フランスに寄りすがろうとする甘えといえよう。

国際情勢の問題にふれてみる。作品の終盤で、「ラウスが勝った」'Routh won' という二語だけで、ジミーの金は簡単にイギリス人のラウス（普通名詞で「豊富、多量」の意）の懐に入ってしまう。最後の大勝負はラウスとセグアンの間で争われ、これなどは歴史上英仏間の闘争がくり返されてきたのと同じであり、両国は当時も対立していた。富裕なファーリーも大負けするが、新興国アメリカは財政が豊かでも、国際的には力が弱かった。ジミーは、最後の大勝負のときは争いに巻きこまれながらも、傍観者にすぎない。

「レースのあとで」が当時の国際関係の縮図を描出した作品と解釈できるならば、ハンガリー人がなぜ登場するのだろうか。ハンガリーは、長い間他国（オスマントルコとオーストリア）の支配や干渉をうけ、農業中心の貧しい国であり、アイルランドと類似している。自国の音楽に誇りと愛着を根強くもっている国であり、政治は支配されても、芸術は支配されないということもジョイスは重視したのであろう。音楽家ヴィロナは、そのような国の出身者でなければならなかった。物語の最後で、賭事の余韻から覚めきらない連中に、大自然の夜明けを告げ知らせる。この告知の資格はヴィロナ 'Villona' がふさわしい。ハンガリー語（かつてのマジャール語）で動詞 'villon' は「光かがやく」を、名詞 'villony' は「電灯、灯火」を意味するために、この人名と彼の最後の言葉とは密接な関連をもつ。ただし、ジミーがヴィロナの宣言を聞いても、それで彼の精神が目覚めて救われるかどうかは疑問のままこの短篇は終わる。

二人の伊達男

（1）'That takes the biscuit' 'That takes first prize' を意味する奇抜な文句。レネハンが相手を褒めそやすときの口癖。
（2）'leech' たかり屋。この環形動物は、吸いついたら離れない。
（3）『ユリシーズ』第七挿話（この長篇小説は一八章で構成され、作者は各章ごとに"○ episode"と名付けた。本書も以下各章を第○挿話とする）で、新聞社内で『スポーツ』紙に載せる賭け率表を持って現れ、なぞなぞや滑稽五行詩を披露。
（4）この界隈はビジネス街。通りに面して時計・貴金属商店（地図①。作品で言及される市内の地名には順に番号を振り、以下①と略す）があり、時計台の下は待ち合わせ場所であった。
（5）市の南側のゆるい曲線の大運河。「レースのあとで」地図参照。
（6）流行の先端をいく店や、高級な屋敷があった。現在の下バゴット通り。
（7）ダブリンから大運河を越した南東部にある村。「レースのあとで」地図参照。中世以来定期市が開かれていたが、喧嘩や漁色など風俗を乱すので一九世紀半ばに廃止された。
（8）二〇世紀初頭、市内には牛乳専門の販売店が多かったという。
（9）②家具、じゅうたん、洋服類の高級品を揃えた有名なデパート。
（10）無職のコーリーは、警察へ有力な情報を売るタレこみ屋として、小銭を稼いでいることになる。
（11）『ユリシーズ』第七挿話で、新聞社内で人びとにたばこの火をつけてまわり、自分も一本恵んでもらっている。たばこは人に取り入るための小道具。
（12）'Lothario' イギリスの桂冠詩人で劇作家、ニコラス・ロウの韻文悲劇『美しき懺悔者』（一七〇三）に登場するジェノバ（イタリア北部の都市）の若い道楽者の貴族名に由来する。
（13）南環状道路（「レースのあとで」地図参照）は、ゆるい曲線を描いた主要道路。大運河のすぐ内側をほぼ平行して走り、娘たちの人気の散歩道であった。

(14) 北アール通り（地図参照）の東側に当時赤線地帯があった。
(15) ☆ラットランド広場から南下──→オコネル橋──→このプロテスタント系大学の正面西側の手すりに沿ってさらに南下。
(16) ☆大学の南西端まで南下──→東西に走っているナッソー通り──→途中で南に折れて、大邸宅の並ぶキルデア通り。
(17) ③キルデア通りクラブは、アイルランド在住のイングランド人や英国政府の海外代表者や金持ちのプロテスタントによる、会員制高級社交クラブ。二人には異質の世界。
(18) 国民的な楽器アイリッシュ・ハープは、自国の栄光と誇りを代表し、その調べは人びとの心を動かす力があった。詩や民謡では、虐待を受けたり暴行された女性として描かれることがあった。
(19) T・ムアの『アイルランド歌謡集』のなかの、二節各八行からなる〈フィオヌアラの歌〉という、魔法をかけられ自由のきかない娘を歌った詩の冒頭。
(20) ☆キルデア通りを南下──→緑地公園北通りを横断。
(21) 聖母マリアの色とされる青色と白色。
(22) ④広大な面積のスティーヴン緑地公園の外側周辺には歩道が設けられ、その歩道と周囲の各通りとの間には鎖があった。
(23) ☆公園東通りを横断──→ヒューム通りの西角⑤。
(24) 通常は飾り花の茎は下に向けられる。
(25) ☆公園東通りを北上──→三叉路を右折──→次の交差点（コーリーがレネハンに指定した再会場所）を左折──→メリオン通りを北上。東側のメリオン広場界隈は当時もっとも魅力ある住宅地の一つであったという。
(26) 広場北通りの東寄りの電停⑥で止まる、東南方面行き電車。

(27)　レンスター公爵（イングランド系アイルランド人）の広大な邸宅（当時、王立ダブリン協会の本部）の裏庭の芝地。
(28)　☆公園の東、南、西通りとまわったあと、西通りと繋がるグラフトン通りの繁華街を北上。
(29)　レネハンの話で有名なのは、『ユリシーズ』第七挿話の「奥様、わたしはアダムです。そしてエルバを見る前は可能でした」'Madam, I'm Adam. And Able was I ere I saw Elba.' である。この回文は、「気が狂ってます、わたしは気が狂ってます。'Mad am, I mad am.' エルバ島を見るまでは、不可能ではなかったです」とも読める。
(30)　☆グラフトン通りを北上――→サックビル通りをさらに北上――→物語が始まったラットランド広場の北東角に到着――→左折してグレート・ブリテン通り（「姉妹」では、「暗くて静かな通り」と描写されていた）を南西行。
(31)　'Refreshment Bar' ⑦労働者階級対象の安食堂。'refreshment' は、「軽い飲食物」であり、本義は「(休息・飲食物などによって)元気回復」。
(32)　ビスケットはレネハンの口癖。
(33)　惨めな夕食。茹でて味付けした乾燥エンドウは格安で満腹感をあたえ、ジンジャービールは生姜の風味の強い非アルコール飲料水。
(34)　一九二三年の新聞調査では、アイルランド男性の平均結婚年齢は三五歳。
(35)　☆グレート・ブリテン通りを南西行――→突き当たりを左折――→ケイペル通り南下――→グラタン橋――→パーラメント通り――→突き当たりを左折――→デイム通りを東行――→ジョージ通りとの交差点⑧。
(36)　イーガン酒場⑨もマックもホロハンも玉突き（勝者にたかる話ではある）も作品に関係ない。主人公がそういう話で少しの間立ち話をしたため、作者は省略しなかったのであろう。

(37) ☆デイム通りを右折→ジョージ通りを南下→ダブリン公設大市場の手前の通りを左折→市場北側の通りを東行し、突き当たりを右折→グラフトン通りを南下。

(38) ☆グラフトン通り→公園西通り→医学校の時計台下→通りを逆戻りし、公園の北西角を右折→北通りを東行し、再会の約束場所(⑩)。三時間ほど時間つぶしをして戻ったことになる。

(39) たかり屋レネハンが、神経を集中して対象を見る場合、主語を'He'でなく、'His eyes'にしているのはここまでで五か所ある。

(40) ☆メリオン通りを南下→レネハンの前で左折し、高級品店やジョージ王朝様式の邸宅が並ぶバゴット通りを東行。その通りに彼女の住み込む屋敷がある。

(41) 歴史上多くの名士が住んだ高級住宅地。

(42) 一ポンド金貨(二〇シリング)。当時の女中の年収は四ポンドから八ポンド。

「二人の伊達男」"Two Gallants"は、一九〇六年二月までに一三番目として完成された。ジョイスは、弟への手紙(一九〇六年七月)で「〈二人の伊達男〉——日曜日の人込み、キルデア通りのハープ、そしてレネハン——はアイルランド的風景である」と述べた。「日曜日の人込み」は冒頭のパラグラフに見られる。夏の終わりをつげる憂愁にみちた雰囲気や夕暮れどきの日曜の混雑する通りの風景を、頭韻法(語頭などに、同じ文字をくり返すことで口調がよくなる用法)と同語反復などの効果を用いて、詩的表現で描出されている。大道芸人が路上で弾く「キルデア通りのハープ」の風景(本書九二—九三頁)は作品のなかで異彩を放つ。会話を主とした文体が語り手の地の文による知性あふれる文体に変わり、二人もハープの悲しげな演奏で沈黙してしまう。通りやハープの歴史的意味をつかめば、この挿話の意義が深まる。

レネハンは、『ダブリンの人びと』の主人公のなかでは嘆かわしい人物である。ただし、ジョイスは、この人物を道徳的観点から否定的に描こうとしたのではない。アイルランド男性の一傾向としてこういう人物を特色ある風景の一つに指定したと解釈したい。

物語の後半に作品の特徴が目だつ。主人公は、軽食をとり路上で立ち話をする以外は、市内を徘徊するのみである。それを物語るのに多くのスペースが割かれ、これこそが作者の意図といえる。「彼は歩き続けるしか時間のつぶし方を思いつかない」という姿をリアルに叙述しようとすると、それに合わせた文体にする必要があった。光景の変化する色合いの叙述がないのは、主人公にそれを楽しむ余裕はなく、行き交う男女からは疎外感を意識する。彼の足どりは相棒と歩いたのとほぼ同じであり、そのくり返しは人生の無目的でさまよう姿と重なっていく。

「二人の伊達男」はその古風な表題に戸惑いを感じる。リアリズム文学を掲げるジョイスは、『三銃士』などの人気文学のなかに潜む伊達男の本質を自作で暴露したといえよう。伊達男同士は、固い友情の絆で結ばれ、その心の触れ合いや会話の妙が読者を楽しませてくれた。「二人の伊達男」では、互いに欲得ずくで結ばれた主従にも似た関係でしかなく、作品の最後で、コーリーが女からせしめてレネハンに差し示す金貨はロマンス文学への空虚さの指摘にほかならない。筋の展開、人物設定、表題において、ロマンス文学へのパロディが感じられよう。

「二人の伊達男」は猥雑で読者のひんしゅくを買う内容である。物語性が乏しく、人物が衝撃、葛藤、挫折をとおして自己の置かれている現状を認識することもない。しかし、この短篇に魅せられていく文学愛好家がいてもよいのではなかろうか。文学の芸術としての価値は、その物語性や思想性にだけでなく、言語の表現や技巧の工夫にあると味得しつつ作品の理解に努めるならば、駄作が傑作に変わる場合がある。その典型が「二人の伊達男」といえる。

下宿屋

(1) 短いスプリング庭園通り（「ある出会い」地図参照）の北側に面していた。

(2) カトリックでは離婚は許されず、別居も教会の許可が必要。

(3) 職務は、召喚状や逮捕状を送達したり借金を取り立てたりすること。当時のダブリンのあらゆる職業のなかで、もっとも軽蔑された職業。

(4) 市の北側にある短い通り（「姉妹」地図参照）。ジョイスの作品の多くはこのあたり一帯が背景となっているため「ジョイス・カントリー」といわれている。ハードウィックは、結婚の契約を決めた法令をつくった人の名である。

(5) イギリスではロンドンにつぐ貿易港で、ダブリン行きの連絡船が出る。

(6) 軽喜劇や音楽などのショーに出演する旅芸人は男女で構成されるなかで、この下宿では男性のみになっている。男女は別々の宿をとるのであろう。
(7) 出典不詳。ミュージック・ホール曲の替え歌という説がある。
(8) 「姉妹」地図参照。プロテスタント教会の「鐘楼」は、表面上穏やかな用語であるが、元来は戦争行為に関連し、中世期に砦を包囲する際に使われた移動可能の木製のやぐらを指す。ジョージは馬上から竜を退治し王女を救った勇気ある英雄で、イギリスの守護聖人。
(9) 'circus' 古代ローマでは戦車競争や剣闘士の試合がおこなわれた円形競技場。
(10) プロテスタントの因習的儀礼として、礼拝に行く道すがら、手袋をはめた。
(11) 小さく切ったりちぎったりしたパンに、牛乳・卵・果実などを入れ、甘味や香味をつけ、焼くか蒸すかして作る食後の菓子。
(12) 「姉妹」地図参照。このカトリック首都大司教仮大聖堂では、日曜は信者が多忙な日であるのを考慮して、昼ミサは一日のミサの最後であり、二〇分位ですむ短いミサ。モールバラ 'Marlborough' は、対仏戦争やアイルランド遠征軍を指揮した、実在のイギリスの軍人。「ジョージ」、「鐘楼」、「円形広場」、「抜け道」('loophole') とともに、元来は戦争に関連しており、こういうものを出すところに、ムーニーとドーランの対決へ導く作者の準備がある。
(13) ダブリンを脱出したジョイス自身の感想でもある。当時の人口は三〇—四〇万人で、現在は五〇万人強。
(14) ロンドンの急進的な日曜新聞で政治欄は粗雑。暴露記事を売りものにした。
(15) ミサや告解などの教会の務めを守ることをいう。
(16) オペラ『ラ・ボエーム』*La Boheme*（一八九六年トリノ初演）第一幕からのパロディ。舞台はパリの裏町の屋根裏部屋。主人公が部屋にいると、ドアをノックした若い女性の声でろうそくが消えたから点けさせてほしいと言う。その場で二人の間に恋が芽生えても、病弱な彼女は主人公と結婚せずに死んでいく。プッチーニの名作から借用しながらも、下宿のおかみとその娘と若い下宿人という人間模様こそがミュージック・ホールの演目調であるとするならば、「下宿屋」はミュージック・ホールで歌われたのと同じ内容を物語化したのだといえる。

(17)　ここの手法については三九九頁注（3）参照。

(18)　'reparation'　この語を、ムニー夫人が三度使い、道徳上の償いとして金銭など物質的な補償を勝ち取ろうとするのに対し、ドーランは二度使い、宗教上の贖罪として使っていた。

(19)　茶色をした強いアイルランドのビールの一種。「バス」は酒造会社の銘柄。

「下宿屋」"The Boarding House"は、五番目として一九〇五年七月にトリエステで完成された。全体としての統制が崩れず、まとまりがあって読みやすい作品である。「初め」は、ムーニー夫人に視点を定め、彼女の策略が物語られる。彼女は、「ムーン」('moon'、「ぼんやり過ごす」、「ふらふらさまよう」)や、ムーニー('moony'、「間抜けの」)から連想される女性とはほど遠い。ドーランの性格を見ぬき、逃げだせない状況をつくり、彼との対決を日曜日の午前に選んだのも懺悔と関連するからであり、心理的な圧迫をあたえる企みをもつ。

「真ん中」は、ボブ・ドーランに視点を定め、その当惑ぶりが物語られる。道徳や世間体がムーニー夫人にとっては卑俗と策略の口実であるのに対し、それらが彼にとっては臆病と卑屈の逃げ場になる。名前ドーラン'Doran'は、「やる」'do'と「逃げた」'ran'の組み合わせであり、またアイルランド語でドーランは「国外生活者」とか「よそから来た人」を意味する。しかし、彼は環境に縛られて自由に動けず、ムーニー夫人の術中に陥っていく。「終わり」の視点人物はポリーである。彼女が物語に初登場するときミュージック・ホール曲もどきの歌をうたう。歌の文句が暗示するように、ろうそくを小道具に使って、ドーランを挑発して自己の思いを遂げていた。彼が部屋を出てゆくと、読者はポリーとともに残され、この間にも、階下では、ムーニー夫人とドーランの面談がおこなわれ、ムーニー夫人の問責と最後通告がなされている。しかし、読者は二人の間で話がどう展開するかを推測できよう。直前にポリーがドーランの前でみせた言動はどれも彼女を有利に導き、彼が部屋を出て行くときに、はなむけの呟き「ああ、神様」'O My God!' で、自己の罪におびえる彼に追い討ちを掛けてある。

ムーニー夫人の最後の言葉は直接話法で浮き立たせてあり、ドーランの全面的な屈服を知ることができる。このように、入念に敷かれた伏線により、進行中の面談を省略し、読者にそれを推測させる。それによって、いっそう強い印象をあたえることが作者の狙いだったのである。

「下宿屋」は物語全体がユーモラスであり、ムーニー夫人の偏見や、それに続くドーランの狼狽ぶりなどは特に滑稽極まる。一五篇のなかに、一作ぐらい単純明快で喜劇的な作品があってもよいのではないか。「下宿屋」は、〈青年期〉の四作品の最後であり、ドーランの結婚にいたるまでのいきさつを描いた点からすると、〈成年期〉の物語へ導く媒介となった。次の二作品、「小さな雲」と「対応」の主人公たちをともに、ドーランの結婚後の姿としてみることもできよう。

小さな雲

（1）主人公はこの日の昼食時までに、友と瞬時ながら出会っていたのであろう。友の服装や言葉づかいに言及できるのはそのため。

（2）「知恵」'wisdom' という語は、旧約聖書のなかの「知恵の文学」を連想させ、これらには人生の空しさや、運命に反抗することの無意味さが説かれている。「後世の人たちに伝える＝残す」'bequeath' は、遺言書の法律用語で「財産を遺贈する」。

（3）作品当時、この緩やかな坂道通りは安アパートの密集地であった。

（4）通り（ある公爵夫人の名に由来。現在は廃墟）は、一八世紀ごろまでは貴族たちの、ダブリンで最も上品な大邸宅が立ち並んだ。それに合わせた語や語句（「貴族」'nobility' や「どんちゃん騒ぎ」'roister' はエリザベス朝時代の古語）で描写している。

（5）実在した人気のある高級なレストラン兼バー。

（6）ギリシャ神話に出てくる足の速い美女。自分と競走して勝った者と結婚すると約束すると、青年ヒッポメネスは女神から貰った三つの黄金のりんごを競走の道々に投げて、驚いたアタランテがそれを拾っている間に、彼女を追い越して競走に勝ち、彼女を妻にした。

(7)　☆国王法学院（英国王ヘンリー八世に由来）の建物――→ヘンリエッタ通りを東南東――→ボールトン通り交差点を右折――→ケイペル通り。

(8)　'Ignatius' ラテン語で「火」'fire' の意。スペインのカトリックの聖職者でイエズス会の創始者であり、戦闘的宣教者であったロヨラ（一四九一―一五五六）の洗礼名と同じ。'Gallaher'「ギャラハー」は、アイルランド語の 'Gallchobar'「対外援助」から派生した語。

(9)　C・ディケンズの長篇小説『お互いの友だち』（一八六五）で、悪賢いウェッグの言葉に、「だんな、わしの思考用帽子をかぶらせてくださいな」とある。

(10)　☆ケイペル通りを南下――→グラタン橋――→パーラメント通りを少し南下――→デイム大通りを東行――→聖アンドルー通りにあるコーレス店。

(11)　実際にその方角の彼方にロンドンがあり、物理的にも当てはまる。

(12)　一九世紀末、アイルランドにおいて民族精神の覚醒と文芸復興の運動が起こり、これに賛同した文学者たちは「ケルト派」と呼ばれた。ケルトとは、紀元前六〇〇年ごろから次々と渡来し定住した民族名で、アイルランドにはその子孫が多い。主人公の視点で目にする光景への表現描写は、「ケルトの薄明」（アイルランド文芸復興の別称）を意識したものという解釈がある。

(13)　「トマス」'Thomas' は英国名。「マローン」'Malone' は、アイルランド西部地方に多い姓で、アイルランド語で「聖ヨハネのしもべ」の意。

(14)　アイルランドでは、一八世紀末期にプロテスタントが秘密結社オレンジ党を創設し、以後その党員はオレンジ色のリボンをつけてカトリックと争ってきた。カトリック教徒の多いダブリンで、この色のネクタイをしていると、プロテスタントの秘密党員と疑われる。

(15)　'dear dirty Dublin' アイルランドの女流作家S・モーガンの造語。ジョイスが好んだ言葉。

(16)　地主から小作人への農地譲渡を扱った「アイルランド土地委譲裁判所」。大地主から小作人が土地を買う際に、裏金が動いた。
(17) 当時、猥褻であるとまじめな旅行者たちにみなされていた。
(18) 両国の関係は、「レースのあとで」の解説で言及した。
(19) 敬虔な信者は、不道徳なことを人前で述べる場合、「カトリック教徒のとる身振り」(十字を切って自己擁護)をする、とJMはこの箇所の説明で述べている。
(20) パリのレストランやカフェの舞踏会は、性的不道徳の温床としての評判をうけ、多くの学生がたむろし、商売女たちも入り浸っていたという。
(21) '*François*' 気取ってフランス語風の言いまわしで呼びかけているが、JMによると、当時コーレス店の所有者の一人は実際にフランソワという名であったという。
(22) JMによると、一九世紀末のベルリンは放縦な夜の生活と同性愛に寛容であることで有名な都市であった。
(23) 男女の修道院における乱痴気騒ぎと性行為は、ヴィクトリア朝では好色文学を創作する上での主題の一つである。
(24) ヴィクトリア朝は道徳や宗教が厳しかった。風俗上の規律を守るのは主に中産階級の人びとであり、上層階級の人びとは道徳や宗教を無視するかのように放蕩をむさぼった。それを主題にした好色文学は現在でも読まれている。
(25) 'only a pleasure deferred' アイルランド新聞界の専門用語。
(26) '*parole d'honneur*'〈名誉にかけて誓う〉軍隊用語で捕虜の恭順宣言。捕虜は戦争中、釈放が許されても状況次第で拘置所に戻ることを誓わされた。ギャラハーは釈放されてロンドンへ行くが、拘置所たるダブリンへ約束どおり戻ってこなければならないと譬える。
(27) 'put my head in the sack' 「のっぴきならぬ窮地に陥る」'to put one's head into the noose'

のもじり。一三三頁二行目でギャラハーが「ホーガンが言ってたけど、あんた……」と言いかけたのは、「袋のなかに頭を突っこむ」と言いそうになったのかもしれない。
(28) アイルランドで、一八四〇年設立の伝統を誇る紅茶のチェーン店。
(29) 普通名詞 'chandler' に「ろうそく製造販売人」'candle-maker' の意がある。するとチャンドラーは「小さな光を提供する人」'a provider of little light' という意にもなる。
(30) 引用の詩句は「若き貴婦人の死によせて」にある。この感傷詩は、G・G・バイロン（一七八八―一八二四）が一四歳のとき、いとこのマーガレット・パーカーを追悼して書いた。
(31) '...he shouted:/—Stop!/The child stopped' 主人公が「泣きやめ」を言葉で表現すると、子供がそれを体で表現した。
(32) 主人公に対し、赤子のほうがその声から母親だと気づく。
(33) 愛情表示の話し言葉。「ヨハネ伝」に、「見よ。世の罪をとり除く神の子羊だ」（一・二九）とあり、神の子羊、さらにキリストを指す。

「小さな雲」"A Little Cloud" は、第三期の〈成年期〉を扱った最初の作品で、制作順では一三作目で、一九〇六年の四月ごろに完成された。作者自身の気にいった短篇で、〈「小さな雲」の一頁はぼくのすべての詩よりも、ぼくに多くの喜びをあたえてくれる〉と記している。

物語の圧巻は、旧友に対する主人公の心の反応を主題にした、「真ん中」にある。全体の半分以上のスペースをしめ、ここでは直接話法の描写が多い。ギャラハーの、相手を見下すような言葉――大げさな表現、業界用語やフランス語や地元でも廃れている方言、陳腐な言葉や巷の下品な言葉、再会した旧友へ連発する、「大将」、「トミー」など——が目だつ。帰郷者は旧友を呼び出して、大都会に広がるみだらな行為を有無に関係なく自ら体験したかのように得々と語り、相手を驚かせて悦にいる。この光景は帰郷者と在郷者が再会する典型として読める。

対話場面の前後を飾る、「初め」（旧友との再会場所に着くまで）と「終わり」（家庭内の場面）には共通性がある。ともに、語り手が主人公の内面描写を織り交ぜながら叙述している。しかしながら、主人公の思考を表出する文体は対照的である。「初め」では、夕暮れのロマンチックな表現、昔の貴族たちや高級バー客の貴婦人たちへの古風な表現、公園内にたたずむ人びとや貧民街を駆ける子供たちへの表現、川沿いに密集する家々への擬人化した表現がそれである。ただし、慣用句や古語や詩用語を混入した表現にすぎない。その思考からも、彼が常識の範囲に縛られ、小人物なのがわかる。「終わり」では、主人公は自分の家庭の閉塞的な状況を鮮明に意識し、脱出の夢が空しい幻影にすぎないと悟る。文学的な気分になれず、彼の表現やイメージは詩的ではない。対照的に、彼の妻が赤子をあやすときの言葉に詩的ニュアンスが漂っている。読者が文学的才能を彼女のほうに感じたならばたいへんな皮肉ではないか。

この短篇のキー・ワードは‘little’であろう。この語は、一五篇では二一〇回使われ、「小さな雲」では五七回（ちびのチャンドラーに三九回）と圧倒的に多い。この語が作品の端々に浸透している好例を一つ挙げるならば、最終場面で彼の妻が赤子をあやすときに、瞬間的に発する、「あたしのおちびちゃん！　あたしのおちびかわい子ちゃん！……おちび子羊ちゃんだもんねママのこの世で大切な！」'My little man! My little mannie! ... Mamma's little lamb of the world!' のなかにある。主人公のあだ名が三度も使われると、妻からの当てつけとなってしまう。

表題の由来は、「列王紀（上）」の、「海から人の手ほどの小さな雲が起こっています」（一八・四四）からきているという説がある。エリアが慈雨を予言し、しもべを山頂に登らせて様子を見に行かせたときの、そのしもべの報告であり、実際に大雨が降る。では、「小さな雲」は主人公にどのように救済の慈雨をもたらすのだろうか。それは読者各々が読後に感じとるであろう。

「小さな雲」は、消極的な言動で威張られる側の主人公と積極的な言動で威張る側の副主人公との関係で筋が展開する。この関係は、前々作の「二人の伊達男」の二人と類似する。二作とも、友人同士の対話はその多くが直接話法で記述され、場面設定と人物構成とが劇仕立てで、スペースも長い。次頁で対話の場面を図式化し、二作品の類似性をみてみたい。

対話場面における二作品の対比

「二人の伊達男」		「小さな雲」	
レネハン	コーリー	チャンドラー	ギャラハー
へりくだる側	威張る側	へりくだる側	威張る側
自己のペースに乗せる	相手に乗せられる	相手に乗せられる	自己のペースに乗せる
言動消極的	言動積極的	言動消極的	言動積極的
言葉数少ない	言葉数多い	言葉数少ない	言葉数多い
自分のこと言わない	自慢話に終始	自分のこと言わない	自慢話に終始
一人称単数少ない(12)	多い(35)	一人称単数少ない(11)	多い(75)
よき聞き手に徹する	一方的によく喋る	素直な聞き手	一方的によく喋る
相手の話に興味	相手の話に関心なし	相手の話に興味	相手の話に関心なし
二人称単数少ない(12)	少ない(8)	二人称単数少ない(12)	多い(53)
コーリーと4回言う	相手氏名口にせず	相手氏名口にせず	トミーと8回言う
質問9回	質問3回、実質は1回	質問7回	質問27回と多い
目だたない所作	大げさな所作	目だたない所作	大げさな所作

	長さ　状況　文体	長さ　状況　文体
起	短い　夕暮れ時の都市風景　詩的散文 歩く場面 語り手の客観描写　主人公登場せず	長い　夕暮れ時の都市風景　詩的散文目だつ 歩く場面 主人公の内面描写(自由間接話法)多い
承	長い　路上、友人同士の対話　喜劇風 上下関係あり　直接話法多い	長い　バー、友人同士の対話　喜劇風 上下関係あり　直接話法多い
転	長い　市中での瞑想と憂鬱　平凡な散文 主人公の内面描写多い	長い　室内での瞑想と憂鬱　平凡な散文 主人公の内面描写多い
結	短い　(同じ友との)対面　平凡な散文 主人公、相手の反応気にする	短い　(妻との)対面　平凡な散文 主人公、相手の反応気にする

対応

(1) 電話が普及する初期に、建物などで使われた内部通信用伝声管。
(2) この作品では、創作上の人物クロスビーと実在人物C・W・アリン——依頼事件の書類作成などの法律事務をおこなう下級弁護士で、『ユリシーズ』では、デイム通りとユースタス小路との交差点の、東北の角地に事務所を開いている——が共同で事務所を経営。
(3) 実在人物J・J・オニールは、ユースタス通りと東エセックス通りの交差点の南西の角地で、紅茶兼ぶどう酒商を営み、パブも経営。
(4) 下層の労働者用の安価な黒ビール。グラス一杯は半パイント。
(5) 辛い香味の強い小粒の実。匂い消しの効果もある。
(6) ヴィクトリア朝の後半は風紀が厳しく、外出時には近所に行くにも、男性は帽子をかぶり、女性は手袋をはめ長いスカートをはいた。
(7) 二〇世紀初頭の法律書類はすべて手書きで複写されたが、手紙文はタイプライターを使用できた。
(8) 'instanter' 元来は法律用語。アリンが使う語としてふさわしい。
(9) ☆事務所の東角を左折——→突き当たりの三叉路を右折し東行。質屋はフリート通りに実在した。
(10) オニール酒場の黒ビールなら七二杯飲め、飲み代としては相当の金額。
(11) ☆フリート通りを東行——→南北に走るウェストモアランド通りを右折し南下——→グラフトン通りの中ほどで左折しデューク通りに入る。
(12) '*I don't think that* ～' 実際の口答えでは、敬称を表す 'sir' を挿入して「～とは思えませんのですが ('I don't think, sir, that ～')」と言っていた。
(13) 『ユリシーズ』では、彼と大鼻フリンはこの店の常連客。

(14) 'tailors of malt, hot' ダブリンでは、指で示しながら「一杯にしないで、ウイスキー七分目位」という意。

(15) 『ハムレット』四幕七場で、ガートルードは、羊飼いたちは教養がないために、機知ある言葉で言い表せなかったことを指摘する。オハロランの場合も、羊飼いたちの口調をまねた直接的な表現であり、ファリントンのように機知ある言い返しでなかったのを指す。

(16) ☆デイヴィ・バーン酒場→グラフトン通りとの交差点を北上→リフィー川南側の川岸通りとの交差点を右折→川岸通りを東へ下ってゆき、次の角の「スコッチウイスキー酒場」にくる。

(17) 劇場名はローマ郊外にある遊園地に由来。歌と踊りの寄席演芸が専門。☆スコッチウイスキー酒場がある、川岸通りに沿って東に下ると、次の街角に当時実際にあった。

(18) 高価な泡立つアルカリ性の鉱泉飲料水。

(19) ☆スコッチウイスキー酒場の東南東の方向すぐに、東西に走るプールベック通りの北側にマリガン酒場がある。デイヴィ・バーン酒場とともに今も大繁盛。ジョイス作品で有名になり、観光名所になっている。

(20) 先ほど、主人公は、ノーとしか答えられない二者択一な質問（「わたしを馬鹿だと思っているのか？」）をアリンがするのはフェアでない、と言い返していた。

(21) 一同は二人の勝敗に賭けをしていた。

(22) ☆オコネル橋を渡ってすぐの電停にきている。サンディマウントは、市中心地から東南東に五キロ離れた海岸に面した村で、ジョイス作品に頻出。

(23) シェルボーン道路は「アラビー」地図参照。道路の南側に英国軍の歩兵部隊の兵営がある。その南にファリントンが住む中流下層階級の住宅地がある。

(24) ここでは夕べのミサへの出席をいう。

(25)　〈アヴェ・マリア〉　聖母マリアに捧げる祈りで、カトリック教会では「天使祝詞」という。

「対応」"Counterparts" は、制作順では六作目で、一九〇五年七月までに完成された。言葉の訛りの強い者が、都会に出て年月を重ね言葉づかいが標準語とほぼ同じ口調になっても訛り（アクセント）は終生消えない。自分の不在場所でその訛りをまねられて物笑いにされたのを知ったら、まねられた上司はまねた部下にどういう態度で臨むかが作品のポイントとなる。

物語の主人公を口まね上手な男にしたことで、抽象的な表題の重要性が意味を帯びてくる。法律用語で 'counterpart' は「二通作成したうちのもう一通」とあり、主人公は法律書類を忠実に手書きで写す一種のコピー機といえる。それが反映してか、作品全体に言葉によるくり返し（写し）が多い。ファリントンは、かつてはアリンの言葉の訛りをまね、この日は口答えした自己の言葉を道すがらくり返し、帰宅後は子供の抑揚のない言葉をまねる。アリンは、彼に言葉の訛りをまねられた仕返しをするかのように、何度も彼の言葉を茶化す語調でまねる。酒場内で、ファリントンのアリンへの口答えを同僚がまねる。アリンはファリントンに、ファリントンは子供に、各々が相手の言葉を二度、三度とくり返す。最後の場面では、子供が自分の言葉をくり返している。ただし、以上のどれもが最初に発した言葉と微妙に違えている場合が多い。ファリントンが書類を微妙に写し間違えることと関連するのかもしれない。

元来、'counterpart' は、「人物あるいは事柄が複製に見えるように、たがいに対応しているもの」をいう。これを対人関係でみてみると、アリンとファリントンの関係はファリントンと息子トムの関係と対応している。魂の慰安を酒場や教会に求めるファリントンと妻エイダ、さらに、各々の男が関心をよせるロンドン訛りの若い女優とデラクアは「対応する人物」となる。

一五篇のなかで、もっとも陰湿な内容をもつ、「対応」の形式に着眼して、その終わりの場面を読み返してみる。主人公は自らがまねいた激怒と欲求不満をそのはけ口として幼いわが子にぶつける。彼が無力な幼児に暴力を振るう最終場面は痛々しく、読む者を救われない気持にしてしまう。そうならないように、作者は一六四頁の一七行目からは、視点をそれまでの主人公から彼の子供に移し、父親のために必死になって祈る幼い子供の姿勢とセリフとで作品を締めくくった。トムの父は泥酔と怒りの罪に陥っているため、マリアの尊い眼差しが父に温かく向けられるように、少年はけなげにも祈りを捧げようとする。ジョイスは、トムが「アヴェ・マリア」を三度発したまま作品を終わらせることでその言葉の響きに余韻をもたせた。幼い息子の祈りで主人公が父権を回復するこの場面は読者の胸を打つ。職務をろくに果たせず、酒におぼれ、父親としても失格という負のイメージばかりで言及されてきた。語り手自身も、この作品の前半と終盤では、主人公を「その男」'the man'、「ある男」'a man' と記すだけで、一度も名前で呼んでいない。こういった負のイメージすべてが息子の祈る態度とセリフとで浄化されるのではなかろうか。この結びは、登場人物の内面に立ち入らない語り手による客観描写でありながら、作品全体のカタルシスといえよう。以上のように、「対応」は作品の形式に注目して読むと、内容面で受ける暗い印象とは違った真の姿がみえてくる好例となる。

土

(1)　'matron'　一般に、公共施設などの婦人監督。
(2)　'spick and span'　この言葉は洗濯屋の広告によく見られる。
(3)　'Maria was a very, very small person indeed but she had a very long nose and a very long chin'　特徴ある容貌を童話調の文体で伝える。同語反復は幼児語の特徴。
(4)　この語は、イエスの山上の説教にある、「平和をつくり出す人たちは幸いである、彼らは神の子と呼ばれるであろう」(「マタイ伝」五・九)によって一般化した。
(5)　当時は、ストーブでアイロンを温めて適温にしてから、アイロン掛けをした。'dummy'は聾《ろう》唖《あ》者に対する俗語。
(6)　復活祭後の第七日曜日は聖霊降臨を記念して聖霊降臨祭といい、その翌日の月曜日は休日となっている。
(7)　二枚の半クラウン銀貨は、マライアにとってはかなりの額。
(8)　プロテスタントの女性管理委員たちが運営する、アルコール中毒女性や娼婦の女性更生施設。

ボールズブリッジ台地（プロテスタントが圧倒的に多い地区）にあり、収容女性たちは洗濯の仕事を課された。

(9) プロテスタントへの紋切り型な見方。

(10) プロテスタントの宗教や道徳の問題を扱った小冊子類。更生中の婦人たちは、洗濯物を洗う仕事の他に、これを読むことが課せられていた。改宗させる目的もあった。

(11) 宗教上の相違を離れて、の意を含む。主人公はカトリック教徒でありながら、プロテスタント系洗濯屋の台所の下働き女中。

(12) もっとも下劣な茶の出し方。

(13) 諸聖人の霊を祭る一一月一日の前夜のこと。古いケルト族の暦では、一〇月三一日の夜はあらゆる聖霊や魔女が出没し、多くの物が紛失するとされ、魔女の宴会が開かれるといわれている。子供たちもこの夜はいろいろな遊戯や運命占いをする。占い遊びでは干しブドウ入りパンが指輪とくるみを入れて焼き固められ、アイルランドの迷信では、切って分配された中に、指輪が入っていた人は年内に（または最初に）結婚すると伝えられている。

(14) 万聖節（一一月一日）の早朝ミサに出席するのは信心深いから。

(15) 路面電車に乗って、約三キロ西北にある市中心部に向かう。

(16) 約四〇メートルのネルソン提督（一七五八―一八〇五）の記念塔は、サックビル通り（現在のオコネル通り）の、道の真ん中にそびえ立っていた。ダウンズ菓子店は、ネルソン塔の東側の北アール通りを数歩行った所にある。一九六六年にアイルランド愛国者によって破壊された。

(17) どちらも万聖節前夜に食べる。

(18) クリスマスや婚礼用の、高価な干しブドウ入りケーキ。

(19) ☆ダウンズを出て、北アール通りを西に戻り、オコネル大通りの西側のヘンリー通りに行き、あるケーキ店に入った。このあたりはダブリンの繁華街で、買い物客で賑わう。
(20) ロイヤル運河に架かるビン橋。橋の北側の堤防から、北への坂道を登って行った。
(21) 弟の名前を長男につける仲だったが不仲の原因は不明。
(22) この万聖節前夜の遊びは個人の運命を占うもの。各々の皿に載せられた、指輪は結婚、祈禱書は修道院、水は生命、土は死を各々意味する。
(23) 表題の、土 'clay' を指す。上流家庭では土が省かれるのが普通だった。
(24) ダンス用伝統的な舞曲。マクラウド嬢は不詳。
(25) M・W・バルフの《ボヘミヤの娘》のなかで、女主人公が第二幕でうたう有名な歌曲。この歌劇は「イーヴリン」に言及(四〇〇頁注(12)参照)があった。
(26) 主人公が再度第一節を歌ったのは、熱烈な愛を求める第二節を独唱できなかったのではなく、歌い慣れない彼女が第二節を知らなかったか忘れてしまったかのどちらかであろう。その場合、第一節をもう一度くり返して歌うのはだれもが経験するところ。

この作品は、一九〇四年一一月に「クリスマス前夜」として書き始められ、創作順では、「姉妹」、「イーヴリン」、「レースのあとで」に続く、四作目である。それから何度も書き直されて、一九〇六年一一月頃に「土」"Clay" となって完成された。

「土」は、ヴィクトリア朝までの伝統小説の名残をとどめ、筋の展開や人物造形に一貫性があり、象徴性も明確である。主人公が偶然にせよ死を象徴する土をつかんだり、万聖節前夜にまつわる迷信どおりに、作品の随所でケーキ、くるみ割り、栓抜きが紛失する。魔女が出没するという迷信に沿って解釈すれば、三度描出される「鼻の先がほとんどあごの先にくっつきそうになった」という彼女の笑い顔の表情からは老魔女の甲高く笑うイメージを抱かせ、彼女の容貌を童話調で伝える文章からは童話に登場する魔女を連想して読むことができる。

この作品は主人公の内面描写が多いために、彼女の言葉づかいが続出し、女性の愛用する「とても」'very'、「すごく」'nice'、女性の感情の誇張的表現に用いる「すごく」'so'、'such'、「そして」'and'、「けど」'but'、「それから」'then' などがやたらと目につく。

痛ましい事故

(1) 郊外の三流住宅地。伝説では、アーサー王伝説の騎士トリスタンとの悲恋で有名な、イズーの生誕地。地名の由来は「イズーの礼拝堂」'Chapel of Iseult'。

(2) この蒸溜酒製造所は実在した。

(3) リフィー川は、チャペリゾッドあたりは浅い。

(4) 家具付きでなく、家賃が安いアパート。

(5) 自然を歌ったこのロマン派詩人(一七七〇―一八五〇)とシェイクスピアとシェリーを、ジョイスは英国三大作家に挙げている。

(6) カトリック教義入門書といえる小冊子。ダブリンの西北二四キロの町メイヌースにある神学校が一八八三年に発行。

(7)　一九〇〇年にドイツ自然主義の祖、G・ハウプトマン（一八六二―一九四六）が発表した悲劇。美術学校の絵画の教師クラマーは、芸術の天分に恵まれた息子に期待するが、その息子は怠け者で失恋のはてに自殺してしまう。わが子の死に直面して、自己の理想実現の挫折を痛感するという内容。ダフィーとクラマーには、人を愛さない世捨て人という共通点がある。白と黒は礼拝式の色であり、ダフィーの部屋は修道僧の独房を思わせる。

(8)　胆汁過多症（怒りと憂鬱に関係があるとされた体質）の植物性の特許薬の商品名。

(9)　JMによれば、中世の医学では、人間の気質は天体の影響に左右されるという。たとえば、土星の影響を受けて生まれた人間は、胆汁過多症で苦しみ、憂鬱で陰気な気質になると考えられ、音楽でその苦しみが一時的に軽減されるとされていた。

(10)　ぶどう酒商ダニエル・バークの会社が、酒場と軽食屋を兼ねた店。

(11)　商業地区として賑わうこの通りには、数軒の安食堂があった。

(12)　‘Rotunda’「円形建物」であり、劇や音楽のための公会堂をいう。

(13)　高台一帯の西端に音楽や会議などに使われた国際展示会館があった。

(14)　イタリア北西部の港町リヴォルノのこと。

(15)　一八九六年結成のアイルランド社会主義共和党。生活様式の向上について学習会を開く研究団体にすぎず、政治的には無力。その本部はダフィーの住まいに近かった。

(16)　メリオンに裕福な中流階級層の住宅が並ぶ。

(17)　ドイツの哲学者・詩人F・W・ニーチェ（一八四四―一九〇〇）作『ツァラトゥストラはかく語った』（一八八三―八五）の「友について」の後半を意識して書いた警句。ニーチェ哲学の思想は一八九〇年後半から急激にイギリスに広がったという。

(18)　イギリス寄りのダブリンの右翼系日刊新聞。

(19) カトリック用語。ミサにおいて、司祭が低い声でとなえる祈り。
(20) この略式の正式名は、南東ダブリンE管区57号。
(21) 一九一頁からここまでは、一九〇三年一一月一六日付の『夕刊メイル』紙の轢死事故記事を参考にしたもの。記事は、機関士、信号係、担当医の証言による。原文で二六八語であるのに、ここの記事は原文では一〇人の証言者による五六六語からなる。
(22) ニーチェの考えそうな言葉。
(23) ダブリン市の西南にあり、二〇世紀初頭は豊かな農村の多い州。アイルランド全土の地図参照。大地主であるイングランド系アイルランド人の故郷であった。
(24) 『夕刊メイル』よりも大衆的なダブリンの夕刊新聞。
(25) 公園内の南東側にあり、川や市内を見おろせる低い丘。「武器庫」に由来。
(26) この主人公の自己顕現《エピファニー》は、五〇〇年ごとに我身を焼いて再生するという不死鳥《フィーニックス》の名をもつ公園で起こる。また、この公園は、トリスタンが自己の愛が実らないと知り絶望して引き籠もった場所とされ、「トリスタンの森」の遺跡として伝説になった。
(27) 初稿では、「エミリー・シニコウ、エミリー・シニコウ」という直接的な表現であった。

作品の評価をめぐって、その作者と読者の間で意見がわかれる場合がある。「痛ましい事故」“A Painful Case”がこれにあたる。ジョイスはこの短篇を、一九〇五年七月に一五篇中七番目として完成したが、「レースのあとで」とともに最悪の二作品と言い、全体に書き改める意向をもっていた。それに対して、一般読者からは一五篇のなかでもっとも親しまれており、多くの『英国短篇小説選』に収められ、テレビやラジオでドラマ化された。すると、作者がなぜこの短篇を最悪の作品としたのかという疑問がわく。自作への作者の評価を全面的に受けいれる必要はないかもしれない。そうであっても、この作品の場合どう考えたらよいのか。

ジョイスの短篇は、どこからともなく始まり、事件らしいことは起こらず、終わるでもなく終わるような物語が多い。それに対して、「痛ましい事故」はヒロインの死というジョイス作品では「大きな出来事」'case' が起こる。そして、この大きな出来事を主題にして、作品全体が物語としての一貫性に満ちている。また、「イーヴリン」からここまでの多くの物語は、知性があると思えない人物をその中心に据え、文体を各物語の主人公と内容にふさわしいものに替えていた。それが「痛ましい事故」では、主人公を知識人にし、相手も中産階級以上の婦人としたため、作品全体が上品な文体になってしまった。

冒頭の四つのパラグラフは、ジョイス作品では珍しく、伝統的な書き出しである。最初のパラグラフでは、部屋が主人公の性質を暗示するという工夫までしている。主人公は三人称過去時制で自己を客観視する自伝執筆癖があり、その彼がこの物語を書いているような冷徹な文体を貫いている。それが、シニコウ夫人と交際が始まると、ダブリンの中流階級以上の婦人が使う言葉づかいが物語に入りこんでくる。この婦人との場面は、メロドラマ的要素が色濃く、感傷性の強い内容（たとえば、二人が別れるのも主人公が轢死記事を読むのも憂鬱な秋）を反映した文体になる。次は、個人の感情を挟まない新聞記事調の文体に終始している。そして、後半の「なんたる結末だ！」からは、作品前半の主人公の態度とは対照的に、彼の生《なま》の感情をむき出しにした意識を示す文体になる。最終パラグラフは、主人公が魂の内奥から天涯孤独を実感するのに、原文ではすべての文章で主語を「彼」に述語を過去時制で統一し、読む者の胸に迫る感傷性の強い盛り上がりを高めている。この終盤には、物語の連続性を断ち切って読者の気持ちをはぐらかす、ジョイス作品のいつもの特徴はない。

ジョイスは、友だちも教会も信条もなく、中流階級の文学的価値を認めず、性的孤独を経験し、ニーチェに興味を示してその哲学に基づいた態度をとり、『ミヒャエル・クラーマー』を翻訳し、音楽に慰めをみつけていた。彼にとって、同じ名前（ジェイムズ）の主人公を描写することがあまりにも見事な自己戯画になってしまった、というのも無視しがたい。

ジョイスがこの作品に不満を示す手紙を弟へ送ったのは、創作した翌年の一九〇六年の夏だった。従来の殻を打ち破る実験小説を目指し、『ユリシーズ』（一九二二）の構想を練り始めたころである。その時期のジョイスは、伝統的な構成の創作は意に満たなかったのであろう。ともあれ、「痛ましい事故」は、ここまでの個人の物語に有終の美を添える作品であり、最後の「自分が孤独であると感じた」という文章は、個人を描いた物語の、すなわち、「イーヴリン」からの八作品の締めくくりとして適切であり、すべての主人公を代弁した言葉になっている。

委員会室の蔦の日《アイビー・デイ》

この作品は、一九〇二年一〇月六日の夕暮れどきに、市会議員選挙のための選挙事務所――ウィックロー通り（これ以下、市内の地名は「姉妹」の地図参照）に面した小さなオフィスビルの一室――における、運動員たちの会話が主体となっている。会話体でない部分は客観的描写に終始し、劇におけるト書きの要素をもつ。この短篇は時と場所の一致の法則が守られている一幕一場劇ともいえよう。


ジャック老人……………国民党公認候補者ティアニーの選挙事務所の管理人。

マシュウ・オコナー……若さが乏しい優柔不断な国民党員。議事進行係の役を演じる。

ジョウ・ハインズ………報道記者でパーネルの崇拝者。ティアニーの対立候補を支持。

ジョン・ヘンチー………国民党員で現実主義的な運動員。

キオン神父………………服装からは神父を、振る舞いからは素人芝居の役者を連想させる。

居酒屋の店員
クロフトン……………英国寄りの保守党員。今回ティアニーの運動員になっている。

ライアンズ………………パーネルの道徳問題を非難する国民党員。頭の固い運動員。

（1）　デイム通りにある小さな金融取引所区。当時、市の行政部の中心地区。
（2）　救貧法案により、教区ごとに多額納税者から選ばれた救貧委員が怠け者を正規の仕事につかせるように取りしまった。
（3）　貧乏なカトリック家庭用の男子校。三九四頁注（2）参照。

（4） 通例は、歩き回って、金物類の壊れた部分を修理する仕事人であり、アイルランドでは、物乞い、浮浪者、ジプシーを指す。
（5） 英国のエドワード七世（在位一九〇一―一〇）は、母ヴィクトリア女王の在位が長引いたため、六〇歳で即位。父アルバート公はドイツの皇室の出身。
（6） アイルランドの独立を目指す党派グループ。四〇三頁注（2）参照。
（7） 'Tricky Dicky Tierney'［i］音の効果に注意したい。
（8） 'shoeboy' ティアニーを指す。お世辞のうまい奴、の意。靴磨き少年が、客の足にキスせんばかりにして靴を磨くことに由来。
（9） "Usha" 特にゲール系の人びとが話すアイルランド英語。
（10） 下層階級用の商店が並んでいた。
（11） 開店前に黒い瓶に入れたウイスキーを密売している、の意。英国圏では、法律で酒場の開店と閉店時間が決められていた。
（12） 借金の取り立てなども職務。「下宿屋」で、ムーニーの職業であった。
（13） 完全な純金は二四カラット。
（14） アイルランドの独立を、テロ手段や武力革命に求める過激な団体。「山腹の隠れ家に身を潜めたこと」と「アイルランドの伝説上の武士団フィアナ」とに由来。
（15） アイルランド独立運動に対する英国側のスパイをしている、の意。当時のダブリン城には、英国政府に指名されたアイルランド総督の官邸と政治機関があった。
（16） 一七六四―一八四一　ダブリンの警察署長のとき、密告者やスパイなどを利用し、独立運動の指導者たちを逮捕するのに、非情な検挙で悪名をはせ、母国の裏切者の典型とされた。
（17） ボタンの布カバーが取れ、中の金属がむき出している。

(18) アイルランドでは、黄色いチーズの顔色と赤い頬骨はアルコール中毒者にみられる現象とのこと。
(19) 市役所とダブリン城の真北にあった、政治家の集まる実在の酒場。
(20) 'black sheep' 白毛をした羊の中にたまに出てくる、黒毛の羊。
(21) 僧職の義務もなく、教会の組織にも属していない、の意。僧職を剝奪されたのかもしれない。
(22) 当時の市長は、下層階級出身で、パーネルに対する不動の忠誠で知られていた。
(23) アイルランドではアルコールが飲めるのは一八歳から。
(24) うすい刃先のくさびを丸太に打ち込んで傷をつけ、次に先のとがった厚いくさびを丸太に打ち込み丸太を割ったことからきた言葉。
(25) Gは、雌牛が子を産めば乳が出るように、ビールが手に入ったというのかと、Bは、祝い事でもあるのかと、各々解釈。
(26) 'this lad' JMは、この擬人化（'lad' は若者の意）には作品の主題である「父と息子」の響きがあるとみている。
(27) この物語は会話と周到な客観描写で終始するなかで、この箇所だけ登場人物の内面が描かれている。作者が意図して表現したのかは不明。
(28) 英国の保守党と同盟を結んでいる少数党。
(29) 三人とも名前がイギリス系であることから、プロテスタントと解釈できる。すると、生粋の保守党員たちを勧誘したのだと自慢していることになる。
(30) 有産階級の不利な発言はしませんよ、の意。
(31) エドワード七世が皇太子であった一八八五年にアイルランドを訪問した際、パーネルが公式歓迎会に反対したことを指す。
ここで、C・S・パーネル（一八四六―九一）の名が出てくる。彼は、母国の自治権獲得のために戦い、母国の独立にあと一歩と迫ったとき、友人の妻との姦通が問題となり、その責任を問われて一八九〇年政界から退き翌年急死した。彼の失脚は国民党員の裏切りやカトリック教会の糾弾（彼はプロテスタント）が大きく影響した。

(32) 実際には四度訪れた。ヘンチーの言葉では、形式的な公式訪問であったから国民やその生活の実情には接していない、の意になる。

(33) エドワード王は皇太子であったとき、私生活においてさまざまな醜聞がたえなかったことで有名。

(34) 一九〇三年七月から八月にかけて英国王が訪問してきた際、ダブリン市自治体は忠誠演説を拒否していたのに、現実には好意的な歓迎をした。

(35) このあだ名をつけたのは彼の補佐官でのちに彼を裏切ったティモシー・ヒーリー。

(36) 緑はアイルランドの象徴で、エリンは旧国名。

(37) 注（31）参照。

「委員会室の蔦の日《アイビー・デイ》」"Ivy Day in the Committee Room"は、一九〇五年八月に八番目として完成された。ここからの三作品がダブリンの社会生活（政治、芸術、宗教）を描くなかで、ここでは政治に焦点が合わせてある。

この作品の主題は裏切りである。この問題は、ジャック父子、ティアニー父子、ハインズ父子、ヴィクトリア女王とエドワード七世の母子などの関係で話題になり、その息子たちは会話のなかで非難されている。子が親に、新世代が古世代に交代すれば、そこには進歩がある。しかし、現実には、ほかならぬ再生の日（蔦の日）に彼らの堕落が次々と暴露されていく。

この主題は、「威厳ある父」のパーネルと彼の不肖の子といえる後継者たちとの関係において、物語のなかで浮かびあがってくる。この物語は、主役もなく、しまりのない会話に終始するなかで、パーネルを暗示的に使って、作品に有機的な統一をあたえたといえよう。ここでは、国民党員の多くが、かつての党首パーネルの信念や名誉を傷つけている。ヘンチーは、パーネル再生の可能性を秘める火に唾をはきかけたり、英国王の来訪に賛成したりする。ライアンズは、ヘンチーと同じく蔦の葉を付けず、道徳面だけでパーネルを非難する。パーネルが、政治の地位を事実上追われた場所はロンドンの国会議事堂内の「委員会室」第一五号室であった。彼の後継者たちは蔦の日にダブリンの「委員会室」で裏切る罪を再演することになる。

火と火にかけたビール瓶の栓の発する音とが重要な意味をもつ。火は舞台における照明の役目をする。ジャック老人がろうそくに火をつけて部屋を明るくすると、政治談が始まり、ダブリンの政治の退廃ぶりや裏切りが暴露されていく。この火は、ハインズの詩にあるように、パーネルの亡骸を葬った火や、不死鳥として彼がその灰から蘇生するための火を連想できる。このことは、作品のはじめで、オコナーが煙草を吸うために宣伝用カードに火をつけるときの、「炎が上着の襟に付けた黒い光沢のある蔦の葉を照らした」という言葉に、布石として用意されていた。しかしパーネルの高貴な精神を継承する者の少ない現状では、火は、弱々しく揺らぐだけで、パーネルを再生させアイルランドを復活に導く力はなく、差し入れのビール瓶の栓を抜く手助けの力しかない。その火から飛び出すのは、不死鳥ではなくて、間の抜けた感じの音にすぎず、暖炉の火の前にいる人たちの政治談の空しさをあざ笑うかのようだ。

この物語は、かすかな救いと望みがないわけではない。登場人物のほとんどがパーネルに背をむけるなかで、ハインズはパーネルに敬慕の念を抱いている。その彼が哀悼詩を読むことにより、事務所内の重苦しい雰囲気がある程度まで和らげられた。その詩は全篇に哀愁が漂っていて、それがこの作品を皮肉のままで終わらせる後味の悪さから救っている。火も、弱くて心もとないが、最後まで消えないでどうにか残っている。ヘンチーが唾を吐くと、擬人化された火は「ジューッという抗議の音」を発する。火種があるかぎり、余燼《よじん》が煽られて、燃えあがるときがくるかもしれない。それは国が復活するときであり、その可能性を残して幕となる。

母親

(1) '*Eire Abu*'「〈アイルランド〉に勝利を」 このアイルランド語は、愛国者の熱狂的なスローガン。当時ダブリンにはこのような民族主義文化団体がいくつかあった。

(2) 果汁をゼリー状に固め粉砂糖をまぶした菓子。

(3) リフィー川の北岸沿いの通りの一部。「姉妹」地図参照。以下同。

(4) ダブリンのカトリック教会は、毎月第一金曜日にこの祭式をおこなった。連続して九か月これを受けた信者は不慮の死に出会わないとされた。

(5) ダブリンの北や南に実在する高級避暑地。

(6) 自国の民族精神の覚醒と表現のため、アイルランド出身のW・B・イェーツやJ・M・シングなどが中心となって始めた、国固有の文芸の復興と独立を目指した運動。アイルランド語は日常語として使われておらず、その復活もこの復興運動の目標の一つであった。

(7) キャスリーン・ニ・フーリハンはアイルランドの伝統的な象徴である。詩人イェーツが同人物を主人公にした戯曲を発表し、その名前を有名にした。

(8) 仮大聖堂は、工事や修理中に別に設ける大聖堂の代用として使われる。このモールバラ通りにあるドリア式建築の教会は、ダブリンのカトリック教会の総本山。

(9) 精霊降臨日、復活祭、三位一体の祝日などをいう。

(10) 音楽や劇が上演され、文芸復興の初期の劇はここで上演された。

(11) 八ポンド八シリング。音楽家や弁護士などへの謝礼の値段であった。

(12) 商標名で、サテンふうの光沢ある絹織物。トーマス店は、創業一〇〇年以上続く高級洋裁店。

(13) 最上でなくとも、入場料としては高いほう。

(14) Gによれば、ダブリンでは下層階級の人びとの言葉づかいは時には平板でアクセントをもたないとのこと。

(15) 原文において、「始める」'open the ball' の 'ball' を単調な声で 'baaaalll' とでも発音したのであろう。

(16) パトリックは、'Committee' [kəmíty＝コミティ]「委員会」を 'Cometty' [kəmêti＝コメ

ティ」と発音した。軽蔑や揶揄気味の口調になる。

(17) Gによると、そこはダブリンの地理上の中心とみなされ、市内や郡内の地点までの距離表記はその郵便局からのマイルで見積もられたという。「姉妹」地図参照。

(18) クイーン座は当時のダブリンの三大劇場の一つ。《マリターナ》はアイルランド生まれの作曲家W・V・ウォーレスによる軽喜歌劇。一八四五年以来ずっと人気を博したが、ジョイスの時代には時代遅れになっていた。

(19) 'Feis Ceoil' アイルランド音楽の振興のために一八九七年から毎年ダブリンで開かれている音楽祭。一九〇四年に、エインシェント音楽堂で開かれたとき、ジョイスも参加して歌い三等賞の銅メダルを受けとったが、彼はそれをリフィー川に捨てたと言った。愛国心の強いその音楽祭を堅苦しい偏狭なものとして、ジョイスは軽蔑した。

(20) 'cup' ここでは鎖骨。やせた女性が年をとると、この皮膚のくぼみは目だつ。

(21) 英国の有名な女優で、幅広く地方や海外へ巡業に出かけた。

(22) 契約の半分は四ギニー(四ポンド四シリング)。

(23) ポプラは少しの風でも葉が揺れ、別名「震える木」。

(24) M・W・バルフの感傷的な民謡のなかで、この歌は特に人気があり愛唱された。キラーニー(アイルランド全土の地図参照)には、近くに風光明媚な湖と多くの伝説を生んだロス城がある。

(25) 音楽会や演劇で、興行的に失敗しても一流の芸人は契約どおり支払われるのが普通であった。

(26) あと八シリング。一般に、この種の契約は見込みであり、音楽会が財政的に失敗すれば、一流の出演者を除いて、契約より低く支払われるのが普通。

(27) 'fol-the-diddle-I-do' 「馬鹿を手玉にとれる」とでも言いたそうな、カーニー夫人の無意味な捨てぜりふ。

(28)　この行為をとるヒーリー嬢は、国民党党首C・S・パーネルの補佐官で、のちに彼を裏切ったティモシー・ヒーリーを連想させる。

「母親」“A Mother”は、創作順では一五篇中の一〇番目として、一九〇五年九月ごろ完成された。ほかの作品にくらべて、自然主義色が強く、筋も単純で読みやすい。

ジョイスが〈社会生活〉の相で提示した三篇は、舞台がほぼ一か所に固定され、選挙事務所、主人公の病室（さらには教会）、音楽会場の楽屋裏である。「母親」は、音楽会場における人間模様を展開しながら、ダブリンの社会事情を描出している。このことは、「母親」を内容面で共通点の多い、「下宿屋」とくらべると明らかになる。二作品とも、主人公が女家長として家族を絶大な権限で支配し、娘の将来に影響する力を最後まで持続し続ける。「下宿屋」は、人間模様に焦点がおかれ母親の権限の強さが作品全体を支配し、登場人物たちの個性が浮きだっていた。それに対し、「母親」の後半では、舞台裏の光景が語り手の冷ややかな語り口で述べられ、物語が最後にちかづくと、カーニー夫人は主役をおろされた登場人物の一人になっていく。彼女の去った後では、協会側の二人の短い対話でこの物語は締めくくられる。作者がここで描きたいのは、二〇世紀初頭の音楽界の状況なのであり、主人公はその媒介にすぎない。

協会が音楽会を企画した名目は、自国の文芸復興と民族主義を高めることである。文芸復興運動やその背後にある民族独立運動が、当時の大衆文化にさほど大きな影響をあたえていないことを、この作品から読み取ることができよう。むしろ、「母親」は芸術性の乏しい音楽会を題材にしながら、一つの芸術作品を完成しようとする作者の意気込みのほうが感じられてならない。

恩寵

「恩寵《おんちょう》」は、聖書を貫く基調で、「懺悔をして救済を求める信仰者に、神より永遠の救いをあたえられる恵み」の意味をもつ。新約では、福音の内容を端的に表す語として、一〇〇か所以上も出てくる。

(1) 酒場の地下あるいは半地下にある男子用便所。

(2) 自転車競走服を着た、トリニティ大学の医学生であろう。

(3) 以下地図参照。☆酒場を出て西行──→グラフトン通りに出て馬車で北上──→ウェストモアランド通り北上──→サックビル通りをさらに北上。

(4) 当時アイルランドでは、二人の客が背中合わせに乗る軽二輪馬車があり、その背中合わせの席の間に荷物入れがあった。

(5) 実在したのか、創作上の人物かは不明。

(6) 『ユリシーズ』第一七挿話で、カーナンはロンドンの中央東部商業地区にある実在の茶商会の、代理商として言及。

(7) 「大隊」'battalion'や「整列した=軍隊を整列させた」'was drawn up'のような戦争用語が

『ダブリンの人びと』に多いのは、独立紛争や宗教的内紛が身近にあったから。

(8)　当時イギリス政府に指名されたアイルランド総督の官邸と政治機関があった。その内部の、王立アイルランド警察本部は、総督の統制下にあり国全体の治安維持にあたる。ここに勤務するのは世人の羨む地位にのぼったことになる。冒頭の巡査のダブリン警視庁とは異なる。

(9)　☆サックビル通りを北上→北北西に向かう道→グラスネヴィン村。この村にはプロスペクト墓地があり、その墓地へ通じる道はグラスネヴィン道路と呼ばれていた。

(10)　「アラビー」地図参照。聖母マリアは、船乗りたちの保護者として、海の星と呼ばれた。主人公は結婚を機に、プロテスタントからカトリックに改宗した。

(11)　「イーヴリン」に既出。グラスゴーとともにプロテスタントの強い都市であり、そこで働くカーナンの息子たちは、父親と同じく敬虔なカトリック教徒といえないであろう。

(12)　カーナンのクロウ通りの店から一・五キロほど西。この通りの端にギネスビールの醸造所があり、当時、そこを訪れる人はだれでもスタウトビール一本を無料でもらえた。

(13)　ローマカトリック教会で、「やりで貫かれたキリストの心臓」をキリストの愛と犠牲の象徴として祝うための祭式。「秘跡」は、洗礼・堅信・聖体・ゆるし・塗油・叙階・婚姻の七秘跡。

(14)　死人がでる家の窓の下に老婆姿で現れて、怖い泣声で知らせる伝説上の妖精。

(15)　「二点間の最短は直線」はユークリッドの言葉。

(16)　ダブリンの日刊新聞。プロテスタント系でイギリスびいき。

(17)　カトリック系で民族主義運動支持。ここまでの諸作品で言及。

(18)　召喚状や逮捕状を送達し、未払いの借家人から家賃を取りたて、借金の払えない者の私有財産を没収する機関であった。

(19)　胸郭の内部の肺臓・心臓がある部分。

(20) シェイクスピア作の喜劇の題名。
(21) 当時、法律で飲酒が禁じられている時刻でも、酒場が真正の旅行者（前日の宿泊地が八キロ以上離れている者）には例外として酒類をだすことを許されていた。
(22) 架空の高利貸業。貧しいダブリンでは、この類の金融業者が多かった。
(23) かき集めたかばん類を質屋に入れるか、金に換えるかのどちらかにしたのであろう。『ユリシーズ』第五挿話でも言及されている。
(24) 'Yahoo' スウィフト作の『ガリバー旅行記』（一七二六年）第四篇に出てくる、人間の姿をした卑しい獣。Bによれば、下品で粗野な人物に言及するときにこの語が使われた。ダブリン警視庁所属の警官は大柄な田舎出身者が多く、その態度や風采は生粋の市民から恨みをかっていた。
(25) 下ドーセット通りの末端に実在した酒場。
(26) 祝日などに短期間、修道院などにこもり、宗教上の修行に専念すること。
(27) 軽快なダンス用の伝統的な舞曲。「土」で、子供たちが踊っていた。
(28) スペイン人イグナティウス・ロヨラが一五三四年に創立した「イエズス会」に属する会士。この会の特徴は、厳格で知性を必要とし、静修をおこなうことである。
(29) Bによれば、この意見に誤りがあるのは、イエズス会の総長はローマカトリック教権制度では権力者であっても、正規の役割ではないから。
(30) イエズス会は改革こそなかったが、しばしば政治、宗教上の攻撃や抑圧に服従しその性格は変わり、一八一四年に完全な復権を得て頂点に到達。
(31) カニンガム個人の意見。
(32) 'a man of the world' この語句には宗教的な意味として「神を汚す俗物」'a worldly or irreligious person' があり、「詩篇」に、「主よ、自分の分け前をこの世でうけ、あなたが蓄えた宝でその腹をみたしている世の人びとからわたしをお救いください。」（一七・一四）とある。
(33) ドミニコ修道会のトマス・N・バーク（一八三〇―八三）。トム神父として親しまれた説教者で、宗教家というより説教者として、祖国やイギリスやアメリカで名を博した。
(34) 「委員会室の蔦の日」で、保守党員ながら国民党の選挙運動員をしていた。
(35) 'body' や 'nave'「(教会の) 身廊」という教会用語でなく、劇場用語を使用。
(36) ローマ教皇レオ一三世のこと。
(37) イタリア国王軍がローマ教皇軍を一八七〇年に破り、時の教皇ピウス九世（後出）が、領有を許されたのはローマの四方の壁に囲まれたヴァチカン市国だけになった。
(38) 親英的な秘密政治結社の一員。「穏健なオレンジ党員」とは、カトリックの神父の説教に感動したり、「委員会室の蔦の日」で国民党の候補者の選挙運動員をしたことから、過激なオレンジ党員ではなく、その同調者で単なるプロテスタントと思われる。
(39) ローマやアイルランドのカトリック教とは異なり、プロテスタントは、カトリックの教皇の存在はもとよりミサや煉獄を認めず、マリア信仰もない。
(40) 在位一八七八―一九〇三　近代史上もっとも著名な教皇で、学者、詩人でもあり、政治的手腕を発揮。彼の最大の関心は宗教上の統一であり、ローマ教会とギリシャ教会の統一だけでなく、英語圏の教会の再結合を主唱した。イタリア国家との闘争に敗れ、ヴァチカン宮殿に幽閉された。
(41) Gによればいくぶん大げさな発言。
(42) '*Lux upon Lux*'「光の上の光」　これは誤りで、教皇レオ一三世の標語は「天国における光」'*Lumen in Coelo*'。英語が結びついたラテン語への言及は以後も続いていく。
(43) '*Lux in Tenebris*'「暗闇における光」　この出典は、「光は闇のなかで輝いている。そして闇はこれを悟れなかった」（「ヨハネ伝」一・五）である。ここの in はラテン語。

(44) 'Tenebrae' 暗闇　復活祭前週の聖木曜日・聖金曜日・聖土曜日におこなうキリスト受難記念の儀式。その名称は、三角形の燭台にともした一五本のろうそくを一本ずつ消して室内を暗くしていき、最後の一本が消され、暗闇のなかで祈りを唱えることに由来する。やがて一本のろうそくをともし、参列者は沈黙のうちに退場するのがカトリック教の儀式の特徴。

(45) 「ピウス九世」在位一八四六―七八　レオ一三世の前任者。在位中の最大の出来事は、「聖母マリアの無原罪のやどり」（聖母マリアはその懐胎の瞬間から原罪を免れていた）の教義の発布（一八五四年）と、ヴァチカン総会議（一八六九―七〇）で「教皇無謬性《むびゅう》」（教皇が聖座から信仰や道徳上の問題について宣言する場合は、絶対に誤りを犯さないという説）を布告したことである。一八七〇年にイタリアの軍隊がローマを占拠してからは、教皇の世俗権は地に堕ち、彼は終世宮殿から出なかった。注（40）参照。

(46) '*Crux upon Crux*' 「十字架の上の十字架」　ピウス九世の標語は、「十字架からの十字架」'Crux de Cruce' が正しい。

(47) 上記の注（42）と（46）でみてきたように、レオ一三世とピウス九世の標語とはちがう。さらに厳格には、Gによると、教皇の公式の場での標語はなかったという。

(48) 貧民家庭用の国民小学校で、授業料は週一ペニーであった。

(49) 学校へ持っていって燃料にするため。

(50) 「写真術」という詩があり、出来はいま一つ。

(51) J・ドライデンの風刺詩のなかに、「偉大なる機知は狂気と同盟している」があり、ストア派哲学者セネカの言葉に、「天才と狂気は紙一重」がある。

(52) 一九〇三年に教皇に選ばれたピウス一〇世。

(53) ルネサンス期頃の教皇の行為はキリスト教の清貧、貞潔、従順の誓願を破り悪質だったという。

(54)　全枢機卿をもって構成する教皇の最高諮問機関であり、教皇を選挙する。

(55)　名をJ・デリンガーといい、枢機卿でなく司教であり、カニンガムの主張とちがい、ヴァチカン会議には出席していなかった。一八七一年に破門された。

(56)　一七九一―一八八一　アイルランド生まれのテューアムの大司教で、イギリスの支配に猛反対し、自国の文化や言語を熱烈に擁護した。Gによれば、ヴァチカン総会議が始まると、彼は「教皇無謬性」の教義化に真っ向から反対して、会議の当初は反対投票をした。しかし、会議の終盤になり、大多数が賛成投票にまわり、その教義が承認されると、即座に屈服した。

(57)　ここにカトリック教の総本山セント・ジャーラス大聖堂がある。

(58)　この説はほぼ正しい。四度目のヴァチカン総会議において、「教皇無謬性」の教義を、イタリア人のA・リッチョ司教とアメリカ人のE・フィッジェラルド司教を除き、全員が容認した。彼らは教義に反対投票したが、開票後教義に従った。

(59)　実際には、J・マクヘイルは「教皇無謬性」の教義が承認されると反対の立場をやめ、たやすく屈服し、その決定の際には会議を欠席したともいわれている。「〈クレードー〉」'Credo' はラテン語で「われ信ず」'I believe' の意。

(60)　これは誤りで、実際にはリッチョとフィッジェラルド。

(61)　強い立場を守り、ぬきんでた個性を発揮するため、マクヘイルは「セント・ジャーラスのライオン」と呼ばれていた。

(62)　自らの意志でなく破門されて去った。

(63)　一八一六―七五　『フリーマンズ・ジャーナル』の経営者兼編集者、プロテスタントの愛国者。アイルランド自治を支持する英国下院議員であった。

(64)　J・グレイの次男で、『フリーマンズ・ジャーナル』の経営者。実際には、彼は父親の銅像の除幕式で演説をしなかった。

(65) カトリックの大司教マクヘイルがプロテスタントのJ・グレイ像の除幕式に出席したことは、ダブリンの人たちに大きな衝撃をあたえたであろう。

(66) グレイ一家がプロテスタントであったことへの偏見と、その一家の政治姿勢が用心深くいつも非難のまとであったことを暗示する言葉。

(67) 洗礼の儀式で、司祭の「あなた(がた)は、悪魔とその働きといざないを退けますか」に、「捨てます」が答え(『成人のキリスト教入信式』カトリック中央協議会、一九七六年)。

(68) 'Get behind me, Satan.' 引用の仕方に疑問が残る。荒野で、サタンの力と妥協しその主権を認めよというサタンの誘惑に対し、イエスは、主権はあくまで神にのみあるとして、「退け、サタンよ」(「マタイ伝」四・一〇)と言う。また、そのサタンの言葉を、イエスはペテロから聞き、ペテロをサタンと同一視し、「引きさがれ、サタンよ」(同一六・二三)と言う。

(69) カーナンに対し確認宣言を仄めかした。静修の最後の晩に習慣としておこなわれる儀式で、幼児洗礼の際にその子供の名親によってなされる。

(70) カトリックでは、生命と光明をあたえる神の象徴。

(71) 一九世紀後半、西部のある教区教会の外壁に聖母マリアの幻が見えたとうわさがたった。司祭がスライド用幻灯機を使って壁に映し出したと陰口がたたかれた。

(72) この聖フランシスコ・ザビエル教会は中流階級のカトリック教徒に人気があった。「ある出会い」で、ディロン夫妻が朝のミサに通っていた。

(73) 十字形教会堂の左(あるいは右)の翼部。

(74) 聖体ランプ。

(75) 'quincunx.' キリストの磔の際に受けた五か所の傷模様を連想させ、この座り方は主を磔にする罪を犯すことになる。

(76)有権者の選挙登録を託され政治家に影響をおよぼす人。ファニングは、「委員会室の蔦の日」では、市会議員選挙の立候補者の選挙運動出納係、ここでは市長製造人。

(77)「委員会室の蔦の日」で、一度だけその名が運動員たちの会話に出ていた。ホーガンは「小さな雲」で羽振りがよいと言及されていたが、同一人物かどうかは不明。

(78)「母親」に登場。

(79)「ルカ伝」(一六・八―九)によれば、キリストが、不正な家令を引き合いにだし、結論として言った教訓。光の子らとは光に照らされた善人。

(80)キリストは、この世の富は一時的な仮のものであっても、それを忠実に取り扱わなければ真正なものに出会うことはできない、と説く。この話の締めくくりは、「あなたがたは神と富の両方に仕えることはできない」(「ルカ伝」一六・一三)である。

(81)'Purdon' この語は、「罪を許すこと」'pardon' をほのめかすが、パードン 'Purdon' 通りという、リフィー川北側の赤線地帯の中心地にある、古い地名から借用している。

(82)キリストの教えに背く。

(83)「あなたがたは神と富の両方に仕えることはできない」の教えに反する。マンモンは悪や腐敗の根源。

(84)　この発言は聖職売買の罪。

この章の注作りには、『新カトリック大事典』(I―IV、研究社)、『カトリック事典』(エンデルレ書店)、『カトリック大辞典』(I―V、冨山房)を参照した。

「恩寵」“Grace”は、創作順では一二番目として一九〇五年一〇月から一二月までに書かれた。表題に暗示されるように、社会生活を営む人たちの宗教精神に焦点が絞られている。

物語の大半は、主人公カーナンを友人たちが病室に見舞う場面である。ここは劇的要素が強い。登場人物六人による会話体が主であり、それ以外は彼らの内面にほとんど入らない。宗教談義を主とした重々しい内容であるが、一語一句を押さえながら読むならば、ユーモラスな場面に思えてこよう。われわれ読者は、友人たちの矯正作戦の一部始終を目の当りにする。仕掛け人パワーは、見舞いにきてすぐに、二度ほど「終わりよければすべてよし」と独り言をいう。この「われわれの計画によって、まじめなカトリック教徒に改心するのだから、めでたしめでたしですよ」というパワーの含意を、ほかの者は読みとっている。カーナンはそんなことはつゆ知らない。そして、「みんなは腹を抱えて笑った」(二九五頁一行目)にくると、読者は矯正計画を成功させた五人と同じ立場になって、陰謀の犠牲者を見ている。この場面は、劇的アイロニー(観客にはわかっているが登場人物自らは知らない、皮肉な状況)の効果が発揮されていよう。

「恩寵」という表題から、教会の場面で主人公が神の恩寵によって原罪を洗い清められて再生する姿を、読者は予想してしまう。そういうクライマックスはこの短篇にはない。物質的繁栄が神の報酬と説く商人向けの遜色のない講話のみで、その説教への語り手の見解もない。神父の説教から、多少の借金を抱えているカーナンが勘定書きを清算することによって、少なくとも一時は、その汚れを清められると予想される。そういう意味合いの恩寵《グレイス》なのだ。そのため、物語で四度出てくるが、物質的繁栄と結びつけたニュアンスで使われている。

最終場面の焦点の移動は、「恩寵」がカーナンという個人ではなく、ダブリンという都市を描いたことを示す。パードンの説教が大部分間接話法で書かれているのも、同じような趣旨の表れである。作者が描きたいのは、パードンが代表する宗教界全体の実情であろう。ジョイスは主観を入れて批判を加えず、信仰上の現状をありのままに描くのが目的であった。リアルに描くこと、すなわちリアリズムがダブリンの現実への辛辣な上質の批評にほかならない。

ジョイスの手法に、神話や古典を枠組みとして作品を書くことがある。「恩寵」はこの傾向が強い。

冒頭でカーナンが地下の便所の床に転げ落ちて怪我をするのは、「地獄」への転落を意味する。寝室の場面は、「煉獄《れんごく》」（《カトリック教》天国と地獄の間にあり、死者が天国に入る前に、その霊が火によって罪を浄化される場所）にあたる。物語の最後で、市民たちが魂の救済を求めて集まる教会は、「天国」にあたる。『神曲』の最後の第三三歌では、ダンテが神に祈る際の言葉は、「おお、私の見る力が尽きるまで／永遠の光の中に目をそそがせた／恩寵はなんと裕かであったろう」（天国篇、八二—八四行、野上素一訳、筑摩書房）と厳かであった。それに対し、「恩寵」の締めくくりは、「神の恩寵により、わたしはここところを修正しよう」と神の恩寵を商人向けに都合よく利用している。

「恩寵」は、『神曲』よりも「ヨブ記」の影響が強いとする見方もできよう。ヨブは、痛ましい不幸に陥り、悪性の皮膚病に犯される。彼を慰めにくる友人の数と、カーナンの慰問者の数は同じ三人で、遅れて見舞いにくるのが、エリフでありフォガティである。ヨブの見舞いの席でたたかわされるのは深い宗教的体験で裏打ちされた神義論であるのに、カーナンの寝室では浮薄な神学論になっている。結末で、ヨブが神の恵みを発見するのに対し、神父の説教のみでカーナンの懺悔については触れられていない。「恩寵」は『神曲』や「ヨブ記」の枠組みを借りながら実質的にはそのパロディであって、ダンテやヨブの巡歴の滑稽な裏返しと解釈できよう。

紳士と帽子という語が目だつ。「紳士」という語が一八回出てくるのは、登場人物の多くが典型的な紳士だからであろうか。また、帽子は紳士の象徴である。シルクハットはカーナンの代理であり、社会的威信と体面維持の証しとなっている。彼と帽子は運命を共にし、彼についての最後の描写は、「帽子を元どおりひざの上に戻し、注意深い顔を説教者に向けた」である。

死者たち

主な登場人物

リリー	モーカン家の家政婦
ケイト・モーカン	モーカン家の当主でパーティの主催者
ジューリア・モーカン	ケイトの姉妹
メアリー・ジェイン・モーカン	モーカン姉妹の姪
ゲイブリエル・コンロイ	主人公で、モーカン姉妹の甥
グレタ・コンロイ	その夫人
フレディ・マリンズ	モーカン家の親戚、アルコール中毒患者
マリンズ夫人	フレディの母親
M・A・ブラウン	パーティ客で、唯一のプロテスタント
モリー・アイヴァース	アイルランド復興運動の推進者
バーテル・ダーシー	パーティ客で、新進気鋭のテナー歌手
オキャラハン	パーティの客で、ダーシーの知人

（1）一般に、普通名詞リリー（白ユリ）は純潔や至福の象徴。葬式と復活の象徴でもある。
（2）市内地図③参照。以下③と略。この堤防沿いにモーカン宅あり。
（3）上流階級層向きの店が並ぶこの通りに、カトリックの聖マリア教会があり、メアリー・ジェインはそこでオルガン奏者を務めている。⑱
（4）「母親」のキャスリーン・カーニーもここを卒業している。⑥
（5）「母親」の音楽会の舞台であった。⑤
（6）キングズタウンは港町で海岸保養地。ドーキーは海岸の町。この区間はダブリン郊外の高級住宅地。ダブリン郊外の地図参照（以下地図参照と略す）。

(7) 聖フランシスコ修道会の別名。②
(8) 一九世紀末流行のゴム製半長オーバーシューズ。
(9) 片面だけをけばだてた粗紡毛織物。
(10) 一二月二四日（クリスマス前夜）から一月六日（主顕祭で休日）までで、このパーティは一月六日かその前夜であろう。
(11) どの家庭もこの詩集（本書に頻出）を一冊備えているほど人気が高い。
(12) ダブリンの港湾、船積み、税関を管理する役所。⑫
(13) マレー地方産。赤鉄科植物の樹脂を加工乾燥させたゴムのような物質。
(14) 一九世紀末期ごろ、E・T・クリスティが創始し、白人の団員がキルクの焼粉で顔を黒くぬり、アメリカ南部黒人芸人の方言や歌い方をまねた歌楽団。JMによると、ゴールウェイ地方の発音では、ガロッシューズ'goloshes'はガリ・シューズ'golly shoes'にちかくなり、グレタはその語からガリウォグ'gollywog'（真っ黒いお化け顔の人形）を連想したのであろうとのこと。この冗談が同席の者につうじないので、ケイトは「とっさに気転を利かせて」話題を変えている。
(15) ホップを利かせ発酵されていない一種のビール。
(16) この滑稽な人物もエピソードも未詳。
(17) 二人ずつ四組で踊るスクエアダンス。
(18) 大晦日にさせたとすると一週間も経っていない。
(19) 技術能力を試す指定練習曲。
(20) 叔父のリチャードに殺された（『リチャード三世』第四幕第三場）。
(21) 室内装飾用の絹毛交織で波紋のある織物。
(22) ゲイブリエルは七大天使の一人を、コンスタンチンはキリスト教を公認した初代ローマ皇帝コンスタンティヌス大帝（在位三〇六―三七）を思いださせる。
(23) ダブリンから北約三二キロの海岸沿いの町。
(24) 一八七九年にイギリス政府により設立されたカトリック系の大学で、教育機関でなく学位審査・授与機関である。⑦
(25) 八組のカップルによるスクエアダンス。
(26) パーティ用のイブニングドレス。
(27) 天使に竪琴を配したもの。アイルランド復興運動同調者は、ケルト特有の装飾品を付けた地味な夜会服を着た。
(28) 英帝国の政策に迎合した、ダブリンの日刊新聞（一八五一―一九二一）。
(29) 'West Briton' アイルランドがイギリスからは西方に位置することから、「イギリスかぶれしたアイルランド人」の意。
(30) このあたりの両岸通り沿いに本屋が並び、以下の書店はすべて実在。⑰
(31) カトリック系ユニヴァーシティ・カレッジは女性の入学を認めていなかった。Bによると、アイヴァーズは聖メアリーズ・ユニヴァーシティ・カレッジ（アイルランド語を教えることで評判）を卒業して、教職についたとのこと。
(32) プロテスタントとカトリックの教育を等しくしようとした試みから生じた論争。
(33) ダブリン真西の三つの島。アイルランド語が話され、昔の風習が残り、国粋主義者のユートピアと考えられていた。J・M・シングの旅行記『アラン島』は有名。地図参照。
(34) 「母親」の登場人物。
(35) アイルランドを四つに分けた行政区のなかで、もっとも西部にあるゴールウェイなどの五州。当時アイルランドの西方は寒々とした暗い未開地で墓と死への道という見方があった。

(36) 母国の西に対して、大陸は東で光と自由を意味する。
(37) 当時、英語が公用語であり、アイルランド語を話せる人は少なく、国の自治権獲得の気運が高まるなかで、アイルランド語復活運動が展開された。
(38) 訪問のしぐさをするダンスの動作の一つ。相手からのアラン諸島への訪問を断っている直後にこの場面がくる。なお、二人が議論を戦わせるのはランサーズ（「槍騎部隊」'lancers'）踊りの最中。
(39) アイルランドからの移民が多く、そのほとんどは産業労働者として働いていた。
(40) ゲイブリエルがいるのはダンス会場の広い客間であり、その奥に夜食用の部屋がある。
(41) ナポレオンをワーテルローで破った公爵の巨大な記念碑。④
(42) ギリシャ神話で、「輝き」、「喜び」、「開花」を象徴する三姉妹の美神をいう。
(43) ギリシャ神話によると、アフロディーテなどの三女神が美の判定を請うたとき、パリスはアフロディーテを指名した。その報酬として彼女の助けを得て、スパルタ王妃ヘレンを誘拐して自分の妻とすることができた。これがトロイ戦争の原因となった。
(44) 歌劇『清教徒』（一八三五）の第一幕で、処刑されたチャールズ一世の妃に王党派の騎士が花嫁のベールを掛けて危機を救うという内容で歌われるなかの一行。
(45) 教皇ピウス一〇世は、教皇布告（一九〇三年一一月二二日）で、教会の聖歌隊員を高い声の出る少年に限定し、女性はその一員となることを禁止した。これを生々しく話題にしていることから、パーティは一九〇四年正月におこなわれているのがわかる。
(46) 小アジアの主要な海港で、歴史上は古代ギリシャの植民地で以後戦闘が絶えなかった。いろいろの産物がありイチジクは特に有名。
(47) ゲイアティ座（後出）とクイーン座とともにダブリン三大劇場の一つ。新ロイヤル座は一八八四年にブランズウィック通りに再建された。㉓

(48) GもJMもこの話は信憑性に欠けると指摘する。パントマイム劇が歌劇よりも評価がかなり低いので、話題の調子を下げたことになる。
(49) この場面の各歌手についての話題は、ダブリン歌劇の最盛期であった一八四〇年代から八〇年代にかけての、イタリア歌劇を中心とする大陸ものであり、郷愁を抱かせると、Bは指摘している。
(50) 一八八〇年に焼失。再建された新ロイヤル座については注(47)参照。⑨
(51) Bによれば、食卓の席で話題にでた、ティーチェンス(一八三一—七七、ドイツ出身)が一八七四年一二月にこの栄誉のしるしを受けたという。
(52) 一八七三—一九二一 イタリア出身。魅惑的でやわらかな澄んだ美声で表情に富んだ歌い方は特にすぐれ、世界的に活躍した二〇世紀前半の最高のテナー歌手といわれている。
(53) 音楽辞典に見当たらず、小説上の人物かもしれない。
(54) アイルランドの南部にある山の名。地図参照。トラピスト修道院があり訪問者用の宿坊があった。アルコール中毒患者の保護所でもあった。女性は禁制のため僧院の外の宿舎に泊まった。
(55) 厳しい宗規があり、午前二時起床、修道着のままの睡眠、無言生活の厳守、棺に入れずに普段の修道着のまま埋葬などを課した。棺の中で普段寝るというのは巷の作り話。
(56) ラテン語に「死を忘れるなかれ」という言葉があり、「死の警告」や「死の表徴」(頭蓋骨その他死を想起させるもの)を意味するもので、お棺はまさにそれである。
(57) ウェリントン記念碑を左に見て、西に進むと前方に〈一五エーカーが原〉という広大な草原がある。当時は陸軍の閲兵式や公式の大演習がおこなわれた。⑬
(58) 一八世紀のフランスの流行歌「モールバラが立ち去った」をまねた、伝統的な酒飲み歌。
(59) JMによれば、当時ダブリンでは、ガスは必要なときすぐに点火できる便利な物として重宝がられた。

(60)「痛ましい事故」でシニコウ夫人がこの皮製のジャケットを着ていた。

(61) 英国王ウィリアム三世（在位一六八九―一七〇二）の愛称。一六九〇年にアイルランドの王位も兼ね、以後アイルランドは長く英国の支配を受けた。トリニティ大学の正門近くにその乗馬像⑳があったが、独立後取り除かれた。☆P・モーカンは市中をダブリンの名士たちと一緒に馬で参列するために、ストーニー・バターからわざと遠回りしてこの銅像の前まで来た。

(62) プロテスタント系大学。正門までモーカン宅から東一・二キロ。

(63) 高級服。『ユリシーズ』で、グレタは一度だけ言及され、主人公ブルームに妻が「グレタ・コンロイはどんな衣装をしてた」（四・五二二）とたずねている。

(64) Gは同じ言葉をC・ディケンズ作『デイヴィッド・コパフィールド』（一八四九―五〇）に、JMはS・L・ファニュ作『すべて暗闇のなかで』（一八六六年）に見いだしている。

(65) 西アイルランド地方の民謡〈オーグリムの乙女〉の一節。村娘が領主との間に生まれた赤子を抱いて館を訪れたとき、館に入ることを許されない彼女の嘆きの言葉。この乙女は、失意のまま赤子を抱いて海に身を投じてしまう。オーグリムは小さい村。

(66) アイルランドでは山岳地帯以外ではめったに雪が降り積もらず、その事態になれば重大ニュースになるという。今回の大雪はモーカン一家が移り住んで以来となる。

(67) 扇窓に取り付けたガス灯は、家の外の階段と中の玄関広間の両方を照らす。

(68) 伝達部を挟んで人物を特定せず、人びとの肉声だけでその場の雰囲気を生々しく再現している。リズムの効果をめだたせるための手法であり、もし読者が人物の特定を望むならば、それは自分で見極めることができるように工夫されている。

(69) JMによれば、午前二時過ぎとのこと。「おやすみなさい」を連呼していると、直後に語り手の朝に言及するこの記述がくる。

(70)　一七九一年に建設され、中央はコリント式柱廊玄関で壮麗。財務、民事訴訟、大法官庁の三裁判所と王座部の四つからなる裁判所。㉒

(71)　☆アッシャーズ・アルランドを出発—→マーチャンツ川岸通りまで徒歩—→ワインターヴァーン通りの交差点で馬車を拾いオコネル橋㉔に向かう。

(72)　アイルランドの政治運動家ダニエル・オコネル（一七七五—一八四七）にちなんで名づけられた。⑧☆馬車はオコネル橋で左折—→サックビル大通りを北上—→グレシャム・ホテル⑩

(73)　⑮オコネルは、一八二八年イギリスの国会議員にカトリック候補として初当選し、一八二九年にカトリック解放令の成立に貢献した国民的英雄。ダンの愛称で親しまれた。

(74)　Gによると、因習として、慈善の目的でクリスマスの季節に急造店を開いてクリスマスカードを売り、その収益を普通は慈善団体に寄付した。

(75)　'Michael Furey'　マイケルは、ヘブライ語の「誰が神に似ているか」が原義で、神の戦士で天使長の一人。水や雪の天使の名に対し、ゲイブリエルは火の天使の名である。フュアリーは、「激情、激怒」'fury'や「三人姉妹の復讐の女神」'Furies'を暗示する。

(76)　'delicate'　治療法がない当時、結核患者に対するアイルランドの婉曲語。

(77)　石炭を精製するガス工場の仕事は不潔で健康に害があった。グレタへの描写に、「ガス灯の炎が彼女の髪の鮮やかなブロンズ色を照らしている」（三六二頁一五行目）とあった。

(78)　Gは、イェーツの一幕劇『ケアスリイン・ニイ・フウリィハアン』（一九〇二年）で、貧しい旅人姿をした老婆（アイルランドの象徴）が、ゴールウェイの人びとが仕置された理由を質問され、「わたしを愛したから死んだのだよ」と答えたときの響きがここにあるという。劇の最後で、主人公の青年マイケルは、婚礼予定の相手を振り切って、その老婆のあとを追っていく。

(79)　Bは、祖母かおばに育ててもらうのは、孤児かあるいは子沢山に生まれた場合であるという。

グレタの場合は後者と解釈している。
(80) ゴールウェイを流れるゴールウェイ川の河口付近の、通りの名。
(81) 『ユリシーズ』の日に設定された一九〇四年六月一六日にはすでにジューリアは死んでいる。五か月半の間に亡くなったことになる。
(82) 昔フュアリーがグレタの部屋の窓に砂利を投げていた。
(83) ダブリン市から西南四〇キロばかりの北部一帯の広い地域。地図参照。
(84) アイルランドの北方に源を発し、大西洋にそそぐアイルランド第一の川で、その河口は幅広く波が立ち騒いだ。シャノンを渡ることは国の西方に入るとされていた。
(85) 十字架もこの語もキリスト受難と関係し、次もキリストの茨の冠を連想させる。
(86) 'His soul swooned slowly as he heard the snow falling faintly through the universe and faintly falling, like the descent of their last end, upon all the living and the dead.' 言語上の構造として、頭韻［sやf］などの押韻の工夫、流音［l］の過剰なほどの反復、歯擦音［s］の多用、音の類似 (soul, slowly, snow)、交差対句法［falling→faintly→faintly falling］などに特徴があり、語のもつ美しい効果音がリズミカルに響いてくる。
(87) 「使徒行伝」に「イエスご自身が生者と死者との審判者として神に定められた」(一〇・四二)、「ローマ人への手紙」に「キリストは死者と生者との主となるために死んで生き返られた」(一四・九) とある。最後のときは三四五頁九―一〇行目にも言及あり。

ジョイスにとって、純粋な観照文学は対象との間に距離をおかねばならなかった。そのため、彼は自作の舞台をダブリンに限定することに決めると、故国を捨てて自ら追放者として、ヨーロッパ大陸の配所を流浪する身となっていった。彼が他国のさすらい人として故国を振り返ってみると、アイルランド人の「島国根性」も客人に対する「手厚いもてなし」もなつかしくなってきた。彼はこのことを弟に宛てた一九〇六年九月二五日付の手紙で認めている。ジョイスが感じるのは、「姉妹」から「恩寵」にいたる一四の短篇で終わった『ダブリンの人びと』において、自分の態度が必要以上にアイルランドに厳しすぎたのではないかということであった。読み終えた読者以上に、書き終えた作者自身が気持ちよく快い気分に浸れるような、物語集全体のカタルシスとなる作品を付け加える必要に迫られたのであろう。

そこで、「死者たち」の創作となった。この作品は、追放二年目の一九〇六年にローマにおいて構想され、一九〇七年イタリア北東部の町トリエステで完成された。「死者たち」は、語り手による状況描写（登場人物による発話を含む）と主人公による内的独白とをとおして物語の全体をみている。時間は夜一〇時ごろからの数時間にすぎない。めざましい出来事も起こらない。そのなかで、主題としては主人公の自我の崩壊と精神のよみがえりが提示されている。

この作品を便宜上三部に分け、内容と文体の両面でみてみたい。

「初め」は、ダンスパーティと晩餐会の場面（全体の三分の二のスペース）であり、主人公の対象を突き放す見方が反映した、冷ややかな文体が主である。ジョイスは、主人公に自己の精神を清めさせる前段階として、偏狭不遜《へんきょうふそん》な自我と自意識をさらけ出させている。

ゲイブリエル・コンロイは、上層階級に属して素性と教養に優越感を抱き他人を見下す。先進諸国を憧憬する反面、自国の文化や地方への侮蔑意識が強い。英国寄りの新聞に彼の頭文字を使って書評を寄稿している。身内のパーティに出席後夫婦で市内一高級なホテルに宿泊したり、溺愛する妻には高級服を着させている。おばたちから信頼と愛情をうけているのに、自尊心を傷つけた女性に一矢《いっし》報いるためには無知な老婆二人にしてもかまわないと思ったり、従妹が人前でする演奏を心のなかで非難したりしておきながら、その三人を絶賛するスピーチで聞き手たちの歓心を得ている。鼻持ちならない主人公の胸の内や言動を次々に突きつけ、読み手に彼と距離を置いて批判的に見させる。反面、時おりわが身を見出させて苦笑を誘う。作者は、このような人物を主人公に造形して、クリスマスパーティの場面に二〇人以上もの人物を登場させ、彼らの人間模様を物語の進行とともに微妙にからめている。

　作品内で存在感が弱いと思われる脇役たちの、たとえばフレディ・マリンズ、ブラウン、オキャラハンたちの、作品上の存在の必然性が見えてくると、数多い登場人物たちの息づかいが伝わってくる。パーティに集う人びとの葛藤と視点人物である主人公の内的独白とをとおして、ダブリンの現実をえぐり出すという手法から、「死者たち」は、社会の諸相を切りとって個別に描いた先の一四篇の延長上にあるか、あるいはその一四篇を総括した物語といってよい。

　この「初め」では、いろんな階層と年齢層にまたがる人物たちの声が、リリーにはじまって次々と、語り手の記述をとおして聞こえてくる。なかで、目だつ文体が二つある。さまざまな食べ物を実際に見ているような精密な描写である。とるに足らないこの料理の説明のなかに、軍隊用語が並び、その仰々しいことが強調されており、擬似英雄風《モックヒロイック》な散文によって、作品に滑稽味を加えている。主人公のスピーチも目だつ。形式的な表現や美辞、対句、くり返し、言い換えを用いた典型的な演説調の文体であり、このため読者にその場にいるような臨場感をあたえている。

「真ん中」は、パーティ終了後、二階からの歌声に茫然と聴き入る妻の姿を主人公が目撃する場面から、彼女が過去を告白する（三六〇頁二行目—三七九頁一五行目）までとしたい。妻に対して情欲を伴う愛情が湧きあがりそれが次第に強まっていく過程と、彼女との過去の生活を耽美に回想する様子とを、親しみにくい「初め」の文体が一転して、ロマンチックな文体で伝えている。たとえば、三六六頁一五行目から三六八頁三行目に注目すると、二三行のなかに「やさしい」'tender' を四回、二行のなかに「駆ける」'gallop' を三回使っており、センチメンタルなこの数行と、「初め」のゲイブリエルの内的独白のいずれかと比較すれば、その相違が一目瞭然となる。そして、彼が情感あふれる世界に浸ろうとすると、「真ん中」の前半は取り巻く人びとが無意識ながら彼の陶酔を打ち破って現実の世界に引き戻してしまう。ホテルに到着後は、彼の妻一人がその役目を果たす。たとえば、グレタの告白中にゲイブリエルが、「あの春の朝と同じように」とロマンチックな回想に浸ろうとすると、すぐ段落が改まって「あれは冬だったたわ、と彼女が言った」（三七七頁一七行目）となる。彼が妻との過去に陶酔して気分を高めると、妻がことごとく恋人との過去のリアルな話をして現実に戻す。これは、ジョイスの得意とするはぐらかしの効果であり、芸術としての興味を高めている。

「終わり」は、ホテルの一室で幻想を抱く場面（三七九頁一六行目以降）であり、主人公個人の問題と意識とに焦点を定めて、彼の教養を反映した文体に統一されている。ここでは、雪の象徴性が際立つ。降り積もる雪は物語の冒頭から随所で散見される。最初雪片は近づけまいと払いのけられたりしていた。それが徐々に雪は物語の背景となっていく。そして、物理的現象にすぎなかった雪は、「終わり」になると、物語の主役そのものであるかのように、舞台全体をつつみこみ、ダブリンのみならず宇宙全体に遍在して、死んだ者と生きる者とを結びつける普遍的な超自然物になり、一種の浄化作用の働きをしている。

主人公ゲイブリエルは、半睡半醒のなかで、雪の幻を見、雪に誘導されて西方におもむく。アイルランド西部は、一般に死に結びついて連想され、かたくなに彼も拒否してきた。それが今突然西方へ向かうときが来たと夢想してしまう。そこは生命の根源を暗示するように思われる。恋敵マイケル・フュアリーに憐憫の情をもって思いを寄せ、その彼が葬られている墓地の雪景色を心で描き、十字架や槍や茨が暗示するキリスト受難の場面を連想し、さらに未開地へ旅立つことを想像しだした。ゲイブリエルが入り口に立ったのは単なる死の世界でなく、可能性を秘めた親近感のわく世界である。ここで、はじめて主人公は温かい人間性をもち、彼の自我は洗い浄められたといえよう。最後の三行を魅力ある芸術的手法にして作者が証明したからだ。その三行は、美しいイメージと美しい音の微妙に変化するくり返し（本書注（86）参照）で綴られた文体とによる雪の幻想詩になる。くり返しの効果は、「真ん中」ではセンチメンタルな散文を、ここでは幻想場面の韻文を引き立たせる。ジョイスは、自国とその首都が陥っている無気力と精神的麻痺状態を描きだした作品集全体のカタルシスとして、その最後を象徴性の強い詩的散文となるように心がけた。そのためには、主人公は文学性豊かな視点人物でなければならなかった。文学を専門とする大学教師を主人公にさだめて、作品集の最終場面で芸術として浄化したといえよう。

題名「死者たち」が示すように、死は物語の随所にゆきわたっている。原文では、「管理人の娘リリーは……」'Lily, the caretaker's daughter...' で始まり、「……すべての生者たちと死者たちの上に」'...upon all the living and the dead' で終わる。「百合の花《リリー》」が死や葬式の象徴であることから、この作品は死で始まり死で終わることになる。主人公がスピーチ用に用意した『アイルランド歌謡集』のなかに、生者と死者が対話する〈おお、汝ら、死者たちよ〉"Oh, Ye Dead" がある。ジョイスは、死者が生者に嫉妬するこの歌を「死者たち」の下敷きにしたという。そのためか、作中、死は人びとが使う言葉のはしばしに仄めかされている。そして、グレタの「彼死んだの……たった一七歳のときに死んだの」（三七六頁四行目）という告白以後は死のイメージが強まり、主人公がジュリアの死を予感し、最後のパラグラフでは死が全世界を生者と死者の上をも包んでしまうほどになる。

『ダブリンの人びと』の主題の一つは、死者が生者にあるいは過去が現在に及ぼす影響や重みである。

「姉妹」、「イーヴリン」、「痛ましい事故」、「委員会室の蔦の日」はその好例になる。過去を過去として葬るのではなく、過去を現在に生かすのだという積極的な意図もあろう。ジョイスはこのことを自己の芸術に対する役目と自覚したのか、「死者たち」は、聖書やシェイクスピアだけでなく、ミルトン、イプセン、ムア、ブラウニング、イェーツなど先人たちの作品からの引用やパロディの多いのが他の一四篇と異なった。

略伝と作品

一八八二（年齢）　二月二日、ダブリンに生れる。

一八八八（六）　九月、イエズス会の全寮制の学校、クロンゴーズ・ウッド・カレッジ入学。

一八九一（九）　家産傾き、七月に退学。アイルランドの志士パーネルを裏切ったティム・ヒーリーを非難する詩「ヒーリーよ、お前もか！」を書く。

一八九三（一一）　四月、イエズス会の他の学校ベルヴェディア・カレッジ入学。成績優秀。

一八九八（一六）　ベルヴェディア校を卒業し、イエズス会のユニヴァーシティ・カレッジ・ダブリンに入学。イプセンに傾倒。カトリックと偏狭な愛国主義に反抗。

一九〇〇（一八）　四月、「イプセンの新しいドラマ」と題する論文をイギリスの『フォートナイトリー・レヴュー』誌に発表。

一九〇一（一九）　アイルランド文芸復興運動の偏狭性を攻撃する、「喧騒の日」を自費出版。

一九〇二（二〇）　一〇月、大学を卒業。パリで医学を学ぼうと決心する。一二月、パリに留学するも学費なく、クリスマスに帰国。

一九〇三（二一）　一月、再びダブリンを出発。パリ滞在中、医学に興味を失い、ダブリンの新聞に文芸批評を書く。アリストテレスやトマス・アクィナスから文学理論の基礎を学ぶ。四月、母危篤の電報を受け、直ちに帰国。八月、母死去。

一九〇四（二二）　自伝的小篇『芸術家の肖像』*A Portrait of the Artist* を書き始め、後に

『スティーヴン・ヒアロー』Stephen Hero に展開する。六月一〇日、生涯の妻となるノーラ・バーナクルに会う。彼女と初めて逢い引きをした同月一六日は、記念すべき『ユリシーズ』Ulysses の一日となる。一〇月八日、二人はダブリンを去り、ロンドン、チューリッヒを経て、当時イタリア領であったポーラに行き、そこのベルリッツ校で英語教師となる。「姉妹」"The Sisters" 等三作品がダブリンの『アイルランド農場新聞』紙に載る。

一九〇五（二三）　三月、トリエステのベルリッツ校に転任。七月、長男ジョルジオ誕生。一〇月、弟スタニスロースを呼び寄せる。『ダブリンの人びと』Dubliners 一二篇をロンドンの出版者グラント・リチャーズに送るが翌年拒絶される。

一九〇六（二四）　七月、ローマに移り、銀行の文書係として働く。

一九〇七（二五）　三月、トリエステに戻り、「死者たち」"The Dead" を執筆、九月に完了。五月、詩集『室内楽』Chamber Music 出版。七月、長女ルチア・アナ誕生。

一九〇九（二七）　八月、ダブリンでモーンセル社と『ダブリンの人びと』出版契約。

一九一一（二九）　「委員会室の蔦の日《アイビー・デイ》」のエドワード七世に関する記述の削除を求められる。

一九一二（三〇）　七月、ダブリンへの最後の旅をする。モーンセル社と出版交渉決裂。涙をのんでトリエステに帰る。以後二度とダブリンの土を踏むことはなかった。

一九一四（三二）　六月、『ダブリンの人びと』一五篇をグラント・リチャーズ社より出版。八月、第一次世界大戦勃発。

一九一六（三四）一二月、ニューヨークのヒュービシュ社が、『ダブリンの人びと』と『若い日の芸術家の肖像』*A Portrait of the Artist as a Young Man* を出版。

一九一八（三六）三月、アメリカの『リトル・レヴュー』誌に『ユリシーズ』連載開始。五月、戯曲『亡命者たち』*Exiles* 出版。一一月、第一次世界大戦終結。

一九二〇（三八）七月、エズラ・パウンドの勧めでパリに定住。アメリカで、『ユリシーズ』は猥褻と告訴され、『リトル・レヴュー』誌の連載停止。

一九二二（四〇）二月、『ユリシーズ』がパリのシェイクスピア書店より出版される。

一九二三（四一）三月、『フィネガンズ・ウェイク』*Finnegans Wake* の執筆始める。

一九二七（四五）七月、一三篇の小詩集『一個一ペニーのりんご』*Pomes Penyeach* 出版。

一九三一（四九）七月、ノーラと正式にロンドンの登記所で結婚。一二月、父ジョン死去。

一九三二（五〇）二月、孫スティーヴン誕生。同月、娘ルチア精神異常をきたす。

一九三四（五二）一月、アメリカで、前年猥褻文学でないと判決された『ユリシーズ』出版。チューリッヒの施設に収容されている娘のため、この年の大部分をスイスで過し、一九三〇年以来患っている眼疾の治療を受ける。

一九三九（五七）五月、『フィネガンズ・ウェイク』出版。九月、第二次世界大戦勃発。

一九四〇（五八）ドイツ軍のパリ占領後、難をさけて、一二月チューリッヒにたどり着く。

一九四一（五八）一月一三日、十二指腸潰瘍から腹膜炎をおこし、手術ののち、午前二時に五八年一一か月余の生涯をとじた。

訳者あとがき

アメリカの小説家キャサリン・アン・ポーターは、自己の作家生活を回顧したエッセイで『ダブリンの人びと』*Dubliners* 一五篇（一九一四年）から受けた影響について、「当時書き始めた若い作家だけが、あの無比の小短篇集がどんな啓示となりうるものかを知ることができたであろう。それは衝撃などというものではなく、それどころか短篇小説の可能性についての啓示であり、想像力の深い世界のさらに先への展開であった」と記した。ウェールズ出身の詩人ディラン・トマスは、彼の故郷とその周辺を舞台にした短篇小説集『子犬時代の芸術家の肖像』の作風や内容が『ダブリンの人びと』に類似しすぎているとの指摘に対して、「なにしろ『ダブリンの人びと』は短篇世界における一つの先駆的な作品だったのであり、以後のすぐれた短篇作家で、なんらかの点で、いかにわずかなりとも、それの恩恵を受けなかった作家などありえない」（「詩的声明書」）と開き直った。

『ダブリンの人びと』は、日常経験する平凡な出来事が淡々と描かれ、作品の多くは盛り上がりがなく、筋の構成も曖昧である。作者ジェイムズ・ジョイス James Joyce の意図がアイルランド人の精神的麻痺を描出することにあるためか、作品全体に暗影が漂う。そのため、一九世紀小説、なかでも筋の展開や人物の特殊な性格や衝撃的な出来事などの物語性を重視した小説に親しんだ読者は戸惑いを感じたであろう。魅力のない内容、人物、文体の物語で読者を魅了するのは至難の業である。しかし、英米の作家修行をする若者たちが、読むに値する書き方を学んだのは、こういう「ないないづくし」の短篇集からだった。

ジョイス文学を語る場合、彼がアイルランド出身であることを別にしては考えられない。アイルランドでは、イギリスによる支配が一二世紀の中ごろから始まった。一六世紀の中ごろに完全な制圧を受け、イギリス王がアイルランド王を兼任した。北海道より若干大きいアイルランド全土は、イギリス政府の任命する総督の支配下に置かれ、ダブリンにはイギリス軍が駐屯した。これは一九二二年まで約四〇〇年間続く。長い間、政治、宗教、社会、経済的に厳しい差別や制約を受け、アイルランド語でなく英語が公用語であった。『ダブリンの人びと』の背景となった一九〇〇年前後は、アイルランドには、イギリス人総督の支配下に、大まかに分類すると、二種類のアイルランド人がいた。一方は、被支配層側としての、国民の大多数を占める土着のケルト系アイルランド人で、そのほとんどはカトリック教徒であった。中流階級の下層に、あるいは下流階級（労働者か小作農）に、各々属していた。他方は、何世紀にもわたって次々とイギリス本土から入植してきた者たちの、子孫のアイルランド人（多くはイングランド系）である。ほとんどはプロテスタント（イギリス国教会派と非国教会系の長老教会派）で、環境と職種に恵まれ、上流階級から中流階級の上層に属した。この両者は種族も宗教も違い、どちらもアイルランド人であるのを自認して譲らなかった。独立気運が高まるなかで、イギリスに属したままでよいという考えもあった。ジョイスの作品はすべて、こうした状況下のダブリンとそこに住む人びとを描いた。彼が生涯をとおして追求した主題はダブリンそのものであった。

ジョイスは『ユリシーズ』の出版がちかづいたときに、文学を志す若者に向かって、「大作家というのは、なによりも民族的なのですよ。彼ら自身の民族性が強烈であってはじめて、国際的になれるんです。私自身はといえば、いつだってダブリンについて書いています。だって、ダブリンの核心に到達できれば、世界の全都市の核心に到達できるからです。特殊のなかに、普遍が含まれているのですよ」と言った。真に普遍的なものは、時代と場所とのつながりをもたずしては決して存在しない、ということをこの言葉は示唆している。彼は、自ら進んで国外追放者となってヨーロッパ大陸の随所に身を置きながら(「ジョイスの略伝と作品」参照)、精神の拠り所を常にダブリンに固執し、一度としてそこから離れることはなかった。

『ダブリンの人びと』は、かつては市民の麻痺状態を描いた暗い短篇集とみなされた。それが、創作されて一世紀も経つと、作品内の滑稽な要素を抵抗なしに認める読者もでてきた。人間の姿を生々しく描けば、いやおうなく、人間の愚かしさ、醜態、滑稽さが浮かび出してくる。ジョイス自身、書き残したノートに喜劇の優位性を主張している。作品から受ける印象は読み手の立場や時代によって相違が生じてこよう。また、作品を文体、語法、イメジャリー、リズムなどの表現形式に注目して読むと、ジョイスの短篇の芸術性に気づかされて、評価も変わるのではなかろうか。

各作品についての解説で書き漏らしたことがあるので、この場で触れておきたい。ジョイスは、市民たちの生活を、彼の言葉を借りれば「きれいに磨いた鏡」のように、リアリズムに徹した手法で描いた。さらに、一五篇の文体を時には主人公たちの知性に応じて用意周到に下品にすることで、形式面でもリアルにしたといえよう。その大きな役割を果たす技法に、三人称過去形で表出しながら一人称現在形の臨場感を醸し出す自由間接話法‘free indirect discourse’（直接話法と間接話法の中間体）がある。地の文（会話文を除く、説明や描写の文）は、語り手の語りと、登場人物の意識——各人物の知性に合わせた言葉を使った、間接話法で表す場合と自由間接話法で表す場合の両方——とで成り立つ。ジョイスの作品では、そのどちらにも取れるもの、すなわち、語り手の叙述なのか、自由間接話法を使った主人公の内面描写なのかが不明瞭に混ざり合っている場合が多い。しかし、問題は、その言葉や思考がどちらのものかを決めることではなく、主人公と語り手の両方のものととれる点である。この自由間接話法の曖昧性こそ、両者の声を重ね合わせてその結びつきを強めようとするためのジョイスの意図といえよう。この短篇集の語り手はカメレオンのような性格をもち、各篇とも地の文が主人公の知性に適応していて、一五篇とも文体が微妙にちがっている。これが『ダブリンの人びと』の特徴の一つといえる。

もう一つ触れておきたいのは句読法である。ジョイスは、会話文を抜き出す際、従来小説の「ダブル引用符」（“ ”）は現実味が欠けているという理由から、フランス風のダッシュ（——）を用いた。そして、前文の地の文が、その発話者に言及した場合、最後に打つ句読点はコロン（：）で締めくくっている。本書では、例外を除いて、この場合、読点（、）に統一した。なお、他の箇所の句読点は、日本語として違和感がない場合は、できるだけ原文に従った。

二〇〇七年一一月

米本義孝

テキストは、ロバート・スコールズ編の *Dubliners* 一九五二年ジョナサン・ケイプ社版を用いて、ハンス・ガーブラー編一九九三年ガーランド社版などの諸版を参考にして手直しした。本書を世に送るにあたり、秋國忠教先生に感謝したい。先生は、すべての拙訳を読んで、不備な点を直したり手を加えたりするのに多くの時間を割いて下さった。

本書はちくま文庫のための訳し下ろしである。

ちくま文庫

ダブリンの人《ひと》びと

二〇〇八年二月　十　日　第一刷発行
二〇二四年十月二十五日　第五刷発行

著　者　ジェイムズ・ジョイス
訳　者　米本義孝（よねもと・よしたか）
発行者　増田健史
発行所　株式会社　筑摩書房
東京都台東区蔵前二―五―三　〒一一一―八七五五
電話番号　〇三―五六八七―二六〇一（代表）
装幀者　安野光雅
印刷所　中央精版印刷株式会社
製本所　中央精版印刷株式会社

ISBN978-4-480-42410-5　C0197